墨乐集

李宏伟　著

河南人民出版社

图书在版编目(CIP)数据

墨香集 / 李宏伟著 . — 郑州 : 河南人民出版社,
2013.5
ISBN 978 - 7 - 215 - 08661 - 6

Ⅰ.①墨… Ⅱ.①李… Ⅲ.①新闻 — 作品集 — 中国
— 当代②报告文学 — 作品集 — 中国— 当代 Ⅳ. ①I25

中国版本图书馆 CIP 数据核字(2013)第 248615 号

河南人民出版社出版发行

(地址:郑州市经五路66号   邮政编码:450002   电话:65788036)
新华书店经销   河南省瑞光印务股份有限公司印刷
开本   710 毫米×1000 毫米   1/16   印张   31
字数   530 千字   插页 4
2013 年 5 月第 1 版   2013 年 5 月第 1 次印刷

定价 : 56.00 元

　　李宏伟　河南长葛人，中共党员，主任记者。现任河南省委宣传部副部长、省纪委委员、省文化强省建设协会会长。

　　1991年武汉大学新闻系毕业分配到人民日报社任编辑、记者。历任人民日报教科文部办公室主任、人民日报教科文版主编、健康时报总编辑、人民日报社广告部主任等。1994年底被人民日报社首批选派到河南省商丘地区虞城县带队挂职扶贫，任商丘地委办公室副主任、虞城县委副书记。1999年同济大学管理科学与工程专业研究生毕业，获管理学硕士学位。2001年当选首届"人民日报社十大杰出青年"。2003年被湖南大学聘为特聘教授。2006年至2009年任河南省安阳市委常委、副市长。多篇作品被评为人民日报好新闻奖、省部级好新闻奖。

墨禾集

李岚清

癸巳秋日

李岚清同志在全国中小学素质教育经验交流会期间与作者和新华社记者合影

作者在北京向李岚清同志汇报工作

目　　录

一　时政新闻

二　通讯特写

三　报告文学

四　头条消息

五　言论文章

序

中共中央宣传部副部长、中国报业协会会长　[签名]

要说认识宏伟同志，那是 20 多年前的事了。

20 世纪 90 年代初，人民日报编辑部陆续进了一批新闻院校毕业生。在这支年轻的记者队伍中，脱颖最早的，宏伟算是其中之一。那时我任人民日报社国内政治部副主任，在值夜班选稿定稿的"大浪淘沙"过程中，不时为筛选出的"金子"而欣喜。宏伟采写的不同体裁、不同风格的稿子，令我印象颇深。

我第一次见到他是在人民日报社夜班办公室。那时他刚从武汉大学新闻系毕业，二十五六岁，容貌清秀，浓眉间掩藏着独有的机敏和睿智，很朝气，特英气，文如其人。印象最深的是那篇关于拖欠教师工资问题的述评，似乎是当年《人民日报》挖掘最深、影响最大的教育报道。后来这篇报道荣获人民日报好新闻一等奖、全国教育好新闻一等奖。继这篇报道之后，宏伟的好稿子越来越多，尤其是"辛酸的歌谣"、"疑是仙女舞长绢"、"燕园吹来清新的风"、"固始县里故事多"、"科技兴农富万家"、"为了中华民族的未来"，等等。

1994 年后，他接连下县扶贫、创办子报、挂职锻炼、转地方任职……曾当选首届"人民日报社十大杰出青年"的他，随着中国社会的转型，也完成了自身角色的转型，由党报新闻工作者到地方党政干部。这期间，他仍笔耕不辍。而且，转型后的宏伟也很出色。他为振兴地方经济，组建企业集团、开发鱼头酒、兴办职教中心、创建"八挂来网"、创立"和谐委"、领建中国文字博物馆……可谓成果丰硕。宏伟何以成功转型? 转型后又何以政绩颇丰? 我想,他遵循的原则给出了最好的回答:到哪座山,就唱哪座山的歌,还要唱好它!

3年前,听说宏伟调任河南省委宣传部副部长兼省文化强省建设和文化体制改革工作领导小组办公室主任,甚是慨叹! 河南省委慧眼识才,量体裁衣,用了宏伟所长,在他经历了人民日报教科文部办公室主任、商丘地委办公室副主任、虞城县委副书记、人民日报教科文版主编、健康时报总编辑、人民日报社广告部主任,安阳市委常委、副市长的驿站之后,又让他回到了起点的那座山——宣传。

我预料,已当宣传赛场"裁判员"的宏伟,时常也会不由自主地当一把"运动员",不时攀爬一下"格子山"。因为像他这样爬格子出身的学者型官员都有颇深的文字情结,这种情结经过岁月的提炼已成为黏合剂,把他和文字紧紧黏合在了一起。

果不其然。初夏的一个早晨,宏伟在电话的另一端告诉我,他最近把过去的新闻作品筛选、整理了出来,想出本集子,请我为这本书作序。

尽管我知道宏伟笔耕墨耘的硕果是丰盈的,可当我打开他这摞厚厚的书稿时,还是感到惊讶:一是没有想到他竟有这么丰厚的积累,其文稿经过精选依然洋洋洒洒;二是没有想到文稿的体裁、题材这么宽,除消息、通讯、特写、报告文学等新闻关系密切的文体之外,还写了不少理论文章和言论,而且大多是报纸一版或版面头条发表的稿件。看得出,这些稿件包含了宏伟太多的心血和汗水,融入了他太多的思考和探索。同时,也展现了他在新闻和从政这两座山上苦苦探索、坚韧跋涉,由弯曲到通畅,坎坷到平坦,步步走向成熟的转变。这条轨迹,或许对正在这两座山上攀登的后来者有些许的借鉴。

一部书是一道风景,"序"是它的导游。我想,在我上述一番介绍后,观众们可以自行进入游览区观光了。无论是《时政新闻》中的准确与严谨,还是《通讯特写》中的清新与隽永,无论是《报告文学》中的细腻与洒脱,还是《头条消息》中的敏锐与简洁、《言论文章》中的精辟与深邃……尽管文章风格、特色各异,但有一点是相同的,那就是:用心、用力、用情。

一部书是一台戏,"序"是它的序幕。此时,《墨香集》这部戏的序幕已经拉开,接下来,就请读者品评鉴赏吧!

2013 年 5 月于北京

一

时 政 新 闻

江泽民接见教师节表彰大会代表时提出
在全民族培养尊师重教良好风尚

今天下午，首都人民大会堂北大厅一片欢声笑语。中共中央总书记、国家主席江泽民在这里亲切接见了出席 1993 年教师节表彰大会的会议代表，并发表即席讲话。他提出，要在我们全民族中培养尊重知识、尊重人才、尊师重教的良好风尚。从幼儿园、从小学开始，培养热爱祖国、热爱中华民族，立志献身于建设有中国特色社会主义事业的有用人才。

江泽民代表党中央、国务院，向参加教师节表彰大会的优秀教师代表，并通过他们向辛勤工作在教育战线上的广大教师和教育工作者致以节日的祝贺和亲切的慰问。

江泽民指出，全社会都要关心教育、支持教育，发扬我们中华民族尊师重教的优良传统，使教师工作真正成为最受人尊敬、羡慕的光荣职业。江泽民希望广大教育战线工作者继续发扬无私奉献精神，为我国教育事业作出新的贡献。

据统计，目前全国共有 1000 多万教师。今天参加会见的，是来自这支宏大队伍的优秀代表，其中有教育战线的劳动模范、优秀教师和教育工作者、全国优秀中小学校长及全国高校优秀教学成果获奖者。江泽民讲话前同他们亲切握手并合影留念。李岚清、李其炎、朱开轩等参加了会见。

（1993 年 9 月 11 日《人民日报》第一版头条）

贫困地区义务教育工程启动
江泽民李鹏分别为工程题词

今天,国家教委和财政部在北京分别同河北、山西、福建、海南、湖北、湖南、河南、安徽、陕西、江西、黑龙江、四川等12个省主管教育的副省长签订了"国家贫困地区义务教育工程"项目责任书,这标志着党和国家旨在改变贫困地区教育落后面貌的宏大的教育扶贫工程进入正式实施阶段。

这项"工程"受到了党中央、国务院的高度重视。江泽民总书记、李鹏总理分别为"工程"题词。江泽民总书记的题词是:认真实施教育扶贫工程,大力提高中华民族素质。李鹏总理的题词是:实施教育扶贫工程,大力提高民族素质。

签字仪式后,李岚清副总理同12个省的副省长和国家教委、财政部的负责同志就实施工作举行了座谈。他指出,实施"国家贫困地区义务教育工程",支持贫困地区实现普及义务教育目标,是全面贯彻科教兴国战略方针的重要步骤,对于全面推动普及义务教育的进程、改变我国贫困地区落后面貌,带动当地经济和社会发展,具有十分重大和深远的战略意义和政治影响。这项"工程"是新中国成立以来中央专款投入最多、规模最大的全国性教育工程。各级政府要有高度的历史责任感,切实重视这项工作,把它纳入各级政府的重要议事日程,统一认识、统一步调。在农村特别是贫困地区实施义务教育工程要注重实际效果,实行基础教育、职业教育、成人教育"三教统筹",农科教相结合,把提高农村人口素质同当地脱贫致富、发展经济结合起来,做到学以致用。同时,各级政府要建立健全教育经费的保障机制,切实贯彻落实邓小平同志关于"我们要千方百计,在别的方面忍耐一些,甚至于牺牲一点速度,把教育问题解决好"的指示精神,保证配套资金的按时到位,省、地、县也要设立教育扶贫专款。在实施这项工程中,中央专款和地方各级政府的财政拨款应作为主要资金来源,不得以配套为名而加重群众负担。各地要管好用好这笔资金,专款专用,不得挪用,发生这种情况,必须追究直接责任和领导责任,依法严惩。

据介绍,国家教委和财政部从 1995 年起到 2000 年,利用增加的中央普及义务教育专款和地方各级政府的配套资金,组织实施"国家贫困地区义务教育工程"。这项"工程"总投入将超过 100 亿元,其中中央义务教育专款增量 39 亿元,地方各级财政按不低于 2:1 的比例增加"普九"拨款。同时,"工程"资金还将多渠道筹措一部分。"工程"款项将集中用于贫困山区、革命老区和少数民族地区,包括全国 21 个省、自治区,覆盖全国"八七"扶贫攻坚计划中的大部分贫困县,重点改善这类地区小学、初中的办学条件。

（1996 年 5 月 8 日《人民日报》第一版头条）

景山学校纪念邓小平题词十周年
坚持"三个面向"　深化教育改革
江泽民李鹏为该校题词　李岚清到会讲话

今天上午,北京景山学校 1000 多名师生员工隆重集会,纪念邓小平同志为该校题词 10 周年。

中共中央总书记、国家主席江泽民,国务院总理李鹏日前分别为景山学校题了词。

1983 年国庆节前夕,邓小平同志为北京景山学校题词:"教育要面向现代化,面向世界,面向未来。"10 年来,景山学校始终坚持以"三个面向"为指针,走改革创新之路,取得了有益的经验,得到了社会的肯定和赞扬。

中共中央政治局委员、国务院副总理李岚清到会并讲话。他说,无论做什么事情都要靠人才,而人才的培养靠教育。因此,全党、全国、全社会都要把教育放在优先发展的战略地位,认真学习、宣传、贯彻好《中国教育改革和发展纲要》。教育工作者是各种职业中最值得人们尊敬的。他勉励景山学校的同学们要珍惜宝贵时间,珍惜老师们的辛勤劳动,把学习搞好,按照小平同志"三个面向"的题词精神,德智体全面发展。

(1993 年 10 月 10 日《人民日报》第一版)

北京仿真中心通过验收
江泽民李鹏题词祝贺

　　目前亚洲规模最大、总体水平属世界一流的北京仿真中心今天正式通过国家验收。党和国家领导人江泽民、李鹏等分别题词表示祝贺。国务委员宋健为今天的验收仪式剪了彩。

　　江泽民总书记的题词是"发展我国仿真技术　勇攀世界科技高峰"。李鹏总理的题词是"发展系统仿真技术，为科技现代化做出新贡献"。

　　矗立在航天工业总公司第二研究院的北京仿真中心属于国家"七五"重点工程，经专家严格测试，其总体性能指标达到当代世界先进水平，并有创新。这标志着我国仿真技术已跻身世界先进行列。

　　仿真技术是以控制论、相似原理和计算机技术为基础，借助系统模型对真实的（或设想的）系统进行试验研究的一门新兴综合性技术。北京仿真中心自1984年被国家计委、国防科工委列为国家重点建设项目投入实施以来，按照边建设边使用早见效的原则，在建设过程中已成功地为运载火箭等多种新型号的航天器及电力工业进行了仿真试验。

　　又讯　7月30日下午，国务院副总理邹家华来到北京仿真中心，兴致勃勃地参观了中心的有关实验室。

（1993年7月31日《人民日报》第一版）

中央电大 15 年招生 232 万
江泽民李鹏等题词祝贺

中央广播电视大学今天喜庆 15 华诞。江泽民、李鹏、李岚清分别题词祝贺。

江泽民总书记的题词是："办好广播电视教育提高全民族素质"。李鹏总理的题词是："办好广播电视教育培育四化建设人才"。李岚清副总理的题词是："进一步办好广播电视教育，提高全民族素质，培养四化需要人才"。

改革开放之初，为适应社会主义现代化建设的需要，中央决定成立面向全国的中央广播电视大学，邓小平同志亲自批准了《关于筹备电视大学的请示报告》。1979 年 2 月 6 日，中央广播电视大学和全国 28 个省、自治区、直辖市的广播电视大学同时开学。经过 15 年的建设，目前已形成了由中央电大和 44 所省、自治区、直辖市和计划单列市电大、690 所地市电大和 1600 多所县级电大组成的、覆盖全国的现代化远距离教育系统。15 年来，广播电视大学累计招收文经政法、理工农医、艺体师范各类 359 个专业的普通和成人高等学历教育学生 232 万人，其中已毕业 167.8 万多人，占同期全国普通和成人高校毕业生总和的 15.3%。

(1994 年 11 月 22 日《人民日报》第四版)

模范教师代表作客中南海

李鹏乔石李瑞环荣毅仁等向全国教师祝贺节日

在我国第 10 个教师节到来之际,今天上午,来自全国各地的 50 位模范教师代表应邀到中南海作客。李鹏、乔石、李瑞环、荣毅仁、李岚清、吴阶平、杨汝岱、王兆国等领导同志与"人类灵魂的工程师"们亲切握手,一起合影留念,共庆教师节。

会见以后,李鹏总理出席了与模范教师代表们的座谈会。在听取王思明等 8 位教师代表的发言后,李鹏作了重要讲话。

李鹏总理代表党中央、国务院向在座的各位模范教师代表,向辛勤工作在教育战线上的全国广大教师和教育工作者致以节日的祝贺和亲切的慰问。

李鹏说,建设好一支具有良好思想品德和业务素质的教师队伍,是教育事业发展的关键。尊重知识和人才、尊师重教,是我们党的一贯政策。希望社会各界继续关心教育、关心教师,弘扬我们中华民族尊师重教的优良传统。

座谈会由国务院副总理李岚清主持。

中共中央办公厅、国务院办公厅、全国人大教科文卫委员会、全国政协教育文化委员会、国家教委和北京市的负责同志参加了座谈会。

(1994 年 9 月 10 日《人民日报》第一版)

邓小平"三个面向"题词发表 15 周年
首都教育界集会纪念
李鹏李瑞环分别题词致信祝贺

首都千余名教育工作者和理论工作者今天在北京景山学校集会,纪念邓小平"教育要面向现代化,面向世界,面向未来"题词发表 15 周年。

中共中央政治局常委、全国人大常委会委员长李鹏为纪念活动题词:"景山学校要全面贯彻'三个面向'的教育方针,为培养新时代建国人才奠定良好的基础。"中共中央政治局常委、全国政协主席李瑞环为纪念大会发来贺信:"'三个面向'是邓小平教育理论的重要组成部分,是我国教育改革和发展的战略指导方针。希望你们更好地坚持'三个面向',解放思想,实事求是,更新教育观念,深化教育改革,进一步提高教育质量,谱写教书育人的新篇章。"

"三个面向"是邓小平于 1983 年专为我国教育改革实验学校北京景山学校题写的。与会同志认为,邓小平"三个面向"的题词为新的历史时期全国教育事业的改革与发展指明了方向。这一我国教育改革和发展的战略思想,是同邓小平同志关于社会主义现代化战略目标和战略部署的构想一脉相承的。"三个面向"精辟地阐明了教育事业的战略地位,对我国社会主义教育提出了总体要求,成为我国迈向新世纪教育的重要里程碑。与会同志指出,15 年来,邓小平同志"三个面向"的思想得到了广泛传播,对我国教育的改革与发展产生了深刻影响。

纪念大会由中国教育学会、北京市教育学会和景山学校联合举办。全国人大常委会副委员长彭佩云、全国政协副主席孙孚凌出席了今天的纪念大会。何鲁丽、雷洁琼也向大会发来了贺信。

(1998 年 9 月 17 日《人民日报》第一版)

首都举行教师节表彰大会
李鹏王震李铁映等出席并颁奖

今天是我国第七届教师节,下午4时,国家教育委员会、人事部、中国中小学幼儿教师奖励基金会、全国教育工会在人民大会堂联合举行教师节表彰大会,表彰全国教育系统劳动模范、优秀教师和教育工作者。一批来自全国教育第一线的教书育人楷模,从中央领导同志手中接过荣誉证书。

这次表彰大会是继1986年9月和1989年9月之后的第三次表彰活动,共表彰了4978名优秀教师和教育工作者,其中596名被授予"全国教育系统劳动模范"称号,4382名被授予"全国优秀教师"和"全国优秀教育工作者"称号。

李鹏、王震、李铁映、康世恩、严济慈、洪学智等领导同志出席了大会,并为32名教师代表颁发了荣誉证书,为10个尊师重教先进单位代表和先进个人颁发了纪念品。

中共中央政治局常委、国务院总理李鹏代表党中央和国务院向各族教师致以节日的问候,向受表彰的全国教育系统劳动模范、全国优秀教师和教育工作者表示热烈的祝贺。

吉林省浑江市建国小学副校长、全国教育系统劳动模范王秉环代表获奖教师发言。她说,今天,能在伟大祖国的首都北京、在庄严的人民大会堂,同党和国家的领导人一起,共同欢度我们教师的伟大节日,出席隆重的教师节表彰大会,感到十分高兴,心情也十分激动。我们深深感到,没有党的教育和培养,没有全国人民的关怀与支持,就没有我们广大教师的今天。我们广大人民教师决不辜负祖国的重托和党的殷切期望,要在塑造人类灵魂的岗位上继续无私奉献。

李铁映同志主持了今天的大会。会上,人事部副部长程连昌宣读了国家教育委员会和人事部的表彰决定。

会前,李鹏、王震、李铁映、康世恩、洪学智等领导同志接见了与会代表,同他们合影留念。

（1991 年 9 月 11 日《人民日报》第一版头条）

李鹏会见外国环保专家时指出
发展与环保工作要同步进行

　　国务院总理李鹏今天下午会见了出席中国环境与发展国际合作委员会成立大会的外方代表,并和他们进行了交谈。

　　李鹏说,环境问题是全球性的事情,从这个意义上说我们欢迎世界各国的知名人士和环境专家就中国的环保问题提出建议和咨询。中国政府的政策是使我国在经济发展的同时环境也能很好地得到保护。

　　李鹏对中国环境与发展国际合作委员会的成立表示祝贺。

　　他说,中国是发展中的国家,在经济发展过程中很容易出现环境污染的问题。这在一些国家的工业化过程中已有过不少经验教训,我们应当尽量避免出现这样的情况。这个委员会的成立,使我们能够通过朋友们的咨询,吸收和借鉴其他国家环保与发展方面有益的经验,并开展国际合作。

　　李鹏向客人介绍了我国环保工作开展的情况。

　　他说,从中央到地方我国各级政府的环境保护机构已经建立,同时我国已经有了一系列比较明确的环境保护政策和法规,如发展与环保工作要同步进行,对目前已造成的环境污染问题,实行谁污染谁治理的办法。同时设法筹集资金以解决大的污染问题。对新的基建项目,实行和环保工程"同时设计、同时施工、同时投产"的"三同时"政策。

　　李鹏说,中国环境污染治理的重点在城市。我国将继续调整能源结构,大力推广和开发各种洁净的能源,加快老企业的技术改造,提高能源的使用效率,努力减少烟尘和二氧化硫对大气的污染。在能源工业方面实行开发与节约并重。我们将通过一系列有效的措施,使我国农村在经济发展的同时环境又能得到保护。总之,我们要从中国的实际出发,并吸取世界各国有益的经验推进我们的环保工作。

中国环境与发展国际合作委员会副主席、加拿大国际开发署署长马塞等 6 位外方委员在会见时发了言。

他们对委员会今后的工作，中国的环境与发展、能源构成、农村生态环境、建立环境科学的组织机构、推广运用新技术，以及就环境与发展进行国际合作等问题，提出了不少有益的建议。

中国环境与发展国际合作委员会由 46 名中外著名人士组成。国务委员宋健、国家环保局局长曲格平参加了会见。

（1992 年 4 月 23 日《人民日报》第一版）

李鹏会见学位委员会学科评议组会议部分代表时希望
培养更多更好高层次专门人才

中共中央政治局常委、国务院总理李鹏今天下午在北京会见了出席国务院学位委员会学科评议组第五次会议的部分代表。他代表党中央、国务院对这次会议表示祝贺,并向辛勤耕耘在学位工作与研究生教育战线上的指导教师、管理工作者以及全体同志表示衷心的感谢。

李鹏总理在会见时说,自从 1981 年颁布学位条例和建立学位制度以来,经过 10 多年的努力,我们逐步形成了适应我国经济和社会发展需要的学位体系和研究生教育体系,培养出了博士 1 万多名,硕士 23 万多名。他们已成为我国科技战线上的骨干力量。现在可以说,在我国立足国内培养高层次人才的能力,已经形成。

李鹏指出,所有这些成绩的取得,是与国务院学位委员会、学科评议组成员以及教育战线上广大教师的努力分不开的。他说,长期以来,同志们在比较困难的条件下,兢兢业业,任劳任怨,培养了大批科技人才和管理干部,为提高我国综合国力做出了可贵的贡献。

李鹏说,百年大计,教育为本。今年 2 月,党中央、国务院发布了《中国教育改革和发展纲要》,对 30 年代我国教育的改革和发展作出了全面部署,研究生教育和学位工作也要按照《纲要》提出的各项要求,紧密围绕经济建设这一中心任务,通过深化改革,扩大开放,培养出数量更多、质量更好、学科结构更加合理的高层次专门人才,以适应发展社会主义市场经济和建设两个文明的需要。

李鹏最后希望各级政府和部门要更加注意发挥高层次人才的作用,为他们创造必要的工作和生活条件。在当前国家财力有限的情况下,要选择重点,选择一些条件较好、管理制度比较健全的高等院校,使之成为我国高层次专门人才的培养基地。

国务委员、国家科委主任宋健和国家教委主任朱开轩、国务院学位委员会主任委员何东昌等负责同志参加了会见。

(1993 年 9 月 26 日《人民日报》第一版)

电力教育培训体系初步形成
李鹏李岚清题词祝贺

电力工业部教育工作会议今天在京开幕,国务院总理李鹏、副总理李岚清分别题词祝贺。

李鹏总理的题词是:"办好电力教育发展电力工业";李岚清副总理的题词是:"发扬成绩深化改革开创电力教育的新局面"。

党的十一届三中全会以来,全国电力教育系统各级各类学校共培养输送了近 30 万名毕业生,培训专业技术干部和工人 270 万人次。现有普通电力高校 17 所,电力职业技术学校 100 所,成人高校 23 所,成人中专 36 所,管理干部学院 1 所,高等函授部 7 个,子弟中小学 849 所。目前,全国电力系统已初步形成多层次、多形式的电力教育和培训体系。

这次会议提出,到本世纪末,电力教育要基本满足电力工业发展的需要,建立一个结构合理、功能齐全、国内一流的电力教育培训体系。

电力工业部部长史大桢在今天会议的讲话中提出,要改革电力高校现行管理体制。电力部党组已经决定,要集中财力,办好两所有行业特色、起示范作用的重点大学,力争使其进入国家"211 工程"。其他几所本科院校将分别进入企业集团。进入企业集团的院校,作为企业集团的组成部分,使教学与电力生产、建设、科研实现更加紧密的结合。要继续更严格地实行持证上岗制度,把培训、使用、待遇三者更紧密地挂起钩来。要注意为优秀工人、劳动模范、实际工作能力强但文化程度不高的干部提供深造的机会。

(1994 年 7 月 30 日《人民日报》第三版头条)

北京市技工教育成绩斐然
10年培养各类人才40余万

李鹏总理题词:"发展技工教育,提高职工素质。"

据4月18日北京市劳动局有关负责人透露:自1980年以来,全市各级职业技术学校(培训中心)共为各行各业培养输送技术工人10余万人,培训待业青年17万多人,在职工人10万余人,军地两用人才3万人,为促进首都经济发展作出了贡献。

3月12日,李鹏总理为北京市技工教育工作题词:"发展技工教育,提高职工素质。"

技工教育是职业技术教育的重要组成部分,其主要任务是为国民经济各部门培养初、中级技术工人和掌握一定职业技能的从业人员。1980年以来,北京市有关部门对一些骨干学校给予重点扶植,促进了技校建设。

据统计,目前全市已有技工学校175所,市、区(县)、街(镇)职业技术学校(培训中心)45所,拥有8600人的技工教育队伍,其中有208名高级讲师,9名高级实习指导教师,1174名讲师和一级实习指导教师。在校生已达35000人。专业工种设置由机械加工为主,发展到化工、医药、电子、仪表、汽车制造、交通运输、建筑、冶金、轻工、纺织、商业、饮食服务、旅游、畜牧、水产等170多个专业(工种),形成了门类齐全的职教体系。

北京市劳动局有关负责人还承认,全市的技工教育在迅速发展中仍存在一些问题,主要是少数单位、部门对职业技术教育在国民经济发展中的重要性认识不足、重视不够,经费渠道不畅,实习教学场地设备不足等,这些问题已引起有关部门的重视,正积极加以解决。

（1990年4月23日《经济日报》第一版）

全国人大庆祝教师节
乔石等出席茶话会并讲话

今天上午,全国人大常委会和北京市人大常委会联合在京举行庆祝教师节茶话会。

中共中央政治局常委、全国人大常委会委员长乔石在茶话会上代表中共中央、全国人大常委会向全国的教师和教育工作者致以节日问候。乔石说,我们各条战线上的骨干无一不是由教师培养出来的。所以说,教育事业关系到我们国家的未来。

在谈到当前教师待遇时,乔石非常关心地说:"我们国家还有相当数量的文盲,而教师的地位、待遇还不理想。因此,我们要扎扎实实,不尚空谈,每年为教师办一点实事。我们国家人口多、底子比较薄,但是,只要沿着加强教育工作的路子走下去,教师的工作和生活条件会逐步得到改善,教育事业也会进一步发展。"

中共中央政治局委员、国务院副总理李岚清,全国人大常委会副委员长孙起孟、雷洁琼等与首都优秀教育工作者代表出席了茶话会。

李岚清副总理在茶话会上说,国务院决定,新的教师工资制度年内要出台,教师待遇将有所提高。李岚清希望社会各界继续大力关心教育,关心教师。特别希望各级人大对教育继续给予关注和支持,对政府的工作给予监督。

孙起孟、朱开轩等也在会上讲了话。全国人大教科文卫委员会主任委员赵东宛主持了今天的茶话会。

(1993 年 9 月 11 日《人民日报》第一版)

六千文稿写忠诚热爱　各路园丁话乐趣艰辛

宋平等为获奖代表颁奖　李岚清薄一波致信祝贺

人民日报教科文部举办的"我说教师这一行"征文评选今天揭晓,24篇作品分获一、二、三等奖(获奖篇目和作者名单详见今日三版)。颁奖大会在北京人民大会堂举行。宋平出席大会并为获奖教师代表颁奖,李岚清、薄一波分别致信祝贺。

中共中央政治局委员、国务院副总理李岚清在贺信中说:在今年教师节到来之际,我代表党中央、国务院向全国教师和教育工作者致以节日的问候。人民日报举办的"我说教师这一行"征文很有意义。这些征文展示了广大教师献身教育事业的高尚品德和积极向上的精神风貌,令人感动。我向参加这次征文和获得优秀征文奖的教师们表示热烈祝贺。希望这次获奖的教师再接再厉,继续努力,为我国教育改革和发展作出新的成绩。同时,希望人民日报等各新闻单位继续报道优秀教师的先进事迹,让全社会更多地了解教师、尊重教师,使尊师重教蔚成风气。

薄一波在贺信中说,人民日报举办"我说教师这一行"征文很好。教师们自己写文章表达他们对教育事业的忠诚和热爱,反映教书生涯的艰辛和乐趣,体现了人民教师为振兴中华民族、建设祖国无私奉献的崇高精神,值得大家学习。这是尊师重教的具体表现。

参加这次征文的作者有大学、中小学、幼儿园的教师;有从事职业教育和成人教育的教师,也有从事特殊教育的教师;有初登讲台的青年教师,也有辛勤耕耘数十载的离退休教师。从北国到南疆,从平原到山区,教师们以饱蘸激情的笔,写出了一篇篇感人至深的文章。从应征的6000多篇来稿中,本报选刊了60篇。

在颁奖会上,人民日报总编辑范敬宜代表人民日报编委会向获奖教师表示祝贺,并对广大教师的积极支持和各方面的参与表示感谢。国家教委副主任柳斌,获奖教师代表、对外经济贸易大学教授孙维炎等也讲了话。

(1994 年 9 月 7 日《人民日报》第二版)

宋平宋健与"十杰""十佳"等座谈时寄语青少年
胸怀远大理想树立良好作风

　　宋平同志和国务委员、国家科委主任宋健今天在人民大会堂亲切会见了第四届中国十大杰出青年、第三届全国十佳少先队员和 10 名全国中学生实践技能标兵,并与他们进行了座谈。

　　团中央第一书记李克强首先介绍了"十杰"、"十佳"和全国中学生实践技能标兵的评选情况。在听取"十杰"、"十佳"代表的发言后,宋平同志说,你们在各自的学习、工作岗位上做出了突出的成绩,获得这个崇高荣誉是当之无愧的。他希望青少年要胸怀远大理想,树立正确的人生观和价值观,始终保持一种健康向上的精神风貌;要树立良好的作风,从我做起,从一点一滴的事情做起,刻苦学习,努力工作,勇攀高峰,争创一流;要正确对待和珍惜党和人民给予的荣誉,谦虚谨慎,戒骄戒躁,继续努力,在建设有中国特色社会主义的伟大事业中,不断做出新的贡献。

(1993 年 10 月 10 日《人民日报》第四版)

电视剧《徐海东大将》将开拍
刘华清李铁映等关心该剧创作

重大革命历史题材电视剧《徐海东大将》即将开拍。今天上午,刘华清、王光英、布赫、洪学智等来到中国人民革命军事博物馆,出席开机新闻发布会。此前,刘华清同志多次关心这部电视剧的创作情况,李铁映同志会见了主创人员。

徐海东是中国现代革命史上富有传奇色彩的名将,毛泽东同志曾评价他是"对中国革命有大功的人"。10集电视剧《徐海东大将》从剧本创作到筹备拍摄历时12年,五易其稿,得到了刘华清等200多位红军老前辈的大力支持,徐向前元帅生前题写了片名。这部电视剧重点选取徐海东、吴焕先在危急关头率军长征、先期入陕、迎接党中央这一段艰苦卓绝的史实,着力塑造徐海东大智大勇的大将品格,突出表现他和红二十五军将士的大局观念与英勇奋斗精神。《徐海东大将》由中国影视音像交流协会影视制作中心和湖北经济电视台联合录制。

中宣部副部长徐光春,文化部副部长徐文伯,广电部副部长、中央电视台台长杨伟光,以及文化界人士60余人参加了今天的新闻发布会。

(1997年11月17日《人民日报》第四版)

李岚清在国务院学位委员会第十六次会议上强调
抓好研究生教育　培养高素质人才

国务院学位委员会第十六次会议今天在京召开。中共中央政治局常委、国务院副总理、国务院学位委员会主任委员李岚清在会上强调,作为科教兴国的重要组成部分,学位和研究生教育战线的广大教师、科研工作者和管理人员必须发奋努力,共同把高质量、高效益、能够满足我国现代化建设的研究生教育带入 21世纪。

李岚清指出,实施科教兴国的战略,知识创新,发展高新技术要靠人才,特别要靠年轻的英才不断地涌现出来。研究生教育直接为科学技术提供高素质的人才,同时也直接为科学技术的发展作出贡献。因此研究生教育在实施科教兴国战略中具有十分重要的地位和不可替代的作用。

李岚清说,经济、社会的发展为学位与研究生教育的进一步改革和发展奠定了坚实的基础,同时对高层次人才的需求也更加迫切。特别是我国经济体制和经济增长方式的两个根本转变,使得社会,尤其是高新技术领域对人才的需求重心上移,对高层次人才的依赖程度不断增加。学位是高层次人才学术水平的标志。在我国,随着尊重知识、尊重人才的社会风气的逐步形成,国民对于学位的认识也在逐步深化,对于接受更高层次教育、获得高级学位的愿望也更加迫切。对于学位工作和研究生教育来说,面对世纪之交的新形势,无论是外部环境还是其本身的发展,都是建立学位制度以来最好的时期,国内外经济和科技发展的形势和我国实行的改革开放政策为我们营造了很好的外部环境和发展空间,同时给我们提出了更高的要求。必须抓住当前的有利时机,深化改革,推动我国学位与研究生教育事业的全面发展。

在谈到我国高等学校管理体制改革时,李岚清指出,我国的经济工作正在实现经济体制和经济增长方式的两个根本性转变。在这种形势下,教育工作必须解决好两大重要问题,也就是教育要全面适应现代化建设对各类人才培养的需要,要全面提高办学的质量和效益。要求高等教育的发展不仅要注重数量,而且更要注重结构、质量和效益,在优化结构、保证质量和不断提高质量的前提下,稳步发展数量。近几年来,通过“共建、调整、合作、合并”的方式,初步打破了条块分割、重复办学的局面,收到了很好的效果。为减少低水平重复,合理提高综合化程度,合理配置教育资源,提高办学效益,增强高等学校的整体实力提供了一种有效的办法。

李岚清指出,学位和研究生教育工作近年来在推动高等学校管理体制的改革方面发挥了十分重要的作用,学位工作的改革是积极的、有成效的。特别在建立省级学位委员会、发挥地方统筹的作用、面向国民经济的实际需要设置专业学位、拓宽学科面、扩大高等学校的办学自主权等方面取得了明显成效。我们应该认真总结这些有益的经验。高等教育各个方面的改革必须互相促进,互相推动,形成一个有机的整体,共同把我国的高等教育改革推向深入。李岚清表示相信,学位和研究生教育所带来的积极的社会效益一定会在即将到来的 21 世纪更加充分地显现出来,一定会在我国的现代化建设和改革开放事业中发挥更大的作用。

据了解,国务院学位委员会第十六次会议将审议通过国务院学位委员会学科评议组第七次会议审核增列的博士、硕士学位授权点和部分新增学位授予单位名单;审议批准《关于授予具有研究生毕业同等学力人员硕士、博士学位的规定》;对《关于对外国学位进行认定的意见》以及将《中华人民共和国学位条例》修改为《中华人民共和国学位法》等议题进行讨论。

朱光亚、周光召、朱开轩、张孝文、汝信、周远清出席会议。陈至立列席会议。

(1998 年 6 月 18 日《人民日报》第一版)

全国五千多名优秀教师受表彰

李岚清代表党中央国务院向广大教育工作者祝贺节日

21 位中小学校长被教委授予"全国优秀校长"称号

全国 5000 多名优秀教师在教师节到来之际受到党和人民的奖励与表彰。今天,全国优秀教师的代表和首都各界 500 多人在人民大会堂召开表彰会,以此庆祝第九届教师节,并向教育系统劳动模范、全国优秀教师和教育工作者致敬。

中共中央政治局委员、国务院副总理李岚清,全国人大常委会副委员长孙起孟、雷洁琼,全国政协副主席阿沛·阿旺晋美出席大会,并向获奖者颁奖。李岚清在讲话中代表党中央、国务院向辛勤工作在教育战线上的广大教师和教育工作者致以节日的祝贺和亲切的慰问。

又讯　教师节前夕,21 位在基础教育事业中做出突出成绩的中小学校长受到国家教委的表彰,并被授予"全国优秀校长"称号。

据介绍,单独对中小学校长进行全国性命名表彰,在我国尚属首次。我国现有中小学校长近百万人。长期以来,他们带领学校教职工努力工作,为全面贯彻党的教育方针,提高教育质量,深化教育改革,培养合格的社会主义事业建设者和接班人做出了重要贡献。国家教委副主任柳斌称,我们的中小学校长队伍是优秀的、值得敬仰的。

这次受到表彰的优秀校长中有中学校长 14 人,小学校长 7 人。他们全部都是特级或高级教师,其中有 7 人长年工作在县城、农村山区及少数民族地区。这些优秀校长的共同点是:长期致力于学校教育和管理工作,有强烈的事业心,勤于实践,勇于改革,善于管理,在办学治校方面成绩突出。

国家教委副主任柳斌在表彰会上指出,要达到本世纪末我国基础教育改革和发展的目标,从一定意义上讲,校长比教师承担的责任更大。他希望全国中小学校长不断提高自身素质,为发展我国基础教育事业再立新功。

（1993 年 9 月 10 日《人民日报》第一版）

三千多名教育界人士在首都隆重集会
纪念邓小平"三个面向"题词十周年
李岚清说"三个面向"是教育改革和发展的战略指导方针

在第九届教师节到来之际，来自全国各地的教育系统劳动模范、优秀教师和教育工作者与首都教育界人士 3200 多人今天聚会人民大会堂，隆重纪念邓小平同志"教育要面向现代化，面向世界，面向未来"题词十周年。

中共中央政治局委员、国务院副总理李岚清在会上作了题为《认真学习邓小平教育思想，把教育改革和发展推向新阶段》的讲话。

北京市市长李其炎、北京景山学校校长崔孟明、北京师范大学校长方福康也在纪念会上讲了话。

纪念会由国家教委和北京市人民政府联合举行。国家教委主任朱开轩主持了纪念会。

(1993 年 9 月 11 日《人民日报》第一版)

李岚清同北大师生座谈
向教职员工致敬拜年

在新年即将到来之际,中共中央政治局委员、国务院副总理李岚清今天下午来到北京大学,亲切看望了干部、教师和学生代表。他代表党中央和国务院向全校师生员工祝贺新年。

在学校举行的座谈会上,李岚清听取了北京大学校长吴树青和一些老教授、青年教师、学生有关北大教育改革和发展情况的发言。他称赞北京大学所取得的成就,对广大教师几十年来辛勤耕耘、无私奉献培养人才的精神表示由衷的敬意。李岚清希望新的一年里,全校广大干部和师生再接再厉,认真贯彻《中国教育改革和发展纲要》,以改革促发展,把办学效益和教育质量提高到一个新的水平。

座谈会结束后,李岚清又来到学校文化活动中心,看望了正在这里参加新年晚会的教师和学生,并兴致勃勃地同他们一起联欢。

(1994 年 1 月 1 日《人民日报》第四版)

三千教师欢聚一堂迎新春

李岚清代表党中央国务院感谢广大教师和教育工作者的辛勤劳动

在新春佳节即将到来之际,来自北京、天津和河北的3000名教师与部分教育工作者代表今天欢聚在人民大会堂,出席国家教委、北京市人民政府、中国中小学幼儿教师奖励基金会和北京市人民教育基金会举行的慰问教师迎春茶话会。

中共中央政治局委员、国务院副总理李岚清到会代表党中央、国务院向辛勤工作在教育战线上的广大教师和教育工作者致以节日的祝贺和亲切的慰问。他说,尊师重教是我们中华民族的优良传统,也是党和政府的一贯方针。新中国成立40多年来,全国的1000多万教师,为培养建设社会主义新中国的各类人才,辛勤耕耘,呕心沥血,无私奉献,不计较清苦的生活条件和艰苦的工作条件,忠诚于人民的教育事业,做出了不可磨灭的贡献。对此,党和政府感谢你们,人民感谢你们,人民共和国的历史也永远不会忘记你们。

李岚清指出,建设好一支政治、业务素质优良的教师队伍,是教育事业的根本大计。几十年来,特别是党的十一届三中全会以来,党中央、国务院十分重视教师工作。教师队伍在质量上有了较大提高,在数量上不断扩大,工作条件和生活条件逐步改善,教师的社会地位也在逐步提高。《教师法》的颁布,必将促使全国的教师工作迈上一个新的台阶。这些年来,党中央、国务院和各级人民政府,为进一步提高教师的社会地位和工资待遇,采取了一系列措施,做了许多工作,也收到了一定的成效。但从总体上讲,还不尽如人意,教师在生活和工作方面仍旧存在着不少实际困难。前一个时期,一些地区出现了拖欠教师工资的现象。这是绝对不能容许的。对此,党中央、国务院和国家教委三令五申,各地区已采取了措施,进行了清欠。但今后决不能再发生新的拖欠。否则,要依法追究各级政府主要领导者的责任。各级党委和政府的主要负责同志都要亲自过问教师工作,采取有效措施,认真改善教师的生活待遇与工作条件,也希望社会各界继续关心教育、关心教师,发扬光大尊师重教的优良传统。同时,应当看到,目前在教师工作中存在的一些问题,总的来说,是前进道路上出现的问题。对于这些问题,党中央、国务院始终是十分重视的。他说,经过继续努力,随着祖国社会主义四化事业的发展,这些困难将会逐步得到妥善解决,人民教师一定会真正成为全社会受人尊敬、令人羡慕的最光荣的职业。

李岚清强调,教育是我们国家的一项基础工程。社会主义市场经济体制的建立和现代化宏伟目标的实现,最终取决于国民素质的提高和人才的培养。历史赋予了人民教师和整个教育界全体同志光荣而又艰巨的任务。希望教育战线的广大教师和教育工作者,在新的一年里,进一步认真学习《邓小平文选》第三卷,继续发扬无私奉献、不畏困难、开拓进取的精神,按照《教师法》的要求,自觉提高自身的思想和业务素质,更好地教书育人,为人师表,为我国的社会主义四化建设和教育事业的改革发展做出新的贡献。

全国人大常委会副委员长雷洁琼、布赫、李沛瑶,全国政协副主席钱伟长、胡绳和有关部门的负责人出席了茶话会。北京市市长李其炎和优秀教师代表李燕玲在会上讲了话。茶话会由国家教委主任朱开轩主持。

茶话会上,北京市大、中、小、中专学校学生和幼儿园小朋友表演了精彩的文艺节目。

(1994 年 2 月 6 日《人民日报》第四版头条)

'94 大学毕业生之夜文艺晚会在京举行
李岚清鼓励大学毕业生为国家建功立业

'94 大学毕业生之夜文艺晚会今晚在北京举行。中共中央政治局委员、国务院副总理李岚清在晚会演出前亲切地会见了首都高校大学毕业生代表。

在听取了大学毕业生代表的发言后,李岚清说,今年,全国将有 65 万莘莘学子走出校园,奔赴报效祖国的工作岗位。在此,我谨代表党中央、国务院向全国的大学毕业生表示热烈的祝贺;同时向在座的同学表示良好的祝愿,对即将到西藏等艰苦地区工作的同学表示由衷的敬意。天高任鸟飞,海阔凭鱼跃。希望你们走上工作岗位以后,在广阔的天地里,为我国的社会主义现代化建设奉献自己的聪明才智。

他说,改革开放给我们的国家带来了巨大的变化,也使我国的经济建设和社会发展取得了令世人瞩目的成就。但是,还应该看到,我国幅员辽阔,地区发展很不平衡,有些地区还处于相当落后的状态,特别是边远地区,那里的建设更需要大量的、有专门知识的人才,那里的发展还需要有志青年去建功立业。

李岚清说,在发展社会主义市场经济的新时代,有些人的价值观发生了变化,惧怕艰苦生活的磨练。而在座的同学们主动要求到祖国最需要的地方去创业,去施展才干,这充分表现了当代青年的崇高境界。我觉得这正是中国希望之所在,是广大青年学习的楷模。

李岚清在谈话时对在座的同学们提出两点希望:

一是要继续学习。除了要学习掌握现代化的科学文化知识,紧跟时代步伐外;还要向社会学习,向当地的人民群众去学习,向周围的同志去学习。大学里的学习只是打基础的阶段,走上工作岗位以后,还要继续向实践学习,这是最重要的。

二是要抓住机遇,迎接挑战。参加工作以后,可能会遇到各种各样,甚至意想不到的困难和挫折,对此,大家一定要有充分的思想准备。在失败面前,不灰心、不气馁,并且争取得到组织上的支持和帮助。以我们90年代青年知识分子所独有的风范和才华,攻克一个又一个难关,以不负党的重托,人民的厚望。

在今天的晚会上,北京航空航天大学、北京大学、清华大学、复旦大学、苏州丝绸工学院等院校的师生表演了自己创作的节目。有关方面负责人朱开轩、张天保、沈荣骏、杨伟光、陈昌本、马述宽等及首都高校应届毕业生代表千余人观看了演出。

(1994年6月25日《人民日报》第四版)

李岚清在农村教育综合改革会议上指出
要进一步改革和发展农村教育

中共中央政治局委员、国务院副总理李岚清今天在唐山举行的全国农村教育综合改革工作会议上指出,各级党委和政府要进一步加强对农村教育综合改革工作的领导,加快农村教育综合改革的步伐,推动农村教育更好地为当地经济建设和社会发展服务。

李岚清指出,农业是我国国民经济的基础,农业、农村和农民问题一直是关系全局的根本性问题,党中央和国务院始终把农业放在党的工作和国家发展战略的首位。当前,农业和农村工作还存在着不少问题,产生这些问题的原因很多,其中一个重要原因是我国农村劳动者的科学文化素质比较低。要把科学技术转化为现实生产力,不依靠教育不行。只有发展教育,提高劳动者的思想道德和科学文化素质,把农村沉重的人口负担转化为人力资源优势,农业和农村经济的发展才有希望,国家的现代化和社会的稳定才有可能。他说,我国的国情决定了我国普及九年义务教育,发展职业教育与成人教育重点和难点在农村。我国80%以上的人口在农村,全国2亿多在校学生中有80%左右也在农村,这个基本国情决定了农村教育在整个国民教育中占有十分重要的地位。到本世纪末,如果广大农村基本普及九年义务教育、基本扫除青壮年文盲这一历史任务不能完成,要在全国实现《纲要》提出的宏伟目标是不可能的,要在全国实现小康目标也是不可能的。因此,一定要从我国现代化建设的高度认识农村教育的重要性,增强发展农村教育的紧迫感和责任感,进一步落实教育优先发展的战略地位,切实把农村教育抓紧抓好。

李岚清说,改革开放以来,我国农村教育各项改革逐步展开,各类教育事业有了很大的发展,涌现了一大批先进典型,初步探索出了一条符合我国国情的发展农村教育的新路子,为推动我国农业和农村经济的发展发挥了重要作用。但从总体上看,农村教育的办学思想、办学模式、教育结构、教育体制、教学内容和方法等仍不同程度地存在着脱离农村实际的倾向,还不能很好地适应农业和农村经济发展的需要。

李岚清强调,要进一步端正农村教育的办学思想,继续调整农村教育结构,坚持搞好基础教育、职业教育、成人教育"三教统筹"。农村各类学校首先应当明确农村教育主要是为当地经济建设和社会发展培养人才,提高农业劳动者的素质。农村基础教育要增加职业教育内容,不论是九年教育,还是六年教育,都要在使学生学好文化知识的基础上,掌握一些职业技能和实用科学技术知识,使大部分学生毕业后,能用其所学的技能和知识,在农村经济和社会发展中发挥积极作用。同时也要兼顾一部分学生继续升入高一级学校学习的需要。要在扎扎实实地普及九年义务教育、办好基础教育的同时,大力发展职业教育和成人教育。要通过小学后、初中后、高中后"三级分流"和调整教育结构,在农村逐步形成普通教育与职业教育共同发展、相互衔接、比例合理的教育体系。他指出,要大力推进农科教结合,认真实施"燎原计划",进一步落实科教兴农战略。充分发挥农村教育在农村社会主义精神文明建设中的作用,促进农村社会的全面进步。坚持实事求是,因地制宜、分类指导的原则,建立与当地经济建设和社会发展相适应的教育新体制。农村教育综合改革要始终坚持点上不断深化、面上积极推广的方针。国家教委和各省、自治区、直辖市政府都要注意培养代表性强、示范作用大的先进典型,扩大实验规模,加快改革步伐。

李岚清强调指出,各级党委、政府要把农村教育综合改革作为科教兴农的一项重大措施列入重要议事日程,加强规划和指导,努力创造条件,在政策和措施上给予倾斜,要继续组织更多的高等院校、中专学校和教育科研机构参与农村教育综合改革和发展。

李岚清今天还听取了河北省省长叶连松、唐山市负责同志关于教育和经济工作情况的介绍,对河北省及唐山市在农村教育综合改革工作中取得的成绩给予充分肯定,还参观了丰南市职业教育中心。会上,国家教委授予北京市昌平县等 204 个单位为全国农村教育综合改革先进单位。

(1994 年 9 月 24 日《人民日报》第三版)

李岚清在对外经贸大学提出
加快培养高水平经贸人才

在昨天举行的对外经济贸易大学校董会扩大会议上,中共中央政治局委员、经贸部部长李岚清指出,我国经贸事业的发展需要更多的人才,学校要加快教育改革、提高教学质量,不断为国家培养出更多高水平的经贸人才。

李岚清首先指出,经贸高等教育要为改革开放和对外经贸事业的发展服务,就必须跟上形势的发展,进一步深化教育改革,建立适应社会主义市场经济体制需要的经贸教育体系。目前,全国已有120所院、校、系在培养经贸本科生、大专生、中专生,在一定程度上解决了对外经贸人才的需要。经贸大学作为在国内外有较高声誉的学府,应当着重培养高水平、高层次的经贸人才。这种人才不仅要有比较深厚的理论根基,还要有较强的从事经贸实务工作的本领;既有丰富的经济贸易知识,也能懂得一般的工业、技术知识。经贸大学要逐步增加硕士生和博士生的比重,特别要培养更多的工商管理硕士。

李岚清说,随着社会主义市场经济体制的建立和发展,我国对外贸易的对象、内容和方式都发生了很大变化,必须打破旧的模式,在教学内容、课程和学科设置等方面进行重大改革,以适应社会主义市场和国际经济贸易的运行通则,以利对外贸易的发展和进一步对外开放。在教育思想上要坚持使学生在德、智、体几方面得到全面发展,决不可偏废任何一个方面。要把学生培养成有丰富知识和较强实际工作能力的、德、智、体全面发展的人才。

李岚清说,我赞成建立校、院、系三级管理体制,这样有利于学科建设和提高教育水平。学分制和学年制相结合,使学生既要必修一些重要课程,也要有一定的选择余地。要按照国家的有关规定,与外国著名学校合作办学,进一步扩大同国外院校的交流合作。要在注意生源质量的前提下增加自费生和委托代培生的比重,逐步达到在校生总数的 1/3 左右。学校本身要努力建设一支高水平的教师骨干队伍,也可以从校外聘请兼职教授。要破除论资排辈的传统观念,大力选拔优秀年轻教师,让年轻人感到有奔头,使优秀人才脱颖而出。对于中、老年教师,也要充分发挥他们的作用,关心他们的生活和知识的更新。

李岚清提出,要注意培养复合型人才,既懂经济贸易,又懂工业农业,既懂经营管理,又懂生产技术,精通一门,兼知其它。还要注意培养有战略眼光的从事宏观决策、经营管理和组织领导的高层次人才。为此,必须在学校内建立激励机制和淘汰机制。

李岚清强调,对青年学生要坚持用理论联系实际、生动而有说服力的方式进行马克思主义、毛泽东思想基本原理的教育,引导他们认真学习和领会邓小平同志建设有中国特色的社会主义的理论,同时也要学习中国文化、哲学、伦理、道德等方面的优秀遗产,吸收一切人类文明的成果。

李岚清最后指出,当今和未来国际市场的竞争,主要是人才的竞争,作为培养人才的教育事业是一项伟大而光荣的事业,大家都应当关心和支持教育事业,把它办好。

(1993 年 3 月 25 日《人民日报》第三版头条)

李岚清和首都少儿共庆六一
亲切慰问全国小学、幼教第一线教职员工

中共中央政治局委员、国务院副总理李岚清今天上午来到北京市东城区史家胡同小学和大方家幼儿园,向小朋友祝贺节日,并亲切慰问了辛勤耕耘在小学、幼教第一线的教职员工。

今天上午,史家胡同小学彩旗飞舞,一片欢声笑语。李岚清在听取校长卓立汇报后,与千余名师生一起参加了庆祝"六一"儿童节大会,并向史家胡同小学的先进班集体和先进同学颁发了奖品。李岚清说,我非常高兴有机会来到史家胡同小学,与各位教师和同学共同庆祝"六一"儿童节。请允许我代表国务院向你们致以节日的祝贺。你们是国家未来的希望,是下一个世纪国家建设的主力军,是跨世纪的未来接班人。党和国家对你们抱有殷切的期望,希望你们珍惜在学校的好时光,努力学习,把自己培养成为一个有理想、有道德、有文化、有纪律的优秀人才。要做到这一点,就要努力学知识、学文化,学习我们国家的历史,继承我们国家五千年光辉灿烂的文化传统。希望史家胡同小学越办越好,培养更多的国家未来的优秀接班人。同时,向史家胡同小学的教师,并通过你们向全国的教师们为辛勤培养下一代所付出的劳动、做出的贡献表示衷心的感谢。会后,李岚清还参观了学校,与学生一起做游戏,同唱"没有共产党就没有新中国",引来阵阵掌声。

离开史家胡同小学,李岚清又来到大方家幼儿园,兴致勃勃地观看了小朋友们表演的节目,听取了幼儿园领导的工作汇报,要求她们把幼教工作做得更好。

李岚清还分别向史家胡同小学和大方家幼儿园赠送了一批学习用品和玩具。

(1993 年 6 月 1 日《人民日报》第一版)

李岚清与清华大学师生座谈时指出
加大教改力度　促进教育发展

中共中央政治局委员、国务院副总理李岚清今天在与清华大学干部、师生座谈时指出，要进一步加大教育改革的力度，认真研究教育改革中的问题，探索推进教育改革的切实措施。

在认真听取关于清华大学教育改革、学生思想政治工作、师资队伍建设、科研工作的情况介绍后，李岚清热情称赞清华大学几十年来为国家培养了大批高质量的人才。他代表国务院向全校师生员工表示亲切慰问，希望把清华大学办成全国高校贯彻落实《中国教育改革和发展纲要》，加快教育体制改革，进行全面探索的样板，为高校的教育改革提供更多的好经验。

李岚清在讲话中就贯彻落实教育《纲要》的一些问题谈了意见。他说，现在越来越多的人认识到人才对国家兴旺发达的决定性作用，认识到教育在国家发展中的战略地位。许多同志希望我国的高等教育能像经济一样有更快更大的发展，希望多办一些大学。但由于国家财力有限，教育的投入不可能一下子增加很多，因此，发展教育事业要在逐步增加教育投入的同时，加大教育改革的力度，加快改革的步伐。当前，根据《纲要》提出的要求，有一系列的问题要认真研究并在实践中进行探索，要有切实的措施和实施方案。

关于多渠道筹集办学资金问题，李岚清说，要逐步建立起以国家财政拨款为主，辅之以征收教育税、社会捐资以及校办产业收入的教育投入体制。近年来，各地校办产业有了较大的发展，这对增加教育的投入，改善办学条件，提高教师福利待遇起了重要作用。学校也要与产业部门紧密结合。学校要努力为产业部门服务，开展知识、技术服务。产业部门则可以用投资、捐款、合资合作等方式参与办学，使学校与社会的关系更加密切。

李岚清指出,社会主义市场经济体制需要大批既懂经济又懂技术,既懂工业又懂贸易的复合型的经营管理人才。高等学校应该适应这一要求加快专业设置的调整和教学内容的改革,要逐步解决学科专业设置过细过窄的问题。当然也要防止实用主义的倾向,只顾眼前,不顾长远,忽视国家和社会长远利益所需要的重点项目和基础学科。这就要求我们既要发挥学校在专业设置和调整方面的自主权,国家也要注意加强宏观调控。

李岚清谈到学校内部的管理问题时指出,要加快学校的社会服务体系的建设,逐步减少学校庞杂的后勤服务压力,改变把学校办成小社会的状况,使学校能集中精力搞好教学和科研;要充分发挥学校现有教学、科研设施的作用。一些大学的图书馆和实验设备可以对其他学校、科研单位甚至对社会开放,适当收取使用费,充分发挥其社会效益;提倡发展校际间的横向联合,使学校、科系之间加强交流、合作,取长补短、人尽其才、物尽其用。也应当发展国际间的学术交流和合作。

李岚清说,要充分发挥研究生的作用,让一些研究生一边学习,一边当助教,承担一部分教学辅导、实验室等工作。这样做既可以增加教学力量,弥补教师的不足,还可以巩固所学的知识,增加收入。他指出,要认真研究学校内部分配与奖励问题,打破平均主义,真正实行按劳分配,多劳多得,充分调动教职员工积极性。

(1993 年 8 月 1 日《人民日报》第四版)

李岚清同全国学联会议代表座谈时指出
学生应当以学习为主

　　中共中央政治局委员、国务院副总理李岚清8月23日下午在与全国学联第21届2次全委会会议代表座谈时指出,青年学生在大学时代要以学为主,必须抓紧黄金时间勤奋学习,为将来报效祖国打好基础。

　　北京大学学生会主席英勇、大连理工大学研究生会主席杨巍等10多位代表在座谈会上分别就教育改革、学风、思想政治教育等问题发了言。

　　李岚清在讲话中说,当今大学生是跨世纪的一代,尤其处在计划经济向社会主义市场经济转变的时期更要努力学习,勇于探索。建设有中国特色社会主义,振兴中华,人才是关键。青年学生要以学习为主,抓紧在学校的短短时间掌握更多的知识,以备将来投身改革开放和现代化建设的伟大实践,为祖国的繁荣昌盛贡献自己的力量。他指出,学生利用假期进行勤工助学是可以的,但要把握好方向,决不能为了赚钱去干那些不健康甚至丧失人格的事。

　　谈到教学改革问题时,李岚清提出,教学改革要适应社会,要面向改革开放和现代化建设的实际,特别要重视基础知识的积累。他说,教学改革要加快步伐,教学内容、课程设置要随着经济的转轨而有所变化,配套措施要完备。

　　谈到加强德育教育时,他提出要改进政治课的内容与方法,要结合实际来讲授和研讨,增强理论的吸引力;要加强对学生的爱国主义教育和近、现代史教育,加强中华民族传统美德教育;思想政治工作要渗透到校园的各个方面,要结合青年的爱好和特点,为广大学生所接受。

　　团中央第一书记李克强主持了座谈会。

（1993 年 8 月 25 日《人民日报》第三版头条）

河北采取措施兑现拖欠教师工资
李岚清致信省委领导同志表示赞赏

河北省积极采取措施解决拖欠教师工资问题,到 8 月中旬,全省已兑现拖欠教师工资 3560 万元,占前一段拖欠教师工资总数的 57%,争取在教师节前兑现所有拖欠教师的工资。前不久,中共中央政治局委员、国务院副总理李岚清给河北省委书记程维高、省长叶连松写信表示赞赏。

去年以来,河北省一些地方出现了拖欠教师工资的现象。这次拖欠教师工资的面比较广,数额比较大,时间也比较长。对此,省委、省人大、省政府十分重视。省委书记程维高先后 3 次批示并提出限期解决。省政府于今年初、5 月初和 7 月初先后 3 次发出明传电报,提出了明确要求。7 月 1 日,省人大八届二次常委会听取了省政府关于执行义务教育法和拖欠教师工资问题的汇报,引起了与会委员的关注。7 月 8 日,省政府召开解决拖欠教师工资问题办公会,省长叶连松要求把拖欠教师工资情况印发专员、市长,以引起重视。7 月 22 日晚,省政府召开全省电话会,进一步统一了思想,明确了认识,作出了具体部署。会后,省政府组织省教委、财政厅、人事厅、法制局、教育工会的同志分赴 11 个地市督促检查,保证教师工资的兑现、发放。

与此同时,河北省委、省政府还采取了一系列有力措施:一是把解决拖欠教师工资问题作为尊师重教、加强基础教育的大事来抓。二是落实领导责任制,实行首长负责制。三是省政府规定,凡存在拖欠教师工资的地方,县(市)政府不准购买高档小轿车。四是切实改进和完善教师工资管理制度。五是要求各级政府切实增加教育投入。

河北省各级党政领导都把解决拖欠教师工资问题列入重要日程,全省各地出现了一个以解决拖欠教师工资问题为中心的为教育办实事的热潮。一是各级领导重视,一把手亲自抓。二是各有关部门密切配合,形成齐抓共管局面。三是各地、市采取切实措施,落实好教师的待遇。许多地方在财力不足的情况下,对教育采取倾斜政策,优先发放教师工资。对不同类型的地区提出不同要求,限期解决拖欠。千方百计筹措资金,保证资金到位。四是加强督导检查,及时反馈信息。

(1993 年 9 月 1 日《人民日报》第三版头条)

国际职业技术教育研讨会开幕
李岚清出席并讲话

由国家教委和中国联合国教科文组织全国委员会联合主办的"国际职业技术教育研讨会",今天上午在京开幕。国务院副总理李岚清出席开幕式并讲了话。

李岚清说,和平与发展是当今世界的两大主题,现代化是每个国家矢志追求的目标,而职业技术教育则是现代化建设的重要支柱之一。随着世界范围经济联系的不断加强,扩大各国职业技术教育界的交往已是大势所趋。中国作为发展中国家,十多年来执行改革开放政策,在经济加速发展的同时,职业技术教育的发展更为迅速。近两年来,中国的经济建设和对外开放步伐进一步加快,从而对职业技术教育提出了更高、更迫切的要求。他表示,中国政府将进一步重视发展职业技术教育,并祝研讨会取得成功。

国家教委主任朱开轩主持开幕式。国家教委副主任王明达,联合国教科文组织总干事代表、教科文组织亚太地区总办事处主任阿赫迈德先生也讲了话。这次会议的主题是"现代化与职业技术教育"。应邀参加研讨会的有来自世界五大洲20个国家和地区的职教专家、官员以及有关国际组织的代表。

(1993 年 9 月 14 日《人民日报》第三版)

李岚清到北京部分学校看望教师
向教师们致以节日问候

中共中央政治局委员、国务院副总理李岚清今天来到北京市部分小学、中学、职业学校和高等院校,看望教师并进行座谈,他高度赞扬我国广大教师辛勤耕耘,无私奉献,教书育人,为国家培养了大量人才所作的贡献。他代表党中央、国务院向广大教师致以节日的问候。

在海淀区实验小学、花园村二小和花园村中学,李岚清参观了学校的教室、实验室,和优秀教师代表亲切交谈,合影留念。他说,教育关系到国家的繁荣昌盛、民族的振兴。祖国的现代化建设要依靠科学技术,关键也是教育。而办好教育的关键是教师。希望全国广大教师继续发扬艰苦奋斗的精神,为教育事业的发展作出新的贡献。各级政府要切切实实为教师办实事,努力提高教师的待遇,把尊师重教落到实处。

在海淀区旅游服务职业高中,李岚清高兴地参观了模拟餐厅和客房,观看了学生们的服务技能训练。他对教师们说,职业教育是适合我国国情,为国家培养大量适用人才的有效途径。他希望职业教育系统的广大教师加倍努力,为国家培养出更多的有技能的实用人才,以适应经济和社会发展的需要。

在北京邮电大学,李岚清参观了国家重点实验室、学生实验课。在电信开发研究所,他了解学校邮电科技发展和教育情况后,祝愿教师们取得更大成绩。他还登门看望了年逾七十的博士生导师周炯,同这位老教授就加强基础理论研究进行交谈。他对周教授在邮电科技研究方面作出的贡献表示谢意。

李岚清最后来到首都师范大学,与这所大学和北京邮电大学的教师代表进行座谈,并听取两校负责同志关于教育改革的介绍。他说,师范院校是培养教师的摇篮。要办好师范教育。我国是人口大国,必须重点搞好基础教育,而从事基础教育的人才需要师范院校来培养。当前一个紧迫任务就是要大力培养合格的师资和教育行政管理人才。李岚清说,要逐步缩小重点和非重点中小学之间的差距,特别是要努力提高非重点学校的教育质量,其中重要问题还是要加强这类学校的师资力量。他说,要认真把基础教育办成素质教育,培养学生德智体全面发展。

(1994 年 9 月 10 日《人民日报》第一版)

首都举行教师节文艺晚会

李岚清代表党中央国务院祝贺教师节日

今天晚上,中央电视台演播室内灯火辉煌,"走进九月"'94教师节文艺晚会在这里举行。

李岚清、雷洁琼、吴阶平、万国权等领导同志,同应邀进京的全国模范教师代表、北京市的教师代表和尊师重教的企业界代表共度第十个教师节。

中共中央政治局委员、国务院副总理李岚清在晚会上代表党中央、国务院,向默默耕耘、无私奉献,为我国社会主义现代化建设和教育事业做出巨大贡献的1000多万教师表示节日的祝贺。向海内外关心、支持中国教育事业的朋友们表示感谢。祝愿全国的广大教师在工作中取得更大的成就,为我国的教育改革和发展做出更大的贡献。祝福全国的教师们家庭幸福,身体健康。

热情赞颂教师、尊师重教是这台晚会的主旋律。北京海娃艺术团、中央民族大学、少年艺术团、战友歌舞团表演的歌舞《老师,您好》,表达了对教师的崇敬之情。毛阿敏、楼乾贵、王洁实、谢丽斯的歌声,赵本山、郭达等表演的小品,使晚会气氛十分热烈。

在国际上获得世界钢琴大奖的孔祥东,专程从国外赶到北京,用琴声向老师倾诉心曲。来自山西晋中艺校和中国戏校的师生们也献上了精彩的节目。

这台文艺晚会是由全国人大、全国政协、国家教委、北京市人民政府、中央电视台、全国中小幼教师奖励基金会联合举办的。

(1994年9月11日《人民日报》第三版头条)

艰苦创业二十七载　继承发扬延安精神

王思明山沟里办出好学堂

中宣部国家教委召开新时期创业精神报告会　李岚清发来祝辞

　　中宣部和国家教委今天在北京举行了新时期创业精神报告会,陕西省延安地区山村小学教师王思明介绍了他艰苦创业的先进事迹,受到了与会中小学教师和师范院校师生的热烈欢迎。国务院副总理李岚清发来了祝辞。他希望广大教育工作者要以王思明为榜样,艰苦奋斗,努力工作,开拓进取,为实现 90 年代我国改革和发展的宏伟目标作出新的贡献。

　　李岚清在祝辞中说,王思明老师扎根山区 20 多年,继承和发扬延安精神,在办学条件极其困难的情况下,艰苦奋斗,实现了"山沟里办好学堂"的理想,并为传播现代文明,为发展山区教育事业,做出了突出的贡献,树立了一个人民教师特别是农村人民教师的光辉榜样。我国有 1000 多万教师,他们承担着提高民族素质,培养国家所需人才的重大社会责任。王思明同志在一个山村教师的岗位上做出了显著的成绩,王思明这个典型具有鲜明的时代特征,是新时期学习的楷模。我国正在加快改革、扩大开放、建立社会主义市场体制、努力实现社会主义现代化,在我们这个时代特别需要发扬王思明同志那样的敬业和创业精神。

　　报告会由中宣部副部长龚心瀚主持。

　　报告会上还宣读了国家教委、人事部《关于授予王思明同志全国教育系统劳动模范称号的决定》。国家教委、人事部号召教育战线上的广大职工在改革开放的新形势下向王思明同志学习,以王思明同志为榜样,在党的十四大精神指引下,认真贯彻《中国教育改革和发展纲要》,为我国教育事业做出更大的贡献。

　　国家教委主任朱开轩在会上讲了话。

　　　　　　　　　　　　　　　　(1994 年 10 月 15 日《人民日报》第一版)

李岚清参加中央电大十五周年校庆时提出
把电大办成先进的开放大学

中共中央政治局委员、国务院副总理李岚清今天下午会见了参加中央电大十五周年校庆和全国电大校长座谈会的代表。李岚清提出,要进一步发挥电大的特点和优势,增强开放程度,采用现代教育技术,把电大建设成世界先进的现代远距离教育的开放大学。

李岚清说,广播电视大学是邓小平同志亲自批准成立的,这是教育发展史上具有中国特色的一个伟大创造。经过 15 年的艰苦努力,电大已经形成了一个覆盖全国城乡的广播电视教育网络,为国家培养了经济急需的人才。我国作为一个发展中的大国办教育,要符合中国国情。除了稳步发展高等学历教育外,还要积极开展职业教育,大力发展非学历教育,坚持面向社会、面向基层、面向农村,多层次、多形式的办学方向。在这方面,电大教育的成功实践,为我们提供了一条投资少、见效快、覆盖面广的新的教育模式。广播电视大学为发展我国高等教育开辟了一条重要的途径。

李岚清说,党中央国务院非常重视电化教育,电大要办出自己的特色,要坚持严格管理,要不断提高教育质量,提高电化教育水平。各级政府都要高度重视电化教育。他希望电教战线所有教职员工共同努力,再接再厉,为提高全民族的素质,培养更多四化建设需要的人才,尽早为实现《纲要》和全国教育工作会议提出的发展目标作出贡献。

李岚清还来到新落成的国家教委电教大楼,参观了电教馆、电大信息中心、教育电视台播出机房和控制室、演播室。

国家教委电教大楼位于北京复兴门,占地 18 亩,总建筑面积 5 万平方米。现在启用的首期工程即主楼高 25 层,建筑面积 2.2 万平方米,顶层的电视发射天线距地面 110 米。迁入新大楼的有中央广播电视大学、中国教育电视台、中央电教馆、国家教委电教办等单位。目前配套工程正在紧张施工。

参加全国电大校长座谈会的有中央电大及 44 所省级电大的校长。朱开轩、韦钰等国家教委领导同志就电大的教育改革和发展等问题,与代表们进行了座谈。

(1994 年 11 月 25 日《人民日报》第四版)

全国高等教育自学考试工作会议召开
李岚清致信祝贺

在我国自学考试制度创立 15 周年之际,全国高等教育自学考试工作会议今天在京召开。中共中央政治局委员、国务院副总理李岚清给会议写来贺信。

李岚清在贺信中说,15 年来,自考工作取得了巨大成绩。实践证明,自学考试制度是发展中国家办大教育的有效形式,是有中国特色的社会主义教育制度的一项创举。他希望同志们继续努力,加强考试管理,加强自学辅导,使更多的人自学成才,为我国社会主义现代化建设事业做出更大贡献。

我国自学考试制度自 1981 年创立以来,已形成以国家考试为主导、以自学为基础、辅之以社会助学或自学辅导的教育体系。自学考试目前遍及全国各地及香港地区,开考专业达 410 种,累计报名考生逾 2000 万人,参加 1996 年春季考试的考生就有 430 万人。据统计,全国现有在籍自学考试考生 610 万,相当于普通高校在校生的 2.18 倍、成人高校在校生的 2.6 倍。本、专科自考毕业生每年约 25 万人,相当于普通高校毕业生的 40%、成人高校毕业生的 55%。作为全国最大的"开放大学",自考使大批适应社会需求的人才脱颖而出,成为普通高校、成人高校不可替代的教育形式,成为我国高等教育结构中重要的组成部分。

国家教委主任朱开轩、副主任王明达在会上就今后的自考工作提出要求:加快开考专业的调整,自考机构要与农业部门加强合作,大力开展社会助学和自学辅导工作,改革考试的内容与形式,实现考试的科学化、标准化,要落实教考分离的原则,严格考务管理。

全国政协副主席钱伟长、全国自学考试委员会委员和各省、自治区、直辖市教委的负责同志出席了会议。

(1996 年 10 月 9 日《人民日报》第五版)

李岚清在全国中小学素质教育经验交流会上强调
大力推进素质教育　开创基础教育新局面

●实施素质教育要求面向全体儿童少年,淡化选拔意识,强化普及意识,促进学生的全面发展。

●提倡素质教育,其本质是要按照党和国家教育方针政策的要求,使学生成为品德高尚、身心健康、知识丰富、学有专长、思路宽广、实践能力强、能适应社会发展需要的"四有"新人。

中共中央政治局委员、国务院副总理李岚清今天在全国中小学素质教育经验交流会上指出,为实施科教兴国战略和可持续发展战略,实现跨世纪宏伟目标,我国教育工作必须大力推进素质教育,这是一项具有根本意义的重大转变。要按照以江泽民同志为核心的党中央的要求,进一步全面贯彻党的教育方针和邓小平同志关于教育的一系列重要论述,勇于开拓,努力工作,开创基础教育新局面,力争在本世纪结束前素质教育取得明显的成效。

李岚清说,基础教育特别是义务教育的根本宗旨是为提高全民族的素质打下扎实基础,为全体适龄儿童少年今后的学习和参与社会生活打下良好基础。实施素质教育要求面向全体儿童少年,淡化选拔意识,强化普及意识,促进学生的全面发展。提倡素质教育,其本质是要按照党和国家教育方针政策的要求,使学生成为品德高尚、身心健康、知识丰富、学有专长、思路宽广、实践能力强、能适应社会发展需要的"四有"新人。实践表明,素质教育能更好地激发学生的学习兴趣和主动性,有利于学生更好地掌握科学文化知识。

李岚清强调,推进素质教育是一项艰巨的任务,要抓住关键环节,采取有力措施。第一,要加快薄弱学校的建设,缩小中小学校间办学水平的差距。今后在义务教育阶段不搞重点学校,各级政府和教育管理部门要办好每所学校。在抽调优秀校长和教师以及加强对师资培训的同时,还应采取从国家各级机关选拔优秀青年干部支教、学校联办等多种形式,尽快提高薄弱学校水平。第二,改革课程、教材、教学方法,这是推进素质教育的核心。课程教材的改革应以促进学生全面发展为目标,减轻学生过重的课业负担,使学生有时间接受全面素质教育,有条件接触自然,接触社会,参加劳动。第三,要加快升学考试制度改革。科学的升学考试制度对推行素质教育起着积极的导向作用。小学生就近免试升初中等措施要进一步推广。要认真总结一些地区高校招生考试经验,加快高校招生和考试的社会化进程。第四,要建立符合素质教育要求的科学的评估机制。评价学生要按照全面发展的要求,看学生是否在原有基础上得到生动、主动、活泼的发展,而不是单纯看文化考试分数的高低;评价一个学校的教育,归根结底要看能否全面贯彻党的教育方针,使大多数学生在德、智、体等诸方面得到全面的发展。第五,要充分发挥中小学校长和教师在推进素质教育中的主力军作用。实现由应试教育向素质教育的转变,对校长、学校领导班子和教师队伍的素质要求更高了,既要转变教育思想观念,又要在教育手段、方法上有创新和突破。要建设一支积极推进素质教育、积极投身教育改革的教师队伍。第六,要进一步调整教育结构,积极发展高等和中等职业教育,拓宽升学就业渠道,为中小学实施素质教育创造有利条件。

李岚清最后指出,实施素质教育是一项涉及教育性质、教育功能、教育制度以及教育内容、教育方法等方面的综合性改革,涉及到人才观念、教育质量观念等思想观念的转变和劳动人事、考试招生制度的改革。在中小学实施素质教育,不但需要全体教育工作者的积极努力,而且需要各级政府、社会各界为中小学创造一个良好的大环境。实施素质教育,关键在领导。各级领导要树立正确的教育观、人才观和质量观,深刻认识实施素质教育的必要性和紧迫性。各级党委和政府应保障教育投入,统筹协调各部门、社区的教育资源支持教育改革,要通过建立正确的奖励机制、督导执法机制来推动中小学实施素质教育。家长要成为素质教育的支持者,努力配合学校促进孩子的全面健康成长。

李岚清在烟台还考察了芝罘区工人子女小学、养正小学、烟台二中等素质教育搞得好的学校,并同出席会议的各地教育行政部门的负责人举行了座谈,会见了全国优秀乡村民办教师代表。全国政协副主席、中国中小学幼儿教师奖励基金会理事长钱正英、国家教委主任朱开轩、党组书记陈至立、国务院副秘书长李树文等参加了座谈与会见。　　　　　(1997 年 9 月 5 日《人民日报》第五版)

跨世纪优秀人才计划实施
李岚清与优秀年轻专家座谈

国家教委跨世纪优秀人才计划现已开始实施,首批42位年轻专家入选。今天下午,中共中央政治局委员、国务院副总理李岚清在人民大会堂与部分优秀年轻专家进行了座谈。

跨世纪优秀人才计划旨在促进优秀人才的成长与脱颖而出,其主要目标是,到2000年培养造就一批高水平的年轻学科带头人与骨干。这一计划还包括设置跨世纪优秀人才计划专项基金,向国家、地方政府科技计划部门和其他科技投资部门积极举荐优秀年轻人才等。1993年度首批入选的42位年轻专家分别来自能源、农业、材料、信息工程、生物技术、交通运输、化学化工等领域。这些年轻专家分别是教授、副教授,其中18位已是博士导师。他们大多是30多岁,都是很有发展潜力的新秀。

李岚清在座谈中听取了专家代表的意见和建议之后说,培养造就一大批各行各业的优秀骨干人才,是一项带有战略意义的大事。其中一个关键,就是要着力培养一批跨世纪学科带头人。新一代学科带头人思想政治素质要好,有事业心和奉献精神;业务水平要高,教学科研能力强,学术上有突出成就,在本领域有较高威望;对学科发展有预见性,善于洞察科学前沿与突破点,能正确选择学科发展方向和科研教学方案;有组织管理能力;作风端正,治学严谨,能团结合作。

李岚清强调,确定培养造就新一代学科带头人的工作方针,应是稳定国内优秀人才与吸引优秀留学人员并举,不论留学与否,一视同仁,重在真才实学与思想品德。要坚持在实践中选拔和造就年轻学科带头人的方针,通过实行平等竞争,择优扶植原则,对优秀者给予重点支持,但不能拔苗助长,应使优秀者都有机会参与竞争,发挥作用。

　　李岚清指出,培养造就跨世纪学科带头人是全社会的共同任务,各级领导部门和社会各界都应予以关心和支持。要认真解决相应的投入问题和这些人的待遇与住房问题。在指导思想上,要坚持改革,以改革促发展,充分发挥各种潜力,努力提高效益。在科研项目的规划与安排方面,要发挥社会主义可以集中力量办大事的优越性,不能分散人力、财力。他希望老一辈科学家和教育家一如既往地指导、扶植年轻一代的成长;广大青年科技、教育工作者则要不负众望,正确认识当前出现的暂时困难,不断提高自己,勇攀高峰。

(1993 年 12 月 25 日《人民日报》第三版头条)

王震接见青年教授陈章良
代表江泽民杨尚昆李鹏祝贺陈章良获奖

今天下午,人民大会堂会见大厅内洋溢着喜庆的气氛。荣膺 1991 年度贾乌德·侯赛因青年科学家奖的北京大学教授陈章良,在这里受到国家副主席王震、中共中央政治局委员李铁映、国务委员宋健、全国政协副主席卢嘉锡的亲切接见。

王震首先代表江泽民、杨尚昆、李鹏向获奖的陈章良表示热烈的庆贺。他对陈章良说,当我听到你获奖的消息时,实在是高兴。你是社会主义新中国培养的世界上著名的新一代科学家,这是我们 11 亿中国人民的光荣,也是我们中华民族的骄傲。历史上我们出过很多有名的科学家、文学家。但是,到了近代,由于封建制度的腐朽和帝国主义的侵略,我们落后了。我们对于世界科学的贡献与我们这样大的国家的地位是不相称的。20 世纪下半叶,在以毛泽东同志为代表的中国共产党的领导下,中国人民站起来了,我们的科技事业才有了较大的发展。

陈章良告诉王震副主席,他是 1982 年从王震创办的华南热带作物学院毕业的,他在那儿读书时,学院里还挂着王震挥锄头参加建校劳动的照片。王震说,社会主义事业需要大批又红又专的人才。50 年代我动员了一些教授到海南岛创办了华南热带作物学院。这个学院办在生产第一线,把教学、科研和生产直接结合起来,培养了大批有用的人才,这说明了我们的教育方针是正确的。有些所谓的精英跑到外国去,咒骂我们的社会主义祖国,为的是讨口饭吃。这是每一个正直的中国人所鄙视的,而你学成归来报效祖国,为人民贡献聪明才智,这应当受到党、人民和国家的特别赞扬和尊重。

王震最后说,科学技术的进步是无止境的,希望新老科学家有更多发明创造。

　　陈章良激动地对大家说,我为祖国做得很少,而国家却给我很多很多。这几天,我收到不少留学生打来的祝贺电话和电报,他们说,我们终于相信了,在国内同样能做出成绩。

　　有关方面负责人朱光亚、盛树仁、朱开轩、朱丽兰、王佛松、洛桑、吴树青等接见时在座。

（1991 年 11 月 5 日《人民日报》第一版）

温家宝在中国科协座谈会上指出
科技经济结合是改革深入标志

在中国科协今天召开的"依靠科学技术促进经济建设座谈会"上,中共中央书记处候补书记温家宝指出,要把是否更好地促进科技与经济的结合、促进科技和经济的发展,作为改革是否深入、是否收到实效的重要标志。

温家宝说,解决好科技与经济建设脱节问题,建立有利于科技进步、振兴经济的新机制,是当前深化改革的中心一环。

他说,科技部门对经济建设和社会发展的重大问题、对重大建设项目,要积极提出咨询意见和政策建议;领导机关要认真听取科技部门和科技人员的意见,实行科学论证和科学决策;要加速科技成果的转化,提高新产品、新技术的开发能力,提高先进设备的国产化水平,促进企业技术改造;要通过科技服务,使各种各样的农业实用技术进一步得到普遍推广;同时在一些重要领域要有新的突破,使生物工程等高新技术在农业生产中得到应用。

温家宝强调,各级党委和政府要重视科技工作,切实把发展科技放在经济和社会发展的首要位置。各级领导要努力提高政治水平和科技水平,要同科技人员广交朋友,听取他们的意见、建议,注意发挥科技人员的作用。

会上,中国科协主席朱光亚、中组部副部长赵宗鼐等也分别讲了话,来自湖南省、江苏南通市、河南南阳地区等地的代表分别发了言。

(1991 年 10 月 29 日《人民日报》第四版头条)

中国大学生"百县千乡"工程项目洽谈会开幕
李克强出席并讲话

今天上午,中国大学生百县千乡科技文化服务工程项目洽谈暨经济技术信息发布会在北京图书馆正式开幕。

这次洽谈会是由共青团中央、全国学联主办,人民日报、光明日报、经济日报、中央电视台、中央人民广播电台等 10 家新闻单位和有关部委联合发起,旨在通过高校和地方供需见面的形式落实暑期大学生社会实践项目。团中央第一书记李克强在洽谈会开幕式上讲话,他鼓励青年学生投身到社会主义市场经济建设的大潮中去,在实践中提高自己的全面素质,充分发挥科技优势为地方经济和社会发展服务,努力锻炼,发奋成才。全国人大常委会副委员长王光英、吴阶平,中宣部副部长龚心瀚、国家教委副主任韦钰等出席了开幕式。

会上,百余个县、市共提出需求项目 700 多个,这些项目涉及机械、电子、化工、建材、农林、经贸等众多门类,充分反映了地方经济和社会发展的现实需要。河北省组织了一个 80 人的赴京技术洽谈团,带来了 122 个需求项目,其中,平山县提出的"磷矿渣利用"项目要求通过中试,并愿意拿出效益的 20% 吸引高校师生进行研制。江西安源把本地 5 平方公里开发区规划项目拿到了大会上。这些项目引起了大学生、研究生和教师们的浓厚兴趣,有 1000 多名高校师生参加了今天的洽谈会。

据悉,这次洽谈会共举办 3 天,18 日将由高校进行科技成果转让,19 日由河北、四川等省、市和有关高校举行大型经济技术信息发布会。

这次活动还吸引了一批乡镇企业、私营企业及民办企业,沈阳希贵股份集团公司承担了这次洽谈会的主要承办费。

(1993 年 6 月 18 日《人民日报》第一版)

李铁映在全国成人高教会议上强调
面向经济建设　加快改革步伐
高等成人教育一系列改革措施将陆续出台

　　我国将加快成人高等教育的改革步伐,若干改革政策即将出台。国务委员兼国家教委主任李铁映今天强调,教育体制改革必须与经济体制改革相适应,作为直接面向并介入经济建设主战场的成人高等教育必须自觉加大改革力度。没有大的改革动作,成人高教就不可能有较大较快的发展。

　　李铁映在今天结束的全国成人高等教育工作会上指出,自党的十一届三中全会以来,成人教育有了长足的发展,并取得了巨大的成绩。加速我国社会主义现代化建设的进程,有赖于科技进步和劳动者素质的提高,必须从观念上改变对成人教育的看法,从社会和经济发展的角度充分认识成人教育的重要地位。成人高等教育在这方面起着不可替代的作用。他说,今后对成人高等教育要积极鼓励,大力支持,并要有一个大发展,为此必须加速改革的步伐。改革的目的,要使成人高等教育更好地适应社会主义经济建设,使全社会更加重视,并有更多地投入。他指出,要改变教育由国家包下来的观念,积极大胆地走出新路子。社会力量办学是应改革开放应运而生的新事物,10多年来的发展是有功于社会的。因此要继续采取积极鼓励、大力支持、正确引导、加强管理的方针,扶持社会力量办学,特别是扶持社会力量在兴办职业技术教育方面发挥作用。同时,国家要继续对学历文凭的发放实行管理。文凭制度是一个国家教育制度的组成部分,高等教育的学历文凭是一个国家高等教育规格和水平的标志。他强调,学历文凭绝不能不讲标准和规格,要保证我国高等教育学历文凭的质量。要通过改革建立起学历教育的文凭制度与非学历教育的职业资格证书制度并存、并用、互相补充的教育与培训体系。李铁映指出,从体制上讲,我国教育改革就是要建立起中央和地方两级管理并负责的体制,这将成为我国教育制度的基本特征之一。成人高等教育今后将主要由地方政府负责管理。中央政府将通过立法实行宏观管理,并建立一个符合我国实际的、科学成熟的学历文凭审查制度。李铁映希望各级地方政府和业务主管部门更加重视和支持成人教育事业的发展,使成人教育更好地服务于改革和发展的需要。

在为期 4 天的全国成人高等教育工作会议上,代表们深入讨论了进一步改革和发展我国成人高等教育的若干问题和即将出台的一些政策措施。这些措施包括:逐步建立起职业资格培训证书、专业证书与学历证书并存、并用的制度;开办第二专业学历教育;试办专科起点的本科教育;拓宽在职人员攻读硕士、博士学位的渠道。

——下放成人高等教育的管理权,建立新的管理体制,普通高校或成人高校的非学历教育一律归地方、部门审批;学历教育方面,调整学校布局,制定培养规划,确定专业设置和办学形式,招生计划的权力与责任也交给地方;国家教委则加强宏观指导、监督和检查。

——实行多种形式的招生考试办法,对于用人单位急需培养的业务骨干,减少文化基础考试科目,增加专业知识和技能考试。

——改进质量控制和文凭证书的管理。

——建立国家成人高等教育考试制度。

——鼓励和支持社会力量办学,举办进修、培训、补习、辅导性质的高等教育办学机构。

——设立成人高等教育改革试验区。

据了解,这些改革措施将于年内逐步实行。

(1992 年 8 月 15 日《人民日报》第三版头条)

李铁映在河南省教师节座谈会上指出
要造就一大批优秀教师

正在郑州参加全国筹措教育经费、改善办学条件现场会的中共中央政治局委员、国务委员兼国家教委主任李铁映,今天下午应邀参加了河南省教师节座谈会。

李铁映首先代表国家教委向全国教师致以节日的祝贺。他指出,中华民族历史上就具有尊师重教的良好传统,这是中华民族文化的宝贵财富。历史证明,凡是尊师重教做得好的历史时代,社会就兴旺发达,国泰民安。因此,要实现民族振兴就必须重视教育的发展。而重视教育的一个很重要的标志就是看能否真正提高教师的政治地位和社会地位,能否较好地解决教师的待遇问题,能否不断提高教师的政治素质和业务素质。他说,要想办好教育,就必须要造就一批优秀的教师队伍。可以说,教师的水平决定着教育的水平,决定着下一代的水平。提高教师的整体素质,是教育部门的重要任务。

他强调指出,当前,各级教育行政部门要解放思想,转变观念,改变工作方法,创造一个良好的促进教育事业发展、尊重人才、尊重教师的环境。希望各级教育行政部门大胆实践,积极探索,为教育事业的大发展而努力。

会上,河南省100名优秀校长和100名优秀教师受到表彰,李铁映和省委、省政府领导同志向他们颁了奖。同时,河南省委、省政府作出决定,对受表彰的优秀校长和优秀教师各晋升一级工资,其中的民办教师将转为公办教师。

(1992 年 9 月 9 日《人民日报》第四版头条)

全国筹资改善办学条件河南现场会召开
十五省市受表彰　李铁映到会讲话

由国家教委、财政部、国家计委联合召开的全国筹措教育经费改善办学条件河南现场会,今天上午在此间开幕。中共中央政治局委员、国务委员兼国家教委主任李铁映到会讲话。

李铁映在讲话中指出,多渠道筹措教育经费改善办学条件是我国教育体制改革的重大成果,是我国为加速经济发展、实现四个现代化所进行的改革的重要组成部分。他说,近年来,河南省在筹措教育经费改善办学条件方面取得了根本性的突破,做出了很大成绩,这是 8700 万河南人民对教育的发展做出的巨大贡献。河南是一个大省、穷省,河南能够办到的事情,其他地方也应该能办到。

李铁映指出,教育战线在 90 年代的重要任务是实现"两基两全"。"两基"就是基本普及九年义务教育,基本消除青壮年中的文盲;"两全"就是全面贯彻党的教育方针,全面提高教育质量。

大会宣布了对多渠道筹措教育经费改善办学条件成绩突出的北京、天津、河北、山西、吉林、黑龙江、上海、浙江、安徽、福建、广东、四川、陕西、青海等 14 个省、市人民政府的表彰决定。由于河南省在 1990 年山东会议上受表彰后,集资办学工作又有较大发展,大会决定对河南省人民政府予以嘉奖。李铁映等领导同志向获奖省、市的代表颁了奖。

记者获悉,1981 年至 1991 年,全国累计筹措预算外教育经费 708.46 亿元,共新建中小学校舍 2.75 亿平方米,改造中小学旧房 1.6 亿平方米,目前,全国绝大多数地区已基本实现"一无两有"(即校校无危房,班班有教室,学生人人有课桌凳)。

(1992 年 9 月 9 日《人民日报》第四版)

李铁映与北京部分中小学校长座谈时指出
学生课业负担过重必须解决

在今天召开的减轻义务教育阶段学生过重课业负担,全面提高教育质量座谈会上,中共中央政治局委员、国务委员兼国家教委主任李铁映强调指出,片面追求升学率、中小学学生课业负担过重等现象必须下决心解决。

当前,一些地方的中小学学生课业负担过重,社会各界对此反应强烈。为此,国家教委和北京市政府共同邀请北京市部分中小学校长和教育行政部门的领导进行了座谈。

李铁映在听取了代表们的发言后指出,近十年来党中央和国务院领导十分重视解决中小学学生课业负担过重的问题,国家教委和各级教育行政部门及学校和广大教师,在此方面做了大量的工作,也取得了一定的成效。当前,中小学学生课业负担过重已成为基础教育方面一个较为普遍的现象,而且还有加剧的趋势。这直接关系到党的教育方针的贯彻,影响到义务教育的普及,妨害了下一代的健康成长。

他说,中小学学生课业负担过重的现象,就是各种陈旧教育思想、教育观念的综合表现。教育是面向未来的事业,我们今天培养出来的中小学生,要在本世纪末和21世纪初登上历史舞台,去实现中华民族的第二步和第三步发展的宏伟战略目标。在此情况下,如果仍用一套陈旧的思想和方法教育学生,搞"题海战术"、"频繁考试"是行不通的,把学生作为惩罚对象更是十分错误的。关键是转变教育思想,实现教育现代化。当前,尤其是要注意转变一些人的人才观和质量观。不是只有上大学才有出息,才能成才,也不是考了高分,就是质量好。基础教育就是要教给学生做事、做人的扎实基础。我们的教育方针是,教育为社会主义现代化建设服务,与生产劳动相结合,培养德、智、体全面发展的建设者和接班人。

　　李铁映同志说,减轻中小学生过重课业负担,教师、校长和各级教育行政部门固然责无旁贷,同时也需要在党政的统一领导下,从社会各方面进行综合治理,更需要家长和社会各界密切配合。希望各级政府和教育部门要把此项工作抓好。国家教委为减轻义务教育阶段学生过重课业负担,全面提高教育质量,正在制定一项指令,将于近期印发各地征求意见后,下发执行。

　　　　　　　　　　　　(1993 年 2 月 17 日《人民日报》第三版头条)

李铁映在教育援藏工作会议上指出
教育援藏要实行对口定点包干责任制

　　教育支援西藏工作会议今天上午在京开幕。这次会议的主要任务是认真学习贯彻党的十四大精神,集中研究如何进一步搞好教育援藏工作,更多更好地为西藏培养人才。

　　中共中央政治局委员、国务委员兼国家教委主任李铁映参加会议并讲了话。

　　他说,党中央、国务院一直十分关心和重视西藏教育,采取了一系列措施支援西藏发展教育事业,使西藏教育事业发生了巨大的变化。现代学校教育从无到有,从小到大,基本建立起包括幼儿教育、小学教育、中学教育、中等专业技术教育、高等教育以及成人教育、电化教育等在内的具有西藏地方特色和民族特点的教育体系。到 1992 年年底,西藏区内各级各类学校在校生已达 22.3 万人,比 1986 年增长了 45%,适龄儿童入学率达到 60.4%,比 1986 年增加了 20 个百分点。25 个省、市、自治区和国务院 19 个部、委、局举办的中学和中专西藏班(校)已有 70 多个,累计招收西藏学生逾万人。其中中专西藏班第一批 600 多名毕业生已返回西藏,走上了工作岗位,还有近 300 名高中毕业生进入高等院校学习。西藏教育事业所取得的成就,是西藏和内地各族干部、群众、广大教育工作者团结一心、共同奋斗的结果,为西藏经济和社会的进一步发展奠定了基础。

　　他指出,内地支援西藏教育,办西藏班(校),是党中央、国务院的一项重要决策,是支持西藏现代化建设富有成效的措施。教育援藏工作要实行对口、定点、包干责任制。今年,国家计委、财政部和国家教委决定拿出 4100 万元,进一步支持发展西藏教育。承担援藏任务的地区、单位要同受援地市建立长期对口协作关系,定点培养西藏学生,所需经费包干使用。要继续办好内地西藏班(校)。要逐步实行藏汉学生合校合班教学,促进各族学生广交朋友,相互学习,共同进步。承担教育援藏任务的地区应重视培养西藏的教师和中小学校长,帮助他们提高思想政治水平和业务素质,逐步培养出一批西藏自己的教育专家。教育援藏工作必须从西藏的实际出发,培养适应当地经济、社会发展需要的人才。要加强对教育援藏工作的管理和协调。

　　这次会议是国家教委受国务院委托召开的,将于 3 月 11 日结束。

　　　　　　　　　　　　(1993 年 3 月 10 日《人民日报》第三版头条)

宋健在全国环境保护产业工作会上指出
发展环保产业也要扩大对外交往

　　国务委员、国务院环境保护委员会主任宋健在今天开幕的全国环境保护产业工作会议上指出,发展环保产业也要实行国际合作,扩大对外交往,把合作发展环保产业作为环保部门和各产业部门对外开放的重要渠道和窗口。

　　宋健说,经过 20 年的努力,我国环保事业在各个方面都有了巨大发展。到目前为止,我国已有从事环保技术研究、开发、生产和经营的企事业单位 2500 多个,职工总数 32 万人,有工程师以上技术职称的科技人员 3.4 万人,年产值约 38 亿元。环保产业作为新兴的产业已经初具规模,为治理环境污染、改善环境质量提供了有力的物质和技术支撑,取得了明显的环境效益、社会效益和经济效益。有些环保产品已经达到或接近 80 年代国际先进水平,还有部分产品出口。

　　宋健指出,我国正进入加快改革开放步伐、集中力量发展经济的新时期,这对环保产业提出了新的要求,也为它的快速发展提供了有利的时机。我们应该放开胆量,勇于创新,在深化改革、扩大开放的大潮中,走在前列,建立新的、充满活力的环保产业发展机制,为保护环境、发展经济做出贡献。要放手发展各种所有制形式的环保产业。公有的、集体的、个体的,合资的、合作的、独资的都要支持,充分调动各方面的积极性,为发展环保产业出力。经济特区、经济技术开发区和高新技术开发区要吸引有胆略、有作为的科技人员创办高新技术企业和环保第三产业,建立环保高新技术产业,实现商品化、产业化和国际化。

　　宋健最后指出,扩大环境领域中的国际交往和合作,是中国对外开放政策的重要组成部分。要抓住当前国际社会对环境问题高度关注的机遇,走向世界。要利用现在一些国际金融机构增加环保贷款的机会,建立良好的投资环境,不失时机地尽可能地多吸收环保贷款和外资。要积极主动地吸引、邀请一切愿与我合作的机构和外商来中国投资办厂、办公司、办第三产业,独资、合资、合作、技术转让都欢迎,可以进入"三区",享受优待。

(1992 年 4 月 20 日《人民日报》第三版)

不是小平同志，就没有教育的春天

——全国政协常委何东昌追忆小平同志重视教育

"小平同志走了！从感情上真不愿意听到这个噩耗。"

2月21日傍晚，满头华发的全国政协常委何东昌，在清华大学幽静的寓所里接受记者采访时，仍抑制不住自己悲痛的心情。

翻开《邓小平文选》（第三卷120页），"把教育工作认真抓起来"10个大字赫然入目。这是1985年5月19日，邓小平在全国教育工作会议上的一篇重要讲话。

"那天下午，小平同志来到京西宾馆会场时，精神十分饱满，讲话铿锵有力，他的音容笑貌，仿佛就在眼前。"忆起当时情景，时任教育部部长的何东昌颇显激动："这是一个非常少见的短会，只开了18分钟，小平同志作了13分钟的讲话。会议虽短，但掌声不断，句句都讲到了我们教育工作者的心坎里。"

"一个十亿人口的大国，教育搞上去了，人才资源的巨大优势是任何国家比不了的"；"一个地区，一个部门，如果只抓经济，不抓教育，那里的工作重点就是没有转移好，或者说转移得不完全。忽视教育的领导者，是缺乏远见的、不成熟的领导者，就领导不了现代化建设"；"各级党委和政府，对教育工作不仅要抓，并且要抓紧、抓好，严格要求，少讲空话，多干实事"；"扎扎实实抓它几年，中华民族教育事业空前繁荣的新局面，一定会到来"。

74岁的何东昌向记者重读这些讲话时，眼睛湿润了："小平同志的这些重要讲话，高瞻远瞩，一下子就把党政领导抓现代化建设和教育的水平提高到一个新的角度，因此，这篇讲话实在是太重要了。没有小平同志的这些教导，全党全社会就不会像今天这么重视教育。"

何东昌说："小平同志对教育的贡献是战略性的，如粉碎'四人帮'后，小平同志自告奋勇抓教育,推翻了压在教育战线上的'两个估计',真像是搬掉了一块大石头,知识分子由'臭'变'香'了。当时,他还提出恢复高考制度,德、智、体全面衡量,择优录取。包括后来大规模派遣留学生、建立研究生学位制度、加快高等教育发展等一系列重大决策,都是由他提出的。可以说,不是小平同志,就没有教育的春天。"

(1997 年 2 月 24 日《人民日报》第三版)

"长征三号"运载火箭再显身手
"亚太一号"卫星发射成功
标志着我国商业卫星发射进入新阶段

今天 18 时 31 分,"长征三号"运载火箭在西昌卫星发射中心顺利起飞,成功地把亚太通信卫星有限公司的第一颗通信卫星"亚太一号"准确送入预定轨道。

19 时整,西安卫星测控中心传来卫星轨道数据。随即,西昌卫星发射中心主任胡世祥宣布发射取得圆满成功。

发射结果表明,卫星已进入近地点 205.98 公里、远地点 42261.2 公里、倾角为 26.8 度的同步转移轨道。今后一段时间,卫星将由美国休斯公司组织测控,定点于东经 131 度赤道上空后交亚太公司经营,为亚洲太平洋地区提供通信服务。

这是"长征三号"运载火箭第 9 次升空,也是西昌卫星发射中心实施的第 13 次发射。这次发射成功,标志着我国商业卫星发射开始了新阶段。在此之前,已圆满完成了首批 14 份商业发射服务合同,其中包括"亚洲一号"、"澳星"、"瑞星"在内的商业卫星发射升空。

据悉,从"亚太一号"开始,我国将履行一系列新的商业发射服务合同,其中"澳星 B3"已经进入发射准备阶段,"亚太二号"也将在今年晚些时候发射。

(1994 年 7 月 22 日《人民日报》第一版头条)

政协新闻发言人举行中外记者招待会
介绍今天开幕的政协会议

全国政协七届五次会议新闻发言人卢之超今天举行新闻发布会,向中外记者介绍 18 日召开的政协七届五次会议。

卢之超在回顾全国政协七届四次会议以来政协的工作情况时说,一年来,全国政协紧紧围绕党和国家的中心工作,履行政治协商、民主监督的职能,通过各种会议、提案、视察、专题调查等形式积极参政议政,为促进社会主义经济建设和改革开放事业,维护各族人民的大团结,巩固和扩大爱国统一战线,做了大量的工作。

卢之超说,这次政协大会的指导思想是,以邓小平同志关于建设有中国特色的社会主义的理论和中国共产党的基本路线为指导,紧紧抓住经济建设这个中心任务,发扬民主,增强团结,坚定信心,振奋精神,进一步动员和团结各民主党派、无党派爱国人士以及各族各界代表人士,为全面贯彻"一个中心、两个基本点"的基本路线,加快改革,扩大开放,搞好经济建设和其他各项建设事业而共同努力。

据了解,本届现有的 2000 名全国政协委员中,已有 1839 名委员报名参加大会,约占委员总数的 92% 。这是本届政协近年来出席率最高的。

在新闻发布会上,有记者问,在人们印象里,政协中有许多委员对兴建三峡工程有疑惑,你对此有何看法?

卢之超说,关于三峡工程问题,我要澄清一个不太全面的看法,好像政协委员不同意上三峡工程,这不符合实际。在六届、七届政协期间,有数以百计的政协委员对三峡水利枢纽工程表示关心并提出提案,要求进行充分论证。委员们对三峡工程提出的大量意见和建议受到了党和国家的重视,合理意见得到了采纳。

有记者问起李先念主席的健康时,卢之超说,李先念主席健康状况总的是不错的,最近身体有些不适,正在医院检查治疗。根据医生的意见,这段时间他不参加会议和活动。有关大会的重大问题,我们仍向他请示汇报。

(1992 年 3 月 18 日《人民日报》第一版)

北京 2000 年奥运会申办委答中外记者问
以更加面向世界姿态申办奥运

今天上午,"两会"新闻中心举行第 12 次记者招待会。北京 2000 年奥运会申办委员会负责人谈笑风生地回答了中外记者的提问。

参加今天新闻发布会的有中国奥委会主席、奥申委常务副主席何振梁,中国奥委会秘书长魏纪中,奥申委秘书长万嗣铨等。

万嗣铨首先介绍说,李鹏总理在《政府工作报告》中重申了中国将进一步推进邓小平同志倡导的改革开放事业及对北京申办 2000 年奥运会的支持,这使我们奥申委全体工作人员深受鼓舞。作为承办城市的北京市正以更加改革开放、更加面向世界的姿态,满怀信心地为申办成功而努力。

当记者问到北京申办奥运会的优势时,何振梁说,申办奥运会得到了中国举国上下一致的支持。对 8 省区 1.4 万人的抽样调查表明,92.63% 的人支持北京申办奥运会。在有着 11 亿人口和 5000 年文明史的中国举办奥运会,对奥运精神的传播和中西方文化交流有着重大意义。中国同奥林匹克的联系已有 70 年的历史,如今第一次申办,将会得到更多的支持。第 11 届亚运会的举办成功证明,我们无论在设施方面,还是在组织能力方面,都能够成功地举办奥运会。

有记者问到举办奥运会的经费来源时,万嗣铨说,经初步测算,举办奥运会大概需要支出 10 亿美元,折合人民币 60 亿元。北京如果承办 2000 年奥运会,预计约有 11 亿美元的收入,其中,约 4 亿美元来自电视转播权,收支相抵约有 1 亿美元的盈余。而且这 60 亿元人民币是在 7 年内拨付。

中国能否为举办奥运会创造一个良好的语言环境? 这是中外记者关注的又一个问题。对此,万嗣铨回答说,目前,全国有近 300 所外语院校;有近 500 所学校开设了英语专业;有 2000 万人学习英语,这个数字比一些申办国家的总人口还多。

当问到北京和其他申办城市竞争结果将会怎样时,魏纪中说,所有的申办城市都是我们的对手,北京也是他们的对手。大家都在一个起跑线上,现在预测结果为时过早。

（1992 年 4 月 3 日《人民日报》第一版）

二

通讯特写

为了中华民族的未来

——"国家贫困地区义务教育工程"综述

历史进入 1995 年,当"三峡工程"、"京九铁路"如火如荼之时,又一项浩大的"工程",在中华大地悄然铺开。这就是"国家贫困地区义务教育工程"。它是新中国成立以来,中央专项资金投入最多、规模最大、覆盖面最广的全国性教育扶贫工程。

它的诞生,在 960 万平方公里的大地上燃起希望之光,揭开了我国基础教育新的历史篇章。

工程背景:穷国办大教育的缩影

回眸共和国教育发展史,不难看出,尽快普及初等教育,一直是党和政府追求的目标。

1949 年 9 月,《中国人民政治协商会议共同纲领》规定"有计划有步骤地实行普及教育"。1951 年,教育部提出"从 1952 年开始,争取 10 年内基本上普及小学教育"。1961 年 2 月,在经济困难时期,再一次提出普及小学教育的任务。1980 年,党中央、国务院又决定在 1990 年前基本普及小学教育。

尽管全国各地情况极度不平衡,至今小学教育尚未完全普及,但是,发展速度之快,入学率之高,在世界教育发展史上也是少有的。据有关部门统计,到 1994 年,我国学龄儿童入学率已达 98.4%,文盲由新中国成立初期占人口的 80% 下降到 12%。

然而,我国作为一个发展中国家,支撑着世界上最大规模的教育。经济落后和沉重的人口包袱,使得教育发展步履维艰,困难重重。

目前我国有 2.17 亿在校生,比美国、英国、法国、日本等国家在校生的总和还要多。由于"分母"太大,教育经费虽逐年增加,但按人均一算,便显捉襟见肘。仅以 1994 年为例,国家教育财政拨款 883.98 亿元,加上其他渠道筹资604.8 亿元,共计 1488.78 亿元,人均却不足 125 元。而在一些发达国家,人均教育经费已达上千美元。国家教委提供的情况表明,我国财政用于基础教育的经费,小学生人均不足 240 元,这笔经费一般只能保持教师的"人头费"。这还是全国平均水平,而在那些没有解决温饱问题的贫困地区,基础教育条件之差可想而知。

与"马太效应"相似,发达地区与贫困地区在教育上的差距越拉越大。贫困地区的现实是"工业发展缓慢,农业靠天吃饭,财政比较困难,办学条件有限"。如今,在黄土高原、在崇山峻岭、在辽阔草原,在地图上无法找寻的许多贫困角落,"窑洞学校"、"草棚学校"、"马背学校"依然存在;缺图书、短仪器、少师资相当严重;未曾进过学堂的牧羊女、放牛娃比比皆是。同发达地区教育相比,落后十几年,甚至几十年。

经济贫困和教育落后,往往是一对"怪胎":相伴而生,相互掣肘,恶性循环。

虽然《中华人民共和国义务教育法》明确规定,各级政府有责任和义务完成本地区的普及义务教育工作,但是,倘若没有外部财力支援,仅靠贫困地区自身勒紧腰带办教育,确非易事。在许多贫困县,教育经费虽然已占财政支出的"大头",但多是"吃饭财政",基数小得可怜,摊到每所学校、每个孩子头上,仍是杯水车薪。

贫困地区基础教育,犹如一块久旱的土地,亟待滋润!

工程蓝图:表明我国政府的决心

面临世纪之交,每一个国家都把竞争的目光投向 21 世纪。而这竞争,归根结底是人才之争、教育之争!

古人说:"一年之计,莫如树谷;十年之计,莫如树木;终身之计,莫如树人。"今天的教育,就是 21 世纪的中国。

90 年代,党和政府又一次选择了普及义务教育的目标。《中国教育改革和发展纲要》庄严宣告,到本世纪末在全国基本普及九年义务教育。这是党中央、国务院代表整个民族发出的洪钟之声,这是中华民族腾飞的基石。

实现这一宏伟目标,何其艰难!难就难在经济欠发达的贫困地区。这是一块"硬骨头",也是一块"最难啃而又必须啃的骨头"。

为帮助贫困地区克服实施义务教育的困难,1995年夏,在党中央、国务院的关怀下,国家教委、财政部决定联合组织实施"国家贫困地区义务教育工程":中央财政从1995年起到2000年,逐年增加贫困地区义务教育专款,6年间将达到39亿元,同时,要求地方各级财政拨款与中央财政专款的比例一般不低于2∶1。这意味着,到2000年,中央和地方财政向贫困地区投入教育资金总额将超过100亿元。

根据全国各省、市、自治区普及九年义务教育规划,"工程"将集中财力打攻坚战。这场攻坚战分三个"主战场":

一片地区:北京、天津、上海、广东、江苏、浙江、山东、辽宁、吉林。二片地区:陕西、山西、江西、湖北、湖南、河南、河北、四川、安徽、福建、海南、黑龙江。三片地区:内蒙古、广西、云南、贵州、宁夏、甘肃、青海、新疆、西藏。

专款重点:投向《国家八七扶贫攻坚计划》中确定的贫困县;部分投向经济确有困难、基础教育发展薄弱的省级贫困县;优先投向革命老区和少数民族地区。

使用原则:集中投入、重点突破、连片开发、保证效益,建一所,成一所。

工程目标:到2000年完成时,绝大多数项目县将实现普及小学义务教育,一部分可以基本普及九年义务教育。

中共中央政治局委员、国务院副总理李岚清在与有关省的负责同志座谈时说:"我们宣告实施'国家贫困地区义务教育工程',表现了我国政府消除贫困的决心。"

工程实施:为了中华民族的未来

托夫勒的《第三次浪潮》问世之后,几乎世界上所有的发展中国家都在谈论"后发优势",谈论"跨越式"的发展,谁都希望依靠新技术提供的难得机遇,一举赶上和超越发达国家。然而,冷峻的现实告诉人们:也许我们能够在某些方面后来居上,而总体上的超越绝非可以"速成",因为我们不可能在一夜之间把数以亿计劳动者的素质提高到一个新高度。正是立足于这样的背景,党和政府在中央财政非常紧张的情况下,挤出巨额资金支持贫困地区基础教育的发展。

"国家贫困地区义务教育工程"的实施,不啻一声春雷,给贫瘠的土地带来了希望。

党和国家领导人十分重视贫困地区教育发展。"工程"伊始,江泽民总书记、李鹏总理、李岚清副总理欣然题词,要求认真实施教育扶贫工程,大力提高中华民族素质。

1996年5月7日,国家教委、财政部在人民大会堂分别同"二片地区"12个省政府签订了实施目标责任书。至此,一场声势浩大的教育扶贫攻坚战役全面展开。从黄土高坡到淮河两岸,从偏僻山寨到广阔平原,处处都涌动着新一轮办学热潮。

人口大省河南,省委、省政府要求财政向教育倾斜,宁可减少其他投资,也要确保工程资金配套。遭受洪水袭击的河北省提出:"像抓经济项目那样抓好义务教育工程,配套资金分文不减。"在湖北,一些行动迟缓的县市被省里点名批评。西藏、青海、新疆、云南、贵州、广西、内蒙古等经济不发达省区,项目试点进展顺利。

"不盖则不盖,一盖管几代。"许多地、市、州、县核减事业单位经费,压缩其他开支,停建缓建其他基建项目,集中财力保义务教育工程。一些乡镇挖潜截流,调动一切机动财力,有的卖掉了乡政府的小汽车,停建了办公楼……

各级政府资金的集中投入,进一步唤起了贫困地区的办学热情,他们纷纷慷慨解囊,出工出力,加入到项目学校建设之中。在这些地方,到处可以看到热火朝天的场景,涌现出许许多多动人的故事。当一座座学校竣工时,一个个村寨沸腾了。人们满含热泪,敲锣打鼓,燃放鞭炮以示庆贺。孩子们更是欢呼雀跃,欢腾的场面不亚于过年。旧学堂变成了新校舍,破教室换成了教学楼,牧羊女背起了新书包,放牛娃坐进了新教室,穷乡僻壤书声朗朗,五星红旗高高飘扬。

这是我国教育史上最庞大的工程。有关专家初步预算,到2000年,至少可新建小学21000所、初中3500所,修建、改建学校会更多,贫困地区教育教学条件将大为改观。

这是我国教育史上最伟大的工程。它的意义不仅仅是投入117亿元,而是将涤荡残存在山野乡村的贫穷、愚昧和落后,代之以富裕、文明和进步,使整个中华民族以崭新的姿态屹立于世界民族之林。

"国家贫困地区义务教育工程"的实施,将永载共和国的史册!

(1997年3月27日《人民日报》第一版、获全国教育好新闻一等奖)

高教面向世界的一大步

——记我国第一个利用世界银行贷款的项目

20 年前,当中国人骤然打开国门时,面临的突出困难,是资金、人才短缺,技术、管理落后。

1979 年,邓小平同志在与省、市、自治区第一书记座谈时指出:"现在研究财经问题,有一个立足点要放在充分利用、善于利用外资上。"邓小平同志审时度势,高瞻远瞩地提出了改革开放,利用外资,加速社会主义现代化建设的战略构想。

1981 年,世界银行对我国整个经济及其优先发展的部门进行广泛考察后,确认了对高等教育投资的高度迫切性。

由于十年浩劫,我国高等教育遭受严重破坏。一组数字足以描述当时的境况:我国劳动力中接受过高等教育的仅占 0.5%,落后于发达国家,甚至远远低于中等发达国家和许多发展中国家;计算机科学和计算机工程无论是在硬件方面还是软件方面,都落后发达国家 20 年;科研设备十分陈旧,大多是 50 年代的,有的甚至是"老掉牙"的二三十年代的破设备;高校师资队伍薄弱,办学规模小、条件差,而大批适龄青年渴望获得深造的机会;科学家和工程师严重奇缺,不能适应国民经济和社会发展对人才的迫切需要。

国家正值用人之际,高等教育亟待发展。1981 年 6 月,世界银行与我国政府商定将大学发展项目作为我国第一个世界银行贷款项目。这个总投资为 2.95 亿美元的大型项目,世界银行贷款 2 亿美元,国内配套 1.45 亿元人民币。同年 11 月 4 日,双方签订了开发信贷和贷款协定。

教育是幸运的。在这关键时刻,我国第一笔世界银行贷款用在了高等教育上,用在了高等教育的"领头羊"28 所全国重点大学上。

长期从事世界银行贷款工作的教育部财务司副司长许琳告诉记者："到 1986 年 8 月，大学发展项目如期完成。共完成土建工程 323677 平方米，购置先进设备 10642 套，聘请 400 多位国外专家来华讲学，派出 2676 人出国留学、学习进修。项目完成后，28 所项目大学新建的 46 个实验中心达到 80 年代先进水平，在校大学生、研究生数量成倍增长。"

回忆起第一个大学发展项目，教育部副部长张保庆说："世界银行这一贷款项目的实施，使我国高等教育面向现代化、面向世界、面向未来迈出了一大步。如果没有这个项目，迈出这一大步是不可能的。同时，项目的成功成为我国教育与世界银行长期友好合作的奠基礼。实践证明，适度利用外资对我国教育事业的发展是非常必要的。"

世界银行帮助中国开通了与世界交流的道路，中国也为世界银行拓展业务提供了新鲜经验。

继第一个大学发展项目实施至今，我国利用世界银行贷款项目总数已达 199 个，世界银行承诺贷款总额 303.6 亿美元，遍及工业、农业、教育、科研、卫生、交通、能源、环保、水利、林业等领域。

20 年来，我国对外开放，利用外资取得了举世瞩目的成就。据统计，我国累计利用外资达 3480 亿美元，其中利用国外贷款 1158 亿美元。利用外资，弥补了国内建设资金的不足，引进了大量先进、适用技术和管理经验，创造了更多的就业机会，培养了大批人才，增加了国家税收和外汇收入，加速了对外经济贸易发展，提高了我国经济的国际竞争力。

"改革开放为利用外资提供了前提，利用外资又反过来促进了改革开放"，国家发展计划委员会外资司长张晓强说，"20 年前，在邓小平同志的倡导下，我国破除了'一无外债、二无内债'思想的束缚，开始积极有效地利用国外资金，加速社会主义现代化建设。实践证明，利用外资已成为建设有中国特色社会主义不可缺少的组成部分。"

(1998 年 11 月 1 日《人民日报》第一版、获全国教育好新闻二等奖)

中原大地上的丰碑

——河南省集资办学活动巡礼

初夏时节,记者到河南采访集资办学活动。沿途所见所闻,给我们留下了难以磨灭的印象——河南人民在中原大地上建起了一座座历史的丰碑。

(一)

长期以来,河南省教育经费的短缺限制了办学条件的改善。据1978年调查,全省中学人均教育经费仅为40元、小学仅为12元。学校校舍大都是破旧的祠堂、庙宇、土草房,数量不足,又年久失修,严重危房比例高达33%。农村中许多学校缺桌少凳,学生只好趴土台子、坐土凳子上课。民间流传着这样的顺口溜:"黑屋子、土台子、里面坐着泥孩子。"

要根本改变全省学校的落后状况,满足办学的基本条件,按国家财政投资额推算,至少还要100年时间。怎么办?在严峻的形势面前,河南省广大干部和群众经过探索,终于找到了一条"依靠人民办教育"的道路。

河南省教委主任徐玉坤告诉记者,从1979年以来,河南省在不断增加国拨教育经费之外,多渠道筹集教育经费93亿元,其中社会集资和群众个人捐资达45.84亿元。

集资办学活动的广泛开展,大大改善了办学条件。13年来,全省新建中小学校舍3120万平方米,建起楼房16600多栋,维修改造中小学危房2479万平方米。目前,全省中小学基本实现了"一无两有"(校校无危房、班班有教室、人人有课桌凳),并初步达到"六配套"(校舍、桌凳、围墙、大门、操场、厕所)。与此同时,各中小学教学仪器、图书资料和实验室建设也得到加强。全省118个县市已普及了初等教育。

13年的变化是惊人的。

(二)

奇迹的出现绝非偶然。

在河南各地,"人民教育人民办,办好教育为人民"的思想已经深入人心。"筹资兴教、集资办学"的大气候正在形成。"百年大计、教育为本",已不再仅仅是印在文件里,写在墙壁上,而是落实到人们的行动中。

10多年来,河南省各级党政部门始终把发展教育、筹资改善办学条件当作振兴经济的头等大事来抓。前任省委书记杨析综、省长程维高都十分关心中小学校舍建设。现任省委书记侯宗宾、省长李长春也多次察看中小学校,反复强调要充分依靠人民群众的力量,继续把筹资兴教工作做好。"为官一任,兴教一方。"10余年间,一些地方干部换了一茬又一茬,可重教兴学之风任任相传,届届接力,一张蓝图绘到底。许多乡村干部更是身体力行,赢得了"重教书记"、"重教乡长"的美誉。

(三)

富不办学,富不长久;穷不办学,穷根难除。改革开放的大潮,促使中原人民以崭新的思维方式认识到重教兴学的深远意义。人们从自己的生活实践中感受到了发展教育的紧迫性和历史责任,激发出了空前的办学热情。

唐代诗人杜甫的故里巩义市(原巩县),党的十一届三中全会以来,全市干部群众从经济发展的实践中认识到提高人的科技文化素质的重要性,真正把教育摆在优先发展的战略地位。从1979年以来,全市投资教育2.65亿元,发动群众集资9400多万元,全市365所中小学全部实现"六配套"。现在,这里最好的房子是学校。

当年集资1.25亿元、奋战10年建成举世闻名"红旗渠"的林县人民,在改革开放的 80 年代又集资 1.57 亿元,同样奋战 10 年,新建改建学校 305 所,盖起 368 栋教学楼。各乡各村,不管是在外的建筑队,还是乡村企业;不管机关团体,还是村民百姓,人们心里的想法很明白:"攒钱给孩子,不如拿钱办学校,让学校培养出好苗子","自己的孩子自己爱,自己的学校自己盖"。林县人办教育的义举,被赞誉为兴起了"第二座红旗渠工程"。

在一些贫困地区,干部群众挖穷根,也自然选择了办学兴教之路。位于深山区的汝阳县银鹿村,人均年收入不足 300 元。村支书武根山痛心地说:"咱们穷就穷在愚昧,无论如何也要盖个好学校,引来好教师,为村里培育出更多人才。"

地处淮河岸边的固始县,十年九灾。这里的许多学校处境艰难。大灾之年,全县人民抱定一个信念:决不能因灾让孩子们失学,决不能因灾使教育停滞。各乡村响亮地提出:"穷乡不穷教,穷村不穷校。"干部群众救灾先建学校,多方集资,很快重建起座座崭新的校园。

(四)

10 多年来,集资办学的热潮一浪高过一浪,迅速席卷了中原大地。无论城镇乡村,无论男女老少,干部群众纷纷慷慨解囊,捐资献物,出工出力,留下了许许多多可歌可泣的动人事迹。

太行山下的济源市思礼村,一些热衷于迷信的人为修庙成立了"修庙董事会"。而卢庆贤等干部和老党员却针锋相对地成立了"建校董事会"。他们四处奔走,组织和发动群众集资办学。最终,文明战胜了愚昧,全村集资 40 万元建起一所高标准学校。

洛阳市郊区辛店乡于营化工厂厂长刘宏欣,致富后不盖新房,不添家具,却首先想到要把学校建好。他不仅捐资 41 万多元,还为建校兴教东奔西忙,办了许多好事。

林县北关村 64 岁的普通农民孙启生,一次掏出 28 万元给本村盖起一座教学楼。当这幢以他的名字命名的教学楼交付使用时,老人却已身患肺癌、冠心病等多种疾病。有人问病中的老人:"你把这么多钱都捐了,现在手头紧了,不后悔吗?""不!"老人坚定地摇摇头,"不是有这么一句话么,'再穷不能穷学校,再苦不能苦孩子!'"

老人的话,道出了全省人民的心声。在河南各地,像孙启生这样无私奉献的普通群众又何止万千?

在三门峡市湖滨区小安村集资现场,五保老人薛小创从怀中掏出 1000 元钱,交到村支书手中说:"这是我平时卖瓜子攒的钱,连同那三间房子,全给学校啦。"支书又惊又喜,泪水直往下掉:"大伯呀,今后学校的娃子都是您的娃子。您百年之日,全村人给您送终!"

无需浓墨重彩的描绘。正是这些贫穷而又富有的中原人民的无私奉献,才换来了今天的教育广厦千万间,托起了中原大地上的希望和明天。

编后:河南集资办学的成绩是突出的。他们以满腔的热情和辛勤的汗水,换来了教育广厦千万间,可谓在中原大地上树起了一座历史的丰碑!

在全国来讲,河南并不十分富裕。然而,全省 13 年来,多渠道筹集教育经费 93 亿元,为教育事业办了大量实事。在发展教育的问题上,同办其他事业一样,只要人民群众的认识提高了,又有各级政府的重视与组织,困难能够克服,事情就能够办好。可以想象,再过若干年后,这些学校培养出来的学生,将会成为摆脱贫穷愚昧、改变家乡面貌的生力军。

(1992 年 6 月 22 日《人民日报》第三版、获河南省教育好新闻一等奖)

远 见 卓 识

——北京市领导尊师重教纪实

1993 年对于北京市教育界来讲,是一个丰收年:

这一年,北京市基础教育经国家教委"主考官"严格审核,在全国率先通过了"基本普及九年义务教育,基本扫除青壮年文盲"的圆满答卷;

这一年,北京市教育投入在连年递增的基础上,达到历史最高水平,总投入为 20.35 亿元,名列全国前茅;

…………

北京教育取得的丰硕成果中,饱含了市领导为教育倾注的大量心血。

每年为教育办 10 件实事,连续 9 年 90 件实事印刻在全市人民的心坎上

在北京市政府文教办公室里,有一本旧得发黄的记事簿。

每当市委、市政府为教育办一件实事,办公室的同志就在记事簿上记载一笔。9 年过去了,那本记事簿上已经记载了 90 件实事。而每一件实事的背后,都有着市领导尊师重教的动人故事。

1985 年 9 月,当第一个"教师节"来临之际,北京市委、市政府作出决定,为教育办 10 件实事。

《北京日报》公布了 10 件实事的内容:

9 月 10 日前,把改革后的工资发到每个中小学、幼儿园教师手里;

从 1985 年起,用 3 至 5 年时间,为城区和近郊区中小学教师建造 50 万平方米住房;

再拨一笔专款,作为教师的奖励基金,各区县的机动财力,每年要拿出 15%用于教育;

当年全部解决中、小学危房问题；

坚决办好大、中、小学校和幼儿园的伙食，改善食堂卫生条件；

由市卫生局负责，对全市中小学、幼儿园教师进行一次身体检查；

…………

10 件实事，对于全市教育工作者来说，是一个从未有过的喜讯。

令北京市广大教师欣喜的事还在后头。1985 年之后，北京市的领导们每年都要为教育办 10 件实事。

这些实事包括的面很宽，考虑得比较细。大到制定教育改革和发展规划，小到免费为小学生提供《儿童文库》；上至大学，下至幼儿园；有出政策的，有出资金的；有为基础教育办的，也有为高等教育、职业教育、成人教育办的。关心教师生活，提高教师地位，增加教育投入，改善办学条件……办实事不厌其多。

北京市的领导们深知，办实事如果不抓落实，就只能是纸上谈兵，就不足以取信于民。因此，为教育办实事真抓实干，不搞花架子。

日复一日，年复一年，北京市的领导们从每一件实事做起，说了算，定了干，公布一件落实一件，每一件实事都落实到具体的单位和领导，从不打折扣。当年决定办的 10 件实事，当年实施，当年检查，除需跨年度完成的以外，当年见效。第二年再公布新的 10 件实事。这样才有了 9 年 90 件实事的实现。他们就是这样扎扎实实地履行着职责，兑现着许诺。

市里每年为教育办 10 件实事，各区县纷纷仿效，大都超过 10 件，有的办十几件以至 20 件，解决了本地区教育改革与发展的大量实际问题。区县教育投入占财政总支出 20% 以上，有的达 30% 以至 40%。与此同时，市里还号召社会各行各业大力支持教育，并欢迎海外人士捐资兴学，形成了社会支持办学的风气，取得了可观的效果。称赞说："捐资办学，善莫大焉。"

犹如一块块砖石垒成大厦，北京市 9 年办 90 件实事，对首都教育事业走在全国前列起了重要作用。

近 7 年来，在教育职能部门抓紧工作、各部门大力支持下，全市为中小学教师建住房 81 万平方米，去年又决定今后 5 年内再为中小学教师建住房 80 万平方米，为成人教育、中专教育建住房 5 万平方米，为市属高校建住房 10 万平方米，配合中央单位为中央部委在京院校建住房 27 万平方米。全市财政预算内教育投入连续 5 年占财政总支出的 20% 以上。普教事业经费已连续 8 年做到了"两个增长"，平均年递增 14.9%，比平均年递增 4.9% 的市财政经常性收入高出 10 个百分点。全市中小学校舍 1986 年以来以平均每年 35.5 万平方米的速度持续增加,校舍面积由 1986 年的 798 万平方米,增长到 1992 年的 1011 万平方米,净增 213 万平方米,投资近 20 亿元,从城市到乡村,从平原到山区,一幢幢崭新的教学楼拔地而起。

北京市领导为教育办的 90 件实事,不仅仅写在那本记事簿上,而且也深深地印刻在全市人民的心坎上。

市领导每人联系一两所学校,深入学校调查研究。层层抓点,普遍抓点,抓出了共同语言

北京作为全国的首都,虽然各方面的条件比其他地方好一些,而工作却比其他地方要多,难度和矛盾也比其他地方大。抓教育应该从何入手? 北京市决定采取领导干部联系学校的办法,进一步解决实际问题。

市领导认为,把重视教育落在实处,关键是各级领导班子要有统一的认识,共同的语言。

1985 年,市委、市政府要求各级领导干部都要联系一两所学校,首先是每一位市委常委、副市长以上领导同志都要联系一两所学校,深入调查研究,倾听师生意见,帮助解决实际问题。从那时起,历届市委、市政府的领导都率先垂范,作出榜样,而且带动了市各部委办和区县领导干部抓点,全市迅速兴起了深入学校调查研究的风气。

层层抓点,普遍抓点,抓出了共同语言。大家都了解学校实际情况,从实践中统一认识,决定问题时就顺利,增加教育投入就好办,从而真正形成了全党重视,把教育落在实处的可喜局面。

北京市领导联系学校已经成为自觉的行动。目前,市委常委、副市长以上的 17 位领导同志共联系学校 36 所,其中高等学校 12 所、中专 1 所、中学 14 所、小学 9 所。市委联系的学校有:北京工业大学、昌平县农村职业学校和海淀区万泉庄小学。市长联系的学校是:首都师范大学、北京市 161 中学。

北京市领导把特别的爱给教育:划出好的土地给学校;盖成好的房子给学校;财政有限的钱先用在学校。

几乎成了惯例,每年 9 月 1 日开学,9 月 10 日教师节,市委、市政府领导同志都分别到自己联系的学校,参加开学典礼,与教师一起过节。

1986 年,北京市学龄儿童进入新中国成立以来第二个入学高峰期,多少年内,入学儿童每年将以 5 万人的速度递增。原有的校舍难以承受,如不采取措施,"二部制"教学将会大量发生。那将意味着,新生入学后,一天只能在学校上半天的课。

十万火急!"二部制"问题摆在了北京市领导的面前。不行!无论如何都不能出现"二部制"。

市长在办公会上提出:"没有房子,没有那么多教室,赶快腾,立即上马盖。哪个地方实在没房,把政府办公室拿出来作教室。市委、市政府附近小学没教室,把我们的办公室、会议室也腾出来!"他反复强调:"不能让一个孩子受委屈!"

市长掷地有声的话成了动员令。各区县纷纷行动起来,各有关部门一路开绿灯,扩充教室成为当年全市一大重点工程。

由于各级领导联系学校,了解情况,深知"二部制"问题的严重危害,所以在短短的几年时间里,全市共投资 2.6 亿元,新建校舍 57 万平方米。至今,北京没有一所小学出现"二部制"。

1988 年,市领导亲自抓教育系统的改革。为了推动中小学内部管理体制改革,他连续 10 次听取区县汇报,并要求区长、县长、书记每人下去抓一所学校。之后,他亲自抽查,具体过问哪个人去了哪所学校,去了几次,解决了哪些问题。

宣武区区长汇报他的"点"定在北京 62 中,市领导听完汇报后,专门到 62 中核实:"区长真的来过没有?"

市领导一年八进高校现场办公,被传为佳话。1993 年,市领导分别到北京大学、清华大学、航空航天大学、首都师范大学、首都医学院、建工学院、农学院和经济学院现场办公,为 11 所高校解决了办学中的许多困难和问题。

1993 年 4 月,市领导在北京大学现场办公时,生物系主任陈章良教授提出,兴建"中国生物城"需征地 100 亩。市领导交换意见后,认为设想很好,坚决予以支持。市领导当场拍板:"100 亩地,给!还要更大些,将来可以发展。"之后,北京市按最优惠的价格和条件征给"中国生物城"土地 500 多亩。

在市领导的带动下,北京市涌现出了一批"教育书记"、"教育区长"、"教育县长"、"教育乡长",形成了全党关心教育、重视教育、支持教育的好风尚。

在北京,教育日益为人们所重视、所理解;教师逐步受到社会尊敬

前不久,在北京市委一间普通的会议室里,记者采访了市委书记。

记者问:"您认为抓经济与抓教育有没有矛盾?您是如何处理抓经济与抓教育的关系的?"

答:"'磨刀不误砍柴工',抓经济与抓教育不仅没有矛盾,而且是相互促进的。在时间安排上要'弹好钢琴',抓经济中心不耽误抓教育及其他,抓教育也不耽误抓经济及其他。在资金分配上要有决心。一个地区教育工作抓得好坏,关键在于领导对教育战略地位的认识。小平同志说,'我们要千方百计,在别的方面忍耐一些,甚至于牺牲一点速度,把教育问题解决好。'市财力有限,各方面都说钱不够,'撒芝麻盐'解决不了多大问题,重点解决一个方面,才会有好的效果。'伤其十指,不如断其一指。'教育是基础工程,要横下一条心把教育搞上去,优先保证投入。经济部门资金另有来源,在社会主义市场经济中,主要靠经济部门自己多渠道筹集。"

采访中,市领导还坦诚地向记者谈起他在抓教育问题上"受过刺激"的往事。

1982年,市领导参加市政协会议,听取对政府工作的意见。会上,几位民主人士谈到北京教育的危机,慷慨陈词,恳切尖锐。市领导听得进,坐不住;印象很深,他至今仍感谢这些"诤友"。

1983年,市领导去怀柔县察看刚刚修复的红螺寺古建筑,之后走进师范学校,发现黑板报上新填的一首词《金缕曲》,大意是教育不被人重视,教师非常辛苦,生活清贫,"有谁怜?"市领导当场被震动了。

他联想到当时北京市发生的几起殴打教师事件,心情愈加沉重;联想到"诤友"之言,愈感问题严重,这才把中央发展教育的方针,真正变成落实的决心:北京教育非下功夫抓上去不可,否则无法向人民交待。

市委、市政府下了决心,才有了各级领导层层抓点、联系学校;才有了坚持每年办10件实事;才有了教育投入逐年增长;才有了教育改革的突破……才迎来了北京教育的春天。

市领导常说,教育太重要了,教师太辛苦了,当校长的太不容易了。他不断提醒各级领导干部,教育是百年大计,要有战略眼光,不要犯"耗子眼",只看眼前的事。重视教育不能停留在口头上,要动真格的。北京是文化中心,教育如果搞不好,区长、区委书记、县长、县委书记就没当好,市长就没当好。

1987年,市领导在新一届政府组成后的第一次市长办公会上又一次强调提出,北京有两大基础建设必须狠抓不放松,一是教育,一是城市基础设施。

市领导开宗明义把教育放在万事之首，带领各级领导干部持之以恒，坚持下来，亲自抓点，具体指导每一项重大改革和举措的实施，换来的是今天北京教育的丰硕成果。

采访即将结束时，市领导说：党中央、国务院非常重视教育工作，江泽民总书记强调必须把教育摆在优先发展的战略地位，李鹏总理亲自到北京62中听取教育改革的汇报，我们必须按照中央的精神坚决抓好教育工作。这些年，北京市虽然在教育上做了一些工作，但离中央和全市人民的要求还差得远。只能说教育日益为人们所重视、所理解。教师逐步受到社会尊敬，但是还没有真正成为最受尊敬、最令人羡慕的职业，一些青年还不愿报考师范学校，就是一个例证。当前，教育改革有待进一步深化；教师待遇、住房有待进一步提高和改善；新的入学高峰期中为避免"二部制"，校舍有待进一步建设；办学中很多问题都有待进一步解决，我们一定要看到差距，学习兄弟省市先进经验，继续努力，特别是要把改革作为振兴教育的根本出路，进一步下大力量抓好，继续调动社会支持办学的积极性，调动教师教书育人的积极性，坚决把教育搞上去。

北京市领导以远见卓识和实际行动揭开了首都教育发展的新篇章，它必将迎来一个更加辉煌的明天！

（1994年3月15日《人民日报》第三版头条、获全国教育好新闻二等奖、北京市教育好新闻一等奖）

燃起希望的火种

——河北省建成百所县级职教中心

进入 90 年代,河北省职业教育迅速兴起,尤其是建设县级职业教育中心的经验,引起了国内外的关注。

李岚清、李铁映、费孝通、孙起孟等领导同志先后前去考察,给予充分肯定;北京、江苏、河南、黑龙江等 20 多个省、市、自治区来人参观,赞叹不已;联合国前来考察的官员,竖起大拇指称赞。

一所所宛如花园般的学校,一幢幢造型新颖的教学楼、实验楼、图书馆,以及设施完备的微机室、语音室、专业实验室,给来访者留下了深刻的印象。

农民称县级职教中心为“财神院”

辽阔的燕赵大地上,许多农民把县级职教中心称作当地的“财神院”、“科学院”和“最高学府”。

县级职教中心在当地的科技文化优势,使它迅速发挥出人才培训、技术推广、科技示范、项目开发、信息服务等多种功能。作为农村教育综合改革的产物,它集中了一个县(市)各有关部门的人、财、物等优势,形成县(市)农科教统筹的枢纽,架起了农民致富的桥梁。

围绕当地经济发展的需要灵活办学,是河北省 100 所职教中心的共同特点。职教中心培养的学生不仅就业面广,就业率高,而且还有较强的致富能力和辐射能力。据永年县职教中心对 8700 名各专业毕业生进行的追踪调查,94% 已走上致富之路。服装专业的学生实行“二五”学制,每周 5 天在校上课,剩余两天回家收揽乡亲们的加工活儿,回校后在老师指导下裁剪加工,既练了技术,又能赚钱,颇受社会欢迎。学生在校每人每年可创收1000多元,一毕业就被河北、河南、天津等地的服装厂家抢走。

南宫市职教中心实行"上挂横联下辐射"的培训办法。学生在校期间,家庭建起与所学专业对口的食用菌场、养鸡场、养猪场、果林场等生产项目,带动左邻右舍致富。农民风趣地称之为"边上学、边致富,毕业就成万元户"。

"跟着季节走,围着农时转。"青县职教中心发挥电视传播的作用,及时为农民播放科技录像片,提供致富信息。中心为社会输送的1840名长班毕业生中,有320人分别被评为农艺师和助理农艺师,518人成为致富专业户或示范户。

一些职教中心结合当地实际,办出了自己的特色。"年画之乡"武强县,去年建起职教中心,开设了工艺美术专业,聘请专家进行指导,配备了画室、装裱室等。现在,学生的一幅画能卖几十元钱。

许多职教中心在创办的过程中,建起了校办工厂、农场等,走自我发展之路。据统计,全省100所职教中心有200多家校办企业,校均纯收入30万元,最高的超过300万元。沧县职教中心种鸡场,采用国内一流的孵化、饲养设备和技术,种鸡存栏达2.3万只,年创利30多万元,成为河北省八大种鸡场之一。

短短几年间,河北一批县级职教中心已为当地培养、输送了几十万名"招得来、留得住、用得上"的初中级实用人才,他们在推动农村经济发展的进程中,正发挥着不可估量的作用。

花钱少、质量高、效益好的新模式

河北省职业教育的发展,经历了一番曲折的道路。改革开放之初,河北与全国许多地方一样,农村劳动者科技文化素质偏低,初中级人才严重缺乏。与之形成鲜明反差的是,全省每年有几十万初、高中毕业生,绝大多数不能升学。他们虽然具有一定科学文化基础,却没有直接就业的技能准备。

严峻的现实使河北省各级领导形成一个共识:资金、设备、技术可以引进,而劳动者的素质却不能引进,大量的初中级人才必须靠自己培养。否则,有了设备、技术也形成不了先进的生产力。

80年代初期,河北省开始大力发展职业教育。一时间,全省兴起了一股职教热。劳动部门办技工学校,教育部门办职业中学,卫生部门办卫生学校,农业部门办农业广播电视学校、农机学校,交通部门办汽车驾驶员学校,等等。到1989年,全省139个县(市)共办各类中等职业学校1297所,平均每县超过9所。

可是,这些学校都由部门分散办学,垂直管理,规模大都偏小,有的学校教职员工比学生多。低水平的重复办学,造成人、财、物的浪费,人才又不能按需培养,严重地制约了农村职业教育的发展。

农村职业教育如何走出困境,成为当务之急。1988年,省教委提出了建设综合性职业学校的理论及实验方案,决定在鹿泉市(原获鹿县)进行试点。1989年,鹿泉市实行经科教统筹,用不到一年的时间,初步形成了一所占地580亩、建筑面积1万多平方米的县级职教中心,把原来由部门分散办的农业中学、职业中学、农民中专、技工学校、卫生学校、农业广播电视学校等集中起来,形成统一体,学校实行政府统筹、教委主管、部门联办、一校多制、各尽其责的办学新体制,给职业教育带来了前所未有的生机和活力。这种办学形式,花钱少,质量高,效益好,被称为"鹿泉模式"。

鹿泉的试点经验,使河北省有关领导清楚地认识到,发展农村职业教育,一方面要提倡多渠道多形式办学,另一方面必须高度重视提高办学的规模效益。一个县财力有限,如果分散办学,各自为政,很难办好,若实行政府统筹,集中力量办一所职教中心,则可以较快地提高教学质量和办学效益。实践证明,这是一条适合我国条件的发展农村职业教育的路子。

1991年4月,省委、省政府及时肯定和推广了鹿泉的经验,确定把发展职教中心作为振兴河北经济的一项战略措施,要求到1995年底,全省每个县(市)都要建起一所职教中心。河北省各级政府义无反顾地肩负起了发展职业教育的重任。从此,大规模的县级职教中心建设在河北省拉开了帷幕。

建设县级职教中心"一路绿灯"

河北建设县级职教中心遇到的第一难关,就是缺少资金。

众所周知,建职教中心需要的资金远远超过普通中小学。而现实条件是国家所能拨出的经费有限,不能满足职业教育发展的需要。

怎么办？当时担任省长的程维高提出一个大胆方案：首批建 60 所职教中心，总投资 4 亿元，其中，由省财政贴息贷款 8000 万元，其他部分由地、市、县自筹。程维高亲自邀请银行的负责人到鹿泉、永年、南宫等市、县实地考察职业教育，首批 8720 万元贷款迅速到位。去年，省委书记程维高、省长叶连松再次协调银行增加贷款 6000 万元，用于建设第二批 40 所职教中心。

贷款建职教中心，在河北省引起巨大反响。不少人担心，上亿元的贷款，将来学校能还得上吗？

事实作出了肯定的回答。目前全省职教贷款共 1.4 亿多元，发放到 100 个职教中心，平均每校不到 150 万元，最多的只有 400 万元。一般贷款期限为 7 年，由县（市）政府担保，前 4 年由省财政贴息，后 3 年由县职教中心还本付息。教育部门的贷款信誉是可靠的，加上政府担保，按期还贷是没有问题的。现在，许多职教中心靠校办企业的大笔利润正在逐步归还贷款。河北除贷款外，还通过拨款、集资、捐资等多种渠道，解决了资金不足的难题。

省委、省政府的正确决策得到了广大干部群众的理解和支持，激发出空前的办学热情，使职教中心的建设"一路绿灯"。河间市职教中心开工时，18 个建筑队同时进入工地，上千名建筑工人连续奋战 5 个月，建成 3.7 万平方米的校舍。青县建职教中心的 2000 多万块砖没花一分钱，全部由各乡镇捐助，农民把所捐砖瓦一车车无偿地送到工地。

有"蜜桃之乡"美称的深州市，建职教中心的气魄更大，将这一工程列入全市总体规划，总投资 5000 万元，一期工程已于去年 10 月竣工，被命名为"深州教育城"。

河北省各有关部门对建设职教中心也给予了大力支持。省农业部门一次投资 100 万元，用于各职教中心学农基地建设。

目前，全省 139 个县（市）已有 100 个建成职教中心并投入使用，其余 39 个正在筹建之中，亦将于明年年底之前完工。总投资 8 亿多元建成的这 100 所县级职教中心，其校舍、招生规模、阶梯教室、模拟实验室、舞蹈教室、琴房等，均可与城市学校相媲美。

星星之火，可以燎原。河北省建起 100 所县级职教中心，犹如燃起 100 个希望的火种，在社会主义市场经济春风的吹拂下，必将把文明、富裕的希望之火燃遍全省。

新语丝

振兴经济的必由之路

河北省职业技术教育的兴盛,谁看了都高兴,因为它确实启人心智。

我国的现代化建设要走依靠科技进步和提高劳动者素质的轨道,发展职业技术教育是必不可少的。职业技术教育对提高劳动者尤其是农村劳动者的素质、增强他们吸收和运用科学技术的能力,具有直接、有效的特点。因此,发展职业技术教育,是本世纪至下世纪初我国教育发展的一个重点,是各级政府的一项重要职责。在这个问题上,要有巨大的决心和战略的眼光。河北省职业技术教育出现令人羡慕的兴盛景象,正说明他们的决心和眼光。

我国目前每年初中、高中毕业生需要就业的,达1300万人;他们需要接受职业技术教育,而我们职业学校每年只能吸纳300万人。此外数量巨大的劳动者也待接受职业培训。因此,职业技术教育亟需大力发展并切实提高质量。

目前我国的多数职业学校办学条件较差,经费不足,规模效益低;部门办学的体制也限制了专业的设置和调整,不能主动适应当时当地的社会需求。我们的职业技术教育要继续发展,并且要提高质量和效益,必须进一步改革办学体制,而这确实有相当大的难度。河北省建设县级职教中心的做法,突破了原有的体制,较好地解决了这些问题,他们的经验值得重视。深入分析河北的做法,会发现政府的统筹工作起了关键的作用。像职业技术教育这样的事业,涉及到很多产业部门和事业部门,如果没有政府的直接支持和统筹安排,是难以发展的。

对于各种不同发展程度的农村和城市来说,大力发展职业技术教育都是一项紧迫的任务。我们相信河北省的经验能够对各地有所帮助。

(1994年12月12日《人民日报》第三版头条)

抓好"一把手"工程

——甘肃省实施"国家贫困地区义务教育工程"的调查

　　1998 年 5 月 22 日,是一个值得载入甘肃教育史册的大喜日子。这一天,甘肃省政府与 11 个地、州、市签订了项目责任书,拉开了全省实施"国家贫困地区义务教育工程"的帷幕。前不久,记者随"国家贫困地区义务教育工程检查组"来到甘肃,对工程实施情况进行了调查。

分区规划　分步实施

　　根据九年义务教育规划,甘肃省坚持"分区规划,分类指导,分步实施,稳步推进"的原则,按四类分区,分步实施。即:一类区,经济文化基础好的 8 个省辖市(区),约占全省总人口的 6%,已于 1990 年之前完成"普九"任务;二类区,经济文化条件好的 24 个县(区),约占全省总人口的 34%,已于 1995 年完成"普九"任务;三类区,经济文化条件一般的 24 个县(区),约占全省总人口的 30%,争取在 2000 年前实现"普九";四类区,经济文化条件较差的 30 个县,约占全省总人口的 30%,力争 2000 年"普初"。

　　甘肃省"国家贫困地区义务教育工程"共列项目县(市、区)50 个,工程将为 944 个乡(镇)的 1800 所项目学校修建校舍,装备教学仪器、图书和课桌椅,培训校长和师资;工程总成本 6.85 亿元,其中中央专款 2.39 亿元,全省配套资金 4.46 亿元。

　　省教委主任罗鸿福告诉记者:"到 2000 年,通过国家贫困地区义务教育工程的实施,可以使全省 50 个项目县中的 21 个县完成普及初等义务教育,22 个县完成普及九年义务教育,7 个县巩固提高'普九'成果,从而保证全省'普初'、'普九'的县分别达到 96.5% 和 70%,'普九'人口覆盖率达到 73%。"

一把手抓 抓一把手

甘肃是一个文化教育基础薄弱、经济不发达省份。甘肃的落后固然有多方面的原因,其中一个重要原因是文盲多,贫困人口多,文盲与贫困人口呈正比例关系。因此,甘肃实施"国家贫困地区义务教育工程"意义重大而又深远。

甘肃省委、省政府认为,要把"国家贫困地区义务教育工程"这件好事办好,关键是落实"一把手"工程。省委书记孙英和代省长宋照肃亲自挂帅抓"工程",召开有关会议,审定实施方案,协调配套资金,并深入到项目学校检查工程进展情况。代省长宋照肃担任省义教工程领导小组组长,他在陇南检查工作时讲:"省上的领导小组组长由我担任,你们下面也必须由一把手来抓这项工程。"在他们的带动下,从全省来看,这项"一把手"工程没有停留在口号上,而是体现在确定方案、落实资金、检查督促、解决问题等各个方面和各个环节上。陇南地委书记朱志良提出:"县委书记、县长是义教工程的第一责任人,哪个县出了问题,不问别人,只问县委书记和县长。"群众形象地把这种做法叫做"一把抓一把"。渭源县县长李仕忠要求班子全体成员都必须学习上级关于义教工程的文件,都必须把义教工程放在心上,为义教工程使劲出力。在乡一级,定规划、跑资金、审图纸、抓质量等都是由乡镇党委书记、乡镇长亲自做的。

强化政府行为 落实配套资金

甘肃省提出"实施'国家贫困地区义务教育工程'是各级政府的责任,是政府行为。"为了强化政府行为,为工程实施提供有力的组织保证,甘肃省、地、县、乡各级都成立了工程领导小组。同时,层层签订责任书,各级政府责任明确,一级抓一级,一级对一级负责,使政府行为落到了实处。

甘肃省 50 个项目县的财政都非常困难,为落实配套资金,各级政府和财政、计划等部门通过财政挤、群众集、社会捐等多种渠道进行筹措。尽管今年全省财政非常吃紧,但省财政厅还是及时落实了 1000 万元。天水市将教育费附加乡征乡管改为乡征县管,统筹安排到项目上。由于中央大规模投资扶持贫困地区发展义务教育,使全省人民深受鼓舞,有钱出钱,有力出力,有物出物,在争开工程和落实配套资金上,各乡村争先恐后,掀起了一场高起点、高标准、高质量建学校的热潮。

(1998 年 12 月 15 日《人民日报》第十一版)

面向二十一世纪

——烟台实施素质教育纪实

地处胶东半岛的山东省烟台市,迎着新世纪的曙光,伴随着渤海湾畔的涛声,掀起了教育改革的浪潮。

烟台人以改革和完善考试制度为突破口,推行素质教育,面向全体学生,构建成才"立交桥",不挤升学"独木桥",如一石激起千层浪,在社会上产生强烈反响,引起中央有关领导同志和教育界人士的普遍关注。

"应试教育"显弊端 改革理出新思路

1984年初,国务院确定烟台市为全国教育改革实验区。以此为契机,烟台市对教育改革进行了一系列有益的探索,较早地取消了小学升初中考试、取消留级制度、加强薄弱学校建设,为素质教育的实施创造了条件。市委、市政府及时总结推广了招远县(现为招远市)改革高中招生制度、抑制片面追求升学率的经验。然而,几年过去了,九年义务教育阶段应试教育的倾向并没有得到根本扭转。

烟台人曾经引以自豪和骄傲的是,恢复高考之后,全市每年高考录取总数、每万人口升入高校的比率始终名列全省前茅。然而,有的大学生高分低能,学物理的不会安装卡口灯泡;多数落榜者踏入社会没有一技之长;20%的初中生升学无望中途辍学;全市技术能手比赛报名者寥寥;企业招工测试结果令人摇头。

于是,每年的市人代会、政协会期间,中小学教育成为人大代表、政协委员关注的热门话题,家长来信一封又一封地寄往书记、市长的案头,众口一词地呼吁端正教育方向、提高学生素质……

严峻的现实,迫使烟台的领导层对教育现状进行深刻的反思。回顾经济发展史,烟台作为全国首批沿海对外开放城市,80年代以来经济以20%以上的幅度高速增长,很大程度得益于优惠的政策优势和低廉的劳动力优势。这两种优势还能延续多久? 展望21世纪,烟台要加快经济和社会发展现代化的进程,必须提高广大劳动者的素质。立足现实,就要从基础教育抓起,彻底摒弃以面向少数、片面发展为主要特征的应试教育。

经过广泛调查研究,反复权衡利弊,烟台市委、市政府果断做出在九年义务教育阶段由应试教育向素质教育转轨的决策。一场前所未有的重大教育变革在这片热土上蓬勃兴起。

选准改革突破口　扳动转轨总道岔

全面推行素质教育,是一项复杂的系统工程,涉及方方面面。改革的突破口应选在哪里? 烟台人在实际探索中找到了答案:考试制度是应试教育向素质教育转轨的总道岔,只有学校改革和完善现行考试和评价方法,扳动这个总道岔,才能让义务教育的列车驶向素质教育的轨道。

烟台市按照先易后难、减少震荡的原则,首先将改革的锋芒指向了与高考距离远的小学。他们探索取消百分制,实行"等级特长评语"的学生评价办法。即:在学科知识和能力上,依据教学大纲要求,改变原来集考试、分数、名次于一张试卷的做法,进行分项考核,将语文考试内容分解为字词句、听说读、阅读、作文四大项,数学分为口算、基础知识、计算、应用题、操作五大项。语文的读说、数学的口算与操作等项,由学生共同参与评价,学生由被动应考变为主动参与。所有考试项目均按优秀、良好、及格、不及格评定,将平日考查和综合考试结合进行,评定结果不排队、不公布,学生对考试成绩不满意时,可申请重考。在活动课程上,按体育、艺术、科技、劳动、学科、生活六大类设置,供学生自愿选学,对学生爱好特长予以认定。在评语上,改变过去简单的评判式,从学会求知和学会做人两个方面,对学生作出综合评价,使用亲切的第二人称,注入师情,充满激励,肯定学生的优点,鼓励学生克服不足,保护学生的自尊。这样,过去单一记录考试分数的学生成绩册,现在变成了学生素质评价手册,每个学生的考试等级、特长和评语,都记入评价手册。这项改革经过 7 所学校试点、23 所学校规模实验,现已扩展到 300 处乡镇中心小学和城区小学,即将推广到全市所有小学。

在初中学段,如何落实面向全体、全面发展、主动发展?烟台市在改革初中考试制度的过程中,针对初中生学习成绩分化严重的情况,摸索出了一套以"100 分 50 分"考试为核心的成功经验。过去初中考试从试题难度到题型都以高考试题为参照物,无疑拔高了"门坎",将许多学生挡在门外。现在,将初中考试分数定为"100 分 50 分",其中 100 分为水平考试,是所有学生的必考题目,体现了教学大纲及教材对学生的基本要求,60 分即为及格;另 50 分试题体现了教学大纲及教材对学生的较高要求,由学生选做。与此相对应,对学科课程实行必修和选修,作业设置分必做和选做,从而建立起面向全体学生、因材施教的教学体系。目前,这项改革正在全市城乡 30 所初级中学进行规模实验。

实施素质教育需要良好的外部环境。为此市里制定和颁布了小学和初中两个学段素质教育的整体改革方案,对九年义务教育由应试教育向素质教育转轨作了总体规划。全市还先后投资 8 亿多元,大规模进行城乡校舍改造,调整中小学布局,加强薄弱学校建设,基本实现了农村初中的正规化,取消了小学复式教学,全市小学由 5220 所调整到 2579 所,初中由 786 所调整到 362 所,优化了教育资源配置。

考试制度的改革,牵一发而动全身,新的督导评估、课程教学,现代职教等配套制度也在烟台大地应运而生,初步形成了一套比较完整的素质教育运行机制。

构建成才"立交桥" 不挤升学"独木桥"

从 1977 年恢复高考到今天的素质教育,每一次教育体制的重大变革,无不伴随着教育思想的延伸、观念的更新和社会的进步。烟台在义务教育阶段全面实施素质教育,强烈地冲击着城市、乡村、学校、厂矿、机关、家庭的每一个角落,人们由抵触到支持,从疑虑到理解,深切感受到实施素质教育带来的巨大变化。

全面贯彻党的教育方针,办学方向面向全体学生。实施素质教育,对面向"尖子"、追求高分的应试教育产生了冲击,长期被扭曲的办学方向得到矫正。"不求人人升学,但求个个成才"在全市叫响,广大中小学生的学习积极性被调动起来,自身潜能得到充分发挥。优秀学生王少岩除学习各科全优外,在多次活动课中获胜,上学期末,连续 7 次上台领奖。现在,全市小学入学率达 99.7% 、巩固率达 99.85% ,初中入学率达 98.7% 、巩固率达 97.3% 。

教学方式以鼓励在教学过程中学生主动参加为主。长期以来,学生围着教师转,教师讲什么、学生听什么;教师围着书本转,书上有什么、教师教什么。这似乎是天经地义,不容置疑,学校成了生产模具的作坊,学生成了同一模具压出来的零件。素质教育的推行,使这种"天经地义"的教育模式被打破,取而代之的是一种以学生为主体的新型学习方式,各种科学实用的教学方法随之诞生,并被广泛应用于课堂教学实践中。他们在严格执行国家教学计划,开齐开足开好各类课程的基础上,创造了音体美巡回教学制度,总结推广了海阳德育序列化、龙口实验小学语文"大量读写、双轨运行"的经验。莱阳穴坊中学创造了电化教学、实物教学、现场教学等方法,学生们调查、制作的《穴坊镇蚜螬分布模型图》,成了附近农民消灭害虫蚜螬的指南,在全国获一等奖,并被送到香港、台湾、新加坡等地展览,在国际教育博览会上夺得一等奖。张思中外语教学法也在全市得到积极推广,受到中共中央政治局委员、国务院副总理李岚清的称赞。这些教学方式各具特色,深受欢迎,有力地促进了广大中小学生生动活泼地主动发展。

着力提高教师队伍自身素质。应试教育向素质教育转轨,对教师而言,最重要的是建立符合素质教育思想的教育观念,树立正确的人才观、质量观。市里因势利导,广泛开展教师岗位系列达标活动,普遍提高教师掌握教材和引导学生主动学习的能力。市里给他们定责任、压担子,产生了良好的效果。同时,着眼长远,优先发展师范教育事业,先后投资 8000 多万元,帮助烟台师范学院扩建,完成了烟台教育学院、4 所中等师范和县级教师进修学校的配套建设,构建起三级教师培养培训网络。他们还按照素质教育的要求,在中小学中实行择优选能、竞争上岗,使一线校长、教师队伍的素质有了较大改善。全市中小学校 3189 名校长中,有 111 人落聘,平均年龄降低 3 岁,学历达标率提高 5 个百分点;全市中小学专任教师有 5000 多人落聘,教师学历达标率提高了 5 个百分点。

社会成才价值观发生深刻变化。教改实验刚刚起步,烟台工人子女小学召开家长座谈会,征求意见。一位学生家长当场质问校长张裕铢:"这样搞下去,孩子考不上大学,你负什么责任?"这位家长的担忧,集中反映了社会上价值观念的偏见,似乎只有考上大学才算成才,否则就毫无价值。应当承认,这种传统的价值观,有着深刻的社会根源,劳动就业、提拔晋级等等,都与学历挂钩,各行各业都看重学历,过分强调文凭的作用而忽视其他因素,致使千军万马争过高考

"独木桥"。随着素质教育整体推进,这种传统的价值观被改革实践冲垮。牟平区大窑镇初级中学实行初四分流、职业先修,学生毕业后学有所长,为当地经济建设做出了贡献,充分展示了自己的价值。张玉晓毕业后被观水镇招聘去指导果业生产,短短几年就将红富士苹果发展成当地的支柱产业,深受农民爱戴,被选为该镇分管林业的副镇长;孔庆玉回到农村后搞起了专业规模种养,建起了年产1000公斤商品蝎和种蝎的养蝎场,承包了千头养猪场,种植了百亩农田,被评为牟平区致富女状元。类似这样的例子,在其他县市区也并不鲜见。烟台市委、市政府抓准时机,政策引路,舆论造势,大力发展职业教育,为学生多途径成才和实现价值架设"立交桥",搭起大舞台。目前,全市职业高中已发展到54所,职教与普高在校生之比为65:35。人们的价值观念在教改实践中经受了洗礼,对什么是人才、怎样才算有价值,开始有了新的认识,具备一定才识和能力、为社会做贡献就算有价值的新观念,正在被越来越多的人所接受。这种观念的更新不仅发生在学校和学生家庭内部,而且波及到各行各业,引起用人标准、价值取向、就业观念等方面的深刻变革。

(1997年8月30日《人民日报》第一版)

唤醒沉睡的山川

——商洛地区依靠教育脱贫纪实

位于秦岭南麓的陕西省商洛地区,曾是一半以上人口为温饱而艰难奔波的"穷地方"。

而今,这里96%的人口已摆脱了贫困,解决了温饱问题并奔向了小康。

谈起这深刻的变化,地委书记杨永年深有感触地说:"是教育帮了我们的大忙!"

(一)

大山赋予商洛人丰富的资源。铁、钒、银、水晶等10多种矿产储量居陕西之首;核桃、板栗、油桐、生漆、山楂、猕猴桃等产量全省第一。

然而,憨厚朴实、吃苦耐劳的商洛人1978年人均收入不足80元,到1985年仍有59%的人口处在贫困线以下,所辖7个县(市)全部被国务院确定为全国重点贫困县(市)。

丰富的资源和贫困的经济何以形成如此大的反差?

地委、行署组织大批干部对全区建设问题进行调查,得出一个痛苦而又深刻的结论,教育科技落后是制约商洛经济发展的症结所在。

每年从升学这条"独木桥"上挤下来的两万多名初高中毕业生,返乡后因无一技之长,致富无门;广大青壮年农民因科学技术接受能力差,有资源不会开发,有优势不能发挥;重小教育,轻大教育;重学校教育,轻成人教育;重普通教育,轻职业教育的现象,使教育与经济脱节现象日趋严重。为此,地委、行署提出了

"自然资源开发与智力资源开发同时并举"的战略思想,制定了"强化基础教育,发展职业教育,普及成人教育,促进三教沟通,实行农科教统筹,服务于脱贫致富"的农村教育综合改革方案。

在商洛这块贫瘠的黄土地上,拉开了农村教育综合改革的帷幕。

(二)

商洛地区把发展职业技术教育作为农村教育改革的突破口,大力创建职业中学。有矿产资源的地方办采矿班,蚕桑产地办兴桑养蚕班,适宜发展畜牧业的地方办畜牧兽医班,林业资源丰富的地方办林果班。镇安、柞水、商南、丹凤等县对办职业技术学校表现了极大的热情。目前,全区职业中学已发展到 17 所,共设置农、林、牧、矿、建筑、加工、财会、食品、渔业等 14 个门类 32 个专业,在校生达 5300 多人。

商州市第一职业高中开办了以养殖业为主的 9 个专业,为周围群众提供系列化服务,深受群众欢迎。学校购买国外优良种鸡,繁殖后供农民饲养,并负责免疫、回收种蛋、联系销路等。学生于红毕业后,运用所学知识办鸡场,不仅年收入达万元,而且还带动全村几十户农民走上了养鸡致富之路。商洛各级各类职业学校为农村培养了大批科技"二传手"和技术服务骨干。

对于普通中学,商洛地区积极渗透职业技术教育的内容,变离农教育为兴农教育。丹凤县商镇中学不仅在学生毕业前进行职业技术短期培训,而且开展离校后跟踪服务,形成了教学、科研、生产一条龙的格局。学校贷款 30 多万元,建成食用菌厂,多层次、多渠道地把食用菌技术向广大农村辐射,先后接待来信来访 3480 多万人次,赠送资料 2000 余册,提供优质菌种 11 万袋(瓶),使全县 5 万多农民掌握了这一技术,从事食用菌生产的达 8000 多户。他们生产的姬菇漂洋过海远销日本。

遍布全区的 1527 所农民技术学校,按照"每户一人掌握一两项实用技术"的要求,向青壮年农民开展文化技术教育活动。丹凤县月日乡保仓村聘请县林果站、职业中学教师举办苹果技术培训班,使家家户户都有一人掌握苹果栽培、科学管理技术。村里贷款建立了苹果基地,成立了"苹果专业技术协会",与果农签订技术承包合同,提供产前、产中、产后系列化技术服务。仅苹果一项,可使全村户均增收万元以上。山阳县五里乡农民张治民学了经营管理专业后,创办了山阳县砖瓦技术协会,带领本乡 120 人搞机制砖生产,一年创收 20 万元,使 70 户农民摘掉了贫穷帽子。

在商洛地区,提高劳动者的素质不只是教育部门一家的事,各级政府抓统筹,农业、科技、财贸、粮食、金融、工业、劳动人事等部门积极参与,通力协作,唱活了"农科教结合"这台戏。

(三)

商洛地区实施农村教育综合改革,使全区人口文化素质有了较大提高,受到一门以上实用技术培训的农民达 140 余万人次,为农民脱贫致富开辟了新的途径。全区仅教育系统确定的扶贫开发项目已达 12 类 700 多个,辐射带动 20 多万农民从事商品生产,年创产值达 6000 多万元。到 1991 年底,全区工农业总产值达到 18.1 亿元,农民人均纯收入 400 多元,分别比 1978 年增长 1.5 倍和 5.9 倍,全区温饱率由 1985 年的 41% 上升到 96%。

资金技术引进来,山货源源运山外,如今的商洛人变得聪明了。打开山门,告别贫困。230 多万商洛人,正用自己勤劳的双手唤醒沉睡的山川。

(1992 年 10 月 12 日《人民日报》第三版、获全国教育好新闻二等奖)

让机遇落地生金

——喜看商丘地区借京九促发展

编者按：没有机遇很难发展。但机遇来临，是否就能认识和捕捉住机遇？河南商丘地区广大干部群众面对千载难逢的京九机遇，怀着强烈的责任感、使命感和紧迫感，强调一个"抢"字，突出一个"闯"字，着力于一个"干"字，大胆探索中部欠发达地区借助机遇求得发展的路子。商丘人的实践是一个较好的回答。

天赐良机于商丘。

当历史车轮行将驶过 20 世纪的时候，一条钢铁长龙，从北京直奔九龙，在商丘与陇海铁路交叉而过。于是，沉默了千百年的商丘，一跃而为鱼背形京九经济隆起带上最富生机的亮点。

深秋初冬时节，我们踏足商丘，这片热土俨然已成大工地。商丘人没有坐等机遇的恩赐，而是闻"机"起舞，逐鹿京九，响亮地喊出：让机遇落地生金！

逐鹿京九：早醒早起抓机遇

机遇难得，千年等一回。中国最长的两条铁路和两条公路（连云港至天水的 310 国道和北京至珠海的 105 国道）呈双十字交叉在商丘，意味着金色的发展阶梯已经摆在商丘人面前，750 万颗火热的心，为之振奋，为之激动不已。

激动之余，商丘人不失理智和冷静。都说火车一响，黄金万两，可是陇海铁路开通那么多年，对商丘的发展又起到多大作用呢？有人为此长叹：火车隆隆过，留不住，空悲切！

历史的教训,使商丘地区的领导者看到,京九机遇是一种开放的、流动的、竞争的机会,对于沿线各地区同样存在,而在同一时间可供争夺的经济发展资源是有限的。谁能获得这些发展资源,很大程度上取决于谁见事早,行动快。一步领先处处占先,一步落后处处被动。醒得早,起得迟,照样会坐失良机。

千里京九线上,各地为抢占制高点,展开了激烈的角逐。咄咄逼人的竞争态势,对商丘是一场严峻的挑战和现实的压力。

去年9月中旬,河南省委书记李长春、省长马忠臣率省直47个部门的负责人到商丘召开了"抓住京九机遇,振兴豫东经济"座谈会,会议再一次确认河南发展的后劲在商丘。这使商丘广大干部群众深受鼓舞。"机遇不等人,机遇不让人,抓住机遇是功臣,错过机遇是罪人。"这句话在商丘大地上广为流传,道出了商丘人的机遇观。

商丘地区八县一市全力支援京九线建设,同时围绕京九机遇,各自调整发展战略,把机遇具体化。商丘北编组站是京九线上三大编组站之一、未来的亚洲第二大编组站,占地2000余亩。商丘市以最快的速度,最优惠的价格,为建设部门办完了征地手续。不沿京九的民权县,充分利用京九铁路的辐射和带动作用,加大农业结构调整力度,在全县建立了林果、蔬菜等10大绿色食品基地。矿产资源丰富的永城县,借京九东风实施资源优势转化战略,同时开发可与明十三陵争胜的西汉墓群,大力发展旅游业。紧邻商丘市的虞城县提出沿线发展战略,在铁路、公路沿线兴建各类市场,部署工贸小群,大力发展个体、私营企业。他们还把县城西侧17平方公里辟为招商引资的特区,使县城向西定向膨胀,与商丘市东扩成呼应之势。

专家论证:审慎科学识机遇

商丘地区的领导深知,对机遇既要有强烈的热忱,又要有科学的态度,不可急于求成,如果在机遇面前,头脑不冷静,措施不科学,也会丧失机遇的。

抓机遇,首先有一个识别机遇的问题。每个商丘人都感觉到京九铁路的贯通,将给商丘带来巨大的发展机会,可是,京九机遇,究竟是什么机遇?

1994年5月,22名来自北京、深圳、北海和河南省的中青年专家被请到商丘,经过一个月的实地考察,提出了7万言的战略策划报告,此举被誉为商丘抓机遇的"隆中对"。"隆中对"以其旁征博引而又逻辑严谨的分析,对商丘面临的京九机遇作了明确、具体的定性。可概括为四字真言:膨胀城市!

具体地说,京九机遇对商丘而言,是大交通大流通带来的营造区域性中心城市的机会,并进而辐射带动全地区的发展。

地委书记杨金亮把专家阐述的区位优势概括为"四个点":一为豫鲁苏皖结合点,二为我国两大铁路、两大公路干线的交叉点,三为东部产业技术优势、西部矿产资源优势和中部劳动力资源优势的汇合点,最后是国内外投资者的目标选择点。

陇海铁路和京九铁路在商丘市东北部打个招呼,交臂而过。记者驱车来到交会处,方知这全然不是简单的十字立交,而是一个方圆1平方公里的立体交叉网络。从示意图上看,数十条铁道线峰回路转,上行、下行、东西行、南北行、西南行、北东行……令人眼花缭乱。走到网络中的任一位置,都只能看到一个局部,真有盲人摸象之感。在一处,记者看到,一大排钢轨,极有气派地排开数路纵队,射向遥远的地平线。往上看,一条长桥凌空飞架,像巨人迈开长腿跨过脚下的钢轨群,奔向茫茫的天际。

好一派壮观的图景。

商丘人心中的蓝图更为壮丽。行署专员史培德说,哈尔滨原为松花江畔的小渔村,石家庄原为仅有156户人家的小村庄,郑州原为一个不起眼的小镇。如今商丘的区位优势毫不逊色,商丘的未来不可限量!

在商丘,有"领导之权、专家之言、报纸之版"的说法。商丘抢抓机遇的每一重大步骤,都有智囊人物作幕后高参。

以地换金:无本起步抓机遇

有了机遇,也有抓住机遇的强烈愿望,最终能否把握机遇,还得看有没有抓住机遇的本钱。

专家估算,营造1平方公里城市,至少需投资1.6亿元。那么营造65平方公里城市,至少需投资上百亿元。这对商丘来说,无异于天文数字。

不过,商丘人手中握有两块金字招牌:一块是全国农村流通体制改革试验区,一块是河南省综合改革实验区。商丘有政策优势、区位优势、资源优势。

许多地方都喊过一句口号,叫做"筑巢引凤",所谓"栽下梧桐树,不愁引不来金凤凰"。商丘的问题是:没本钱筑巢,没本钱栽树!

他们脑筋一转,反弹琵琶,引鸟筑巢,然后下蛋。许多地方搞建设都是政府坐庄,商丘逆其道而行之,请大公司来坐庄,请它搞网络配套,让它去对外招商,让它取得开发效益。这叫风险外移,利益拉动,招商主体转移。

靠什么引鸟?商丘地区一个重要的操作手段是低门槛起步,做活土地文章,加快土地管理,即垄断土地一级市场,放开二级市场。不到两年时间,商丘城市新规划区内的土地使用权大部分已预订出让,有12家坐庄公司进驻,这些坐庄公司为商丘引来了60多个项目,已为商丘完成1500万元的基础设施投入。这正应了一句话:市长一毛不拔,城市兴旺发达。

夯实基础:创造条件迎机遇

回溯不长的岁月,商丘的城市经济发展并不快。而今,仿佛变魔术一般,商丘市骤然换上现代城市的包装,12条纵横交错、50米至60米宽不等的水泥路,从市区直铺到商丘县境内的农区,把大片绿野揽入怀中,构成大型城市的基本框架,使城区面积猛增3倍,达到65平方公里,可容纳80万人口。

商丘人最感自豪的就是那坦荡如砥的二环路及其配套工程,该工程规划52公里,一期工程于1994年3月份开工,投资1.7亿元,仅用了9个月时间,就开通25.3公里。眼下,投资1.5亿元的二期工程已近尾声。

为什么要超前修建这种高标准的城市道路?地委副书记、常务副专员张海钦告诉我们,这叫框架拉动法,把商丘城建框架拉大,营造大型城市。这样"商标"做大了,你的资信价格也就大了,吸引外资的整体功能也增强了。

这是商丘地委、行署抢抓京九机遇的一个重大的实质性步骤。铁路未通,框架先行。史培德再三强调:"要创造条件迎机遇。如果不创造条件,守株待兔,那么机遇到来了,也难抓住它。"

商丘人不空谈机遇。他们扎扎实实打基础,除兴修商丘城市框架道路外,还狠抓了通讯、供水、电力等各项基础设施建设。

所有这些,连同开(封)商(丘)高速公路、永城县年产1000万吨优质无烟煤煤矿等工程,被地委副书记张春学称为商丘抢占京九机遇、实施开放带动战略的

"资格工程"。

招商引资:编筐组装用机遇

营造区域性中心城市,关键是下好三步棋:一是专家策划,机会定性;二是拉大框架,建设商丘城市二环路工程;三是搞好城市组装。现在,前两步棋已基本下定,组装城市成为当务之急。

编筐组装的关键措施是什么? 对外招商。那么,怎样才能把客商招得来,留得住? 地委副书记张龙之给我们打了个比方,他说,一棵树上落下一只鸟,会引来一群鸟,如果端出猎枪打下一只,整群的鸟都会被惊跑。"必须把重点放在软环境的改善上,这是招商引资的重要环节。"

商丘县规定每月 1 日和 15 日为公安干警到开发区各企业巡访日。县委书记谢振生把外商比喻为"宝贝蛋",他告诫全县干部:谁撵走"宝贝蛋",就摘谁的"乌纱帽"!

一方面治理软环境,另一方面着力完善招商引资的各项服务程序,提高办事效率。商丘县实行"一站式"的流水线服务程序,做到外商到来后,住在宾馆不出屋,各种手续全办齐。

对于手续不全的,采取先办后补的办法。一客商出门前倒了一杯热茶,尔后到商丘县办手续。办完手续回来,发现那杯茶还未凉,他很受感动,赞为"一杯茶速度",坚定了在这里投资的信心。

招商引资呼唤解放思想,更新观念。穷地方有个怪圈,就是越穷越急功近利,越穷越不愿低门槛,越穷越不想让合作方得利。商丘市、商丘县搞低门槛,算够自己的,不算人家的;算长远的,不算眼前的;直接效益你拿走,相关效益我留下,肥水也流外人田。

商丘地区八县一市对招商引资工作都相当重视。去年 1 至 10 月份,全区共完成招商引资项目 1037 个,合同金额 45.8 亿元,比 1994 年同期增长 54.9%。

翩然而来的机遇,把商丘变成我国中部地区冉冉升起的一颗新星。然而,凡事都是一分为二的,机遇也是一样,往往是机遇与挑战并存,商丘的决策者们清醒地认识到,京九线的开通,亦将对商丘形成冲击。

商丘的软硬环境不可能在朝夕之间彻底改善,在一定时期仍将处于相对劣势,因而京九开通还将加速资金、人才的外流,而且沿海产品会沿京九线往内挤占商丘本来就有限的市场。"在京九机遇面前,还要强调忧患意识!"地委书记杨金亮这样提醒各级干部。

忧患是向上的车轮。庄子曰:"风之积也不厚,则其负大翼也无力。"庄周故里的人民谨记先哲的古训,脚踏实地搞建设,悄然积蓄着力量——大鹏一日腾风起,扶摇直上九万里!

(1996 年 2 月 25 日《人民日报》第一版)

科技兴农富万家

——河南许昌市采访纪实

金秋十月,记者到河南省许昌市采访,耳闻目睹的是科技兴农的热潮。

"红薯大王"尚春生

在许昌县尚集镇的平畴沃野之中,有一个 60 亩大小的院子,门口挂着"许昌种苗研究中心"的牌子。记者慕名来到时,正赶上几位农民在院子里收红薯。如果不是亲眼所见,很难相信这是事实:一个个刚出土的红薯,个头如南瓜般大小。

院子的主人叫尚春生,40 岁出头,被当地农民称为"红薯王"。这位上过中央农业广播学校的"土秀才",从 1988 年开始钻研红薯杂交育苗,经过潜心探索,于 1993 年培育出"高淀粉 868"和"双季短蔓红心王"。去年,在国家科委举办的"星火计划实施 10 周年暨'八五'农业科技攻关成果博览会"上,他的研究项目被评为优秀项目。他培育的红薯,最高亩产达 10525 公斤,最大一兜红薯重达 111.25 公斤,并被中国农业博物馆收藏。

尚春生培育出高产红薯的消息不胫而走,前来求购红薯苗的农民络绎不绝。澳大利亚、法国、缅甸等国家的专家也向他发出邀请。

"花卉之乡"鄢陵县

出许昌市区东行 10 多公里,入鄢陵县境,记者仿佛走进天然植物园:腊梅、桧柏、国槐、月季、玉兰、铁树、柑橘、串红、杜鹃花、君子兰……公路两旁,各种名贵花卉万紫千红,争奇斗艳。

鄢陵花卉生产,始于唐宋、盛于明清,古有"花卉之乡"美称。悠久历史加上现代技术,使鄢陵花卉业达到鼎盛,成为支柱产业。目前,全县从事花卉业的农民达3.6万人,面积3.5万亩,近400种、2100多个品种,年产值3.8亿元。

近年来,县里定期举办花卉栽植培训班,传授播种、扦插、嫁接、治虫、施肥等技术。县花卉集团公司与北京林业大学"联姻",并派员出国留学。据统计,目前全县获得专业技术职称的花卉种植人员近千人,受过专业技术培训的花农上万人。

农民学了新技术,就在自家庭院和承包田里搞实验,花卉品质不断提高,价格上扬1至3倍,亩收入几千元甚至上万元。过去扶桑一年只开一次花,现在经花农一调理,一年能开两三次,经济效益也成倍增长。

"无土栽培"在农场

在当地农民的指引下,记者来到位于许昌南郊的市农场二分场。这里是许昌市三国农业高新技术开发公司的"无土栽培"基地。

25个白色塑料大棚内,长满了瓜果蔬菜:葱绿的蒜苗、芹菜,鲜红的樱桃、番茄,还有无刺黄瓜……

基地主任李国保边走边介绍:"这些蔬菜从苗期到采收,完全与土壤脱离,省工省时,省水省肥。一个大棚年收入1.5万元左右,亩产比一般的高两至三倍。蔬菜全被郑州、许昌等地包销,供不应求。"

当初,方圆十里八乡的农民听说"无土栽培",纷纷赶来看个真假,惊叹道:"离开土也能长出菜,过去想都不敢想!"

"蔬菜滴灌"真稀罕

总面积达5000亩的长葛市官亭乡高效农业园区,由500座日光温室微灌、2000亩大田喷灌和3000亩地埋节水管组成。喷灌、微灌、滴灌节水技术的应用,为现代化农业注入了生机和活力。

来到四三府村北部,但见一座座塑料蔬菜大棚星罗棋布。钻进雾气腾腾的大棚,一排排芹菜、黄瓜秧翠绿欲滴。半空中,一根指头粗的胶管悬在黄瓜秧顶部,每米一个水嘴向外喷着水雾,这叫喷灌;地面上,一根粗管子和许多细管相连,清水从细塑料管的滴孔里一滴一滴流出来,把黄瓜秧根部渗湿一大片,这叫滴灌;棚中间的一根柱子上挂着一个匣子,10多根头发丝般的细线通过一个管子与电脑主机相连,由电脑自动控制空气湿度。现在,全村电脑温棚一下子发展到100多座。

"国外引智"巧种田

在禹州市农村,"光辉食品有限公司"的名字可谓家喻户晓。1991年,公司在国家外国专家局的帮助下,先后从日本聘请引进了农、林及食品加工方面的专家10多人,进行良种果梅和良种蔬菜的种植开发。

光辉公司引进外国智力,采取"走出去"、"请进来"的办法,使龙头伸向国际市场,龙尾连着千家万户。1995年4月,被称为"洋师傅"的北村幸郎先生千里迢迢来到禹州。他指导农民改进盘瓜传统种植方法,采用低畦栽培新技术,在当地干旱少雨的情况下,当年为5000亩盘瓜挽回了近百万元的经济损失。

目前,光辉公司蔬菜基地村已发展到60多个,果梅蔬菜面积达3.5万亩,涉及禹州市8个乡镇2万多个农户。过去,这里传统的小麦—玉米种植模式,每亩年产值不足1000元,效益不高。引进国外智力后,种了盘瓜种萝卜,种了萝卜种高菜,一年连种三茬,亩收入在5000元以上,是传统种植模式的5倍。

采访结束时,记者见到许昌市委书记李长铎、市长牛学忠。他们对记者说,传统农业向现代化农业转变,一靠政策、二靠科技。联产承包责任制解放了生产力,科学技术提高了生产力。农业实现产业化,关键要靠科学技术。

(1997年11月18日《人民日报·海外版》第一版头条)

生机勃勃的事业

——大兴县职业技术教育见闻

近日,记者来到被誉为"绿色明珠"的京郊大兴县采访。这里给人印象最深的是蓬勃兴起的职业技术教育。

近年来,大兴县积极发展职业技术教育,引导农民走科教兴农之路,使全县初步形成了"普教"、"成教"双线并举,"星火"、"燎原"、"丰收"三计划并施的职业技术教育体系。目前,县、乡、村三级农民职业技术学校共培养中级技术人才3700多名、初级技术人才5000多名,参加各类短期培训的达15万多人次,占全县农村劳动力的38.8%。他们的成绩受到国家教委、农业部和北京市的肯定和表彰。

在礼贤镇紫各庄村,记者见到四十来岁的紫成伍刚从地里回来,黝黑的脸膛还淌着汗水,黑布鞋上沾满了泥土。他种的西红柿最大单果达0.9公斤,亩产8000公斤,获北京市西红柿高产竞赛第一名。说起村里的实用技术培训,他啧啧称赞:"我这点本事亏得有村校。以前种西红柿只讲多使粪勤浇水,后来自己边看书边听村校请来的科技人员讲课,用科学方法下籽、育苗,种的西红柿总比别人早半个多月上市,抢了个鲜。可好景不长,后来村校喇叭一响说要讲课,乡里乡亲呼啦啦全去了。这两年大伙的西红柿都从亩产三四千公斤增加到六七千公斤,下籽也提前了一个节气。"

在大兴,类似紫成伍这样的"蔬菜大王"、"西瓜状元"数不胜数。

早在1989年,大兴县27个乡镇分别建起了乡校,肩负起每年1000多名未升学初中生的职业技术教育重任。如今,又有12所村级职业学校承担短期实用技术培训,加上县里的农民科技学校,一个健全的职教网络已经形成。这些学校所产生的技术辐射作用使农民大为受益,一些农民深有感触地说:"粮食亩产三四百斤靠地力,五六百斤靠体力,七八百斤靠肥力,千斤以上靠智力。"

大兴县的"绿色证书"制度是 1988 年从林业局实行持证承包果树开始的。"绿色证书"制度的实施使全县果品产量和质量迅速提高。1988 年以前,全县果品在 2500 万至 2700 万公斤之间徘徊,好果率为 65%,到 1991 年则分别达到 3760 万公斤和 90% 以上。现在,"绿色证书"制度也由一村向全县,从林果业向蔬菜、西瓜等多业推广。

继"绿色证书"之后,大兴县新近又推出了"红色证书"和"蓝色证书"。县成人教育局与经委、工业局、乡镇企业局等单位联合举办的"企业厂长、经理班"和"车间主任(班组长)培训班"称为"红色证书"培训。目前已有 5 期 250 人获得"红色证书",有 100 多人正在接受培训,占应训面的 42.6%。对商业、服务业进行的培训称为"蓝色证书"培训,目前这一培训刚刚起步,有 6 个班 200 多人正在培训之中。"三色证书"培训的全面开展,为大兴农村职业技术教育开辟了新的途径,使岗位培训迈出了新步伐。现在,大兴县经济部门出题目,教育部门作文章,政府部门搞协调,科技、财政、劳动人事部门提供保障的"大合唱"格局已经形成。

大兴县各类职业技术学校面向经济建设,办出了自己的特色。县第一职业高中上挂大专院校,横联林业、畜牧等部门,向基层进行人才、成果、技术辐射,办学 8 年来,已发展成为拥有果树、蔬菜、畜牧、农田水电 4 个专业,在校生 400 多名的高级职业中学。为农村输送毕业生 426 名。县第二职业高中则强调灵活办学,短短四五年时间,这所由普通中学转向而来的学校已发展成为北京地区最大的综合性职业高中,开设了机电、化工、财会、家电、烹饪、外贸、建筑、医士等 8 个专业 21 个班,在校生达 900 人。方兴未艾、生机勃勃的职业技术教育给大兴的经济发展注入了活力。据副县长张维梅介绍,大兴已成为北京稳固的蔬菜基地,西瓜更是坐头把交椅,年产西瓜 1.5 亿公斤,占北京市总上市量的 2/3。去年全县工农业总产值达 33.5 亿元,财政收入 1.1 亿元,成为全国百个财政收入亿元县之一。

(1992 年 6 月 10 日《人民日报》第三版)

辛酸的歌谣

——湖北大悟县拖欠教师工资问题调查之一

1月12日至19日,记者来到位于大别山南麓的革命老区湖北大悟县,就这里拖欠教师工资问题,进行专门采访。

在一周多的采访中,记者几乎跑遍了大悟县的所有乡镇,走访了30多所中小学校的600多名教师、学生、家长和基层干部,了解到这个县教育事业存在的一些严重情况。

县教委副主任王绪涛向记者提供了这样一组数字:到1993年12月20日,全县共拖欠教师工资579万元,其中拖欠公办教师536万元,人均1060元,拖欠民办教师42.4万元,人均251元;1992年以前拖欠86.1万元,1993年拖欠492万多元。

数字是惊人的,但记者耳闻目睹的事实更加令人震惊。

在大悟,由于长时间、大面积地拖欠教师工资,许多教师生计艰难,有的甚至靠借债度日。

40多岁的民办教师施业朝,欠债已上千元。他白天教书,晚上有时还得到责任田里干农活。即使这样,打的粮食仍填不饱家人的肚皮,每年都要买高价粮。

当记者翻山越岭,来到远离县城70多公里的墨关小学时,施老师正在给一年级的学生上课。而教室的内间,便是他的家。

这是一个什么样的家呀!窗户破烂不堪,屋内寒风瑟瑟。在不到8平方米的小屋内,一张木床上堆着一层稻草和油乎乎的被子,床边的旧桌子上放着一件烂棉衣。除此之外,再也没有别的家当。记者见状,忍不住流下了眼泪。问起今后的生计,施老师摇头叹息。

比起施老师来,石铺小学民办教师董金梅算是条件好的,因为她不欠债。但是,破旧的床单上补着3块补丁,还有一个大窟窿。董老师告诉记者,她和一个孩子的生活,全靠在宜昌打工的丈夫。

一些公办教师的日子也好不到哪儿去。高店乡初级中学校长陈银生说,我家3年没买一件衣服,可怜得很!

53岁的丰店镇初级中学语文教师谈光国,家里4个孩子读书,6口人吃饭,近来连买米的钱也没了,只好借债。

大悟县一些乡镇从1987年起,发工资就留有"尾巴",一直拖欠到现在,有的教师被拖欠多达几千元。

芳畈镇教育组的同志交给记者一张登记表,上面清楚地记载着历年拖欠情况:自1987年以来,共拖欠430788元,人均被拖欠1282元。

有的教师向学校和上级多次催要工资都毫无结果,因而改编了一首让人心酸的歌谣:"你说过,月月发给我,一欠就是一年多,三百六十五天日子不好过,把我的工资还给我!"

拖欠教师的工资,伤害了教师的感情,影响了教学质量,带来了一系列的负效应,严重地动摇着山区基础教育的根基。据县教委反映,仅1991年9月以来,全县就有310多名教师调走或改行。1993年春季开学时,中学生流失率达10.61%。

记者在该县采访时,一些教师还在四处活动,要求调离大悟。有的干脆不要档案,不打招呼,跑到南方去做生意。而一些在岗的教师也情绪低落,不安心本职工作。

一天,芳畈小学李主任发现过了上课时间,值班老师还没打上课铃,就对他提出批评。这位老师却反驳道:"打铃迟了几分钟就挨批评,工资拖了半年咋不说?"

四姑中学副校长刘祖富说,现在一抓工作,老师就发牢骚,"我们的工资都没有,还抓什么工作!"

县第二中学既缺教师,又缺学生。全校3年走了10多位骨干教师,留下的是老弱病残;每逢招生,校长就耽心,怕招不来学生。每年发出200多张录取通知书,到校的只有百十人,有时甚至不足1/4。

对于拖欠教师工资问题,当地干部群众心急如焚。记者在该县采访期间,正值县里召开人大会,许多人大代表就拖欠教师工资问题提出尖锐的批评和急切的希望。万桂萍代表呼吁,当务之急是解决教师的吃饭问题、吃药问题!

丰店初中副校长谈树良说:"老师的基本要求是有饭吃就行,不会提苛刻要求。而现在有的连基本生活都保证不了。"

当了20多年村干部的余河村党支部书记李其明说:"拖欠教师工资,真是要不得!现在教师的工资一拖几年,弄得教师没饭吃,学生没学上。共产党管天管地,就管不了老师的工资?现在当官的就是邪得很!楼房盖得起,小车买得起,大吃大喝也有钱,就是发老师工资没有钱,怪事!再这样下去,教育就要垮了!"

原县教委副主任何汉堂说:"三年自然灾害没欠教师工资,'文革'十年也没欠,现在搞改革开放,社会经济发展了,反倒拖欠教师工资,真是令人难以理解。《教师法》内容比较空,尽管这个法出台很不容易,还是保护不了教师。我在教育界干了40多年,到如今真觉得寒心。"

拖欠教师工资现象,在大悟老区是几十年来所罕见的。更为罕见的是,在"兑现"过程中,当地烟厂生产的"潇洒"牌香烟,竟成了大悟的"第二货币"!

(1994年1月29日人民日报《情况汇编特刊》第2期、获全国党报优秀内参一等奖、全国教育好新闻一等奖)

沉重的"潇洒"

——湖北大悟县拖欠教师工资问题调查之二

1月14日上午,记者在大悟县三里中学看到,一楼的一间教室内烟雾腾腾,几个男生正在吞云吐雾,讲台上的老师露出无可奈何的表情。

像这样的事,在大悟县的一些学校里并不鲜见。出现这一现象的原因是,大悟县经常用本县烟厂生产的香烟支付和"兑现"教师工资。

财政缺钱,就用香烟来顶替。大悟县自从1987年办起卷烟厂,几乎没有中断过给教师发香烟。"烟就是工资,工资就是烟。"香烟成了大悟县的"第二货币"。

在这个县,无论是男教师或是女教师,会抽烟的和不会抽烟的,公办的和民办的,统统发香烟。因为发烟,全县陡增一批"小烟民",教师中多了一些"瘾君子"。更具讽刺意味的是,这些令许多教师头痛的香烟,名字却挺动人:"潇洒"、"快乐"、"同庆"、"红宝石"、"白果"、"望"……

有的教师将香烟编成顺口溜:"潇洒"香烟不潇洒,"快乐"香烟不快乐,望眼欲穿得"望"烟。

烟在大悟,不仅顶教师工资,而且已成为"通货"。教师不得不用烟来换油、换肉、换米、换柴,甚至换饭吃。

丰店镇教育组的同志告诉记者,在当地,一条"潇洒"烟换大米12公斤,食油1.7公斤,黄豆6.75公斤,柴四担……

在大悟,几乎每个教师都有一段关于香烟的故事。许多老师告诉记者,他们得到的香烟卖原价根本没人要,只能削价处理,否则,等发霉了更糟糕。这样老师实际到手的钱就大打折扣。有的教师一年下来就损失几百元。

去年底,大悟县面对500多万元的拖欠款,又想到了发烟的办法:价值300

万元的香烟分发各乡镇,一则抵了烟厂的税款,二则可以解决部分工资。其结果是苦了教师。更可恶的是,有的乡镇用出厂价得到的香烟按零售价发给老师,从中谋利。

一时间,烟在大悟的一些学校里成了灾,教师"谈烟色变"。

在三里中学,青年教师李艳明给记者看了一个记事本,上面记着自她 1989 年 9 月师范毕业分到这里后扣工资发烟的情况。记者数了一下,共 16 次,价值 1792.5 元。校长说,她是我们学校里发烟最少的一个。

一提发烟,大新镇教育组督学陈基成就发怵。他家 5 人当教师,去年底一次发了 1700 多元的"潇洒"烟,找遍了门路,至今才销出一少半。

更有甚者,高店中学教师喻华茜,家里 5 人当教师,全家人左等右盼,希望发工资后过个好"元旦"。谁知,又发了一大堆"潇洒"烟,人人愁眉苦脸,价值 3850 元的香烟至今只销出半箱。

去年 9 月分配到丰店镇的 5 位大中专毕业生,教了 5 个月的书,没领过一分钱。有的常常从家里提米,拿油,向父母要钱;有的自己开荒种菜,每餐除了青菜萝卜,就是萝卜青菜。

余河中学青年教师高建芳怎么也想不通,自己不但连工资的影儿没见到,反而还要打上一张欠条。全校每人发 30 条烟,顶两个月工资,而他的工资低,加起来不够值 30 条烟,所以,打了借条下月扣。

民师董金梅去年底只得到一角钱的工资,余下的是 11 盒"潇洒"烟。

……

许多学校和老师得到烟后,不得不向学生推销。有的让学生自愿买,有的则是强迫性的,不交钱买烟不准进教室。

12 月 19 日,三里中学又运来了一车"潇洒"烟。老师停课抵制 3 天,没有效果。无奈只好发出致学生家长的一封信:"为了不使教师请假去销烟而导致学校停课,经学校研究决定,全校学生每人为教师销售两条烟,还望家长深明大义,为自己的子女着想,帮助解决好教师的后顾之忧。"

这所学校的许多教师直言不讳地告诉记者,没办法,我们只好把学生叫出教室,向学生要钱,没有钱不准进教室。

初二(3)班班主任张瑞兰老师说,我们也觉得这样做在人格上不是滋味。5 个月没有发工资,得到的又是一堆烟。老师也是人,这样做,实属无奈。

丰店中学教师谈光国说,我们知道让学生销烟是错误的,但确实没办法。

　　大新镇有的学校曾因销烟罢过课,有的中学教师跑到镇教育组大喊:"发么烟呢? 要发就发大米,发煤,发萝卜也可以,我们要吃饭!"

　　许多学生对发烟也有看法。大新初中三年级学生黄鹏在作文中写道:前不久,我校掀起了销烟的高潮。弄得老师无心上课,同学们无心听讲,人心惶惶。教师不是营业员,也不是推销员,把香烟当作教师的薪水,他们一天到晚光吃烟吗? 倘若教师不吃饭,哪有心思来教我们? 试问,教师默默无闻、兢兢业业地奋斗了一生,到头来,是怎样的下场呢?

　　三里中学的学生们反映,每次发烟就得有一星期上不好课,有的学生拿到烟后哭哭涕涕的,也有的因买不起烟而辍学。去年全校就辍学 70 多人。初三(2)班女生涂燕离校时,眼里噙着泪水。还有的学生抗议,在墙上写道:"老师发烟,学生抗烟","初中老师不是人"。

　　桥店中学学生阮某因不满强迫发烟,与校长高正章发生争执,班主任罗老师上前劝阻,阮一耳光扇去,打得罗鼻口流血。罗老师一气之下弃教而去。

　　对于教师销烟,多数家长表示理解和同情。但是,有的农民家里连饭都吃不饱,哪能掏得起这昂贵的烟钱呢? 于是,有些家长去学校闹事。城门店小学校长武守彦说,有的家长来学校吼、闹,责备老师教不起书莫教! 我们只得赔着笑脸说,只当老师端破碗到你门口要饭吃,请高抬贵手! 家长只好把烟拿走。有的家长还说,老师教书惨了,要学生给钱老师用。

　　县里用烟兑现教师工资,乡镇纷纷仿效。有用茶叶的,有用吊扇的,有用皮箱的,有用棉絮的,有用存折的,甚至还用沙发坐垫的,真可谓五花八门,令教师哭笑不得。

　　宣化店镇大圣关小学校长刘文武说,我们学校每个教师领到一只皮箱,镇里产的,50 元一个,镇里给我们按 55 元抵工资。教师们不满,编了个顺口溜:镇长无能,教师遭殃,不发工资,只发皮箱。

　　教师们愤愤地说:"兑现就该真兑现,工资岂能换香烟!"

　　1 月 17 日上午,记者在大悟县卷烟厂见到常务副厂长刘盛。他说:"这烟要发是发不下去的,县政府做工作,让本地人利用本地烟叶生产本地烟,县领导号召本地人适应本地香烟的口味,让本地人抽本地烟喝本地酒,让全县人理解烟厂,支持烟厂。"记者问到每年在本县能销多少烟时,刘回答:"本地人抽本地烟,一年至少是 200 万元。"

　　记者就销烟问题与县领导交换意见时,县长邓汉庭说:"销烟是县政府决定的,组织销烟没有错!组织多种渠道销烟,才能变成钱,才能获得人民币,才能解决拖欠问题。"县委书记汪昌铁则轻描淡写地说:"就发这一次,今后不再发了。"

(1994 年 1 月 29 日人民日报《情况汇编特刊》第 3 期、获全国党报优秀内参一等奖、全国教育好新闻一等奖)

鲜明的反差

——湖北大悟县拖欠教师工资问题调查之三

记者在大悟县采访,发现一些奇怪现象:一方面大面积拖欠教师工资,一方面有些干部又忙于用公款建造小洋楼,购买小轿车,出国旅游,大吃大喝。

在贫穷偏僻的小县城,"蓝鸟"、"皇冠"、"小霸王"、"奥迪"、"切诺基"、"桑塔那"、"标致"等小汽车遍地跑。县交警队车管股长刘华胜告诉记者,1992年以来,全县新增小汽车111部。不少人向记者反映,县里的一些科局级干部也有自己的专车,在这个不大的县城里上下班,车接车送,好不气派。记者问县财政局主管预算工作的副局长罗赤军:"近年来县财政用于购买小汽车的资金有多少?"答曰:"没有这项预算。"

近年来,一幢幢小洋楼在县城拔地而起。这些用公款建造的楼房的主人大都是县里一些要害部门的领导干部,平民百姓只能望楼兴叹。据不完全统计,全县用公款建造的小楼达130多幢:县委办2幢,人大10幢,政协6幢,公安局30幢,电力局10幢,工商银行10幢,城建局10幢,计委8幢,检察院6幢,人事局4幢……知情者说,这些楼房造价一般在四五万元左右,高的达10多万元,有的内部装修得富丽堂皇,形同宾馆。记者在采访时看到,有的干部正往小洋楼里搬。

县清理用公款出国出境旅游办公室主任程保明告诉记者,从1992年7月至1993年9月,大悟县共出国出境21批40人,其中,1992年4批5人,1993年17批35人。据不完全统计,花掉公款576514.61元。这些人主要是党政干部,有的是通过旅游部门出去的。

县里敢这么做,下面胆子就更大。宣化店镇用11万多元公款为镇领导干部建起7幢小洋楼,镇财政所的两位所长也住上了用公款建的楼房,而且家里还安了电话。镇里原有两部吉普车和一部"拉达"车。有人觉得坐"拉达"车不过瘾,去年又换成"切诺基"。当地群众称之为"绞肉机"、"吃人机"。镇里有个招待所,有的干部常在那里大吃大喝。记者在宣化店采访时,亲眼见到镇教育组长宴请财政所长,一位镇党委副书记作陪。招待所服务员兼出纳小陈告诉记者,全所每月流水收入约1.8万元,其中床位收入3000元,餐厅收入1.5万元。镇里公款吃喝每月都在四五千元。

记者就拖欠教师工资的原因,请教了不少县乡干部,大都说,大悟是革命老区,穷,没有钱。然而,公款购买小汽车,盖小洋楼,出国旅游,大吃大喝的钱都是从哪里来的呢?

在大悟县清理国家机关乱收费办公室,记者找到了答案:1992年以来全县56个部委局134个收费机构的359个项目的收费总金额达2209万多元。其中,违纪金额达4960351元。

县纪委副书记李太勤告诉记者,这些违纪资金成了一些单位的"小金库",盖房子,买车子,大吃大喝。对此,群众意见很大。

记者在采访中发现,这个县挪用县教育经费现象非常严重。

1991年以来,大悟县共征收教育附加费868.24万元。按规定,这笔资金应主要用于发放民办教师的工资和改善办学条件,专款专用。然而,这个县的县乡两级财政都把教育附加费打入财政预算统收统支,不知用到哪里去了。

吕王镇教育组长黄祖云告诉记者,全镇1993年共征收教育附加费18万多元,而民办教师工资只占8万元左右。其余的10多万元被镇财政挪用。

记者向县财政局要全县教育经费的投入及增减情况,一直没有得到回答。记者所接触到的学校无一例外地反映几年没有见到办学经费。县城关中学因交不起电费,早在去年11月份就停开了学生晚自习。

县财政局副局长罗赤军说,发不出工资的一个原因是,县里将预算内资金用于生产性建设占90%,消费基金只占10%,不够用,致使财政收支不平衡,也就是说,建设性资金占用了吃饭的钱。如县烟厂建厂以来,财政就投入了1016万元的资金。1月17日上午,记者在县卷烟厂看到,扩建工程即将完工,新的大楼亦将落成。副厂长刘盛告诉记者:"大悟县70年代两次办烟厂,两次下马。1987年又重新开始办烟厂,1991年前是'黑厂',违背国家政策办的。之后被国务院批准为全国30家小烟厂之一,只能'地产地销',产品只能在湖北省内销售。1987年以来,财政共投入2800多万元,银行贷款2200万元。机器开开停停,几年来销售收入为5300多万元,上交财政税收1800万元,亏损360万元,企业欠外账 1500 多万元。"

一些乡镇的教育经费开支更是一笔糊涂账。有的除了教师的人头费外,根本没有其他经费。县开发办 1990 年拨给四姑中学建校款 3.5 万元,镇财政只给了 4000 元。拨款通知到手已三年,而另外的 3.1 万元至今未见。

在挪用教育经费的同时,一些收费之手却伸向学校,伸向教师。四姑镇政府要求每个学校每年创收 2000 元,高店乡要求每个教师创收 200 元。不给就从工资总额中扣。教师申报职称,不管评上与否,都要收 100 元手续费。教师由临时工转为正式工,要一次交清五年的养老保险金 1440 元,否则不给办招工手续。

去年 9 月,县教委分配 6 名大中专毕业生到新城镇任教。镇政府让每个人先交 2000 元钱,否则不让报到。记者问起收费理由,镇领导回答,可以认为是劳动风险抵押金,也可以认为是对发展乡镇企业的一种贡献,怎么认为都行。后来,因为县里干预此事,才未收成。可是,这几位学生至今仍未被正式接受。其中有 4 名被雇用,2 名待业。镇教育组长熊扬斌说,镇里教师不是多了,而是不够。

学校没钱,只好伸手向学生收。在记者结束采访返京的第二天,就收到这个县高店中学三年级学生的来信,反映学校乱收费的问题。

县人大代表刘金玉对教育附加资金的去向提出质问。看来,教育附加资金是否用于教育事业,应有透明度,应有监督。

(1994 年 1 月 29 日人民日报《情况汇编特刊》第 4 期、获全国党报优秀内参一等奖、全国教育好新闻一等奖)

数字的游戏

——湖北大悟县拖欠教师工资问题调查之四

在 1 月 13 日至 18 日不到一周的时间内,记者三次获得大悟县教师总人数的数字都不一致,而且悬殊甚大。

13 日,县教委负责人说:全县公办教师 5056 人,民办教师 1689 人,共 6745 人(包括离退休人员)。

17 日,县财政局副局长罗赤军说:全县公办教师 5345 人,民办教师 2026 人,共 7371 人(包括离退休人员)。

18 日,县长邓汉庭说:全县公办教师 4988 人,民办教师 1740 人,共 6728 人(包括离退休人员)。

怪哉! 5 日之内,县财政局提供的数字比教委的要多出 626 人。

更令人费解的是,13 日在芳畈镇采访,镇党委宣传委员杨正强谈到全镇 1993 年人均收入达 552 元时,记者发现表格上只有 375 元。究其原因,他说,全县其他乡镇上报的数字都超出了 500 元,而芳畈镇经济发展又处于全县中等偏上水平,别人报,你不报,要挨批评的。现在与 1958 年搞浮夸一样,成了风气。375 元的数字是我们从村里摸出来的。现在镇里 1/3 的人温饱存在一点问题,1/10 的人当年收入入不敷出。

记者一见大圣关小学校长刘文武,他就问道:"说谎话还是说实话?"记者不解其意,他又说道:"要说谎话,发了;要说实话,没发。该兑现的没兑现,平均欠每个公办教师 1200 元以上,民办教师 460 多元。"

县人大代表石成诗说,现在有些领导光会搞数字游戏。我们听财政局长作报告讲到,1993 年大悟县财政收支相抵,年终节余 4.3 万元时,下面都发笑。教师工资没有发,怎么节余的?

县人大代表、三里镇凤岭村村民小组组长王志瑶说,我们农民每次上交都是现款,可是,财政发给干部和教师的工资却用烟,这其中的问题究竟出在哪一级?现在,高级专车跑得多,深入实际搞得少;高谈阔论多,解决具体问题少。我们共产党人应该少说空话,多做实事。关于财政报告中节余4.3万元,我认为,我们的工作应该实事求是,不能再搞假、大、空,我们吃假、大、空的亏不少,应吸取历史教训。

数字的游戏在一定程度上反映了这个县一些干部的工作作风问题。对于解决教师工资拖欠问题,也是这样,没有引起他们足够的重视。

16日上午,记者在吕王镇街头碰到该镇镇长李健。当他得知记者是来了解教师工资问题时说:"报纸上说,1994年教师工资再拖欠,要依法追究责任,放×屁!我有钱就发,没钱就不发。"记者问他是否开玩笑,答曰:"真的,你们可以登报,可以铐我去坐牢。"

16日晚,在新城镇,当与镇长沈道琦谈起拖欠教师工资问题时,他说:"拖欠问题,有老师给省政府写信,写'贾志杰叔叔'收。就是写贾志杰爸爸收也没有用……"

石铺小学教师黄贵水说,教师工资兑现不兑现,下面的干部都无所谓,官照当,我行我素,我们这地方就这样,有令不行,有禁不止。你嫌这里不好,走人。现在已是1994年,工资还没有兑现。有些领导死要面子,搞假、大、空。对上说教师工资能兑现,对下说不能兑现,一级骗一级。

有的乡镇干部动辄派教师去收取教育附加费和一些罚没款。1990年暑假,三里镇政府下令让教师下村征收计划生育罚款。镇里说,收起来可以发工资,否则不好办。去年教师节后,镇政府让教师代为征收教育附加费。三里中学收了8000多元才发了7月份的工资。石铺小学收了4000多元,只发给1500多元。

记者在大悟采访,沿途看到不少墙壁上都写道:"百年大计,教育为本"、"再穷不能穷教育,再苦不能苦孩子"、"尊师重教"等标语,但是,教育这根弦到底在一些干部的头脑中占多大的位置呢?大悟县教师工资久拖不兑现,这很能说明问题。

(1994年1月29日人民日报《情况汇编特刊》第5期、获全国党报优秀内参一等奖、全国教育好新闻一等奖)

县长的承诺

——湖北大悟县拖欠教师工资问题调查之五

1月18日下午,经再三恳请,大悟县县长邓汉庭方才接受记者的采访,就教师工资拖欠问题与记者进行了交谈。

邓县长说,第一,从大的方面讲,全县教师队伍的构成是,教师6728人,其中公办教师4988人(离退休400人),民办教师1740人,全县教师一年工资为1483万元,包括工资、补助、奖金等共14项。第二,到11月底,全县拖欠教师工资579万元。县委、县政府在多次统一思想认识的基础上,采取了如下办法:先后召开四次会议。大一点的是召开了一次乡镇党委书记、乡镇长会议,提出像解决农民打白条那样解决拖欠。《教师法》实施后,于1月5日召开了乡镇长、乡镇财政所长会议,县里三个主要领导参加。会议后提出分阶段实施目标,要求放寒假前彻底解决拖欠。根据各乡镇财政状况,在1月10日之前,把拖欠的工资部分全部解决,随后解决各种补贴和奖金。现在实际执行情况是,到1月15日为止,尚欠261.85万元。从11月中旬起,县里派出3个解决拖欠督办组。作为教师工资这一块,全县已基本解决,剩下的是各种补贴和奖金。根据孝感市正式通知,借给大悟县解决教师工资拖欠款150万元,余下的111.85万元主要由我们自己解决。最迟于1月25日之前全部解决1993年以前的拖欠。这个没有问题。拖欠形成的原因是多方面的,一是我们领导有一个认识过程,教育为本也好,科教兴县也好,教育应该放在第一位。拖欠问题存在,个别乡镇拖欠时间很长,彭店乡1985年滚动拖欠至今,本届政府都要对它负责。大悟的经济基础还比较薄弱,大悟既是一个山区、苏区,也是贫困地区之一,有史料表明,全县为共和国成立流血牺牲的近7万人。1993年工农业总产值8亿多元,财政收入用了很大的劲才搞到4538万元,农民人均收入513元。1990年以前是吃财政补贴的县,由国家补贴 200 多万元,1990 年后国家取消了补贴,农民收入还比较低,513 元是统计局按《统计法》调查推算的。现在实际情况是,占总人口 86.7% 农民收入在 500 元以下,这样的人口有 336517 人。其中在 300 元以下的,占总人口 25.12%。低智能人口 26800 人,分布在 8125 户,吕王镇胡冲村有的户有三四个低智能人。形成原因是,解放前牺牲 7 万多人,精英都走了,近亲结婚,是历史遗留下来的。没有一定经济实力保障教师的工资、补助、奖金,在解决教师工资拖欠问题上,我既充满信心,同时又不抱乐观态度。充满信心,是把多年来的拖欠在 1 月 25 日以前解决。县财政在财力有限的情况下用组织销烟的办法兑现了 300 万元。销烟是县政府决定的,我在会上讲,只搞这一次,今后再也不搞了,因为拖欠数字比较大,财政拿不出钱来,有领导、有计划地销烟,大家很理解,才有今天这个数字,不然,不好进行。通过地方财政销烟发工资的办法其实很简单,组织销烟没有错,组织销烟才能变成钱,才能获得人民币,才能解决拖欠。有的教师会抽烟,有的不会抽烟也理解,作为一个临时缓冲的过渡办法,市里解决拖欠督办组,先后来了三四次,是不反对的。今后对教师工资问题不抱乐观态度,1 月 25 日解决旧的矛盾,新的矛盾也不好办。

问及 1994 年能否按时支付教师工资,邓县长回答,1994 年决心做到足额发放,一是精简民办教师,二是提前征收农业税和足额征收教育附加费。

关于公款购买小汽车问题,邓县长说,总的来说,控制得比较严,但规格和数量与同类县相比算是落后的,有的是通过上级垂直单位解决的,这些资金即使不买小汽车,也绝对用不到教育上,也绝对用不到解决教师工资拖欠上。

关于用公款建小洋楼问题,邓县长说,建楼是经县委、县政府确定的,没有这么大的量,当时的县委、县政府考虑到大悟是个山区穷县,为了稳定干部队伍才决定建的,只是步子大了一点,问题是从宏观管理上应引起重视,采取有效的措施。

记者问邓县长坐的什么车,答曰:"蓝鸟,29 万元。"记者问要不要稳定教师队伍,邓没有回答。

当记者与县委书记汪昌铁谈及拖欠教师工资问题时,汪避而不答。

1 月 19 日,当记者结束采访离开大悟时,这里过年的气氛渐浓,许多人都在忙着备年货,学校里也将放假。那么,能否让我们的教师过个好年呢? 能否在 1 月 25 日前全部兑现,实现邓县长的承诺呢?

1 月 28 日下午,记者与大悟县教委主任张乐群通了一次长途电话。张主任告诉记者,县里向孝感市借的 150 万元已经到位,目前尚欠 90 多万元。(注:至 1 月 15 日,大悟县拖欠教师工资总数已由 579 万元降至 261.85 万元。在已兑现的 371.15 万元中,除了少数贷款以外,绝大多数是用香烟作价兑现的。)

(1994 年 1 月 29 日人民日报《情况汇编特刊》第 6 期、获全国党报优秀内参一等奖、全国教育好新闻一等奖)

燕园吹来清新的风

——北京大学"爱心社"剪影

1993 年岁末,北京大学出现了一家"爱心社"。它的诞生,给古老的燕园吹来又一股清新的风。

平平淡淡才是真

"爱心社"的动议者,是北京大学的几位青年学生。

去年,有多起"社会冷漠"事件发生:广州一孕妇街头受辱,200 多人围观,竟无一人相助;青岛一老人心脏病发作,倒在繁华路口,因无人援手而死;河南农民张文礼救活了他人,自己却因无人救助而牺牲……

看到这些报道,北大地质系 92 级研究生马洪恩、王德明、张晓辉、郭光军、常兆山、宫成江等深感愤慨。难道这些就是经济体制转轨时期应有的现象吗?不!文明社会需要的是爱心,而不是冷漠,美好的社会大家庭要靠每个人奉献爱心来共同建造。联想到在被视为神圣学术殿堂的校园里,吵架、盗窃等有辱斯文的现象也时有发生,他们再也坐不住了。强烈的责任感使这几位青年人萌生了创建"爱心社"的念头。

在北京大学团委的支持下,去年 12 月 1 日,北大三角地贴出一张十分醒目的海报——"爱心社"宣告成立。

"爱心社",多么温馨的名字!不仅名字好,而且宗旨明确:继承和弘扬中华民族的传统美德,团结有志于振兴中华的当代青年,成为文明校风建设的中坚,并以"友爱、善良、诚实、互助"之心,为提高全社会的道德水准出一份力。

"坐而论,不如起而行。"爱心社创办之初便明确提出:现在缺少的不是口号,而是行动。

去年冬天,一场大雪飘然而至,给美丽的燕园平添了几分冬天的情趣,却也带来诸多烦恼:路面冰冻,行人稍不留神,就会摔倒。当时的爱心社只有 6 名组织者,但他们心里清楚,这时行路人最需要关怀。于是,他们从园林科借来了铁锹、扫帚,主动铲除道路上的冰雪。爱心确有它的魅力。到铲冰扫雪结束时,队伍已由开始的 6 人增加到 17 人,有 10 多个同学就这样加入了爱心社!

当严冬的寒流袭来时,爱心社的同学们又想到,二教楼年久失修,门窗缝隙很大,上课的师生们常常被冻得手指发木。他们用宽胶带把窗缝逐一粘严,并与教务处联系,在楼门口挂上了棉门帘。这样一来,同学们的学习场所变得温暖起来了,大家感受到了扑面而来的爱的暖流。

12 月 16 日,北大一年一度的越野长跑赛在五四操场举行。当同学们奋力冲过终点时,在"爱心社茶水服务站"的横幅下,马上有人递上一杯杯糖茶水,道上一声"辛苦了!"

爱心社最初的实践证明,平平淡淡才是真。甜甜的茶水也使同学们顿有所悟:哦! 爱心不是忽发奇想,也不是豪言壮举,而是一种意识。只要对不经意踩了你的路人报以宽厚的一笑,或者耐心地听一个不幸的人倾诉,拍拍他的肩膀,那便是爱心了。同学们品足了糖茶水的味道后,申请入社者猛增到 150 多人。

勿以善小而不为

爱心社的同学们注意从小事做起,不计报酬,讲求实效,用他们的话说就是:"要争取做点点滴滴的实事,唤起人类最朴素的情感:友爱、善良、诚实、互助。"

北大自行车多,宿舍楼前常常是摆得横七竖八,既不美观,又给同学们带来不便。爱心社的同学用一周的时间帮助维持秩序,在各楼前挂上"为了您和他人的方便,请您把自行车摆放整齐"的牌子,并画出白线,规划了放车区域。从此,校园自行车摆放状况明显改善。

去年辞旧迎新之际,爱心社考虑到学校各个食堂的师傅们整年为师生的一日三餐忙碌,几乎没有时间参加文娱活动,就组织了一场迎新春慰问演出。节目是同学们自己精心准备的,有歌曲、器乐演奏、相声、魔术、京剧等,虽没有专业水平,却代表了大家的一片心意,整台联欢会气氛欢快融洽。前来观看的学校领导同志感慨万分:"这本该是我们办的事,却是这些孩子们自己做了!"

像往常一样,春节过后,同学们提着大包小包的行李陆续返回校园。从332、320路车站到宿舍,差不多有一公里,对于携带行李的同学来说,可不是一段小距离。细心的爱心社同学一商量,借来三轮车,准备帮同学们运送行李。有几位不会蹬三轮车,怎么办?练!接站前,牛雅娜、李明文等同学苦练车技,几天下来,竟成了"行家"。这次义务接站活动,共迎接返校同学150多人。同学们反映:"今年返校,真像到了家一样。"

大学里似乎有一项不成文的规矩:谁讲课谁就得擦黑板。北大也不例外,有的系一二百人上大课,也由五六十岁的老教授自己擦黑板。爱心社决心改变这种风气。经过一个多星期的忙碌,奇迹出现了。同学们上课时,惊讶地发现,每个黑板的右上角都贴有"请帮老师擦黑板"的字条。此后,同学们再也不好意思视而不见,而是争相擦黑板。老师们对此亦不无感慨,课堂上师生之间又多了一重情感的交流。

天气冷了,爱心社设立的气象预报站张贴海报,提醒师生注意增添衣服;新学年开学,爱心社组织社员为新生"导游",帮他们尽快熟悉生活和学习环境;教师节来临,爱心社张贴"老师辛苦了"的慰问信,并设置"教师心里话"信箱,加强师生联系;下雨的时候,给困在教学楼的同学送去一把伞。爱心社成员追求的是真、善、美,他们把爱心贯穿在日常生活中,坚持从一点一滴做起,从身边小事做起,用自己的人格和行动唤回公众的爱心。

爱心社的影响波及到社会上,荡起一股股爱的春风:到332路公共汽车站维护乘车秩序;为西藏"希望工程"募捐;给河南一见义勇为牺牲的英雄家属写信;到北京火车站服务……

不信春风唤不回

爱心社自成立之日起,就把呼唤爱心作为自己的最高目标。他们除了以实际行动影响大家,还主动与教授、学者们联系,举办有关爱心的讲座。目前,爱心社已举办了"社会冷漠,我们怎么办?"和"爱心从这里开始"的报告,"市场体系下道德观念的变迁"以及"儒、道、法、墨四家学说和古代人的性格与风格"等专题讲座。这些中华民族优秀传统美德的教育,受到同学们的欢迎。

在北大爱心社,有这样一句格言:"不要问别人能为自己做什么,而要问自己能为别人做什么;不要问社会能为自己做什么,而要问自己能为社会做什么。"爱心社成员正是遵循这一格言,向社会递交了一份满意的答卷。

不满周岁的爱心社正日趋成熟,已有社员 300 多人,下设宣传部、理论部、实践部、外联部、生活心理咨询部、公关部,还创办了《爱心社社刊》。现在,北大的每个学生宿舍都设有"爱心小组"。爱心社每周开一次例会,还不定期地召开社员大会。

爱心社温暖了大家的心,也得到了社会的回报。

一位 70 多岁的老人专门为爱心社设计并篆刻了"心"形社章;远在河北保定的金笛生物制品有限公司捐赠 1000 元;方正集团赞助雨伞 50 把;四川三位中学生寄来 3 元钱和一封信,他们说:"愿天下人都有一颗爱心";全国各地有 400 多人写来热情洋溢的信,要求加入爱心社。一位要求入社的人说:"我们追求的是一种灵魂的充实,温暖别人从而也使自己得到温暖。"

更为感人的是,爱心社得到季羡林、金开诚、张岱年、刘绍棠、梁晓声、李燕杰等学者和名流的题词鼓励与热情支持,冰心老人应邀担任爱心社名誉社长。

在北大爱心社的影响下,全国 30 多所高校先后成立了爱心社。一些高校还要求同意建立北大爱心社分社。

北大爱心社社长马洪恩告诉记者:"爱心社"能在社会上引起如此强烈的反响,是因为爱心是社会需要的,说明具有五千年文明史的中华民族,绝大多数人是具有良知、正义和爱心的。

"只要人人献出一点爱,世界将变成美好的人间……"一曲《爱的奉献》,不正是北大爱心社的心声和真实写照吗?

北大爱心社荡起的温暖的春风,正在吹拂着一座座大学校园。祝愿它吹遍神州大地,唤起全社会的爱心。

今日谈

"爱心社"的启示

在不少人感叹社会风气不好的时候,燕园吹来又一股清新的风。北京大学"爱心社"的事迹很平凡,所做的大多是人人能为的事情,发起这项活动的同学们的想法也朴实无华:"坐而论,不如起而行。"他们要用自己的爱心和实际行动为精神文明大厦添砖加瓦。这看似寻常的举动,却产生了强烈的社会效果,它受到许多人的关注和响应。"爱心社"不仅名字温馨动人,其可贵之处更在于,面对社会上出现的一些不良现象,不是怨天尤人,消极坐视,也不是把爱心停留在口头上,而是满腔热忱地付诸实际行动。

"爱心社"给我们以启示:扭转社会风气,搞好社会主义精神文明建设,就是要从我做起,从一件件具体事情做起。如果大家都来献出一份爱心,都能多一份行动,都去做一件好事,涓涓细流汇成江海,我们周围的环境一定会变得更加美好。如果校园里、工厂里、农村里、机关里、住宅院区都有一些人像"爱心社"的同学们那样,热心公益事业,遵守社会公德,维护公共秩序,就一定能创造一个优美和谐的小环境、小气候,进而促进整个社会风气的好转。

(1994 年 11 月 7 日《人民日报》第一版)

固始县里故事多

金秋时节,记者随"国家贫困地区义务教育工程"检查组,来到大别山麓、淮河岸边的河南固始县采访,耳闻目睹的是一个个兴教办学的故事。

"治贫先兴教　穷县不穷校"

论人口,固始在河南数一数二,是149.8万人的大县;论实力,固始在河南难以称雄,是国家级贫困县。境内山区丘陵纵横,平原滩区交错,自然灾害频繁,属典型的"老山边穷"县。

县委书记邹文珠风趣地介绍说:"过去人们形容固始有句顺口溜,叫'工业发展缓慢,农业靠天吃饭,财政比较困难,办学条件有限'。我们把这句话倒过来念,恰好找到了贫困的根源。"

宁肯苦干,不愿苦熬。找到穷根的固始人,提出"治贫先兴教,穷县不穷校",大力实施"科教兴县"战略,决心夯实教育这块"基石"。

可是,贫困县想甩掉"教育落后"这顶帽子,可不是一件容易的事。固始要实现普及九年义务教育,单靠自身实力,难上加难。屈指一算,资金缺口上亿元,"普九"只能拖到2001年。

"好雨知时节,当春乃发生。"1996年,正当固始人为"普九"发愁时,"国家贫困地区义务教育工程"像一股春风,吹到了固始。全县由此获得国家专款650万元,省地配套资金845万元。这对贫穷的固始来说,是一次千载难逢的教育发展机遇。一听说国家拨出专款,省地财政拿钱,支持固始办教育,全县上下雷厉风行,有关部门闻风而动,工程实施一路绿灯。

"不盖则不盖　一盖管几代"

盖学校是百年大计,马虎不得,固始人明白这个理儿。因此,县、乡政府提出了"不盖则不盖,一盖管几代"的建校目标。

全县乡镇政府的房子,数南大桥乡最旧。至今乡干部仍挤在几排老平房里办公,桌子和房子都是60年代初的。前年,南大桥乡一中被县里定为项目改建校,乡政府立下"军令状":"如果初中不盖教学楼,乡里就不建办公楼。"乡财政多方筹资200多万元,新建一幢6层高的教学大楼,仪器室、实验室、图书室、阅览室、体育场一应俱全,校园里绿化、美化像花园。

民谚道:"盐碱地,淮河滩,十年就有九年淹,一年不淹又发干。"这是老百姓对桥沟乡的描述。就是这样一个2万人的小乡,提出"穷乡不穷教,穷村不穷校",一年盖起两幢漂亮的教学大楼。

固始县254个项目学校,全部被验收为合格工程,有的还被地区评定为"优良工程"、"优质工程"。

"哪里房子好　哪里是学校"

饱受贫穷之苦的固始人说:"穷不办学,穷根难除;富不办学,富不长久。"因此,在"国家贫困地区义务教育工程"的带动下,固始人对兴教办学表现出前所未有的热情。从领导干部到普通百姓,从耄耋老人到稚气幼童,从异乡客人到海外同胞,捐资助学的故事动人心弦,不胜枚举。

桂岗村在外打工的有800多人。听说村小学建教学楼缺钱,他们纷纷捐款,汇款单像雪片一样飞来,全村捐款超过10万元。

遭洪水冲毁的陈营小学,被迫搬到村委会的旧房子里上课。这次新校址选在一块废塘上,填塘工程大,人手紧。村支书在大喇叭上一吆喝,村民来了800多人。老百姓说:"政府出钱建,咱不能旁边看。"

丰港乡倒庙村农民丁效龙,家里穷,曾到四川去打工。由于不识字,认不得男女厕所,被人羞辱,回家后发愤捐资办学,决心让村里所有上不起学的孩子都能学文化。他靠柳编、理发、开荒种地、向亲友借,筹集资金 10 多万元,建校舍 16 间。

县长周大伟深有感触地说:"国家贫困地区义务教育工程的实施,加快了固始'普九'进程,激发了群众办学热情。全县共投入普九资金 8500 万元,建教学楼 130 幢、平房 1284 间。原定'普九'目标提前两年半实现。"

(1998 年 11 月 5 日《人民日报》第五版头条、获人民日报好新闻二等奖)

"苦甲天下"不苦娃

初冬时节,寒气袭人。记者随"国家贫困地区义务教育工程检查组"在甘肃定西地区采访,感受到的却是兴教办学的热浪。

"再苦不能苦孩子"

定西,地处丝绸古道陇中,素有"苦甲天下"之称。这里沟壑纵横,丘陵起伏,气候干燥,植被稀少。全区所辖7个县全部是国家级贫困县。

"有水的地方走水路,无水的地方走旱路,水旱不通另找路,最终要靠教育这条路。"270多万定西人从穷日子里悟出一个道理:恶劣的自然环境不易改变,人口素质的提高靠努力能够实现。要想走上致富路,不抓教育行不通。

形成共识的定西人决心铆足劲来办教育。1995年初,地委、行署向全区下发了《关于加强教育改革和发展若干政策的决定》的文件,提出"再穷不能穷教育,再苦不能苦孩子"。

然而,对于贫穷的定西而言,办教育实在难,难就难在没有钱。论财政,收入仅有8338万元,支出却是28155万元,属名副其实的"要饭财政";论农民人均纯收入,也才只有664元,温饱问题尚未根本解决,全区贫困人口还有62万,贫困面占21%。

正当定西人勒紧腰带办教育时,恰逢"国家贫困地区义务教育工程"启动。党中央、国务院雪中送炭,全区7个县全部被列为项目县。定西地区由此可以获得中央专款3747万元,省财政配套2997.6万元,加上地、县、乡三级财政配套,总投入将达上亿元。

"坚决告别土台子"

"土房子,土台子,里面坐着泥孩子",是定西山区多数学校的真实写照。由于学校少,离家远,有的孩子上学要翻山越岭跑几十里山路;由于办学条件差,缺少课桌凳,有的孩子上课得站着听讲,做作业得趴在土台子上写;由于地广人稀,学校布局不合理,复式班和几人校依然存在。

再也不能委屈孩子了。1998 年初,定西地区响亮地提出:"坚决告别土台子,到年底实现学生人人都有课桌凳。"

为了实现这一承诺,定西地区乘"国家贫困地区义务教育工程"的东风,在贫瘠的黄土高原上掀起了兴教办学的热潮。

陇西全县上下一条心,多方筹措资金搞配套,新建改建学校 61 所,添置双人套课桌凳 3767 套,已经全部消除了土台子。地处临洮县深山区的红旗乡,全乡 10 个村全部盖起了宽敞明亮的教学楼,配齐了课桌凳。

定西地区多数县、乡财政是赤字,为了落实工程配套资金,想方设法贷款也要保证按时开工。有的乡镇政府的房子是危房,靠修修补补维持,也要把钱用在建学校的"刀刃上"。

"为娃建起好房子"

定西历来都是国家和甘肃扶贫的"重中之重"。这次国家和省里出巨资为定西教育扶贫,激发了定西人兴教办学的热情。"自己的孩子自己爱,自己的学校自己盖"。定西人有钱出钱,有物出物,有力出力,出现了许多动人的场景。

临洮县水渠小学的土教室早已摇摇欲坠,当村里得知被确定为项目改建校后,向全村父老乡亲发出一封捐资助学倡议书,一下子收到捐款 9.6 万元,盖起了一幢漂亮的教学楼。

无论是中央专款,地方政府配套资金,还是老百姓自发捐款,每一分钱都来之不易。因此,定西人提出了"10 年不旧,30 年不破,50 年不倒"的建校目标,资金使用不撒"胡椒面",建校不搞"胡子工程",力求建一所,成一所。1996 年以来,全区共投入建校资金 18835 万元,新建、改建学校 350 多所,校舍危房率由 1990 年的 9.46% 下降到 1.5% 。

昔日的土台子变成了崭新的课桌凳,土木结构的旧教室变成了砖混结构的新校舍。如今的定西人可以自豪地说:"山区最好的房子是学校!"

(1998 年 11 月 25 日《人民日报》第三版、获人民日报好新闻三等奖)

青县发了"青菜财"

　　寒冬腊月,记者来到古运河畔的河北省青县采访,但见广袤的田野上,白晃晃的塑料蔬菜大棚连绵不断,银闪闪的高效日光温室星罗棋布,犹如一条条眩目的"白玉带"。走入日光温室,俨然两个世界:室外寒风瑟瑟,草木凋零;室内暖意融融,青翠欲滴。鲜红的西红柿、翠绿的韭菜、青嫩的黄瓜、紫色的茄子……应有尽有。县委书记周爱民介绍说,这是我们实施"科技兴菜"结出的硕果。

　　青县背倚京津,南邻沧州,是河北省批准的环京津菜篮子工程示范县和无公害蔬菜基地县。1996 年,青县县委、县政府借助优越的地理位置和得天独厚的自然条件,把蔬菜业作为全县的支柱产业,大力实施"科技兴菜"战略,决心念好"青菜经"。

　　过去,青县的蔬菜以黄瓜、茄子、西红柿等大路菜为主,产量低,效益差。针对这一问题,该县组织力量对蔬菜产业进行科技配套,与中国农科院、中国农业大学、天津蔬菜研究所、河北农业大学等科研单位和高校建立了蔬菜科技合作关系,引进蔬菜优质高产高效栽培技术 10 项、优质蔬菜品种 60 余个。全县 300 多名蔬菜科技人员走村串户,利用科技大集、发放明白纸等形式,向广大农民传授科技知识,提供信息、技术服务。县科技局副局长商华明与 3 位老农艺师联合创办起蔬菜协会,对入会农户进行有偿技术服务,现已发展会员 2600 多名。目前,全县形成了县有蔬菜技术服务中心、乡有蔬菜技术协会、村有蔬菜技术合作社的3 级科技服务网络。

　　为了有效地促进蔬菜产业化发展,解决新品种、新技术引进缓慢等问题,县里在司马庄村规划组建了千亩无公害蔬菜高科技示范园。该园集工厂化育苗、滴渗灌结合、无公害栽培、名特优稀蔬菜生产为一体,将承担国内外生产科研项目、蔬菜人才的引进培养、蔬菜信息的收集整理等工作。目前,百亩温室工厂化育苗车间主要生产以色列甜椒、樱桃番茄、翡翠丝瓜、黄瓜、茄子等精细蔬菜,每亩年均产值可达3.4万元。

在青县,如今要问怎样种菜才能赚大钱,农民有四句话:"春要提前,夏要补淡,秋要延晚,冬要保鲜。"掌握种菜新技术的青县广大农民,已经摸透了蔬菜反季节种植的规律,他们正是靠科技才发了"青菜财"。由陈秀山等3个个体大户联合创办的科力达蔬菜研究所,1997年8月份成立,当年就投资150万元,建立蔬菜优质良种基地800亩,现已发展到2000亩,涉及3个乡镇、500余户农民,并在新疆和陕西分别建立了蔬菜优种繁育基地。

从露天栽种到地膜覆盖,从地膜覆盖到大棚种植,从大棚种植到日光温室,青县蔬菜生产的每一步变化,无不显示着科技的威力。县科技局局长宋果成回顾说,农民对新技术是"一慢二看三通过",不见实效不认账。当初,刚推广蔬菜种植新技术时,老百姓说嘛也不干。后来,一看见了成效,不让干也干。现在,"要想富得快,快种大棚菜","要想日子过得红,赶快种大棚","三分地能脱贫,半亩地能致富,一亩地成为万元户",已成为青县农民的口头禅。一年四季,这里的各种青菜源源不断地销往北京、天津等地,因而享有了"清晨青县园中菜,当日京津盘中餐"的美誉。

青县靠科技发了"青菜财",富了一方百姓。目前,全县蔬菜种植面积已达19.8万亩,其中塑料大棚和日光温室面积已占5万亩。全县从事蔬菜种植的农户达3万多户,年产蔬菜5亿多公斤,产值达2.75亿元,占农业总产值的29%。蔬菜生产已经成为青县的支柱产业,被农民自豪地称为"青金田"、"科技田"、"致富田"。

(1999年2月21日《人民日报》第二版、获人民日报好新闻三等奖)

开弓没有回头箭

在七届人大五次会议上,许多代表都兴致勃勃地谈论这样一个比喻:今日中国的开放势态,宛如一张待发的弓,沿海地区是张开的弓背,长江流域是上弦的箭,沿边(边境)地区开放是拉满的弦。这预示着中国对外开放的格局正从"沿海"向"沿江(长江)"、继而向"沿边(边境)"依次推进。

上海代表陈德明说:"上海位于弓顶,又在箭头上。沿海这张弓拉开了,不仅可以带动整个长江流域,而且可以带动全国经济的发展。现在中央对浦东开发给予了新政策,机遇难得。浦东的开发比深圳晚,但起点比深圳高。我相信只要抓住机遇,敢想敢干,就一定能后来居上。"

湖北代表李崇淮7年前就针对沿海开放形势提出:位于长江要冲的武汉市要沿江"开花","两通(交通和物流)"起飞,内连华中,外通海洋,从而与沿海地区构成弓箭型格局。他说:"我很高兴地看到武汉正形成'起飞'态势,并已成为长江黄金水道上的一个多功能经济中心。不久前,武汉、芜湖、九江3港正式对外开放。这样,长江流域的箭型格局宣告形成,必将加快湖北省的开放步伐。"

沿海这张弓开了,沿边这根弦不能不绷紧。黑龙江代表邵奇惠告诉记者:"过去,黑龙江人死守住一条封冻的河过日子,脑子里没有商品经济的'弦'。随着改革开放大潮的涌入,3000多公里的边境贸易活动蓬勃兴起。去年,边境贸易总额达10亿瑞士法郎,超过以往15年的边贸总额,从而打开了振兴经济的突破口。如今,黑龙江不再是东北的一个'死胡同',而成为连接欧亚大市场的桥梁。"

有些省区地处内陆腹地,不在"弓"、"弦"、"箭"之列,他们的对外开放怎么搞?人大代表、河南省长李长春一语中的:"克服'内陆意识',加强同海内外联系。具体地讲,就是'旅游搭台、经贸唱戏',把郑州办成一个国际贸易城,承东启西,连接南北,成为全国的物资集散地和改革开放的'二传手'。"山西代表、太原市委书记孙英说:"山西人的紧迫感越来越强了。近年来,太原市靠'弓'搭'弦',参加了陇海兰新经济协作区,引进一亿美元外资。今后山西要利用能源重化工基地的优势,解放思想,冲出'娘子关'。"他还风趣地补充了一句:"强弩之末也要穿鲁缟啊!"

有的代表担心,全国各地竞相开放,尤其是早已领先一步的沿海地区"能快则快"之后,地区差异将越来越大。人大代表、国务院发展研究中心主任马洪认为:"改革开放本身并不会加剧地区发展水平的不平衡,相反的,它可以制造更为均等的竞争条件,并且先富起来的地区可以带动一大片落后地区,最终达到共同富裕。"

开弓没有回头箭。改革开放的胆子更大一些,步伐更快一些,这已成为本次人代会上的最强音。

(1992 年 3 月 26 日《经济日报》第三版)

共同的话题

——来自河南的代表谈农业

李鹏总理在政府工作报告中谈到,今年各级政府要做好十项工作,第一项就是集中力量办好农业。抓好农业的关键是什么? 如何才能增强农业发展的后劲? 记者采访了几位来自河南的人大代表。

为 1 市 6 县 520 万人口的吃饭问题操心的郑州市市长胡树俭代表说,农村经济体制改革后,郑州市设立了支农基金,不断增加对农业的投入。去年全市向农业投入 2300 万元,今年在增加上缴使市财政收入减少 5% 的情况下,对农业投入不仅未减,还增加了 9.6% ,达到 2500 万元。在郑州市重视农业投入的小气候下,农民对土地增加投入的热情也始终不减。1988 年,全市农民通过各种方式对土地投入 6000 万元,今年达到 8000 万元。现在,郑州 6 县的农民,种粮积极性很高,水利设施的完善使种粮比种一些经济作物能得到更多实惠,农民是会算账的。

许昌市委书记戴保兴代表认为:抓好农业的关键在于搞好农业综合开发。

"许昌市近 90% 的人口属于农民,农业占比重较大。目前全市粮食生产正处于中产向高产爬坡的关键阶段。"戴保兴说:"我市农业今后的任务是实现由中产向高产的过渡,抓好农业综合开发,使粮食生产尽快跃上新台阶。农业综合开发以改造中低产田为主,因地制宜,分类指导,做到开发一片,见效一片。具体分为三种类型,一是巩固提高区,争取由现在的单产 300 公斤提高到 402 公斤;二是中低产开发区,由单产 250 公斤提高到 342 公斤;三是旱地农业区,由单产 250 公斤提高到 281 公斤。还要搞好间作套种,推广集约化经营,发展立体农业,实现一年多熟,提高土地产出率和综合经济效益。"

在土地贫瘠的商丘地区当了近 6 年地委书记的张志平代表,对农业的唯一出路在于科学种田认识颇深。他告诉记者,商丘地区在党的十一届三中全会前,是国务院的"五保户":吃粮靠返销,花钱靠救济,看病靠免费。30 年吃了国家 19.5 亿公斤返销粮,花了国家 1.5 亿元救济款,长期不能解决温饱。近年来,商丘地区积多年的经验教训认识到,在这块盐碱地占 1/3 的土地上,多打粮食的唯一出路只有科学种田。我们采取多种措施鼓励科技人员下乡,到农业第一线发挥作用。科技人员与农民签订合同,就大面积提高粮食产量进行专项承包。科技人员在农业生产第一线发挥的最大作用,在于用科学的成果教育农民改变旧的耕作方式。比如,在推广种植高产的竖叶玉米之初,很多农民对在一亩地播种 5000 株玉米能否正常生长表示怀疑,这与他们多少年来每亩只种 2000 株的差距实在太大。而当科学密植使玉米亩产超千斤,甚至达到 2000 斤的奇迹出现时,农民便服了。现在,科技人员在农民中成了"宝贝"。农民们说:政策调动积极性,科学发挥大作用。

(1990 年 3 月 24 日《经济日报》第二版)

"到工人中去找办法吧"

——就本报一组报道访几位人大代表

3月24日中午,我去青海代表团住地采访,几位人大代表对本报重提开展合理化建议活动的报道普遍表示赞赏。

青海省计委主任杨生杰代表认为,当前企业面临的问题很多,而解决问题的关键是要调动人的积极性,把企业内部的活力激发出来,克服来自企业外部的压力,因此,重提开展合理化建议活动很有必要,也很及时。

全国优秀农民企业家、青海省民和回族土族自治县川口镇经委副主任李福禄代表说:"对企业领导者来说,要搞'群言堂',不能搞'一言堂',工人对企业的发展、怎样渡过难关最有发言权,有很多好的想法、建议,关键是看厂长能否深入到工人中去,倾听他们的意见和建议。只有在生产经营中真正把工人的劲鼓起来,多提合理化建议,企业就没有渡不过去的难关。"

山西安太堡露天煤矿负责人陈日新代表说:"困难面前更显示出职工群众的智慧和力量。去年我们遇到燃油供应紧缺、企业内部流动资金严重不足,我们把困难向全体职工讲明,层层开展提合理化建议活动和增产节约运动,受益匪浅。"他向我列举了一连串的数字:去年全矿共增收500多万元;吨煤电力消耗由28.64度降到13.54度;万元工业产值总能耗由5.29吨降到2.76吨……

北京第三无线电器材厂工人陈伦芬代表说:"开会前,我们厂正在开展合理化建议活动,全厂工人热情很高,都在为企业提建议。我已经提了一条建议,因来开会,另一条建议还没来得及写。其实现在工人心里也是很着急的,因为企业的好坏揪着工人的心呢!"

(1990年3月27日《经济日报》第一版)

国产车多了

　　年年有盛会,年年会不同——3月24日上午,我在人民大会堂停车场欣喜地看到,人大代表和政协委员乘坐的车辆与往年相比,有一个明显的变化:国产车多了!

　　上午11点,在人民大会堂东门外广场,在大会汽车司机申同志的协助下,我用了近一个小时的时间,从大会堂东门外广场、南门外、西门外到北门外停车场,逐辆统计了停放的车辆,得出的结果是:总数为118辆,其中各类进口汽车63辆(包括3辆外国使团的小轿车)、各类国产车55辆(包括中外合资企业生产的),国产车几乎占了一半。

　　去年,也是两会期间,在人民大会堂停车场的一次调查的数字是:总数为556辆,其中各类进口汽车高达495辆,国产车(包括中外合资企业生产的)只有61辆,国产车约占总数的1/8。

　　为了证实调查结果,我拨通了两会会务组的电话,得到的答复是:"今年的国产车确实多了!"北京出租汽车公司大会交通组负责人告诉记者。该公司为大会服务的300多辆各类汽车中,国产车占1/3,比去年多。据悉,参加两会的党和国家领导人乘坐的同样也是国产车。

　　来自各方面的信息表明,与去年两会相比,今年国产车确实多了。然而,这一多一少又意味着什么呢?《伊索寓言》里有则故事给人们这样的启示:榜样比教训更有力量!

(1990年3月27日《经济日报》第二版)

努力开发第一生产力

科学技术是第一生产力的论断,在中国大地上掀起科技革命的新浪潮,揭开了社会主义现代化建设的新篇章。

时代的强音

"我们要认真贯彻邓小平同志提出的科学技术是第一生产力的指导思想,依靠科技进步和提高劳动者素质来促进经济的发展。"出席两会的许多人大代表、政协委员读到李鹏总理《政府工作报告》中的这段话时,感受很深。对科学技术是第一生产力的地位的认识,是中国面向世界、改革开放的结晶。代表、委员们说,国际间的竞争,说到底是综合国力的竞争,关键是科学技术的竞争。在科学技术上落后,就会被动挨打。如今,亿万中国人民的科技意识正在被唤醒。

近些年来,国家先后制定了《技术合同法》、《专利法》等 40 多个法律、法规,将科技发展纳入法制轨道,并实施了一系列科技发展计划。比如,以科技兴农为目标的"星火计划";以跟踪世界高科技发展为目标的"863 计划";以实现高新技术产业化为目标的"火炬计划";还有科技攻关计划、重大科技成果推广计划、"丰收计划"、"燎原计划"……

十多年间,我国科技队伍增长一倍,人数已逾 1100 万,并逐步趋于学科齐全、结构合理;取得 10 多万项科技成果,为科技向生产力转化打下基础;同 100 多个国家和地区建立了科技合作关系,参加了数百个国际学术组织,开展了成千上万个国际合作项目,形成开放型的科技交流系统;国务院批准建立的 27 个高新技术开发区已经或正在成为推进高新技术产业化和改造传统产业的基地;全国各地的科研生产联合体、人才交流中心、技术市场如雨后春笋……

全国政协委员、中国科学院技术科学部主任王大珩说:"我国过去不是没有高技术,我们的'两弹一星'搞得很成功,积累了很好的经验,大振了我们的国威。现在要利用这个基础更好地前进。"一句话,中国也要在世界高新技术领域占有一席之地!

建立有效转化机制

一些代表、委员指出:当前科研与生产"两张皮"的现象仍然存在,有相当一部分大中型企业尚未认识到把科技与企业的进步结合起来的迫切性。他们举例:有的省科技力量名列全国前茅,而工农业却处于全国中下水平。政协委员、中国科学院原副院长严东生提出,应该重视科技体制改革和制定有效政策,使科技在企业中扎根。

卢嘉锡委员说:经济发展来自技术进步的因素,在发达国家已占 60% 至 80%,而在我国仅仅占 30%。必须进一步完善科技政策,相应地深化科技体制与经济体制的协调改革,建立能使科技与经济相互促进、有效结合、协调发展的新体制和新机制。

基础在教育

"提高劳动者素质,基础在教育。"

人大代表、河南省南阳地委书记张洪华一语中的;他根据当地近 8000 户农民的抽样调查提出一个观点:农民人均收入的高低与文化程度的高低基本上成正比,因此,加强教育事业,把广大农民培养成科技兴农的主力军,是件了不起的壮举。

政协委员、河北省教委主任陈慧说:"经济建设是中心,科技进步是先导,教育是基础,要把三者有机地结合起来。"

政协委员、江西省副省长陈癸尊则认为,高新技术开发区可以广纳人才,建立的时间短,包袱小,加快改革步伐最容易从那里突破,然后带动和辐射周围地区。

代表、委员们一致的意见是,没有人才办不成大事,促进经济发展,要依靠科技进步和提高劳动者素质;而发展科技事业,提高劳动者素质,关键是抓好教育这个基础。

通力合作　联合攻关

"开发第一生产力是全社会的事情,政府部门、科研、教育和企业单位要通力合作,联合攻关,多做实事。"政协委员、化工部原副部长李苏说,科技成果的转化是个系统工程,离不开中间试验、资金集中、计划安排、人才交流、部门协作、政策扶持乃至科研体制改革等,哪个环节出了毛病,都会给"转化"带来困难。"联合攻关才有利于出成果。"一些代表、委员回顾说,去年全国科研机构、高等院校和大中型工业企业用于科技的经费支出为 409 亿元,联合研究开发项目 4864 个;全国技术市场成交金额 94 亿多元。全国厂矿科协 8000 多个,农村专业技术研究会 9.6 万个,会员总计近 500 万人。各种科协组织在联合攻关中起了积极作用。

实实在在的努力,实实在在的收获,依靠科学技术的进步,加快我国经济的腾飞。

(1992 年 3 月 27 日《人民日报》第一版)

欢乐的东大厅

3月18日，北京人民大会堂东大厅。时针指向14时30分，再过60分钟，全国政协七届五次会议就将拉开序幕。来自各地、各条战线的委员们，纷纷利用这短暂的时间互致问候。

大厅右侧，最先到来的郭延林、彭清云、林彬、李元、赵杰、刘月生、卢仁灿委员，围在一起，谈笑风生。这时，一位老人走过来，热情地向大家打招呼。他是杨拯民委员，是杨虎城将军的长子。记者请杨老说几句，他谦逊地笑笑："在座的都是老红军，资格比我老。"

林彬委员说，我老家在安徽金寨县。红军时期，全县有10万人参加革命，到新中国成立，只剩520人。今天在座的都是幸存者。刘月生委员说，我们这些老军人，当年苦心，后来担心，现在顺心。我们高兴地看到，在邓小平同志关于建设有中国特色社会主义的论述指引下，以江泽民同志为核心的党中央正率领人民走向富强。

田健委员向舞蹈家赵青走来。赵青连忙赶过去打招呼。老乡见面，格外亲热。田健热情地说："山东这几年发展很快，你快回家乡看看吧，来吃咱们的肥桃！"赵青连连称好。

画家黄胄早早地拄着拐杖来到东大厅。刚落座，宫达非、李大维委员便凑了过来。黄胄如数家珍地介绍起自己筹建的"炎黄艺术馆"，李大维满怀深情地谈起了台湾亲属的近况。3人谈兴正浓，女委员崔美善、莫德格玛和武季梅等笑呵呵地簇拥而至，争先恐后地与黄胄握手寒暄。宫达非委员风趣地说："今天是好日子，东大厅里群星会黄胄。"逗得众人哈哈大笑。

身着鲜红上衣的阿依吐拉是一位特别活跃的委员，频频与老朋友握手谈笑。忽然，她发现来自家乡的维吾尔族委员们，便跑过去，同她们拥抱，用本民族语言向她们问好。

　　汕头大学女教授郑丽荣委员挤到了阿依吐拉身旁,打开小手包,拿出她俩去年在政协会上的合影照,送给阿依吐拉:"一年了,又盼到了这一天!"

　　铃声响起,委员们步入庄严的会场。

(1992 年 3 月 19 日《人民日报》第一版)

理解·信任——知识分子的心声

　　来自知识界的代表、委员普遍反映:过去的一年是知识分子感到振奋的一年。

　　安徽代表、省农科院作物研究所副研究员龙正容说:"去年,安徽遭受特大洪涝灾害时,我正在乡下工作,耳闻目睹大量感人的事实,看到了党的战斗力和中华民族的凝聚力。党群关系、干群关系、军民关系是那么融洽,深受教育。实践证明,我们的党和政府是值得知识分子信任的。"

　　政协委员谢晋不仅是著名电影导演,也是中国残疾人联合会副主席。他说:"去年,我国首次公开发表人权状况白皮书,受到了广大知识分子的关注和拥护。新中国成立后,除'文革'时期外,我们对人权问题都是比较重视的。"

　　"去年,国家在财力紧张的情况下,拿出一部分资金,作为政府特殊津贴奖励我们这些知识分子。李鹏总理在报告中说今后还要继续坚持,这使我们看到党和政府真正尊重知识、尊重人才。"人大代表、中国地质大学教授赵鹏大动情地说。

　　全国政协常委、科技委员会副主任鲍奕珊说:"科技人员的聪明才智只有在改革开放中才能很好地发挥出来。李鹏总理在报告中说要进一步扩大开放,这就意味着科学技术的发展有了更远大的前景,科技人员也有了广阔的用武之地。"

　　1971年从台湾到美国留学,1979年10月回到大陆的政协委员、清华大学教授赵玉芬,前不久当选为学部委员。她激动地说:"李鹏总理在报告中说,海外留学人员是国家的宝贵财富,不管他们过去的政治态度如何,我们都欢迎他们回来。可见政府对出国留学人员多么重视!"

　　"春江水暖鸭先知。"中国文学馆馆长李準委员感慨地说:"我很兴奋,感到北京今年的春天来得格外早。"

(1992 年 3 月 25 日《人民日报》第二版)

明天定会更美好

闪光灯留住美好的记忆，欢声笑语流露出满意的情怀。3 月 28 日下午，全国政协七届五次会议闭幕式前，委员们抓紧时间在人民大会堂东大厅里拍照、交谈、签名留念。

委员周铁农、古可、高歌、刘复光、洪绂曾正围坐在一起互相拍照。当记者问起他们的打算时，深圳市科协主席古可委员满怀信心地说："'两会'为我们打开了思路。我们正在讨论如何引进外资开发高科技，并把已有的高科技成果推向国际市场问题。"

傅莱委员原籍奥地利，在中国已经生活、工作了 53 个春秋。他告诉记者，会后将去欧洲访问，他要向国外的朋友宣传中国的经济建设、中国的民主政治。

来自四川的羌族委员周礼成身着民族服装，刚刚和朋友照完相。他兴冲冲地说：我们在会上为国家大事献计献策，回去后要多为本地区的经济发展做实事，让内地快些赶上去。

大厅一张桌子边，坐着李良汉、郭延林、徐国贤等几位委员，他们都是经过万里长征的老将军。他们回答记者提问时语重心长地说：现在是高科技时代，要依靠青年一代。我们退居二线了，但心不能退，不但要积极参政、议政，还要努力培养接班人，支持年轻人。

刘玉堤委员掩饰不住喜悦之情，和委员蒋光化、杨纯述叙着会议期间的人和事：今年的大会，最突出的一点就是委员们知无不言，言无不尽。有些委员在提案递交日期截止后，还在补交提案。每次小组讨论，委员们都怕丧失发言机会。邵华委员也有同样认识。她说：今年的会开得很好，重要的一条就是大家畅所欲言。李苏委员兴奋地说："会开得很成功，令人精神振奋。政协会虽然闭幕了，但是，我们的任务还很艰巨。作为政协委员，要积极参政议政，为经济建设服务，为改革开放献策。"他满怀信心地说,只要我们坚持"一个中心、两个基本点"不动摇,明天定会更美好!

(1992 年 3 月 29 日《人民日报》第二版)

"会后主要抓落实"

开会也有规律。每当全国政协大会临近闭幕，委员们议论的中心自然转向会后。然而，今年委员们在议论"回去怎么干"时不同以往，更充满紧迫感。"抓紧时间，抓住时机"——类似的话随处可闻。

3月27日上午，是委员们自由活动时间，可农业部原副部长刘培植委员仍在房间里阅读《政府工作报告》。他对记者说："有了这么好的大政方针，得把它落到实处啊！现在，农业怎么上新台阶？精简机构如何搞？诸如此类的问题，必须一个一个去解决。贯彻党的基本路线，加快改革开放步伐，不能空喊，而要真抓实干。"

张力克委员曾参与筹办深圳特区的工作，他以此为例说："方向明了，政策有了，关键是干。只要把中央的意图化为千百万群众的自觉行动，就一定能把事情办好。"

内蒙古自治区工商联副主席、哲里木盟政协副主席田来春委员对下一步的困难想得很多、很细。他说，我们少数民族地区与沿海地区相比差距很大，要追上去是很不容易的。但我们有信心。作为一名全国政协委员，我准备在组织专家学者考察的基础上，论证哲里木盟改革开放的路子应该怎么走。另外，我们还要解剖一两家重点企业，为本地企业的改革探索一条路。

1951年进藏、至今仍在拉萨当兽医的程习武委员认为，落实"两会"精神不能图形式，必须与本职工作相结合。他表示：回去后要积极宣传、贯彻会议精神，带领同事尽快搞好预防牲畜流行病的科研项目，早出成果，为边疆的畜牧业发展提供服务。

海南师范学院副院长王辉丰委员说："参加大会，进一步明确了教育必须服务于、服从于经济建设这个中心；经济建设要迈大步，教育改革也要迈大步。"谈到具体动作,他表示要着力改革师范院校的招生、分配制度,使后勤工作逐步社会化,以保证教学质量不断提高。

　　蔡振兴委员是河南省一个私营信息服务公司的经理。他说:"以前搞'个体',老怕犯错误。现在顾虑解除了,憋了一股劲,以后要大干一场。我要竭力为科研单位和生产厂家搭桥,为科技转化为生产力多做贡献。"

　　　　　　　　　　　(1992 年 3 月 29 日《人民日报》第二版头条)

市民眼中的人代会

北京汽车制造厂　总装车间机声轰鸣，工人们正紧张操作……车间主任金勇大声地对着记者的耳朵讲："这次人代会给我的印象是，改革的步伐在加快，有一种逼人的势头。改革的步子快点、胆子大点，是一种趋势，也是我们工人的要求。这10多年来，通过改革，大家感受最深的是生活水平提高了，收入增加了，对物价也基本适应了。我想，国家照着这条路子走，没错！"工人张京春说："我们工人拥护改革开放，因为它给我们带来了好处。俗话说'大河有水小河满'，国家富了，我们的日子能不更好吗？再有，人代会上提出反对形式主义，我赞成。好政策往往落实起来难。现在中央有了好政策，希望下边能够抓紧落实，多干实事。"

卢沟桥乡太平桥村　村办纸张加工厂厂长董良柱一见到记者，便指着桌上的报纸说："开始以为这次人代会只是例会，很平常，没成想越看报纸越来劲儿。坚持党的基本路线一百年不动摇，我们有了主心骨，剩下的就是脚踏实地干了。"

村民委员会办公室里正在召开全村党、政、企业干部会，讨论如何落实"两会"精神，促进乡村经济发展。村党总支书记邹立山、村办企业顾问杨宝贵说，我们这个不足3000人的村，明年产值要力争突破1亿元！

八一电影制片厂　演员刘怀正、马绍信、谢伟才还沉浸在影片《大决战》拍摄后的喜悦中，他们动情地说：大会开得民主、实在，人民代表说出了人民的心里话，我们看到了改革开放的前途和希望。

新闻纪录片室主任编辑倪学健即将去外地拍摄影片。他表示：要把镜头对准改革开放，记录下经济跳跃的步伐，为时代和人民"鼓"与"呼"，为两个文明建设添砖加瓦。

北京经济学院 下午1点30分,教学大楼一楼大厅两边的阅报栏前围满了人,同学们边看边议。谈起这次人代会,安全工程系90级学生王占云说,改革的胆子大一点、步子快一点、思想再解放一点,成了大会的主旋律。我希望国家繁荣富强,为自己提供更多的施展才华的机会。现在的大学生普遍爱国,这次人代会使大家受到鼓舞。计划统计系91级女生唐筠凑过来说,我赞成改革开放,中国只有坚持改革开放才有希望。李鹏总理在《政府工作报告》中提到,海外留学生不管过去政治态度如何,都欢迎他们回来。这一点好,但还要有具体的政策和措施,比如提高留学生的待遇等,以吸引更多的海外学子归来。

中央民族学院 新闻专业的学生正在举办毕业实习展览。刚从外地实习归来的藏族学生米玛对记者说,现在社会上会议多、会议长,都快成了公害了,光是实习这段时间,我就采访了不知多少个会。这次人代会,中央带了个务实的好头,希望代表们把这种好会风带回去,扎扎实实地多办实事。现在,人民非常拥护加快改革开放,但必须克服形式主义的东西,要不然,改革开放的步子没法儿迈大。他说,这次大会很鼓舞人心,我已决定回家乡工作,为建设西藏出把力。

回族学生王禹对记者说,这次人代会务实的气氛很浓,这是一件大好事。希望今后这样的会越开越有实效;各族代表们也要负起责任,提高参政水平,把国家的事办好。

北京市八一中学 师生员工每天从报纸、电视上了解大会情况,教师们还在学习中展开热烈讨论。副校长郑然告诉记者:这次人代会是改革开放、经济再上新台阶的起点,师生们很振奋。建设有中国特色的社会主义,需要几代人坚持不懈地努力。我们中学教师要精心培育接班人,使这些跨世纪的孩子能够又红又专,继承振兴中华的大业。

故宫博物院北门 一位额头渗着细密汗珠的年轻人,正注视流动摊群上的矿泉水。记者走向前,他递过一张名片:陆卫国,北京昌平宝川实业公司总经理。他说:我没有多少时间看报学习,不敢说懂得很多。但是,我知道今年"两会"的一个议题是让改革开放的步子再快点,胆子再大点。这真说到我的心里去了!他说,几年前,我自己砸了在城里的"铁饭碗",钻进昌平县黑山寨乡望宝川村的山沟里。有人说我鬼迷心窍。望宝川村遍山是宝,有优质矿泉水、麦饭石、大理石和各种矿石。在封闭的年代,这里的群众只能抱着金碗讨饭,生活很苦。改革为这个寂寞的山野带来了生机。我到那里,和乡、村两级领导一拍即合,成立了宝川实业公司。现在,我们公司的拳头产品就是矿泉水。你在人民大会堂、涉外宾馆和街头流动摊点都能见到我们的产品。最后,他又自豪地说:我们这代人真是赶上了创业的好时候!

北京国际饭店　几位服务员见的记者多了,说话时十分随便。他们说:今年"两会"新闻中心设在我们饭店。这次会说得最多的是深化改革、扩大开放。我看"两会"本身也够开放的。就说记者招待会吧,天天都有,有时一天几个。每次有会,不设门卫,也没什么限制,进出自由。那次,我们旁听了民主党派和无党派人士的记者招待会,真叫开眼,台下什么都能问,台上什么都答。各省的新闻发布会更是一个接一个,一个赛一个。宣传自己的开放计划和优惠政策,生怕记者来得少,宣传不出去。听会务组的人讲,今年"两会",是举办记者招待会最多的一次。

(1992 年 4 月 4 日《人民日报》第二版)

挤干数字里的"水分"

人大代表、河南长葛市八七村党支部书记李建中是一个求实的人。他说："经济要持续、快速、健康地发展,必须有实事求是的精神,千万不可虚报数字。否则就是虚快,最终要跌跤。"

八七村是河南省第一个亿元村,境内横贯京广、京深两条大干线。依托这一优势,该村兴办了化工、机械、建筑建材、货运维修、电器制造、食品加工、养殖开发、商业服务等八大行业 21 个企业,是全国乡镇 500 强之一。前些年,个别农村又刮起了"虚报产值风",八七村有人也坐不住了,建议把产值拔高点。李建中坚决反对,他说:"不仅不能虚报,而且还要把数字里的水分再挤干些!"

村里有一家建筑化工厂,每年上报的利润都是十几万元,可审计部门一查,实际亏损额达 17 万元。原来该厂把管理费、设备折旧费、土地占用费等都未列入成本。为此,该厂厂长被免职。李建中解剖"麻雀",要求各个企业必须求实务实,有多少,报多少,不要把功夫下在"浮夸"上,而是要下在挖潜上。去年全村的产值达 1.58 亿元,利税达 1400 万元,虽说同比不如别的村增幅大,但全村百姓都很满意,大家都看到了实惠。

该村还成立了"村民议事会",每 15 户选出一名会员,其重要职责之一就是监督村里收支,调查企业盈亏。在这样一种约束机制下,企业都争相求效益求发展,而不单纯求数字求产值。对此,李建中深有感触地说:"过去村里吃够了'高产穷队'的苦头,'浮夸风'把一个好端端的村变成了穷当当的村。现在有一说一,有二说二,经济发展有后劲,群众手里有钱花。实事求是既是对群众负责,也是对中央负责。"

(1994 年 3 月 25 日《市场报》第一版)

疑是仙女舞长绢

——"亚太一号"卫星发射现场目击记

7月21日傍晚,"亚太一号"卫星发射之前的半个小时,记者爬上了距发射场500多米远的山坡现场采访。

夕阳的余晖透过云层,抹过绿色的凉山,染亮了山坳里的西昌卫星发射场。

但见白色的"长征三号"运载火箭被高达70多米的塔架拥抱着,箭体中下部印着醒目的"中国航天"鲜红色字样和"亚太一号"标志。

18时11分,发射塔架的最后一个平台缓缓打开,火箭躯体全部展现在蓝天白云之下。这时,箭体上多种管道插头纷纷脱落,箭座下火焰导流槽盖板也被打开,唯有电缆摆杆依然抱着火箭那白玉般的身躯。

阵阵警报划破长空,指挥口令不时从发射场上的高音喇叭中传出。

18时21分,火箭脐带电缆脱落,电缆杆摆开。随着清场的口令,发射场上的人员迅速撤退到地下控制室。18时29分,"两分钟准备"口令下达,发射场一片寂静。

"牵动!""开拍!""点火!"令到箭应,发动机轰然起动点火,山谷里一阵巨响,脚下的山峦发出轻微的震颤,橘红色火焰伴着高压消防水的蒸汽,迅速向高空升腾,呛人的热浪扑面而来。

瞬间,火箭冲出峡谷,直刺青天,消失在白色的云团里。须臾,蓝天上留下一条白色的长带,犹如仙女抛出的绵绵长绢,当空飞舞。

18时55分,从指挥中心传来"星箭分离"的喜讯,"亚太一号"卫星发射圆满成功。顿时,整个发射场沸腾了。

(1994年7月22日《人民日报》第四版头条)

优秀教师登长城

秋高气爽,风和日丽。在教师节即将到来的喜庆日子里,巍巍长城正伸开双臂迎接一批贵客的到来。

9月8日上午9时,参加全国教育系统劳动模范、优秀教师和教育工作者表彰大会的380位代表,在国家教委、中国中小学幼儿教师奖励基金会和北京市人民政府的有关单位组织下来到八达岭,领略古老长城的雄伟风姿。

长城上,秋风送爽,仿佛向这批奋斗在全国教育第一线的先进人物表示祝贺和慰问。300多位代表登上长城时,都显得格外激动。西藏自治区扎囊县中学藏族青年教师扎西加措情不自禁地蹦跳了起来,兴奋地说:"我终于亲眼看到长城了!我是农奴的儿子,这在过去想都不敢想。此刻,我觉得眼界更宽阔,感到自己做的工作是和祖国的建设事业紧密相连的。"浙江绍兴师专副教授顾琅川手扶栏杆,侧身眺望远方的山峦,感叹道:"长城是历史的见证,它古今融汇,绵延不断,体现了我国古代人民的聪明才智和勤劳的美德,同时,也说明了我们中华民族是伟大而不可辱的!"

在金色的阳光和浓绿的群山映衬下,长城显得更加巍峨壮观。安徽滁州市琅琊乡花园小学老教师陈汉炎动情地告诉记者:"来到长城,首先想到的是我们灾区的'长城'。当凶猛的洪水袭来时,在党和政府的领导下,广大军民日夜奋战,筑起了一道道'长城',终于战胜了百年不遇的洪水。农民说,还是共产党最亲,社会主义最好!"河南省实验中学校长李玉安边下台阶边同记者交谈:"学校的事很多,后天开完表彰会就得赶回去。我们做的很少,而党和人民给我们的却很多,回去一定加劲干!"朴实的语言,美好的心灵。

内蒙古阿盟阿左旗第二中学女教师罗娜日苏太累了,她正倚在烽火台上小憩。当一位青年妇女从她胸前佩戴的代表证上看到是优秀教师时,低头在小女儿耳边叮嘱几句,小女孩会意地点点头,跑到罗娜日苏面前喊道:"老师,您好!"听到这甜甜的声音,罗娜日苏布满皱纹的脸上绽开了喜悦的笑容,她醉了,抱起小女孩亲了又亲……

人潮在涌动。"咱俩合个影"。"快站好!""再来一张!"……

声声话语,阵阵欢笑,流露出代表们无比喜悦的心情,一个个难忘的瞬间被摄入镜头,印在人们心中。

该离去了,飒飒秋风仿佛发出深沉的挽留声,也许它懂得,正是千千万万个园丁的辛勤劳作,祖国才显得如此多娇,长城才显得更加雄伟!

(1991 年 9 月 9 日《人民日报》第三版)

帐篷小学的功德榜

金秋 9 月,天高气爽,记者来到湖北省嘉鱼县洲湾灾区采访。

在花口村灾民安置点,穿过一大片安置棚,便是东岭帐篷希望小学。10 顶不同色彩的帐篷教室整齐地排列着,鲜艳的五星红旗在帐篷上空迎风飘扬。

帐篷教室门口,迎面竖立的一块木牌,吸引了我们的目光。这块木牌上的"爱心功德榜"几个红色大字赫然入目,上面写道:"8 月 1 日晚,洲湾合镇民垸突发管涌溃口,洪魔肆虐毁我校园,我校 738 名学生面临着辍学的危险,9 月 1 日开学无望。在这紧急关头,洪魔无情人有情,钱财有价情无价。我校得到了党和政府以及社会各界人士的大力援助,他们无私地奉献着自己的一片爱心,确保了我东岭帐篷希望小学按时开学,他们的英名将永远镌刻在我校师生的心中。"

功德榜上分别列出了 16 个单位和个人向学校捐款捐物的情况:团县委捐赠可口可乐公司提供的帐篷 10 个,喜之郎公司提供的帐篷 5 个,捐赠学生学习用品价值 1625 元;总参武汉军械士官学校捐款 12508.92 元,捐物价值 3000 元,出劳力 30 人,出勤 12 天;北京市电视台青少部捐物价值 20000 元;加拿大密斯先生捐款 3000 元,捐单人帐篷一个……

东岭帐篷希望小学校长蔡正和告诉记者:"我校原名嘉鱼县洲湾合镇乡东岭小学,位于洲湾的东大门,翻过沙湖大堤就进入东岭小学,学校始建于 1948 年,占地面积 36 亩,服务于东岭、花口、沙湖、沙堡 4 个行政村的学生,是洲湾教育教学窗口中心小学,现有学生 738 人,教师 16 人,其中公办教师 4 人,小学高级教师 4 人,教师学历全部达标。8 月 1 日晚,洲湾合镇垸突发管涌溃口,洪水直冲校园,刚刚接受'普九'验收合格的配套设施全部被洪水冲毁,图书、仪器等教学设备损失殆尽。我校因灾造成的直接经济损失 240 万元。最令人忧心的是我校 738 名学生因灾不能如期开学,学生面临着辍学的危险。"

　　"洪水无情人有情,"蔡校长激动地说,"我校得到了党和政府的大力援助。8月29日,在县委书记王宏强、教委主任李茂荣的亲自带动下,在花口村稻田里搭起了10个帐篷,1至6年级,共10个班,确保了学生9月1日正式开学上课。在开学典礼上,县委书记、副县长、县教委主任和武汉军械士官学校的同志发表了热情洋溢的讲话。9月2日,省、地、县三级政府有关领导人来到帐篷关心全体师生。更令人难忘的是,9月3日上午10时,国务院副总理李岚清在百忙之中抽出时间,来到我校看望全体师生,为师生们作了18分钟的讲话。李副总理语重心长的话,永远铭刻在我们心中。正是因为有了这些情和爱,我校教育教学工作才得以顺利进行。现在,学校按照教委的要求已全面开课,教师情绪高昂,学生学习积极性蛮高啦!"

　　蔡校长告诉记者:"洪灾以来,我校得到了全社会各界人士以及国外友好人士的大力援助,他们无私地为我校奉献了真情和爱心。我代表全体师生向他们表示最真挚的祝福和最衷心的感谢,并将他们的功德载入我们的校史。"

　　是啊,东岭帐篷希望小学的"爱心功德榜"不仅铭记在师生的心中,还将永远载入史册!

　　临别,蔡校长说:"现在,天快凉了,重建校园却路途遥远,我们更加需要社会各界人士和国外友好人士的大力援助,更期盼人间的那份真情与爱心。"

　　(1998年10月7日《人民日报》第五版、获人民日报好新闻二等奖)

心潮随着黄河奔腾

一曲回肠荡气的钢琴协奏曲《黄河》,把清华大学第二附属中学二年级四班同学们的情感激荡起来。

12 月 10 日上午,在宽敞明亮的音乐教室内,一堂别开生面的音乐欣赏课正在进行。

曲毕,王加宁老师在黑板上写下一行娟秀的大字:"宽广、博大、悲壮。"然后,她满怀激情地讲解道:"《黄河大合唱》第二乐章《黄河颂》以其完美的音乐形象,揭示了中华民族 5000 年的历史,表现了黄河浩浩荡荡的雄姿,也展现了中华民族伟大坚强的性格。"

"风在吼,马在叫,黄河在咆哮……"随着王老师纤细的手指在钢琴上熟练地弹奏,学生们神情严肃地唱起了第七乐章《保卫黄河》。他们时而用口琴吹奏,时而交替轮唱,旋律一起一伏,变化无穷,听来非常雄伟、浑厚。

王老师重新走上讲台,继续讲解:"《黄河大合唱》的作者冼星海曾经是巴黎音乐学院高级作曲班最优秀的学生。他可以留在法国,享受优厚的生活待遇。请问,他这样做了吗?""没有!"同学们异口同声地答道。

"他怎样做的?""回国。""对,他毅然回到了灾难深重的祖国,投身到抗日救亡运动中,用他的笔,为大众谱出哭声,为抗战发出怒吼!"

《黄河大合唱》的录像出现在讲台左侧的电视屏幕上。《黄水谣》、《河边对口曲》、《黄河怨》等乐章把学生们引入那苦难的岁月。学生们看着看着,有的眼睛湿润了,有的拳头握得紧紧的。《怒吼吧! 黄河》雄厚的曲调把学生们的感情推向了高潮。

下课铃声响了,记者问卓然同学《黄河大合唱》与一些流行歌曲有什么不同,她说:"我觉得《黄河大合唱》是一部史诗,唱起来使人特别振奋、悲壮、激动。

而有些流行歌曲挺无聊的,给人留不下什么。"

　　校长金郁向介绍说,学校艺术教研组的老师们经常向学生介绍一些适合青少年的中外名曲,受到学生的欢迎。这也是我们学校对学生进行爱国主义教育的一种形式。

（1993 年 12 月 14 日《人民日报》第一版）

长江边上有个"污染户"

——万元造纸厂明察暗访记

4月20日下午,重庆万县市细雨霏霏。记者随国家环保局、监察部"环保监督检查团"到万元造纸厂明察暗访。

厂区紧临长江北岸。大门口的办公楼前种满绿树鲜花,成品车间里机声轰鸣,生产线吐出卷卷白纸。

然而,在厂区背后的排污口却是另一番景象:棕黄色的污水犹如一条"黄龙",弯弯曲曲向南延伸约100米,直泻长江,四周散发着刺鼻的味道。爬上旁边的小山坡,但见江边聚集着大片泡沫漂浮物,随江水冲刷向东缓缓旋转,形成一条条黄白相间的色带,一眼望不到头。

国家环保局副局长王扬祖皱了皱眉头,问厂领导:"一年排放量有多少?"答:"130万吨。"

副厂长冯地庆指着小山似的枯黄色龙须草说:"一年要用这么多原料。"

在制浆车间,两台锈迹斑斑的蒸球机和两台破旧的洗浆机正在拼命地运转,污水沟里一片酱油色。

厂长杨绍安告诉记者:"我们厂是利税大户,也是污染大户,我的心情很沉重。"但谈到污染治理,他却面露难色:"治理污染资金缺口大,很难办。"

王扬祖副局长严肃指出:"今年三峡大江截流之前,必须停止制浆,否则要停产整治。"

"污染大户"何时达标排放?人们对万元造纸厂拭目以待。

(1997年5月5日《人民日报》第五版)

假冒伪劣心真狠　猪饲料袋装药品
武汉假药多

记者近日在武汉采访时发现,该市药品假冒伪劣情况严重,药品制假售假活动十分猖獗。

据武汉市药品监督管理局有关人士透露,该局执法人员仅在今年7月20日至8月2日就查获了6宗假冒伪劣药品案,涉及"淋必治"、"海狗丸"、"风湿骨痛丸"、"六神丸"、"息斯敏"、"吗叮林"、"康泰克"、"旺痛整肠丸"等数十种假冒伪劣药品。追溯到今年上半年,该局共查处药品违法案件586起,涉及假劣药品207个品种,涉案总标值153.45万元。

非法生产:自制药品致人瘫痪

未取得医院"制剂许可证"、药品"制剂文号"违法生产,自制药品的现象在武汉市比较普遍,还有一些无制剂条件的单位,自己定"药方"到院外搞委托加工,配制成"丸、散、膏、丹"等。这些药品无标签说明书,无规格、成分、含量,无质检报告书,直接用于临床,病人用药安全无保障。如汉口香港路81号"武汉周碧英中医内科特色风湿骨病专科门诊"非法自制"解脱神膏"、"类风灵丹"、"百节疼痛膏"等药品,湖北省云梦县患者袁杰清服用半个月疗程后病情没有好转,反而造成全身瘫痪。

以假乱真:猪饲料袋里装药品

今年4月,武汉市药品监督管理局执法人员在武汉市第一中西医结合门诊部药库发现,用猪饲料袋包装的细粉末5袋计150公斤,另在药房发现用小塑料袋包装同样的细粉末,每袋10克,用开水调服"治皮肤瘙痒病"。在执法检查时,门诊部负责人无法提供"原药"成分,承包"医生"伺机逃离。在李南山中医门诊部二楼药库发现一整袋普通蛇皮袋装的白色粉剂,约40公斤,该门诊李南山说是自家用的"薏仁米粉",有"美容"功效。同时发现3袋用鸡饲料袋包装的"散剂"粉末,准备加工成"中药丸剂"。

偷天换日:药房造假现场被抓

"改名换姓" 即把正规合格药品撤去原标签,换上另一种自行命名的标签。湖北省某中医药研究院武泰闸门诊部"皮肤性病"专科"主任"邱海雄使用一种名为"珠黄清毒丸"1—3号系列药品,其实是一些极为普通的中成药,"1号"就是"六味地黄丸"、"2号"就是"逍遥丸"、"3号"就是"龙胆泻肝丸"。汉阳区某医院第一门诊部"乙肝专科"负责人廖祖继非法配制"乙肝排毒散三号"、"乙肝拔毒转阴灵"等药品,也是采用的这种手法。几元钱一瓶的成药,"改名换姓"用至病人身上,价值立即高达上千元。

"真假参半" 即假冒正品中成药。以低价买来饮片原料,委托其他医院批量仿制,然后真假对半(有的真少假多),倒人盆中混匀,重新装瓶、贴签、取名。如武昌区某医院皮肤性病科"由广西玉林人邱健承包,并伙同老乡周益林、徐志辉等人开办"肝病"、"鼻炎"、"男性"等4个专科,自制"高浓缩强力排毒灭菌系列方剂",与正品中成药"知柏地黄丸"、"金锁固精丸"等混在一起,药房现场造假,被执法人员抓了个正着。

"祖传秘方" 把一些只有"专家"自己知道的"名贵"中草药,粉碎、研末,烘干,制成"粉剂"装成小包,或熬成汤剂,制成"糖浆剂"装瓶。仙桃农民胡传文在汉口建设大道621号,打着87272部队"科兴"门诊部的招牌,用"祖传秘方"

治癌症,招摇撞骗,受骗的大多是外地农民。

"系列方剂" 武汉市某医院、汉阳区某医院专家特色门诊自称"乙肝"中心,集古今"偏方"、"验方"、"秘方"之精华,在深山老林里"精选名贵动植物药",研究发明了"六子七王九草"1— 9 号系列方剂,凡乙肝患者,"不论病情长短,年龄大小,均可治愈,不复发",吹嘘是"中草药王"。这些药品既无制剂许可证,又无批准文号,非法生产配制,违法销售给病人使用。

"买卖标签" 执法人员在汉阳区某医院门诊部专科药房,查获 2 件 250 个新贴标签的玻璃空瓶,写有"湖北省军山制药厂生产"、"补中益气丸"、鄂卫药准字(1993)第 000313 号,生产批号 20000406 号。这种以"合法"掩盖非法(假药)的手段,真可谓"偷天换日"。

(2000 年 8 月 10 日《健康时报》第一版、获健康时报好新闻一等奖)

"神秘"的大兴宾馆

8月16日中午,骄阳似火。京郊大兴县大兴宾馆内,北京市1992年高校招生录取工作正在紧张进行。

宾馆门口熙熙攘攘,聚满了考生家长,他们脸上流露出焦急、渴望的神态。而墨绿色的铁大门紧闭着,旁边由两名警察把守。

下午2时,记者在市招办人员陪同下走进宾馆。但见主楼前不太宽阔的庭院里,四周布满了花草,除停放的几辆小轿车外,显得空空荡荡,十分静谧。

大门内外,同一天地,却是两个不同的"世界"。大兴宾馆好似蒙上了一层神秘的色彩。

它真的神秘吗?

来到宾馆二楼招生现场。这里人来人往,一片繁忙景象。楼道一角一溜排开几张长桌,桌外不时有招生人员领取档案。桌后边是档案室,室门口的墙壁上贴着"第二批录取学校名单",室内几排书架上,井然有序地摆着一摞摞考生档案。管理人员手拿"提取考生档案名单",正认真地挑选档案。这里像商店一样严格,"买方"交出"名单",不准进入"柜台",由"售货员"负责提货。

旁边的计算机室里,摆放着8台微机,随着操作员"啪啪"的按键声,屏幕上不时显出一行行数字,微机吐出一张张表格。女操作员小芮告诉记者:"今年全部实行计算机辅助录取,微机按学校招生计划,从高分到低分打印出'提取考生档案名单',要想做假是不可能的。"

对面的录取检查组里冷冷清清,几位"检查官"显得很悠闲。负责人董维祥说:"我们的职责是严把录取关,学校退回的档案需经我们审查,没有正当理由不能退档。"

临别,市招办主任王秀卿对记者说:"录取工作是群众关心的'热点'问题。

请考生家长放心,招生前我们对工作人员进行了学习和培训,在录取现场又强调了招生纪律,使录取工作一环套一环,严格按照国家的有关政策规定进行。"

(1992 年 8 月 17 日《人民日报》第一版)

"会诊"白洋淀

8月21日上午,国务院环保委员会的领导同志到白洋淀现场办公解决污染问题,记者随同采访。

远远望去,淀边百里长堤垂柳成荫;淀内芦苇密布,随风摇曳;水面波光潋滟,鱼帆点点,好一幅迷人景象!

然而,白洋淀水库的河道里却是另一番景象,酱油色的污水汩汩流淌,水面漂浮着一团团白色泡沫,散发出刺鼻的臭味。

据介绍,这些污水主要来自保定市几家造纸、化工企业,日排放量达25万吨,一部分通过府河直接流入淀内。

国务委员宋健皱了皱眉头,急切地问:"治污工程什么时间完工?"

"一期工程到1995年,二期工程1997年。"当地领导回答说。

看完污染源,一行人踏上一艘木船,沿着狭窄的河道前行。船下是黄绿色浑浊的水面,岸边漂着大片的绿色浮藻。

"白洋淀污染严重,群众不断寄信到北京告状。如不抓紧治理,将会成为死淀!"宋健说,"淀区厕所不好,也要抓紧解决。"当地领导频频点头。

国家环保局局长曲格平告诉大家,现在整个白洋淀仅剩1.85亿立方米的水量了,而一年要蒸发、渗漏掉近一亿立方米,形势非常严峻。

宋健接着说:"水利部正在研究引黄济淀方案,拟从根本上治理白洋淀,这需要国家和地方共同努力。"

时过中午,领导同志一人一包榨菜,一袋面包,吃得很香。

(1992年8月23日《人民日报》第四版)

星期天，在国家气象中心

朋友，您在每天 19 点 30 分收看中央电视台天气预报时，对屏幕上首先呈现的国家气象中心主体大楼的外景，一定很熟悉吧。中央人民广播电台和中央电视台每天播出的天气预报都是从这座大楼发送出来的。您想知道天气预报是如何制作和传送出来的吗？

3 月 11 日，恰逢星期天。下午 3 点多钟，我们来到了位于北京市西郊的国家气象中心。说明来意，中央气象台副台长余鹤书把我们领到 5 楼"天气预报会商室"。

这是个约有 300 平方米的大厅，墙壁上挂满了天气图，数十台电脑、卫星、雷达的显示终端摆在四周，大厅中央圆桌上，各种气象资料琳琅满目。

在圆桌前，一位戴眼镜的中年预报员指点着天气图，另一位立即绘出了雨期分布图。短期预报科科长董立清正在起草当晚电视天气预报的解说词。我们问："天气预报是怎样做出来的呢？"董科长回答："首先，我们用现代化通讯设备，接收国内外众多观测站及飞机、船舶、卫星所测得的各种天气要素的实时资料，然后，由计算机自动填图、计算，再由预报员根据大气演变规律及经验进行分析，作出预报。"

来到 5 楼另一房间内，只见一位女同志拿着天气趋势预报图，嘴里读出一连串的数字来，右边一男青年坐在计算机前，双手按着键盘，把数字输入微机内。几分钟后，微机自动输出一个正方形的黑色软盘。

余鹤书解释道："这个软盘是录制今晚电视天气预报用的，我们投资建了一个电视声像室，承担着全国天气预报、海洋天气预报和世界城市天气预报的广播和电视节目制作任务。每天从预报、计算机图型处理，到传真、编辑、配音，以及传送录像带工作，要在一个多小时内完成，是很紧张的。如遇到台风、寒潮、暴雨等灾害性天气,就更加繁忙了。"

16 点 45 分,在大楼中央气象台声像室里,一名编辑人员通过传真机,向中央人民广播电台发出传送信号,传送天气预报和海洋气象预报,供中央台 19 点 40 分播出。另两人在电视编辑机前忙碌着,一名编辑把软盘输入计算机,屏幕上依次显示出卫星云图和全国各大城市的天气预报图,播音员小崔端坐在隔音室内,聚精会神地念着解说词。17 点 45 分,电视天气预报节目录像带制作完成。这时,向电视台送录像带的专车已停在楼下。

当问及预报的准确性时,余鹤书副台长说:"由于我们有了现代化探测和计算手段,预报质量比过去明显提高。大范围的灾害性天气预报是比较准确的。但是,有时受客观因素的制约,也不可能百分之百准确。"

(1990 年 4 月 10 日《中国广播报》第一版)

彩电降价之后……

3月15日，是国务院公布国产彩电降价的第一天。

中午12点20分，东安市场电视专柜前，一位顾客正在买彩电。一打听，说是河北香河县的农民。我们问："知道彩电降价吗？"他笑眯眯地说："才听售货员讲的。为给女儿置嫁妆本来昨天就准备进城买彩电，可风刮得太大，没来成。今儿来运气好，便宜300块钱。"

13点10分，新光电子电器公司彩电专柜前，顾客寥寥无几。一对老年夫妇手挽手在柜台前转来转去，把公布的几种彩电价格一一抄下来。他们是北京市郊一家化工厂的，男的说："彩电价格还是太高，一般的工人平时攒几个钱，一下子拿出3000元、5000元不容易。听广播说要降价，我们先来看看，回去商量商量再买。"

13点30分，王府井大街上的凯波电讯商店彩电销售处，三三两两的顾客在议论指点着，却不见有人掏钱。值班经理说："今天彩电降价，上午卖了两台牡丹牌的，来看的人比以前要多。"这时，一位穿蓝西服的妇女走进店内，她刚听说彩电要降价，特意进店来询问价格，准备比较之后哪个牌子便宜买哪个。

13点50分，北京市百货大楼电讯部，两位年轻人正在交钱买彩电。他们是兄弟俩，在丰台铁路配件厂工作的哥哥说："今儿看报纸登了彩电降价的事，来买一台，虽然现在看降价幅度不算太大。"

3月16日上午，我们又回访了这4家商店，它们15日的销售数字分别是：凯波电讯商店2台；新光电子电器公司3台；东安市场3台；北京市百货大楼6台。

据这几家商店的售货员反映，彩电降价后，时间较短，目前还没有明显的反应。一家电视机厂的有关同志讲，彩电降价，国家收入少了，其实现在的彩电生产成本高,以后彩电再降价企业就受不了啦!

从接触的近百名顾客来看,多数人、特别是青年人对这次彩电降价比较满意。前些时买了彩电的人对这次降价表示无所谓,个别在春节后刚刚买了彩电的人有些后悔。

(1990 年 3 月 17 日《经济日报》第一版)

为了电话线路的畅通……

朋友,当您拨通电话,向同事和友人传递欢乐、申诉悲哀、抒发情怀的时候,您是否知道,在安装电话之前,有多少电话线路工人在辛苦的岗位上为您默默地奉献着。

的确,在北京市电话局里,数工程班的线路工人最辛苦。他们的工作是在大街上立杆、拉线、放电缆,首都的大街小巷,无处不留下他们的足迹,无处不洒下他们的汗水……

展览路电话局的工程班便是这个集体的缩影。这个仅有 12 名工人的班组,除班长齐战洲是老工人、老党员外,其余都是年轻的小伙子。他们每年要担负 5000 余台新增电话的开通线路、铺设电缆任务,还要经常检修旧线路。在人员少、任务重的情况下,他们不辞劳苦,干出了一个个"漂亮活"。

去年初,为解决西三环地区居民"打电话难"的问题,这个班主动承担了扩线工程。这个工程的任务十分艰巨,绝大部分的电缆在地下,因此,他们需要在地井里才能接通电缆,地井内空间小,深达 3 米多,且阴冷潮湿,臭味难闻。人在地井里呆一会儿就会感到胸闷气短,头昏目眩。他们在地井里干几个小时出来歇一会儿,这个感到不舒服时,另一个就赶快替换,这样,他们连续奋战十几天,硬是提前完成了任务。

1989 年春节刚过,这个班就拉开了外语学院至 841 局 7.6 公里扩线工程的序幕。当他们布放万寿寺人工河地段的地下电缆时,却遇到了意想不到的困难。河里的水不断渗入地井,抽出不久,就又渗满了,地面上又没有放机车的条件,运送这段电缆只能靠人拉肩扛。为了赶任务,他们挤在一起,蹚着水,喊着号,憋足劲用力拉。经过 5 个多小时的奋战,终于把 200 对电缆运到了通道里。回到地面上,他们全成了泥人,躺在地上大口大口地喘着粗气,就连平常最爱说笑的小范此时也成了"哑巴"。为了保证电话线路的畅通无阻,他们冬天,顶着呼啸的北风,在大街小巷上铺架线路;夏天,他们迎着似火的骄阳,在电缆杆上作业,有时还要忍着蚊子的叮咬和臭气,下到狭窄的地井里干活。艰苦的工作条件,使他们经常处于衣帽不整的状态,有人曾嘲笑他们是"远看像逃难的,近看像要饭的,仔细一瞧原来是架线的"。然而,他们并没有因此而自卑,仍然在自己的岗位上认真地工作着。去年8月的一天,香格里拉饭店有一部电话断线了,经查是皮线内断。接受检修任务的青工范景波、刘金年、时涛等人,一条线一条线地听,一棵杆一棵杆地查,先后往返10余次,直到下午4点多钟才找出断线的部位。当他们修好后,才想起还没有吃中午饭呢。

　　今年3月20日下午5点左右,武警二支队的军用电缆被汽车撞断。他们接到抢修通知后,马上赶到现场,此时天色已渐渐地黑了下来,班长齐战洲手拿电筒带领大家继续干,到晚上12点才把线路全部接通。这夜,青工杜江、范景波因工作耽误了约会,但他们没有半句怨言。

　　　　　　　　　　　　　　　　（1990年3月24日《经济日报》第二版）

走向社会天地宽

——武汉大学后勤社会化改革纪实

编者按：武汉大学积极探索，通过后勤系统成建制剥离、引入招投标竞争机制等一系列举措，整体推进学校后勤社会化改革，取得了明显的成效。他们的经验说明，后勤改革不仅可以极大地改善高校后勤服务质量，使师生从中受益，而且能够使学校得以集中力量办学，赢得更大的主动权。

当前，高校后勤社会化改革正在全国稳步推进。希望各地充分认识这项改革的重大意义，坚持实事求是、逐步推进、讲求效益、量力而为的原则，把这项工作抓实抓好。

谈起大学生宿舍，人们的脑海里往往浮现出这样的情景：七八个人上下铺，共同挤在小黑屋，上铺下铺堆满书，床下还得放杂物。然而，近日人们在武汉大学学生公寓里见到的却是另外一番景象：电脑、电视、电话"三电"进宿舍；阳台、卫生间、沐浴器一应俱全；衣柜、书桌和凳子一律是经招标采购的标准家具。这些变化是武汉大学实行后勤社会化改革的结果。

成立后勤服务集团：改条块分割为"航空母舰"

今年8月2日，原武汉大学、武汉水利电力大学、武汉测绘科技大学、湖北医科大学合并建成新的武汉大学。新班子刚上任，便成立了以党委书记和校长为组长的后勤社会化改革领导小组，主管副校长亲自抓。校领导认为，后勤改革不是简单的甩包袱，而是转变办学模式的一个重要举措。学校做出果断决策：以合校为契机,打破条块分割,统一规划,整体推进后勤社会化改革。

10 月 8 日,武汉大学后勤服务集团宣告成立。学校决定对已初步具备自主经营、独立核算、自负盈亏的生产经营服务单位,成建制地从原属各部门中规范分离,纳入后勤服务集团,一步到位;对水电管理等尚不具备自主经营能力的单位,由学校暂将其交给后勤服务集团托管,其人头费和日常运行费由学校予以核拨,并逐年递减,最后整体改制。集团按行业归口对原四校的后勤实行垂直管理,组建了饮食服务中心、接待服务中心等 10 个服务中心。后勤服务集团的组建,使近 1300 名职工成建制地从学校专业编制中分离出来,仅人头费每年就节省了 2600 多万元。水电管理部门通过加强管理,今年已节省水电费用 480 万元。

后勤管理招标投标:改行政拨款为有偿收费

武汉大学是我国"招标投标"理论的首倡地,而今他们将它运用于后勤管理,改后勤服务行政拨款为有偿收费,学校对后勤服务项目以招标方式向社会选择承接单位,双方以订立服务合同的形式运行。

过去,后勤承接的学校任务常常出现讨价还价的现象;现在,各单位争活干,争干好。道理很简单——有活干才有钱赚,干不好就会被其它单位"把活给揽走"。据统计,学校经营服务项目的 30% 已被社会上其它单位通过竞争从后勤集团手中"抢"走。

面对校外企业"瓜分"服务项目的情况,后勤服务集团认识到"要中标,靠实力"。为此,后勤集团在管理水平和服务质量上做好文章,进一步引入现代企业制度,员工一律实行公开招聘、竞争上岗,并完善以岗定薪,按劳取酬,优劳优酬的激励机制。通过专家定期培训、技术大比武等方式提高员工的服务水平。集团还从经营利润中拿出 1000 多万元投入基础设施和技术设备的改进,食堂、宿舍等服务场所全部改造一新。

与此同时,校内单位的竞争也如火如荼地展开。"楼上楼下"现象也许最能反映出后勤改革带来的新气象。武汉大学的学生食堂大都分上下两层,楼上楼下独立核算,为"争夺生源",他们只有在价格、质量、服务态度上使出自己的"绝活"。各食堂一律提供全天候服务,主食有 60 多种,副食有 100 多种,还竞相推出系列特色服务项目。

后勤保障服务体系："安全阀三位一体"显威力

进入市场化运作的后勤服务实体需要健全的约束机制。武汉大学的做法是给后勤社会化系上"安全阀"。

第一道"阀门"是"三位一体"的新型后勤保障服务体系。"三位一体"是指后勤服务集团行使经营服务职能、后勤保障部行使管理职能、后勤党委行使监督职能三者目标一致、协调运行。后勤保障部在一定意义上说是代表学校利益的一个小甲方。履行后勤工作的计划、管理、协调等职能,行使学校维修经费预算、项目招标、合同签约、服务价格检查等职权。如果后勤集团出现一些不合理定价,后勤保障部可以通过招标方式,引进社会力量参与。后勤党委参与后勤改革的决策,加强职工的思想政治教育,发挥党组织的战斗堡垒和监督保证作用。

第二道"阀门"是消费者监督参与机制。师生们通过伙管会等维权组织对后勤服务的质量、价格、进货渠道、利润率都有权审核。

通过推进后勤社会化,武汉大学加大了自身投入力度。学校斥资3500万元,对校园进行了力度较大的整治;投资1360万元改造学生公寓73300平方米;投入353万元,维修教学楼20400平方米;建成各类学生新宿舍97053平方米。最近,学校又和多家企业共同开发学生宿舍,有望2年内新增宿舍2万多平方米,为扩招12000人做好了准备。

(2000年12月15日《人民日报》第五版头条)

希望，在这里孕育

——西安翻译学院发展纪实

6月11日，联合国教科文组织官员和外国驻华使节一行50余人，来到我国办学规模最大的民办大学——西安翻译学院。仅有10余年历史、却有17000名在校生的这所学院，令他们赞叹不已。与此同时，越来越多的人在思考西译在办学模式、学校定位、教学管理等方面的经验，探询西译快速发展的秘密……

为烧到七八十度的水加把柴

给高考落榜生提供接受高等教育的机会，满足考生与社会的双向需求。正确的定位使这所民办大学拥有了自己的优势，奠定了生存与发展的基础。

提起办校的初衷，员工们总会说起院长丁祖诒的那句名言：千千万万个高考落榜生犹如烧了七八十度的水，如果给他们添上一把柴，让他们继续深造，他们同样会成为社会主义建设有用的人才。在西译，人们把这称作"第二希望工程"。建校至今，已有3万多名曾经沮丧过的学子，在这里学到了知识，掌握了技能，也找回了自信。

如果说生源定位给学校提供了生存空间，那么"复合型"教学模式则开拓了发展的天空。所谓复合型模式，是指大课时，多专业。具体而言，就是"外语＋专业＋现代化技能"的教学方法。它结合我国民办高等教育的具体实践，改革了传统的相互分割的课程设置。这里的学生每周要上28节课，不论哪个专业，在入学后的一年半内，必须学完大专英语的全部课程，打下较好的外语基础，通过自学考试或学历文凭考试取得国家承认的大专或本科学历，此后的时间内，学生要选修其它专业的课程,如国际会计、国际旅游、涉外文秘、计算机应用、市场营销等等,还必须掌握多种现代化技能,如微机应用、公关礼仪、汽车驾驶、外贸函电等等。这种独辟蹊径的教学模式,使学生经过三四年的培训,能够成为适应一般涉外工作需要的实用型人才。国家有关部门曾对在三资企业工作的大专院校毕业生能力作过抽样调查,结果,西译学生名列前茅。

1998 年秋,原准备招收 3000 名新生的西译,在学生和家长的强烈要求下,增加了招生名额,招收了 6800 人。今年 6 月初,全国几百家三资企业专程来学院招聘人员,近 2000 名 97 级大专生和 96 级本科毕业生被聘用了 98%。

独特的管理开拓发展之路

1987 年,在西安一条简陋的小巷中,一间租来的教室外,挂起了一个不起眼的牌子:西安外国语培训部,这便是西安翻译学院的前身。多年来,在“取之于学用之于学”、“不以营利为目的”的办学方针指导下,西译依靠自身的滚动发展,成为拥有 3 亿元固定资产、目前我国综合实力最强的民办大学之一。

西安翻译学院办学 13 年,累计收入数亿元。7 年前,他们买下了“三线”内迁大型国企的 200 多亩土地和 6 万平方米建筑作为自有校园校舍,又投资兴建了价值近亿元的校舍,在全国率先成为不靠租赁校舍为生的民办院校。近几年,他们相继建成了 1500 台 586 多媒体微机群、400 多间全部装有摄像监控和闭路电视卫星转播系统的教室,近 4000 间学生公寓不仅全部装备暖气系统及校园 201 卡直拨长途电话,还在陕西率先实现了“单层隔间带微机桌 5 件套”的 21 世纪大学生公寓新格局。此外,还建成了 20 多座红外听音和多媒体语言实验室,30 万册图书、1200 张阅览座位的图书馆,4000 平方米的室内体育馆,3 个足球场等。地处风景如画的翠华山风景区,又具备了完善的现代化教学设施,成为读书的好去处。

西译经营有方,管理也独具特色。通过对民办院校生源总体状况的分析,在学生管理上,因材施教,实行了“全封闭”谢绝走读的严格管理模式,并将五天的“校内”管理有效地延伸到双休日的校外。严格的管理模式带来了井然的教学和生活秩序,提高了学习效率。

“准军事化”的管理,并非没有人情味,也并不是取消一切娱乐活动。西译努力完善校园的娱乐设施,定期放映电影,定期开放卡拉 OK 室,组织校园社团,并组织学生排演英语戏、进行体育比赛,开展健康的文体活动。走进校园,那挂满书画作品和文学作品的宣传栏,像一个窗口让人们看到了西译学生的多才多艺和青春热情。

开放的思路铺就未来之路

同普通高校相比,西译有着新兴学校朝气蓬勃的精神与气魄。这两年,西译成功地实现了生源结构由"落榜生"向"线上生"和"学历层次"由 3 年大专向 4 年本科的两个转化。今年,又经教育部授权陕西省人民政府批准获得了高等专科学历证书的颁发资格,正式将校名改为西安翻译学院。

西译将目光瞄准时代发展趋势,关心学院长远发展,在"硬环境"与"软环境"的建设上都自觉向一流的标准看齐,已越来越多地表现出了现代气息与时代的特征。它的教学模式孕育和引发了我国高等教育向高等职业技术教育、素质教育和创新教育的变革,更为中国人才市场与重能力轻学历的国际市场接轨提供了经验。近几年来,学院通过加强与国际国内的校际间的交流与合作来开阔眼界,增强实力。他们与英国百尔蒙特大学建立了互派学生交流的联系。今年又同北京师范大学建立了共同招收研究生的合作项目。去年,20 多位外国驻华使节参观西译,使"西译现象"引起了更大范围的关注,今年,50 多位外国驻华使节的再度访问,又为它走向社会带来了新的契机。在这次交流活动中,联合国教科文组织的官员,向西译赠书,并主动提出,将为西译提供一部分奖学金,以鼓励其发展。其他国家的使节也表示,愿意为西译与本国大学的交流搭起桥梁。

漫步西译校园,耳边又响起学子们充满信心的话语:"三月梨花扬雪时,我们播种,六月莺飞草长时,我们耕耘,到了十月碧云黄花的时节,我们一定会有灿烂的收获。"

(2000 年 8 月 6 日《人民日报》第一版)

"挑剔"的消费者

——来自北京王府井大街的调查

编者按 市场陡然由热变冷,有些企业领导一时感到发懵,忙乱中甚至产生出一股怨气:市场上货积如山,调整产品结构往哪儿调?《"挑剔"的消费者》一文,则提醒厂家:别瞧着"多","多"中有"少","多"中有"缺","多"中有"劣",总而言之,"多"字背面有文章。我们经常讲,顾客是"上帝"。在昨天货少人多,"上帝"徒有虚名。在今天,货多人少,"上帝"已名实相副。与刮"抢购风"那阵子比,我们的消费者现在购物时,是显得有些"挑剔"。然而,顾客"挑剔"的过程,正是收集市场信息,加快反馈并在生产经营上应变的好时机,建议生产厂家和商业部门常派些"观察员"加入消费者队伍,耳闻目睹,潜心研究,各自琢磨些能保证企业长兴不衰的良策。从这个意义上讲,《"挑剔"的消费者》一文,只是撩开了"消费内幕"的一角,"大文章"还得靠企业自身去认真细做。

一些商业部门抱怨市场疲软,有货销不出去;一些生产厂家嚷嚷市场变化太快,调整产品结构无从着手。然而,作为市场最有权威的发言人的消费者,他们又有什么想法呢?

3月7日,记者为此专程到北京市著名的商业区——王府井大街作了一番调查。

从上午10点至下午5点,记者共采访了50多位顾客,他们多是为买东西而奔商店来的,虽然大都买到了商品,但也对生产厂家和商业部门发表了不少发人深思的意见。

（一）

上午 10 点 20 分,北京市百货大楼内熙熙攘攘,人来客往。

在二楼皮鞋专柜前,几位个头矮小的姑娘买到合适的高跟鞋后,面带微笑满意而去。一位穿橘红色羽绒服的高个女青年在柜台前来回徘徊,挑了几双鞋子都不满意,有些失望。记者上前与她攀谈,她自称是北京师范学院的,聊起市场上的商品来,她说:"本来想买双低跟皮鞋,结果没合适的。"

"我个头高,穿高跟鞋特难受,所以想买双低跟的。"她指着旁边的一位妇女说:"她穿高跟鞋合适,显得个头高些,其实穿高跟鞋并不舒服,上班赶公共汽车也不方便,希望生产皮鞋的厂家最好能在群众中作些调查,多生产一些低跟鞋,做工精细、美观些,品种也要尽量的多样化,不要高跟鞋鞋跟做得特别高,低跟鞋又没了跟。"她指着柜台平跟鞋解释道:"你瞧,这种平底鞋一点跟也没有,让人看着很别扭。"

（二）

10 点 27 分,一位年约 40 来岁、中等个头的男子,双手拎了 3 个鼓囊囊的布包,得意地走出百货大楼。记者上前同他搭讪,他停住脚步,微笑着回答:"我是北京锅炉厂的工人,叫李广明,在石景山住,来一趟王府井不容易,拐到这儿看有什么合适的东西没有。这不,碰到天坛雪茄烟,就买了这 20 几条。"

"干嘛买这么多烟呢?"我不解地问。

"我们哥 4 个,加上我姐夫,到家一分就没啦! 这烟小摊上一盒卖 5 毛,公家卖 4 毛。掏同样的钱买公家的可多买几盒。"

"现在市场上烟的行情也怪,比如长乐烟,公家一盒卖 1.15 元,没货;小摊上有货,卖 2.5 元,咱工资低,买不起。"

（三）

11 点多钟,在王府井百货大楼北端人行道上,记者碰到一个刚从红叶服装厂取衣服回来的女青年,她一谈到服装市场来,显得格外激动:"现在商店里有的服装料子、颜色都不错,但型号不适合;有的型号合适,但颜色、料子又不好,总是统一不起来。"

两位自称是来自云南昆明的中年妇女凑过来插话说:"现在市场上适合青年人穿的衣服多,中老年人的少,其实人人都有爱美的天性,中老年人的服装市场也很大,现在好像美只属于年轻人,其实也该为我们中老年人想一想,不能老是灰、黑、蓝单调的颜色和款式⋯⋯"

那位女青年接过话茬说:"你去商店里看看,摆的衣服全是高档的,一套西服几百块,一般的顾客买得起吗? 应该是高中低档都有,多款式、多花色、多价格,适合不同的消费水平。"

（四）

14 点 20 分,新光电子电器公司一楼大厅内,有两个年轻小伙子在一排崭新的洗衣机前瞅来瞅去,我迎上去问道:"想买吗?"两个小伙子摇了摇头说:"我们是胜利油田电视台的,来这看看有没有和单缸洗衣机配套的甩干机,前几年我们那儿都是买的单缸洗衣机,现在过时了,再买个双缸的又想太浪费,这次来北京出差,单位里几位同事让买几个甩干机,回去和单缸洗衣机一块用,可是,没想到跑到西单、隆福大厦,包括王府井,都没买到,前一段我们那商店里进了一批货,很快就被抢光了。"

（五）

14 点 40 分,新光电子电器公司家电柜台前,一位三十来岁的高个男子正在跟售货员说悄悄话。

据这位顾客讲,他是华北油田的职工,家在北京市。昨天来逛王府井,在这儿看到"煤气淋浴器"不错,就买了一个。可是,回家后遭到家人的反对,说这东西方便是方便,就是太费液化气了。液化气罐是定量供应的,用着不划算。

原来他是个退货的!

(六)

15 点零 5 分,位于王府井大街北端的"枫叶乐器行"里,传出阵阵悠扬的二胡声。

记者推门进入店内,只见进口高档乐器静静地躺在柜架上,很少有人问津。在小商品专柜旁,一位农民模样、年约 50 来岁的人边拉着二胡,边同售货员交谈:"我想买把低档的,跑了几家商店都没有,今天在这儿碰上了。"

售货员说:"现在厂家也不生产低档的,比如生产这个产品值 50 元,生产那个产品只值 10 来元,他干嘛要生产这 10 来元的货呢?再者,上级向企业要的是产值、销售额,越多越好,当然不愿意生产低档产品!"

那位顾客对记者说:"我是京郊的农民,叫刘少明,平常闲着没事爱拉拉二胡,原来那把前段时间给摔坏了,我跑了几家商店一看,全是高档的,连中档的也没有。有的商店说有时也进低档货,但很快就卖完了。"

(七)

15 点 20 分,新光电子电器公司商场内,前来购买商品的顾客络绎不绝。在电冰箱销售处,一位年逾花甲、戴副近视镜的男顾客走来走去,他左手托着下巴,神情专注地盯着各种牌子的电冰箱,一会儿看看这一台,一会儿又瞧瞧那一台。看样子是想买,记者便问他想买啥牌子的,他连忙回答:"先看看!先看看!"

他说他是北京市的一位普通干部,现在还没有离休,热天快到了,家里人商量着想买冰箱,但不着急买,今天先来"实地考察"一番。看看外观,再看看质量,选准了再同家里人商量商量。因为现在品种很多,各有各的说法,到底哪个好也说不定,主要是在几个名牌当中挑,杂牌的就排除在外了。

记者指着几种进口的名牌冰箱问:"是否买这几种?"他笑了笑答道:"进口的太贵了,我们是省吃俭用省了几个钱,买不起。其实国产的也有质量不错的,在国产的名牌当中选择一个耐用的就行啦!"

这位顾客走后,一位年轻售货员告诉记者:"像他这样的顾客现在多啦! 不像去年'抢购风'时,见什么就买什么。特别是对高档商品,买之前总是在心里掂量再掂量,慎重得很,又想买外观美的,又想买质量好的,又想买便宜的,不会轻易地把钱交出来。"

(1990 年 3 月 16 日《经济日报》第二版头条、获经济日报好新闻二等奖)

困难面前各显神通

——武汉市几家企业采访札记

眼下,不少企业不景气,他们不仅是缺资金、缺能源、缺销路,关键是缺少应变的思路。

有些企业就不是这样,他们面临困境,发挥主观能动性,迅速转变思路,使企业摆脱了困境。

2月底,我采访了武汉市几家冲出困境的企业,他们的经验确能给人以有益的启示。

旱路不通走水路

武汉市缝纫机厂位于武昌东郊,是全国14个生产缝纫机的定点厂家之一。

厂区内机声隆隆,一派繁忙景象:车间里的工人们正紧张有序地操作着;库房里堆满了装好待运的成品箱……

陪同采访的厂办主任沈天仁兴奋地告诉我:"在去年销售市场不景气的情况下,我们全厂完成产值1348万元。实现税利238万元。"

一年前,该厂还是一个濒临倒闭的企业。1988年初,当不少同行业为缝纫机销售市场看好而沾沾自喜时,武汉市缝纫机厂已陷入了绝境,产品积压2万余台,亏损额高达580多万元。工人停工待业,企业难以维持。

同年4月,经市政府批准,武汉市缝纫机厂被长江动力公司兼并。受命于危难之中的新任领导班子,经过市场调查,迅速作出决策:增加销售力量,实行以销定产,开拓国际市场,积极开发新产品。厂领导带领业务人员跑北京,下广州,经与外贸部门联系,终于叩开了国际市场的大门。去年6月,2万台"大桥"牌缝纫机漂洋过海运往埃及。该厂自行研制的"长动"牌气化炉,通过市级技术鉴定后,一问世,便受到了顾客的欢迎。厂里组织人员进行批量生产,很快占领了市场。小小的气化炉竟使企业实现产值331万元。为了使人员和设备得到充分的利用,厂里与总公司联系,组织生产电冰箱压缩机配件,由总公司包销,不仅使富余人员得到了安置,而且创产值160多万元。

旱路不通走水路,使一度萎靡不振的企业出现了转机。据沈主任透露,目前,全厂已签订的销售合同,包括6月份交货的2万台出口合同,可供全厂工人干4个月。

不以利小而不为

2月20日,武汉床单总厂经销科显得格外忙碌:深圳客商催货长途电话刚刚接过,又有几家外地客户挤上门来……

一大早,仓库工人便急着装车向外地发货。车间里工人们虽然干了大半个夜晚,但仍在紧张地操作着,不少人面带倦意。然而,人们却没有怨言。半年多来,为了赶生产任务,科室干部也到生产一线参加劳动,加班加点是常有的事。他们生产的产品是"雅春"牌涤棉硬花床单套件,销往深圳沙头角进出口贸易公司、华垦贸易集团公司,一套加工费仅0.7元的利润。

他们何以对这种微利产品倾注这么大的热情呢?

去年6月份,该厂生产的"东湖"牌床单销量急剧下降。武汉市最大的商场——中南商业大楼,原来每天平均销出"东湖"牌床单80条左右,而后来降到每天一、二条。厂长彭树立带队赴深圳等地考察市场,寻找客户。经与深圳两家外贸单位联系。得到了床上套件这桩薄利的生意。当时有人认为,"生产床上套件,工艺繁杂,利润不大,没多大搞头"。而厂领导认为:利虽小,但任务饱和,不愁销路,工人有活干,何乐而不为呢?于是,他们根据客商的要求,设计出20多个花色品种,集中主要力量进行生产。

去年全厂共加工"雅春"牌套件45万套,仅此一项实现产值2000多万元,销售额也超过了"抢购风"的1988年,职工月均收入在130元以上,同时,也为几个兄弟厂家找到了活干。

靠信息杀出一条路

仅有 700 来人的武汉服装机械厂,去年在服装机械行业不景气的情况下,却独树一帜,实现利税 713 万元,比 1988 年翻了一番多,一跃成为全市 36 个利税大户之一。

原来该厂是东方服装机械厂的一个专用设备车间,1982 年分离出来成立了武汉服装机械厂,当时企业欠外债 80 多万元,连工资都发不下来。他们的崛起又靠的是什么呢? 厂长兼党委书记周远溪回答:"我们主要是靠信息杀出了一条路。"

1988 年初,他们通过市场调查发现,该厂的主导产品三线包缝机的销售市场基本饱和。如不及时转产,工厂的形势将会每况愈下。同时,他们又获得这样一条信息:我国素有"四大名绣"之称,沿海一带刺绣业急需的绣花机大量靠进口,国内因绣花机生产难度大、要求高、批量小等问题,尚没有厂家专门生产。

市场信息摸准后,厂里马上做出决策:以绣花机为突破口,生产多品种、小批量、适销对路的服装机械。

1988 年试销绣花机 1 万台,受到用户的欢迎。去年生产 2 万多台,全部销光。

在谈到如何选择信息时,厂技术开发部叶主任讲了一个故事:去年 8 月,他到杭州参加全国缝纫设备订货会,听说国际市场对木球草垫的需求量很大,苦于没有专用的加工设备。叶主任闻讯后如获至宝,星夜兼程赶回武汉,厂里立即组织技术人员进行研制,在原来绣花机的基础上自行设计出了样品。9 月份投放市场 50 台,被抢购一空,许多顾客坐门等货。

抓经营的奚副厂长讲:"这条信息使我们渡过了去年市场疲软的难关,算是救了我们厂一条命啊!"

谈到今年的打算,周厂长满怀信心地说:"我们今年的目标是产值达到 3000 万元,利税 1000 万元。"

(1990 年 3 月 10 日《经济日报》第一版)

深化企业改革的核心问题

——北京市部分厂长经理谈如何实现计划经济与市场调节相结合

计划经济与市场调节的"结合点"首先是工商企业。记者日前走访了北京市部分工商企业的厂长、经理。他们结合自身的感受和企业的实际,对于如何实现计划经济与市场调节相结合发表了意见和建议。他们共同认为,这个问题,是深化企业改革的核心问题。

谈"结合"不能离开国情

王毅甫(北京广播器材厂厂长):讨论如何搞好计划经济与市场调节相结合,我认为不能离开我国国情去空谈。

我国是个商品经济不发达、物资不丰富的发展中国家,当前的首要任务是发展生产制造和科研实业。但目前我国多数大中型企业的自主经营和积累能力很低,进行技术改造和扩大再生产的能力差。因此,国家应从宏观上制定"放水养鱼"的经济政策,不能片面追求财政收入,把企业挖得很苦。

对如何"结合"要从理论上讲清楚

郭传周(北京市百货大楼总经理):我认为应首先从理论上解决好计划经济与市场调节相结合的问题。对为什么要"结合"? 如何"结合"? 要从理论上讲清楚,使各级制订计划的领导者和企业家对此都有清楚的认识。

从实践角度讲,我国流通领城还存在着如何"结合"的问题。希望计划部门能排一下,哪一类商品出口多少、内销多少,内销的交给国营商业批发比例多大,工厂自销多少,要有一定的计划和比例。这样不仅可以调动商业部门的积极性,而且当企业产品销售困难时,商业部门也可帮一把,不至于产品俏销时你追着他说好话也不给货,滞销时他又哇哇叫,埋怨商业部门不进货。

重要物资的价格需要实行"单轨制"

吴宗江(北京重型机器厂厂长):我们重机行业是为能源、交通、原材料等优先发展行业提供装备的部门,是国民经济发展基础的基础。应该具有超前发展的战略地位。在资金、原材料、能源供应等方面,应实施具体的倾斜政策。国家在对重机企业下达指令性生产计划时,也应把重要物资的价格纳入计划经济的轨道中去,实行计划经济的"单轨制"。

我认为国家对关系到国计民生的物资和重要的原材料,应当实行计划经济的"单轨制",对非主要原材料、小商品可以实行"双轨制"。

计划经济的面应更宽一些

王权(北京西单百货商场总经理):国家宏观计划究竟该管些什么内容?我认为,不仅应把主要原材料控制住,而且还要通过计划把新产品开发、新技术引进、市场预测等管起来。在产品和产业结构的调整上国家要做好总体规模上的细线条的计划和指导,不能只喊喊大的原则口号。开发短线产品和新产品,上级部门要按照产品调整规划给予指导,对重复布点、争能源、高污染、高消耗的产品要严格把关,防止出现新的不平衡和产品积压。

国家对一些重要的生活必需品,如粮、棉、油等管了一部分,但面应更广一些,这样可能对局部利益会有些损失,但对国家整体利益有好处。总的来说,计划经济与市场调节相结合,应坚持"大的商品管住,小的商品搞活"的原则。

不应过分强调市场调节的作用

王兴华（北京第三针织厂厂长）：由于我国目前的市场体系和法规不健全，所以，在现阶段不应过分强调市场调节的作用。国营商业的批发站遍及全国，在以计划为主的情况下，发挥了一定的主渠道和"蓄水池"的作用。实行计划经济与市场调节相结合后，工业企业的产品靠自己销售，远远达不到商业部门的销售能力。现在的流通领域比较混乱，大都是为了赚钱而干的，真正为企业服务、发挥"蓄水池"作用的没几个。

应增强国营商业市场调节的能力

赵志远（北京东安市场总经理）：国营商业是工业企业推销产品的主渠道。但是由于它受计划经济制约的因素较大，加之在待遇上与个体商业基本相同，甚至某些方面还不及个体商业。以至于使吞吐量大、经营实力强等优势难以发挥。因此，在实行有计划商品经济的条件下，要想使国营商业充分发挥主渠道作用，国家就必须采取措施，适当增强国营商业市场调节的能力。

加强国家的宏观调控能力

田王文（北京雪花电器集团公司总经理）：我认为，当前国家必须加强宏观调控能力，防止地方保护主义作祟。地方贸易保护，设卡堵截，是闭关自守，既搞不活流通、也搞不活经济。产品无法竞争，无法优胜劣汰，实际上是堵了自己的路。限制了先进，保护了落后，于国家、于企业都不利。

如何搞好计划经济与市场调节相结合，国家还要在以下几个方面加以研究和解决：企业要在竞争中发展，国家要从总量上调控，二者的最佳结合点在哪里？价值规律在当前究竟应该发挥多大的作用，能够发挥多大的作用？国家宏观调控在当前能起多大作用，应如何发挥它的作用？搞商品经济能否避免"盲目发展"的缺陷,如何将缺陷减少到最低限度?我们需要的是一种什么样的宏观调控机制? 这些都是深化企业改革的核心问题。

（1990 年 4 月 17 日《经济日报》第一版）

杭州有批"抠门"企业

5月中旬,记者走访了杭州市10多家工业企业,这些企业经济效益均居全市前茅,有的在全国同行业中也数一数二。然而,与那些一掷千金、派头十足的企业相比,委实"抠"得可以。

去年底,杭州新华造纸厂双喜临门:与香港富春有限公司合资创办杭州新华纸业公司,又适逢建厂40周年。一些职工提议,包个剧场,遍请朋友,气气派派地庆祝一番。现在我们厂已是国家一级企业,跻身全国造纸行业"三强",花它个百八十万算不了什么。厂领导却另有打算:合资公司成立与厂庆仪式一并举行,不租会场、不搞剪彩、不吃喝、不停产。12月26日这天,职工代表、省市领导、有关客户等站在厂内一块空地上,开了半小时的露天会议。整个庆祝活动既省时、省钱、省力,又不失隆重。

这些企业抠起门来一分一厘都不放过。新华造纸厂1989年为消化减利因素制定了许多方案,发现仍有10万元缺口。怎么办?抠!他们发动职工开展节约"一张纸、一克料、一度电、一滴水、一分钱"的活动,人均创收100元。

当家方知柴米贵。这些企业的厂长、经理在别人眼里常显得"小家子气"。新华造纸厂厂长李世恩有次去开广交会,大会安排他和一位乡镇企业的厂长同住一间,40元标准的铺位。第二天,李厂长就住不下去了,另找了一家小招待所,为的是每天能为厂里省下20元。此举使那位乡镇企业厂长大为不解。

领导以身作则,极大地影响了职工,这些企业普遍形成了"节约光荣、挥霍可耻"的良好风尚。1991年,杭州玻璃总厂的运河矿石码头附近有一段河床需要疏浚。如果请外人干,需耗费几十万元。该厂职工不愿花这笔钱,他们自己动手,义务劳动,漂亮地完成了疏浚任务。

当然,只要是发展生产需要,"抠门"企业也不乏出手大方的时候。杭州自行车总厂办公大楼除接待室外都没装空调,去年却拿出 50 万元,给车架车间安装了制冷系统,以改善焊接工人的劳动条件。新丰塑料厂厂长楼绅才说得好:"能省的一分一厘,该花的十万八千,关键要从厂情出发"。

离开杭州那天,记者从当地报纸上看到一则报道:5 月 21 日,杭州怡采服装制样公司开业,不闻爆竹响,也没有剪彩和向来宾赠送礼品、"红包"的热闹场面,整个开张仪式只是请近 30 位有关客户开了个茶话会。看来,杭州的"抠门"企业还在增多。

(1993 年 6 月 12 日《人民日报》第四版)

"旋风"启示录

这玩艺儿,太神啦——

一方凸凹不平的水泥地坪,随着"旋风"牌人造金刚石水磨机"嗡嗡"掠过,晶莹剔透的水磨石地板便呈现在人们面前。

日前,在长葛县黄河磨具厂的试机坪上,笔者深深为眼前神奇的一幕所折服。

该厂的同志告诉我们,这个厂生产的拳头产品——"旋风"牌人造金刚石水磨石机,每小时可磨削水磨石地板15平方米,其效率比进口的国际先进磨具提高3倍,而平方米耗费却由1元降为1角。

这种新型的磨具是相对于旧式的碳化硅磨具而言,它以多种元素合成低品级人造金刚石为磨片,代替传统的碳化硅三角磨块,具有效率高、轻便耐用的特点,同时,较国际通用的以天然金刚石做磨块的磨具,造价低了许多。

1985年,长葛塑料制品厂农民厂长乔金岭,通过对国内外市场上建筑机械信息进行预测分析,确认人造金刚石水磨石机一旦研制成功,必定会在国内外同行业独树一帜。他当机立断:转产人造金刚石磨石机。当时,这不足300人的乡镇企业,已倒闭17个月,亏损50万元,欠债73万元。

他组织一班子人,跑贷款、"挖"人才、购设备、搞研制,饱尝艰辛,仅用4个月时间,便成功地研造出用21种元素合成低品级人造金刚石磨片,制成了3种国内首创系列人造金刚石水磨石机。产品畅销28个省、市、自治区,并打进了国际市场。去年5月,一位通晓国际建筑机械行情的新加坡商人看到这种新型模具后,感叹道:好东西! 好东西! 中国走到了世界建筑模具生产行业的前列!

1987年,该厂的3种人造金刚石系列水磨石机连获6奖:国家发明三等奖,河南省优质产品奖、优秀新产品二等奖、科技进步成果二等奖,农牧渔业部科技进步三等奖,建设部推荐推广产品奖。其中有 2 种产品获得了国家专利。

拳头产品的诞生,使这个长期倒闭、业不抵债的企业迅速兴旺发达起来,仅 2 年多时间,就成了全省乡镇企业的佼佼者,年产值近千万。

一个小小的乡镇企业,凭借什么异军突起?"旋风"何以迅速刮遍全国、吹向世界?人们将从中得到些什么启示呢?

启示之一:家聚万金不如得贤一个

1985 年,这个厂为寻找转产项目,他们四处奔波,访贤拜能。当他们了解到省经济技术研究所技术员潘奇勋研究的人造金刚石水磨石机,是填补国家空白的尖端项目,但因受经费、场地限制研究受阻时,便千方百计烧香磕头挖"墙角"、"三顾茅庐"请诸葛。听,乔厂长是怎样用话打动潘奇勋的:"技术对俺们农民企业来说,如同人需要空气一样重要。在当今技术竞争的时代,家聚万金不如得贤才一个呀!"潘奇勋被感动了,决定留职停薪。

启示之二:培养人才生财

乔金岭深知,企业兴衰取决于人才兴衰,产品竞争实质上是人才竞争。为组织转产人造金刚石水磨机,他们开展了全员技术培训:投资 2 万元购置各种技术书籍 500 多册;开办技术夜校,定期请工程师讲课;送技术骨干分批进专业学校进修;聘请洛拖厂 13 名退休技工进厂带徒。拳头产品的诞生和工人技术素质的提高,为该厂插上了腾飞的双翼。

启示之三:精诚所至,金石为开

潘奇勋进厂之初,工厂尽管债台高筑,但对他仍是尽力关照:工作上,委任他为名誉厂长、总工程师,为他配备了 2 名专职助手和一部专车,所用科研经费实报实销;生活上,为他设立了小灶,配备了服务员,使他处处感受到家庭的温暖。

优厚的待遇真诚的心,使潘奇勋产生一种强烈的报答心愿。为早日拿出产品,他夜以继日,废寝忘食,拼命工作。妻子生病在床,他顾不上赴郑看他一眼;身体累病了,也顾不得吃药打针;长葛至郑州百十里,他却数月不回家。试制样机,原计划 8 个月完成,结果 4 个月就试制出来了。

潘奇勋名声大振后,一些厂家以几十万元的高价试图挖走他,都被他坚决拒绝了。

今年 3 月,省长程维高参观这家乡镇企业后,给予很高的评价:引进技术,引进人才,为全省乡镇企业提供了经验。

啊!"旋风",愿你席卷神州、席卷全球!

(1988 年 7 月 20 日《许昌报》第二版头条)

加强医疗质量管理　纠正行业不正之风

——卫生部副部长殷大奎就本报关于丰台医院的报道答记者问

近日,卫生部副部长殷大奎就本报 10 月 18 日发表的"丰台医院发生两起重大医疗事故"的报道,接受了本报记者的采访,并回答了记者提出的有关问题。

问:前不久,我们对北京丰台医院发生的两起重大医疗事故进行了报道,请问您对此有何看法? 丰台医院发生的医疗事故给全国卫生系统的启示是什么?

答:看了《人民日报》对丰台医院的报道,我感觉这两件事情是十分严重的,应引起全国卫生界的高度重视,认真吸取教训。拿"手术钳丢在患者腹腔"一事来讲,在关腹之前,必须点清纱布、棉球、钳子等手术器械。对于这一点,作为医生和护士应该是很清楚的,来不得半点马虎。如果不是及时被发现,将造成不堪设想的后果。进行椎管注射、静脉注射等应是很严格、很慎重的,因为万一用错药就很难挽回。因此,广大医务人员从医过程中一定要尽职尽责,严格按要求规定办理,造成后果应依法处理。

丰台医院发生的医疗事故给全国卫生系统的启示,是尽管各级卫生行政部门和医院做了大量工作,但是极少数单位和个人对医疗安全和医疗质量仍然没有引起足够的重视,没有严格地按照有关规章制度去操作,在工作中粗心大意,马马虎虎,以致酿成不该发生的悲剧。因此,各级医疗单位必须把狠抓医疗质量作为核心任务,无论什么时候都要抓好医疗质量和医德医风建设,做到警钟长鸣,切实把各项规章制度落在实处。

问:您认为当前应该采取哪些措施,加强医疗管理,提高医疗质量,杜绝医疗责任事故的发生?

答:卫生部长期以来一直紧抓这方面的工作。特别是 1980 年以来发过许多文件、规定等。我在这里重申,各级医疗机构必须认真学习,坚决贯彻执行。当前特别要着重抓以下几个方面：一是各级领导要带头增强质量意识。医疗质量要处处讲，时时讲，反复讲，严肃地讲，要把质量真正视作医院的生命和改革的核心和目的，形成人人参与质量管理、层层抓质量的局面。二是要从严治院，在提高医务人员素质上狠下功夫。要结合实施医院分级管理，对各类医务人员全员进行"三基三严"（"三基"即基础理论、基础知识、基本技能；"三严"即严格要求、严密组织、严谨态度）的训练，进一步提高他们的思想素质和技术素质。"三基三严"的培训考核必须人人参与，不合格者不能上岗。院长要把主要精力放在管理上，对违反医院规章制度和操作规程的人和事敢抓敢管。三是各级医院都要建立和完善医疗质量管理组织，并使其切实发挥作用。要严肃认真地查处每一件医疗事故。四是必须制定切实可行的质量保证方案。各级医院都要制订院、科两级乃至单病种的质量保证方案。实施质量教育，开展小组或个人质量保证活动，进行质量评价。质量评价要落实到人，必要时实行质量否决，与评、聘、奖、罚挂钩。对医疗质量院、科两级要把关，卫生部、卫生厅要进行抽查。五是抓好重点部门和关键环节。急诊科危重病人抢救是最易出现纰漏的地方，所以应该特别加以注意。必须按照卫生部对于急诊科的要求，配备有经验的医生值急诊班，不符合条件的无处理急诊病人能力的医师不准单独顶班。要严格交接班制度，严格劳动纪律，任何值班医务人员不准擅自离岗。

问：目前，全国卫生系统的医德医风状况如何？当前需要纠正的卫生界行业不正之风主要有哪些？

答：可以说，全国500多万名卫生工作者中的绝大多数是好的，是一支优秀的队伍，在许多关键时刻都是过得硬的。但是，也有极少数的医务人员错误理解市场经济，见利忘义，忘记了自己的天职，丢掉了救死扶伤的为医之本，责任感淡漠，有的甚至以医谋私，败坏了医疗卫生队伍的声誉。

卫生界近期需要纠正的不正之风包括：有的医院把本不属于特殊医疗的常规医疗或病人不愿签名的手术硬要强迫病人就范；有的医生，擅自搞第二职业，为厂家充当药品或医疗器械推销员，查房处理医疗问题时腰里还挂着BP机随时应呼，精力根本没放在病人身上，甚至在正常工作时间脱岗去谈生意；有的医生转诊病人收受回扣，有些医生收受"红包"，有些在医疗器械采购中收受"回扣"；一些医院和医护人员服务态度"生、冷、硬、顶、推"，使病人缺乏医疗安全感。这些不良的行为引起了社会的强烈反响，确实值得我们认真地反思，下决心纠正，以良好的医德风貌维护自己的形象。

当前,按照卫生部的部署,纠正行业不正之风的重点要放在收受"红包"、"回扣"以及服务态度较差等方面,各医疗单位应抓好正反两方面的典型,大力宣传表彰廉洁行医的先进个人和集体,同时,对查出的问题要认真纠正,少数情节恶劣的,要予以严肃处理。

（1993 年 11 月 8 日《人民日报》第三版）

一百个亿如何用在"刀刃"上

——就贫困地区义务教育工程访国家教委副主任张保庆

《中国教育改革和发展纲要》庄严宣告,到本世纪末在全国基本普及九年义务教育。为确保这一目标的实现,国家教委、财政部决定1995年到2000年实施"国家贫困地区义务教育工程"。这是新中国成立以来专项资金投入最多的全国性教育扶贫工程,6年间中央和地方财政拨款将超过100亿元。如何用足用好这笔资金,把这个工程确实办出质量,办出效益,成为教育战线和社会各界普遍关心的问题。近日,记者就"工程"的有关情况,采访了国家教委副主任张保庆。

记者:"国家贫困地区义务教育工程"进展如何? 取得了哪些阶段性成果?

张保庆:党中央、国务院十分重视"国家贫困地区义务教育工程",江泽民总书记、李鹏总理、李岚清副总理分别题词,要求认真实施教育扶贫工程,促进"两基"实现,大力提高中华民族素质。国家教委、财政部同普九"二片"地区有关省签订了实施责任书,各级政府对"工程"实施也非常重视,其工作力度之大是以往任何时候都没有过的。从实施情况看,"工程"进展顺利。目前已实施的12个省共落实项目资金26.72亿元,其中,中央专款到位6.1亿元,地方各级财政配套12.37亿元,城乡教育费附加等其他渠道筹措8.25亿元。绝大部分实施项目的省都能按照责任书的承诺,做到了地方财政配套资金与中央专款的比例配置。已实施项目的学校达22766所,其中新建学校1319所,改、扩建学校7999所,单项改善办学条件的学校,如购置教学仪器、设备和图书的,有13448所。此外,普九"三片"地区正进行"工程"建设试点工作。试点县32个,各级财政资金达4亿元。其中中央专款为1.8亿元。同时,项目地区学校调整布局已初见成效,大部分项目省虽然减少了学校数,但学生数却明显增加。据统计,在"二片"

地区 383 个项目县中,初中和小学校数减少了 2574 所,学生数增加了 169.6 万人。此外,提高了义务教育普及程度,项目县小学入学率平均提高了 1.43 个百分点,辍学率也有一定程度的降低,初中入学率增加幅度高于小学。项目县小学和初中办学条件有较大改善,小学危房率平均降低了 1.24 个百分点,初中危房率有较大程度下降,教学装备也有所加强。总的看来,"工程"进展情况是健康的,项目资金配置大体上是合理的,"工程"已经取得良好的效益。

记者:您认为"国家贫困地区义务教育工程"的实施存在哪些问题?

张保庆:尽管"工程"取得了很大成绩,但少数地方在实施过程中,还存在着一些问题。主要表现是,少数项目省地方财政配套资金未能足额到位。如个别省地方财政配套资金只完成了规划的 36.6%。有些项目地区在"工程"建设中资金配套不尽合理,存在重"硬件",轻"软件"的现象。这主要反映在土建与其他配套项目上,如仪器设备购置和教师、校长培训之间进展不协调。如个别省在已使用的项目资金中,用于土建和添置图书、课桌椅的占 95%,仪器设备、教师和校长培训开支只占 4% 左右,初中有些项目校没有安排仪器设备的开支。这些问题必须认真加以纠正和解决,确保"工程"的实施效益。

记者:下一步将采取哪些措施来推动"国家贫困地区义务教育工程"的实施?

张保庆:实施"国家贫困地区义务教育工程",是保证本世纪末实现"两基"的一项重大措施,任务艰巨,责任重大。俗话说"有钱要用在刀刃上"。中央和地方用于"国家贫困地区义务教育工程"的资金来之不易,今后我们将同财政部一起进一步加强项目资金管理和监督力度,使有限的教育经费和教育资源发挥最大的效益,确保到本世纪末"工程"目标如期完成。今年向 12 个省下拨的中央专款已近 7 亿元,地方在财政配套方面虽有较大压力,但必须保证有关资金落实到位,这关系到整个"工程"的成败。为此,国家教委和财政部已联合发出通知,对今后"工程"实施作了部署,督促各项目省严格按照责任书的要求,保证各级财政配套资金落实到位。去年没有达到责任书要求的,今年必须予以补足。同时,优化"工程"资源配置。重申"先小学,后初中,分步推进"的原则,在尚未普及初等义务教育的地区,项目资金首先要保证用于小学的建设,同时兼顾初中的需要。其次,用于土建和设备、图书采购以及校长、教师培训的资金要合理配置,不得偏废。此外,要进一步强调通过"工程"的实施,带动学校布局的合理调整,提高项目的投资效益。建立奖惩制度,今年的 7 亿元中央专款分两次拨付,上半年已拨付80%,剩余的20%下半年视各地配套资金落实及进展情况,决定是否足额拨付或扣减。扣减部分将用来对"工程"项目开展好的省份进行奖励。同时,"工程"建设标准要符合当地实际,不得互相攀比,更不能盲目地追求高标准。要按照"坚固、实用、够用"的原则安排建设项目。土建工程一定要在保证质量的前提下加快建设进度。对挪用专款、偷工减料、粗制滥造以致造成工程质量低劣,引起质量事故的,要依法从严处理。另外,需要强调的是:从今年下半年开始,"工程"工作重心将转移到"三片"9省区。这些省区的经济条件和教育基础更为薄弱,实施"工程"的难度更大,是"普九"工作的硬骨头。中央财政将投入比"二片"地区强度更大的资金,用于"工程"建设。我们将精心组织,精心设计,紧紧依靠各级财政和社会各界的力量,克服各种困难,坚决实现"工程"的既定目标。

(1997年7月18日《人民日报》第十一版头条)

删繁就简　减轻负担

——就中小学教育教学内容调整访原国家教委副主任柳斌

今年 2 月,原国家教委决定调整中小学教育教学内容。这一消息引起了社会的普遍关注。"两会"前夕,记者就调整中小学教育教学内容的有关问题,采访了原国家教委副主任柳斌。

记者:为什么调整中小学教育内容?

柳斌:目前初中和小学一至五年级的课程是依据 1992 年 8 月颁布的《九年义务教育全日制小学和初级中学的课程方案》,1993 年秋季开始实施的。这次对中小学教育教学内容进行调整的主要原因,一是目前中小学生课业负担过重,尤其是城市学生更加突出,已成为全社会关注的热点问题。造成中小学生课业负担过重的原因虽然是多方面的,但首先是升学竞争的压力。在升学竞争的压力下,学校、教师、家长层层加码,在国家规定的教学内容以外,又增加了不少内容。二是一部分教师本身素质不高,对教学内容不能在课堂上让学生当场消化,而是用大量的作业和课后辅导来弥补课堂教学的不足。三是目前部分学科教学内容偏多、要求偏高、层次偏深。解决这些问题,首先是禁止编写、出版发行和强制学生统一订购各种应付考试的习题集和复习资料。其次是提高教师水平,抓教师的继续教育和师德教育,提高他们的业务水平和职业道德水平。然后要在课程教材改革上下大功夫。

记者:这次将如何对中小学教育教学内容进行调整? 调整后是否会影响教学质量?

柳斌:义务教育阶段调整的学科,小学为语文、数学。初中为语文、数学、外语、物理、化学。对小学自然、历史、地理等学科,如需要也可适当调整。在调整中,要从四个方面入手:一要适当删减教学内容。对部分教学内容较多,与课时矛盾突出的,必须删减一部分教学内容。所删减内容必须是不影响学生继续学习的繁琐要求或内容,或学科间不必要的重复内容,或当前理论界、学术界仍有争议的内容。二要适当降低教学要求。教学要求过高,实际教学很难达到,或不降低教学要求层次,就很难控制相关内容的教学深广程度,对此应作适当调整,把教学要求切实降下来。三要将部分教学内容改为选学内容。对仅与部分学生生活经验相关,或必须有较高的物质条件作保证,或学生今后仍要重复学习的教学内容可改为选学。四要适当缩小考试范围。对只在学习过程中起辅助作用的,或只要求学生初步了解的内容,或教学中不要求全体学生掌握的内容,可限定为只学不考。对在本次调整中所删减的或改为选学的内容一律不得作为中考和其他考试的内容。这次调整的原则是删繁就简,减少一些不必要的重复和交叉,适当降低一些教材的难度和深度,以减轻学生的过重课业负担。

记者:为什么这次只调整教育教学内容,而不改变现行的课程结构、课时和教材体系?

柳斌:现在实施的课程方案,是国家教委在1986年至1992年组织教育行政干部、科研人员、教育教学一线的校长和教师,经过长期调研、论证制定出来的。它总结了新中国成立以来的教学管理经验,研究借鉴了国外的教学计划,对原来的教学计划进行了改革。这个课程方案在课程范畴、课程结构、课程管理等方面都有所突破。因此,这次只调整教育教学内容,而不改变现行的课程结构、课时和教材。

记者:这次调整中应注意的问题和今后的调整方向是什么?

柳斌:中小学教育是为国民素质打基础的阶段。目前,社会各行各业、各个学科都寄希望于中小学教育,他们希望把社会上存在的问题都在中小学阶段解决。由于中小学的课程、课时是有限的,所以说这是难以做到的。人口教育、减灾教育、消防教育、交通安全教育、禁毒教育等专题性教育内容进入学校课程有积极意义,但应加强管理,使之规范。为使本次教育内容及教学要求调整工作和高中新课程方案的实施工作统筹考虑,教育部将组织力量对现行高中课程的数学、物理等学科的部分教学内容和要求进行调整。目前,世界上多数国家在中小学阶段,除语文、数学、外语之外,其他学科都是设置综合课程,我们也要向这个方向努力。

(1998年4月14日《人民日报》第十一版)

水系省长情

1990 年 5 月 9 日上午,在河南省乡镇企业工作会上,省长程维高碰到禹州市市长连子恒,又一次询问起神垕镇东水西调工程进展情况。当他听到一期工程刚刚竣工,神垕群众用水问题已经解决时,程维高同志爽朗地笑了,笑得很甜……

(一)

神垕,这座因产钧瓷而闻名遐迩、素有"古钧都"之称的历史名镇,自古贫水。近年来连遭干旱,水源枯竭,全镇 40 多眼水井已有半数以上完全干枯。人畜吃水要翻山越岭到数公里以外的煤矿肩挑车拉,水比油贵;千余家陶瓷厂因缺水、断水而不同程度地减产,不少已濒临停产。据有关方面推测,如果这种水荒持续下去,数年之后,这座年产上亿件"钧瓷国宝"、创汇 300 万美元的"钧都",将会全面瘫痪,变成"死都"!

水,成为神垕人崇拜的偶像!

水,成为拯救"古钧都"的一剂神药!

(二)

1987 年 7 月 26 日,一封题为《"古钧都"神垕水荒严重》的来信摆上了刚到河南上任的代省长程维高的案头。程维高仔细阅后,当即挥笔批示:"请派人去调查,并帮助县里研究一下。如确实缺水严重,可否采取集资办自来水厂,或贷款建厂收取水费回收资金的办法解决。"

程维高的批件转到河南省城乡建设厅后,迅即引起了一系列雷厉风行的行动:厅里责成所属城乡建设规划设计院承坦神垕引水规划设计工作,并限期拿出图纸,派人前往神垕镇给予技术指导。次日,副厅长樊修财亲率水利、设计专家赶到神垕察看地势、勘查水源、制定引水方案。

批件转到禹州市政府,主要领导亲赴神垕解决具体问题,组织论证方案。

同年8月,一个骄阳似火的日子。程维高同志又冒着三伏酷暑,风尘仆仆赶往神垕。详细听取了镇领导的汇报。提出了解决神垕用水的资金问题的具体意见:"三点合一"办水利。即国家出一点,集体拿一点,群众集一点,实施东水西调工程。他向在场的市、镇领导建议:"水引来后办个自来水公司,实行企业化管理,以水养水,你们看怎样?""就这么办!"市、镇领导异口同声地回答。

(三)

集资。神垕人永远忘不了那一幕幕动人的集资场面:

小学生手执小旗,走街串巷逢人便讲:"每人10元钱,买个用水权……"

专业户纷纷募捐,少的数百元,多的上千元。

不到10天,全镇集资额近60万元。

接着,一道喜讯传来:在镇东3公里处的翟庄村找到了一汪旺盛的地下水源,经水质化验,可开发利用。神垕人皱巴巴的心田里飞溅起喜悦的浪花……

(四)

1988年1月16日下午,河南省七届人大代表团驻地,代省长程维高紧握着禹州市委书记张长法的手问"神垕群众用水问题进展如何?"张长法回答:"水源已找到,全镇上下正在为东水西调工程筹集资金,可望年底引水入镇……""好!好!好!"程维高爽朗地笑了。

可是坐在电视屏幕前目睹此景的不少神垕人却激动地哭了。

之后,程维高同志又多次向省城乡建设厅和神垕镇询问工程的进展情况。小小"古钧都"紧紧连着省长的心。

程维高同志关心的神垕镇东水西调工程,历时两年多,目前已取得决定性胜利:位于翟村的3眼水井已经打成,引水的高压线路架设完好,公路业已开通,铺设管道、自来水厂的土木工程已圆满竣工。全镇4000多户有1200余户安上了自来水,其余的户正在加紧安装。一个配套的现代化的自来水企业已在神垕崛起并开始产生效益。

在程维高省长的关心下,钧都神垕镇世世代代缺水的历史终于宣告结束了!

(1990年6月21日《经济日报》第一版)

来自日光城的声音

——访拉萨市市长洛嘎

3月31日下午,记者来到西藏代表团驻地,采访了藏族代表、拉萨市市长洛嘎。

"李鹏总理提出今年的十项任务中,首先讲到农业,这很好！我国是一个拥有11亿人口的大国,吃饭问题是个大问题,农业的稳定也直接决定着经济、政治的稳定。因此,农牧业的基础地位决不可忽视。"一坐下,身穿浅灰色西服的洛嘎代表便如是说。

早年毕业于甘肃农业大学的洛嘎代表谈起农牧业,思路敏捷,兴致颇浓。他说:"要发展农牧业生产,根据李鹏总理的报告精神,结合本地的实际情况,我认为,一要增加对农牧业投入,把基础搞好。投入要从国家、集体和个人三方面来解决,要发扬自力更生、艰苦奋斗的精神。二是国家对农牧业的政策要保持连续性和稳定性,这样才能调动农牧民的积极性,促进生产的发展。三要依靠科技兴农。实践证明,只有依靠科技,才能增加效益,把农牧业生产真正搞上去。"

洛嘎代表接着说:"从我们拉萨市的情况看,有73％的人口从事农牧业生产,农牧业总产值占我市国民经济总产值的83％;从农牧民的生活看,少数尚未脱贫的农牧民大都分布在农牧区,从发展前景看,资源丰富,水利开发前景可观,农牧业生产仍有很大的潜力。从拉萨市场的供需矛盾看,主要是缺少农牧产品。这些充分说明了拉萨市经济发展必须以农牧业为主体。"

在拉萨,重视农牧业的基础地位,不只是经济问题,也是政治问题。重视农牧业,支援农牧业和发展农牧业,也不仅是当前的问题,而是一个长远的战略问题。必须认识到,拉萨的局势稳定是第一位的,而经济发展是局势稳定的基础,农牧业发展又是基础的基础,农牧业不发展,全市国民经济就不能持续、稳定、协调发展,农村牧区不稳定,整个社会就很难稳定。鉴于这种情况,市政府近年来始终把农牧业作为重点来抓,使全市农牧业三年迈出三步,粮食生产由 1986 年的 1.38 亿斤,增长到 1989 年的 1.94 亿斤,创历史最高水平;牲畜总增长率由 14.16% 提高到 18%,增长了 3.84 个百分点。林业以保护灌木林为主,并创造了杨沙混交林。目前全市人工保存面积达 10 万余亩,比 1986 年的 7 万亩增加了 3 万亩,封山育林 105 万亩,占全市灌木林面积的 33.9%。同时,针对市民'吃菜难'、'吃肉难'的问题,市政府及各职能部门积极采取措施,结合'日光城'的特点和优势,大力抓副食、蔬菜生产和组织货源的调运。到 1989 年底,近郊和城区的菜地面积达 7000 多亩,年产 40 余种,万斤蔬菜,较 1986 年增长 53%,保证了市民的正常供应。农牧林和其他各业的发展,给农牧民带来了实惠,增加了收入。1989 年全市农牧民人均收入达 429 元,比 1986 年的 359 元增加了 70 元,广大农牧民的温饱问题已基本得到解决,一部分已开始走向富裕道路。

洛嘎代表满怀信心地告诉记者:"我们拉萨市 1990 年农牧业生产的目标是,粮食总产量力争达到 20010 万斤;油料总产 530 万斤;肉类总产 1448 万斤,奶类 2700 万斤;绵羊毛 80.03 万斤;牲畜总增长率达到 18.2%,出栏率 20.3%。当然,要实现这些目标,还需努力。"

(1990 年 4 月 4 日《经济日报》第三版)

拉萨,充满了希望!

——访拉萨市市长洛嘎

　　1987 年,西藏自治区首府拉萨连续发生骚乱,国外有人曾断言:拉萨经济将会停滞不前。

　　3 年过去了,拉萨市的经济面貌究竟如何呢?

　　4 月 5 日上午,在首都京西宾馆会客室内,刚参加完全国七届人大三次会议的拉萨市市长洛嘎就此接受了采访。

　　年逾五旬的洛嘎市长兴奋地谈起拉萨市经济发展情况:3 年来,由于我们坚持"一手抓稳定局势,一手抓发展经济"的方针,我市经济建设仍保持着一定的增长速度,城乡人民的生活水平年年提高,城乡各项事业稳定发展。可以说,拉萨市的经济建设充满了希望!

　　接着,他向记者列举了一连串的数字证明 3 年来拉萨市经济建设的成就:粮食生产 3 年迈出 3 步。产量由 1986 年的 1.38 亿斤增长到 1989 年的 1.94 亿斤,增长 40.57%,创历史最高水平,摆脱了长期徘徊的局面;畜牧业呈增长势头。牲畜总增长率由 1986 年的 14.6% 提高到 1989 年的 18%;农牧民收入也有一定的增长。1989 年全市农牧民人均收入达 429 元,比 1986 年增加 70 元,广大农牧民的温饱问题已基本得到解决,一部分群众已开始走向富裕道路;工业企业效益好。1986 年前,全市有 1/2 的企业严重亏损,到去年底,市直 54 户企业中有 31 户实现了扭亏增盈指标,实现利润 877.3 万元,比 1988 年增长 35.9%,全市企业承包面达 77%,全民职工工资比上年增长 6.2%;住房面积大幅度提高。目前人均住房面积达 9 平方米。

　　洛嘎市长还介绍了拉萨市市场的变化,他说:目前,拉萨市场供给活跃而且稳定。到去年底,近郊和城区菜地面积达 700 多亩,年产各类蔬菜 4900 万斤,较

1986 年增长 53% , 品种由十几个发展到 40 多个。酥油从 1988 年 9 月开始, 开辟了北京、内蒙古等新的供货市场, 去年购进酥油 1554 吨, 不仅解决了本市群众吃酥油难的问题, 而且还在其它一些专区设立了酥油销售点。市场物价也有所下跌。

　　数字虽然是枯燥的, 然而透过这一串串阿拉伯数字, 呈现的却是拉萨经济的勃兴和崛起。临别, 洛嘎市长紧紧握着我的手, 满怀信心地说:"回去后我们要按照李鹏总理政府工作报告中对各级政府提出的十项任务去做, 逐一落实, 在抓好局势稳定的同时, 争取使拉萨市的经济和各项建设事业有个大发展。"日光城已不再是昔日贫穷的日光城, 拉萨亦不再是过去落后的拉萨, 拉萨正在向贫穷和落后道别!

　　拉萨, 充满了希望!

(1990 年 4 月 24 日《经济日报》第三版)

马不扬鞭自奋蹄

——记对外经济贸易大学党委书记、校长孙维炎

有人称赞他有艺术家的气质,有人羡慕他有学者的风度:一张线条清晰的脸庞,一副清瘦匀称的身材,举止文静利落,说话轻声细语,但眼里充满了睿智的光彩,心中迸发出火一样的热情。他,就是对外经济贸易大学党委书记、校长孙维炎教授。

孙维炎志向高远,理想宏大,硬是用一肩挑起了对外经贸大学党委书记兼校长的重担,与师生一道,把这所过去名不见经传的学校,办成了闻名遐迩的一流大学。

学校的发展是第一位的

1981年春天,在北京对外贸易学院校园晨跑的队伍中,多了一位斯文的中年人。他时而向大家微笑致意,时而放慢脚步与迎上来的师生谈论起学习、生活和锻炼的话题。这位一改"稳坐书斋"习惯却不失学者风度的教师,便是分管教学、科研和体育的新任副院长孙维炎。

伴随着改革开放的大潮,学校迎来了前所未有的发展机遇。1984年4月,北京对外贸易学院更名为对外经济贸易大学。同年11月,孙维炎出任校长。作为一名校长,他倍感肩上的责任,无论走到哪里,都在思考着如何把学校办好。

1985年,学校更名不久,新校名不大为国内外所知。当孙维炎得知美国前总统尼克松将应外交部邀请第5次访华时,心中萌生了一个念头:能否邀请尼克松来校做客。他随即起草了一封邀请信,通过在美国留学的一位教师和驻美国

大使馆工作的同志转给尼克松先生。

1985年9月4日,尼克松果然访问了经贸大学,并在学校发表了著名的关于中美关系及展望的演说。国内外新闻媒介均在显著位置报道了这一消息。一时间,学校名声大振,整个世界开始注意到在中国有一所高质量的经贸大学,同它的交流与合作将为认识中国的对外贸易、促进这一领域里的合作打开又一扇明亮的窗口。

经过一年多的考察,美国纽约州教育厅决定承认该校的国际贸易工商管理硕士学位。它意味着这一学位将同样被全美各大学所承认。经贸大学终于在国际上有了一席之地。

然而,孙维炎深知,要想办成一流的大学,仅有这些还不够,重要的是通过改革提高教育质量和办学效益,为学校的长远发展打基础。

向一流目标冲刺

长期担任教学和管理工作的孙维炎对教育规律非常熟悉。他认为,高等学校担负着为国家培养人才的重任,原有的教育管理体制难以适应时代发展的要求,必须进行改革,探索出更加科学的体制。1988年初,经过两年时间的深思熟虑,孙维炎开始探索校长负责制的新路子,带领大家向一流大学的目标冲刺。年底,对外贸易经济合作部批准了学校试行校长负责制的改革方案。从此,学校的教育体制改革拉开了帷幕。

正当孙维炎忙着为学校筹措发展资金时,更令人焦虑的事出现了:由于教学与实际脱节,有个别毕业生被用人单位退回学校。对于教师出身的孙维炎来说,最大的打击莫过于此,学校培养的人才不适应社会需要使他有一种失职的羞辱。

仰望星河,孙维炎长夜难眠。朦胧中,一线亮光猛然透进窗口,他一跃而起:"建立学校董事会,把社会和学校的发展紧紧捆在一起!"

孙维炎的设想得到了荣毅仁、李岚清、霍英东等党和国家领导人及对外贸易经济合作部的支持。1989年底,经贸大学董事会正式成立,学校的发展迈入了新的阶段。

难题接踵而至:校领导事必躬亲,无暇顾及学校的宏观发展;系领导教学、管理两头忙,难以发挥主观能动性。为改变这一局面,孙维炎提出推行校、院、学系的配套改革,"解放两头",把管理之责放在学院一级。

1994 年初,经贸大学"国际经济贸易学院"、"国际工商管理学院"、"国际交流学院"和"继续教育学院"相继成立,学校改革的步伐又迈出了坚实的一步。今天的对外经贸大学,按照"资源共享"的原则,开始了与北京中医药大学、服装学院、化工大学、金融学院联合办学的尝试。这一构想得到了李岚清副总理的支持。今年 4 月 20 日,李岚清副总理亲临经贸大学召开座谈会,并亲自为五校联合办学命名:东方大学城。

"马不扬鞭自奋蹄"

百忙之中,孙维炎没有忘记教学和科研。这位英国著名语言学家 R·奈克的高足,除了继续担任语言学方面的课程和研究之外,又投身于一个崭新的领域,开始了对跨国公司的研究。兼任学校跨国公司研究中心主任的孙维炎,穿梭于各国之间,发表见解,并写下了许多有价值的论文,为我国大公司的跨国经营提供了有益的经验。

一分耕耘,一分收获。鉴于孙维炎在教学和管理上的杰出成就,他先后当选为党的十二大、十三大代表。加拿大圣玛丽大学授予他名誉博士称号。最近,他被联合国跨国公司委员会聘为专家顾问。

无情的岁月,染白了这位教育家的些许黑发,繁忙的工作,镂深了他额头上的道道皱纹。然而,时光的流逝并没有冷却他那颗火热的心。这位卓有建树的学者比任何时候都意识到时间的可贵。"马不扬鞭自奋蹄",把学校办成一流的大学是他不懈的追求。

(1994 年 6 月 25 日《人民日报》第三版)

长中国人的志气

——记北京科技大学校长杨天钧

52 岁的杨天钧快人快语,且风趣幽默,身上透出的是热情奔放的性格。这位与钢铁打了几十年交道的人,如今拥有多项桂冠:北京科技大学校长、教授、博士生导师、国家级有突出贡献的专家、国务院学位委员会委员。

杨天钧动情地对记者说:"我事业上的每一个亮点,莫不与北科大紧紧相连。"

北京科技大学的前身是北京钢铁学院。就是这座"钢铁摇篮",造就了这位楚地才俊。1965 年,杨天钧由冶金系毕业,投入"守炉餐、伴炉眠"的漫长岁月,积累了丰富的实践经验。1978 年,他以 35 岁"高龄",考取硕士研究生。1982 年,杨天钧获得德国为世界范围优秀中青年学者提供的最高奖学金——洪堡奖学金资助,到德国最负盛名的亚琛工业大学冶金研究所从事科研工作,获博士学位之后,没有贪恋那儿优越的科研及生活条件,毅然回国效力。

回到北科大,杨天钧潜心于自己的研究领域,在科学的海洋里遨游,研究成果引起国内外工业界瞩目。他曾应邀赴德国主持中德合作项目"包头铌资源综合利用选冶新流程";曾作为客座教授参加德国高炉富氧喷吹煤粉工业实验;曾应邀赴瑞典主持高炉强化喷煤试验。德国冶金专家古登纳教授对杨天钧的学术造诣深为叹服:"杨先生的每一个课题,都有出人意料的结果。"

1993 年 11 月,德国亚琛工业大学教授古登纳率代表团访华,他在国际学术会议的宴会上,对杨先生的"氧煤喷吹高炉强化技术研究"作了专门的评述:"80 年代初石油危机之后,面对焦煤资源的匮缺,高炉生产'以煤代焦'成为当务之急。当时日本一些高炉每吨生铁喷吹煤粉 30 至 40 公斤,杨天钧得到洪堡基金会资助来到亚琛,作为开创德国钢铁界高炉喷吹煤粉的先锋,通过 1982 年至

1986 年的实验室和现场工作,使试验高炉达到 120 公斤/吨铁的水平,破除了日本人关于大型高炉加大喷吹量的种种清规戒律,始有今天德国高炉吨铁喷吹 200 公斤煤粉的实绩。"

看到德国喷煤进步,瑞典钢铁公司与北欧冶金研究所合作,两次派员到德国,诚聘杨天钧为客座教授,主持该公司的工业试验。北欧研究所特意升起中华人民共和国国旗,表示对中国科学家的敬重之情。一切实验人员都由杨天钧调遣。经过百余次试验,终于使试验高炉单风口喷煤量达到 200 至 250 公斤/吨铁,遂使瑞典钢铁公司喷煤工艺迈入世界先进行列。

1994 年,当杨天钧再访瑞典时,随行的冶金部官员感慨不已:"过去学术交流,多为外国人向中国人介绍经验,但是杨先生高瞻远瞩,他的报告令外国人洗耳恭听,佩服万分,长了中国人的志气。"

(1995 年 6 月 8 日《人民日报》第五版)

春 燕 情

——记广德县牌坊村小学校长胡志珍

每到春天,燕子衔泥筑巢,为哺育下一代而辛勤劳作。

在安徽省广德县的誓节镇,乡亲们亲切地把牌坊村小学校长胡志珍誉为"山燕子"。她二十多年如一日忠诚教育事业,担负起改善校舍、培育学生的重任。

(一)

胡志珍的人生历程,同共和国许多民办教师一样,是伴随着时代的节拍走过来的。

1954 年,胡志珍出生在皖东南一个偏僻的小山村。70 年代以前,村里没有学校,也很少有人读书,但家乡的贫穷和乡亲们对知识的渴求,深深地铭刻在她幼小的心灵里。

胡志珍 1974 年高中毕业后考上了民办教师。当她用颤抖的双手接过通知书时,心情潮水般难以平静:我选择的不仅是一个职业,而是报答父老乡亲的平凡而又神圣的使命。胡志珍由此开始了她与教育一生的情,与讲台一世的缘。

生活之船并非一帆风顺。岁月进入 80 年代,正当胡志珍全身心投入教学时,她的家庭发生了变故。带着心灵的创伤,她和两个孩子搬进了学校的一间年久失修的破茅草屋里。

然而,家庭的破裂,生活的艰辛,并没有影响胡志珍对事业的挚爱。她很快从破碎的家庭中站了起来,继续自己事业的追求和奋斗。功夫不负有心人。她先后在省、地、县级报刊上发表多篇教学论文,她所带的毕业班各科成绩一直名列全镇17所小学榜首。

这期间,不少好心的亲友要帮她去无锡、深圳等地另谋出路。但她平静地说:"当一名山村教师是我的人生选择,即使一辈子清贫,我也无怨无悔。"

(二)

两排千疮百孔的土墙教室,一块坑坑洼洼的荒草地,没有一扇完好的门窗,没有一个像样的课桌凳,没有校门,没有围墙。当时的牌坊村小学,几乎是全地区最简陋的一所村小。

1991年一场特大洪水袭来,土墙教室全部变成了危房。胡志珍受命于危难之时,被任命为校长,她毅然挑起了救灾建校的重任。

可是,学校账上只有100元钱。胡志珍和学校的老师们靠借贷、募捐、紧缩开支等办法,先翻建了两排教室,接着又自己动手建围墙。胡志珍为此还带头捐出为孩子上学积攒的600元钱。

1994年冬,学校铺设水泥路。一天,胡志珍外出购买原料时,右手不慎粉碎性骨折。傍晚,北风呼啸,天气骤变。为抢时间浇水泥,她用毛巾紧紧包起受伤的手腕,强忍疼痛,右手拿着蜡烛,左手夯捶路基。一直干到深夜,40多米长的路基才算夯实了。

老天像故意作对似的,第二天晚上又突然下起了大雪。胡志珍犯了急:刚浇好的路面,水泥一冻,损失就大了。其他教师都住在两里路外,怎么办?她从被窝里叫起年幼的儿女和年迈的父亲,连夜从田地里搬稻草护盖路面。整整忙了大半夜,1000多公斤的稻草才一把一把地铺到了水泥路面上。乡亲们得知后,无不心疼地说:"胡老师,你自己的窝都没有了,还像一只燕子,辛辛苦苦给孩子们衔泥巴垒窝。"

去年3月,学校植树绿化,一棵150公斤重的大雪松把胡志珍压倒在地,她当即昏了过去。此后好多天,她便血不止,脸色苍白。老师和乡亲们看她病成这个样子,十分焦急,纷纷凑钱把她送进了县医院。经诊断是直肠大动脉血管破裂,当即做了手术。医生嘱咐,必须卧床治疗两个月。

当时正是开学、建校的节骨眼儿,爱校如家的胡志珍怎能放心得下呢?住院的第六天,她就悄悄地返回学校,走上了讲台。

胡志珍凭着燕子衔泥的精神,让校园一年一个样:有了新的教室,更新了全部课桌凳,还新建了图书室、多功能教室、草坪、阅报栏,添置了图书仪器和文体器材,开辟了供学生读书、下棋、休憩的幽雅别致的"书苑"。如今的牌坊村小学成了小山村最漂亮的地方。

(三)

曾经有人问胡志珍:"你这样拼命为学校,到底图的是啥?"她答道:"燕子筑巢是为了小鸟;我们建校是为了学生,当教师、办学校图的就是把乡亲们的孩子教育好。"

离学校两里多路的赛里村,有户姓徐的人家,家境贫寒,几个儿女都在胡志珍的班上读过书,胡老师经常为他们代交上学费用。1991 年秋,最小的徐品超从三年级升四年级,又进了胡志珍的班。徐品超的母亲听说后,觉得再也不能麻烦胡老师了,就让徐品超停了学。

胡志珍得知后,一次又一次去徐家劝说让徐品超复学,可他母亲说什么也不答应。"无论如何也要让小品超读书",胡志珍下决心用自己的时间帮他学习。从此,她每个星期抽两个中午到徐品超家给他单独上课,风雨无阻。两年后,徐品超顺利地通过了毕业考试。

胡志珍常说,当教师的要爱每一个学生,无论什么样的学生都不能嫌弃。有个学生从小就常和人打架,还有偷摸行为,父母对他没办法,一些教师都不愿意教。胡志珍把他要到自己的班,处处关心、体贴他。慢慢地,这个孩子转变了,和同学们相处得很好,学习成绩也全部合格,还被选为班干部,后来又成了村里有名的专业户。乡亲们说:胡老师真有办法,什么样的孩子都能调教成材。

为了让家长放心,胡志珍时刻把孩子们的安全、冷暖放在心上。学生常常不小心擦破皮、划破手,她就准备了一些红药水、紫药水,采来一些止血的草药,随时给他们医治。遇上雨雪天,她就把自己家的雨伞、胶鞋借给学生,不能按时回家的,就叫到自己家吃饭。学生们放学回家,要过两条公路,她就组织教师轮流护送。

学校没有水井,附近的池塘污染严重。为了使学生们喝到清洁的水,胡志珍每天早、中、晚坚持到两里外的山塘、河沟里挑水,家里烧起煤炉,备上6只水瓶,给师生们供应开水。直到1993年,学校打了一口井,她才放下了肩上的扁担。

多年来,胡志珍就是这样用一片爱心去培育、去温暖每一个学生,全村近300户人家也因此没有一个孩子失学或辍学。

胡志珍无私奉献的精神感动了山村群众。他们想方设法为学校的建设捐资出力,各级党组织和政府也时时关心着这位山村教师。地、县、镇先后34次表彰她,还拨专款支持她建校。1995年,胡志珍荣获全国教育系统劳动模范称号,并光荣地加入了中国共产党。今年,她又被评选为全国中青年"十杰"教师,并转为公办教师。

20多年来,胡志珍送走了600多名毕业生,其中34人考入大专院校,16人进了中专。有的当上了农村技术员、卫生员、运输专业户、工商人员,在山村的经济建设中发挥着重要作用。

12月11日上午,胡志珍作为"全国模范教师事迹报告团"的一名成员,走上了庄严的北京人民大会堂讲台,向人们讲述她20多年来辛勤耕耘的苦与乐。当台下响起阵阵掌声时,她依然平静地说:"荣誉的金字塔可以量化,而事业的大目标永无穷尽。"

(1996年12月20日《人民日报》第五版)

一片爱心献学生

——记上海市优秀教师黄静华

尚文中学是上海市一所普通的初级中学,黄静华在这里执教已满 25 年,并整整做了 25 年班主任。她教过的学生,有的成了先进工作者,有的当上了劳动模范,有的在科研方面作出贡献。就以她现任班主任的初一(8)班来说,在黄静华一年多的教育下,不仅学生成绩在年级名列前茅,还有 40 人次在区、市、全国科技艺术竞赛中获奖。

家长、学生都知道,这些成绩的取得是多么不容易,倾注了黄静华多少心血和热忱。

"要让每一个孩子都抬头走路"

升入尚文这所普通的中学的学生,多数学生有着失败者的心态。他们中间有不少是未能如愿进入重点中学的学生。他们在家长的批评声中长大,自卑心理重,缺乏克服困难的信心。

黄静华对此有深刻体会:要理解他们、尊重他们,让他们发挥潜在的能力和长处,要让每一个学生都抬头走路。

潘向峰是个饱尝失败痛苦的学生,学习上的劣势使他失去了自信,甚至在同学面前说话都低声细气。有一次,教室的门锁坏了。正当大家无法可施时,潘向峰自告奋勇,很快就修好了门锁。同学们向他投去惊奇而又羡慕的目光。

鼓励他树立自信心的契机来了。黄静华拉着潘向峰的手走上讲台,称赞他有一双灵巧的手,又强调在这件事上他超过了班上所有的同学。在受人尊重与赞扬的气氛中,潘向峰尝到了成功的喜悦。在一次又一次的成功中,潘向峰的自信心逐渐增强,最后以全部合格的成绩毕业。

黄静华常说,作为一名教师,不仅要勤勤恳恳,还要创造性地劳动,以适应素质教育的需要。

她改变过去多年给学生写评语千篇一律的模式,在评语中拉近教师与学生的距离。她给一名留级来班里的学生写道:"自从你来到我班以后,似乎变了一个人,老师真为你高兴。你能按时交作业了,你懂得关心集体了,你想当好学生了。老师忘不了你当值日小队长时认真负责的态度,我常常驻足于中队绿化角前观赏你种植的仙人球……孩子,有一点我还要提醒你,有时你的表现还比较散漫,尤其是老师不在时。要知道,老师和同学们期盼着你取得更大的进步啊!"

春风细雨般的话语,滋润着许许多多学生的心田。他们改掉了缺点,一天天进步了。一个学生在给黄静华的春节贺信中说:"老师,读着您为我写的评语,就像孩子听妈妈讲话一样感到亲切。"

"假如是我的孩子"

在黄静华的日记本扉页上,端端正正地写着两行字:"假如我是孩子"、"假如是我的孩子"。这既是她对学生一片爱心的体现,也是她教书育人的工作方法。

黄静华认为,作为一个班主任,要多研究孩子们的心理特点,有些事不能操之过急,更不能一味"严"字当头,以"训"代教。因此,她理解、宽容、尊重、关心、信任每一个学生。

有人反映,峰峰同学很调皮,拿着一根细竹竿当枪,走楼梯时又唱又跳。黄静华听后笑笑说:"我们小时候不也是这样调皮? 这本来就是孩子们的天性。"她就是这样用童心去理解学生们的"荒唐"。当然,她忘不了事后的工作。

一天,宋晓枫同学在走廊里打球,弄得雪白的墙上满是黑糊糊的球印。没想到,在他惴惴不安地等待处分时,老师却把球送回他的手里。黄静华叮嘱他,球还是要打的,不过得有节制,要注意场合,要爱护公物。几天后,宋晓枫自己主动带着班里的几个篮球迷,放学后把走廊的墙壁粉刷一新。

近年来,学生来自特殊家庭的逐渐增多。一名因为父母离异的学生染上了说谎、抽烟、赌博等不良习气。有人劝黄静华将他往工读学校一送了之,既可以卸下一个包袱,也减少了班级的不合格率。黄静华没有这样做。她想,破碎的家庭已给孩子带来许多不幸,他需要更多的关心,更多的爱。黄静华在这名同学的作文簿上写下这样的话:"老师会关心你的,再也不会让你感到孤独了。"在黄静华的关心下,这名学生逐渐变好了,毕业后考上了技校,还当了班长。

"心里永远想着我的学生"

在二十多年从教中,黄静华也曾有过困扰。

体弱多病的丈夫需要她照顾,年迈的双亲和公公婆婆需要她关心,渴求母爱的儿子常常嫉妒地说:"妈妈只喜欢她的学生。"年近八十的妈妈常常怪她:"你还要不要这个家了?"为此,黄静华说,她要做个好女儿、好媳妇、好妻子、好妈妈。特别是丈夫患胃癌动手术后,她曾想过不再当班主任。但当她见到自己的学生,回到熟悉的讲台,坐在学生们中间,一切烦恼、杂念都烟消云散了。她说:"我永远想着我的学生,我的班级。"

为了学校的学生们,黄静华多次谢绝请她去做家教的人的好意。为了让后进生尽快跟上大家的学习进度,她竟答应让病中的丈夫当义务老师,为他们补习功课。为了丰富同学们的课余生活,扩大他们的视野,黄静华在家人的支持下,为孩子们订了《语文报》、《中外少年》、《读者》、《读书指南》、《中学生》、《课内外辅导》、《作文通讯》等近20种报纸杂志。每逢暑假,她还动员儿子为班级基础较差的几个学生义务补习英语。去年开学前夕,一位家长送来一封感谢信,里面还夹着200元钱,说是给她的儿子开学时买学习用品。黄静华赶到他家,将钱如数退回。

黄静华以真诚的爱心换回了学生发自心底的真情。前年2月,在她失去丈夫的最痛苦的时候,学生们纷纷来到她的身边。余斌同学站在她丈夫的遗像前痛哭。钱海同学见黄老师伤心过度,怕她不能入睡,索性坐在她的身边,非要等她睡着了才悄然离开……当同学们纷纷来陪伴时,黄静华再也无法控制自己的感情,泪水夺眶而出。邻居们都说:"你看看这些学生,真比亲儿子、亲女儿还亲啊!"

辛勤的耕耘也赢得了社会的赞誉。黄静华先后获得上海市三八红旗手、优秀教师标兵和全国劳动模范等光荣称号。今年 12 月 11 日，黄静华作为"全国模范教师事迹报告团"的一名成员，在北京人民大会堂向首都数千名师生作了演讲。她以《爱的心泉》为题，倾诉了自己对学生们真诚的爱，久久震动着人们的心。

（1996 年 12 月 26 日《人民日报》第五版）

转动市场的魔方

——记杭州娃哈哈食品集团公司总经理宗庆后

如同一项例行的"仪式",每天 18 时 58 分许,当亿万观众准备收看中央电视台《新闻联播》节目时,就会听到那朗朗上口的娃哈哈广告。

娃哈哈的广告投入令许多企业咋舌。去年,这个企业的广告费支出达 4000 多万元,超过了上年的全部盈利,换来的是 7000 多万元的利润翻番。据称,今年广告费起码要突破一个亿。

如此举措源于杭州娃哈哈食品集团公司总经理宗庆后对市场特质的洞悉。市场犹似魔方,宗庆后灵活运用广告等各种营销手段,潇洒地转动市场的魔方,把"娃哈哈"产品推向五湖四海,使企业超常规发展,跻身全国工业企业五百强之列。

不久前,记者见到了这位"天才销售家"、93 年度全国五一劳动奖章获得者。今年 48 岁的宗庆后与文学作品里的现代企业家迥异,很少西装革履,啤酒喝半杯都嫌多。走路仿佛拖着腿,不急不躁地挪步。采访宗庆后,听到的第一句话是"娃哈哈是市场经济的产物,市场里生,市场里长,所以,我们无论做什么事情,都自然而然地按市场规律办。"

1987 年初,企业刚起步时,仅是一家毫不起眼的校办企业经销部。下过乡、当过推销员的宗庆后被杭州市上城区教育局任命为经销部经理。当时,宗庆后有意观察了许多商店,发现缺少专供儿童用的营养液。我国有 3 亿多儿童,儿童营养液市场潜力很大。宗庆后决定上儿童营养液。

取个靓名好吆喝。新型营养液研制成功后,宗庆后在省、市报纸上公开征集了 300 多个产品名称,从中选取了"娃哈哈"这一名字。

令职工们不解的是,名字取好后,宗庆后又去注册了"娃娃哈"、"哈哈娃"、

"哈娃娃"等30多个防御性商标。经历去年的"打假"浪潮,职工们才悟出了宗庆后的先见之明。

大鱼吃小鱼,小鱼吃虾米,这就是无情的市场竞争。

1991年,100多人的娃哈哈兼并了有着2000多名职工的国家骨干企业杭州罐头厂。"小鱼"吃掉了"大鱼"!

在市场的风风雨雨里,"娃哈哈"如鱼得水,奇迹般地壮大。1987年,创利38万元;第二年,183万元;1989年,突破700万元大关;1990年1700万元;1991年,3400万元;1992年7000多万元……

企业抓利润,好比跳高,跳得越高越难跳。当横杆定到7000万元高度时,你还能再往高里跳吗?"1993年,我们的目标还是要翻一番,再塑一个娃哈哈。今年,我们预计实现产值8.8亿元,利润1.8亿元。"宗庆后满怀信心地说。

宗庆后时刻盯着"娃哈哈"与国际同行业一流企业的差距。在他的笔记本上,密密麻麻地记着那些对比。鸡年伊始,宗庆后决心对娃哈哈进行脱胎换骨的改造。按照国外先进管理经验,着手实行规范化的集团公司管理方式。同时与国际商界合资兴办了医药保健品有限公司、孝农罐头食品有限公司,并在美国注册了娃哈哈美国贸易集团公司。

让全世界都荡漾起娃哈哈的欢笑声——这是宗庆后孜孜以求的目标。

(1993年8月4日《人民日报》第四版)

追 求 一 流

——记河南商丘地区电业局长雷学彬

1987 年初,36 岁的商丘市副市长雷学彬调任地区电业局长。

此时,700 万商丘人正经受着电的困扰:不是一天几停,就是一停几天,上百家工厂由于停电造成直接经济损失;市人大代表提案 160 多份,最突出的问题两个字———要电;城镇居民对电怨言不断,有关领导为电坐卧不安。

面对现实,雷学彬成竹在胸,就职演说掷地有声:"组织上派我来管电,就要管好。如果管不好,我自动下台!"

一天下午,雷学彬一人来到电业局家属楼前转悠。"老大娘,你们这里真干净,一点煤渣也没有。"老太太抢着说:"俺这烧的都是电炉",雷学彬皱了皱眉。

傍晚,他亲自带领 39 名科室干部,分 4 路对家属区逐家检查,3 个多小时,100 多只电炉被没收,主动上交或偷偷砸掉的竟有上千个,紧接着,每户安装电表,严格按规定抄表收费,系统内的盗电现象从此绝迹。这一做法迅速在全区推广,线损大幅度下降,全区每年因此节电 5000 万千瓦时。

雷学彬趁热打铁,又开始了劳动纪律的整顿。

一天,凌晨 4 时,他驱车来到东郊变电站,示意司机帮他翻过围墙,猛然推开值班室的门,值班员从梦中惊醒,不知所措。"值班不准睡觉你知不知道?""知道为什么明知故犯?"……处分是严厉的,站长被撤职,值班员调离工作岗位。全局上下为之一震。

军人出身的雷学彬,人如其姓,雷厉风行。

电力生产基地工程原定目标 3 年半完成。雷学彬向来不坐慢车,局领导班子经过仔细推算决定:一年半保质保量拿下来。

于是,11 个建筑队、1000 多名建筑工人同时进入施工现场。这之前的水、电、路、场地"三通一平",雷学彬带领全局男女老少齐上阵,半个月便拿了下来。

建材告急! 市郊所有的砖瓦厂、建材厂难以满足供应,他把指标压到局领导头上———每人解决 150 万块砖。

工地上的脚手架在一天天升高,雷学彬的脚步也在一天天升高。从工程开始到结束,他每天跑前跑后。在整个基地建设中,组织职工义务劳动达 10 万多个工日,仅劳务费一项,就为国家节约 200 多万元。

一年,仅仅一年,在阵阵鞭炮和喧闹声中,商丘地区电业局生产基地 28 幢楼房全部竣工。省电力局领导紧紧握住雷学彬的手,赞扬他创造了惊人的"商电速度"、"商电作风"。紧接着,总投资 2 亿元以上,包括开封火电厂至商丘变电站 220 千伏线路二回,商丘至永城 220 千伏线路,商丘变电站二期工程,永城 220 千伏变电站等一批电力建设项目,很快批了下来。

项目批准后,雷学彬马上组织实施。1990 年 11 月,袁庄 110 千伏变电站先期开工,他组织职工义务劳动,仅 6 个月,就顺利通过省局验收,创造了全省 110 千伏变电站建设的一流水平。

不干则已,干就争第一。就是凭着这种精神,雷学彬又拿下了全国地市级电业局 9 项第一。1995 年初,雷学彬被选为中共商丘地委委员。

(1997 年 1 月 28 日《人民日报》第二版)

闪光的盾牌

——记长葛县公安局党委一班人

在河南省长葛县,一提起"面条局长",人们就知道是原县公安局党委副书记、副局长王水庆。他当了10多年副局长,外出办事,一碗面条、一个烧饼就是一顿饭。有人对他开玩笑说:"你堂堂一个局长,蹲下来吃面条、啃烧饼,也不怕丢身份?"对此,王水庆总是哈哈一笑。

俗话说:"打铁先得自身硬"。熟悉长葛县公安局情况的人都知道,局党委一班人正是靠自身过硬,才带出一支有着铁的纪律的干警队伍,成为抵制不正之风,打击犯罪分子,维护社会安定的闪光的盾牌。

1985年底,新的局党委班子组成后,9名成员就约法三章:不准吃请受礼;不准徇私枉法;不准亲属干扰工作。几年来无一人破例。

前年,一名干部给局党委书记、局长何岗岭送去价值400多元的礼品,想尽快解决儿子的"农转非"问题。老何知道后,第二天便给这个干部打电话:"请你马上来公安局把东西拿走,否则我就让局纪检会送到你单位去!"见面后,老何语重心长地对他说:"你我都是共产党员,这样做比打我、骂我还难受啊!"一席话说得这位干部无地自容。

人们不会忘记:去年9月,县政府批准公安局建一幢办公楼,局党委决定对建筑单位实行公开招标,择优录用。

消息传出,有11个建筑单位争相投标。其中的一个建筑队通过何岗岭的熟人给他传话,说:"如能把活揽过来,愿以工程造价的5%作回扣。"正因为这句话,何岗岭在党委会上建议不用这个建筑单位。他还明令:"施工期间,全局同志不准私用建筑队半块砖、一把沙。否则,从严查处。"

……

　　"近墨者黑,近朱者赤。"在王水庆、何岗岭等的影响下,局党委一班人自觉形成了"请客不到、送礼不要、说情无效、秉公办事"的好作风。

　　一分耕耘,一分收获。1986年以来,局党委连年被评为市、县"先进党委"和"思想政治工作先进单位";王水庆等还被河南省委、省政府授予"人民好卫士"称号。

（1991 年 9 月 20 日《人民日报》第三版）

你使企业展翅翱翔

——记长葛县纺织地毯厂厂长马全明

你胸前佩带着省集体企业家火红的代表证,刚刚站在主席台上,全场就立刻爆出了热烈的掌声……

1985 年,你为长葛绒厂插上了腾飞的翅膀,首次用 1515 棉织机移植生产了混纺海军呢、雪花呢,并设计生产了黑灰驼绒,带动了整个纺织城的振兴。

1986 年 5 月,县第三毛纺厂等几家企业连连告急;产品滞销,工厂停机,工人放假……你马全明不忍心看着纺织城就这样衰落下去,临危受命,来到第三毛纺厂,全力投入到拯救"三毛"的战斗中。经过审时度势的思考后,你决定上地毯产品。虽然长葛城无生产地毯的历史,但凭借纺织城的有利条件,你坚信这是最佳的决策。

一时间,风凉话追你而起:"一穷二白,仅靠供不应求的信息和他的宏伟韬略? 嘿,猫咬尿泡瞎喜欢。"然而你马全明依旧顶风前进。一面三上北京,凭借一腔热血和周密的措施去说服北京地毯进出口公司,解决纳入计划及原材料问题,一面十下信阳,向信阳地毯厂求援,解决设备、技术及工人培训等难题……

不知是你的"游说"得力,还是你的真诚感动了北京地毯进出口公司,他们竟破例收下了你这个厂。然而你一颗悬着的心刚要落下,又一个强烈的冲击波猛袭而来——北京公司的吴科长声称:"只要你马全明一个星期内拿不出地毯,想要原料、计划,没门!"这下你只有"背水一战"了。你转身搭上南下的列车,决定运用聪睿的大脑,给北京公司开一个小小的玩笑。

列车缓缓地从南方驶进长葛小站,3000 多英尺借来的地毯连夜运到了北京。真没想到你这不大不小的玩笑,却给长葛小城带来了深远的影响。一个倒闭的"三毛"像注入了新的血液,以新的姿态再生了。

　　一花引来万花艳。"三毛"的成功,为许多不景气企业指明了方向。地毯成为纺织城的希望。一家、二家……地毯厂像雨后春笋般蓬勃发展起来。于是,纺织城又多一个地毯县的美名。

　　1986年11月17日,飒飒秋风中黄叶飘零,你又受命来到了县玻璃纤维厂,当你迈着沉重的步子要进厂院时,只见杂草丛生的空院中,横躺着一栋缺门少窗的石棉瓦房。厂院中央,修路留下的一个百十米的深坑,容纳了前天一场大雨中流落院内的全部雨水,几只大肚子蛤蟆在凄惨地哀鸣着。

　　这是全县有名的老大难单位。建厂四年,领导换了多少任,产品换了多少茬。然而,无论是啤酒、石棉瓦、羊尾,还是玻璃纤维,都没有使这个厂摆脱倒闭的绝境。

　　坐着想,不如站起来干。对,先树起长葛县纺织地毯厂的旗帜,再筹谋原料资金的来源。

　　凭着你的名气和你在纺织城的业绩,一下吸引来了40名带资入厂的农民。一人1500元,整整6万元。这下给企业带来了希望。一个"小、活、快"的战术制定了。你利用社会上纺织机暂时过剩的火候,到郑纺机廉价买回16台1151织机,其余的款全部购回原料。经过紧张的调试,布机开动了。在机器的欢唱声中,纺织地毯厂跨出了坚定的第一步。

　　斗转星移。如今的纺织地毯厂已今非昔比,除地毯外,又形成了东方挂毯、毛毯、工艺狗皮褥子、毛巾被等生产能力,从而使企业立于不败之地。尤其是通过与许昌毛巾被单厂联姻,不仅借助他们的优势形成了日产5000条的生产能力,还解决了棉纱紧缺的棘手问题。

　　　　　　　　　　　　　　　　(1989年2月8日《河南日报》第三版)

闪光的年华

——记长葛县增福庙乡团委书记王跃海

"他像一把火,温暖了致富路上的我……"

长葛县增福庙乡的青年人爱用这富于诗意的话来赞美你——王跃海。

1985 年 4 月,一个百花齐竞艳、春风摆柳的迷人时节,你被全乡几百名团员代表推举为"头儿",那年你才 19 岁。19 岁是人生闪光的年华,赤橙黄绿青蓝紫,你在思考着自己该闪出点什么。"对,新官上任三把火,我虽然是一个不在'品'的小官,可也要把火烧起来!"

你吸吮着黄土地的乳汁长大,最知道鸡屁股里抠钱的滋味,三中全会使人们的精神生活和物质生活发生了变化,有一部分青年满足于"身上不受寒,一摸肚子圆嘴上叼烟卷,袋里有零钱",不思进取。于是你召集全乡率先致富的"能人",组织起了"青年致富报告团"。

顶着晨星去,踏着月光归,你带领"青年致富报告团"走遍全乡各村,每场报告结束,总有那么一群青年欢呼雀跃,把你们围个水泄不通,向你们寻求致富的"灵丹妙药",一个青年兴奋地拉住你说:"看到有门路的青年外出挣钱,真眼红!我们也不是笨蛋,也想致富,可就是缺技术没门路,这下子可有干头啦!"

真没想到,你这把火会烧得这么准,燃得那样烈。你站在醉人的春风里,望着撒下的满目火种,眼角挂着泪花。

一股炙人的"致富热"在全乡青年中迅速掀起,你又准备以"青年之家"和"农技学校"为依托,办实用技术培训班,为全乡青年科技致富铺路架桥。

可当你跑遍全乡 35 个"青年之家",发现有的已关门上锁时,一下急出了汗。于是你连夜写了份报告,郑重地递给了乡党委书记。党委文件下达了,要求各村迅速行动起来,利用"青年之家"办好实用技术培训班。乡里还拿出 500 元现金,挤出 3 间房子,让你办起了首期骨干培训班。

20 多天的培训结束了,50 名学员回村,很快掀起了办班热潮。今年头 9 月,全乡各种实用技术培训班 520 多期,培训青年 17000 多人次,6000 名团员掌握了一两项技术。

你心没白操,汗没白流,案头上那一份份精彩的答卷就是见证。青年许芳学习裁剪、刺绣,一年挣 4000 多元;团员段保安用塑料大棚种菜和科学养牛收入近万元;在外地做工的青年工人彭子栋辞去月薪 250 元的工作,回村办起了养兔场;失足青年许长发振作精神,办起了粉丝厂……

在致富路上,一部分青年或因资金不足而忧愁,或因缺少场地而困惑,或因初战失败而泄气,还有的青年见成效不大就退却……你熬了一个不眠之夜,"跟踪服务"的设想在烟雾缭绕中又在你的脑际形成。于是,你在办好班的基础上把全乡各路青年中的"能人"组织起来,成立"青年文明致富协会",任了会长,提供信息,进行实用技术现场指导。青年们不论有什么困难,总爱先找你这个会长,把你视为排忧解难的知心朋友!

市、县、乡的领导都很器重你,又是召开现场会,又是推广你的做法,还树你做了标兵。连团省委的领导也远道来视察,这下你更觉肩上的担子沉重,一连好几晚你都没有睡觉,你在考虑着这一把火下一步怎么烧。

啊! 王跃海,愿你把青年的致富之火烧的更旺!

(1988 年 10 月 31 日《河南日报》第三版、获河南日报"青年之星"有奖征文三等奖)

"拼命三郎"——薛金秀

　　在河南省长葛县,一提到薛金秀,人们无不为他"拼命三郎"的无私奉献精神所感动,1979 年底,长葛县工业局人事股长薛金秀,辞职走进了倒闭的长葛县卫生陶瓷一厂的大门,齐腰深的枯黄的蒿草向他点头致意,破败的厂房和土窑向这位新厂长洞开审视的眼睛,人们注视着薛金秀有什么绝招来收拾这个烂摊子。奇迹发生了,第一年企业扭亏为盈,有了 10 多万元的利润;第二年盈利 33.4 万元;到 1982 年,利润突破了 50 万元大关。

　　1983 年 5 月,薛金秀感到自己的右上腹隐隐作痛,妻子和厂里同志多次劝他去医院检查一下,他总是微笑着摇摇头。为了瓷厂打出自己的拳头产品,他带着技术员没明没夜地东奔西走。

　　1984 年春节,当人们和亲人团聚在一起,分享天伦之乐时,薛金秀却一边用手按住肚子,一边在车间检查工作。一阵剧烈的疼痛使他再也无法坚持,一头栽倒在成品堆上。工人们看着他头上的鲜血,禁不住潸然泪下。长葛县委、县政府的领导闻讯起来,亲自用车把他"押送"到郑州住院治疗。医生从薛金秀的胆囊中共取出 7 颗结石,最大的直径达 2 厘米多。医生感慨地对县里的领导说:"真不知道他是怎么坚持到今天的。"8 天刀口拆线,第 9 天上午薛金秀就回到了厂里。

　　去年 8 月,中原大地遭受到少有的大旱,秋作物在太阳无情的炙烤下奄奄一息。其时正值薛金秀带领瓷厂研制虹吸式坐便器一次粘结新工艺的关键阶段。妻子几次托人带口信,他都顾不上回家抗旱保秋。结果近 6 亩玉米苗旱死在田里。当虹吸式坐便器一次粘结新工艺荣获国家专利时,人们可曾知道薛金秀付出了多少心血和代价啊!

　　　　　　　　　　　　　(1989 年 3 月 31 日《经济日报》第二版)

三

报告文学

苦涩酿造"希望工程"

当今世界,在人类携手迈向共同未来的历程中,日益获得这样一个共识;教育是一切的基础,没有教育就没有经济的发达、政治的繁荣、文化的昌盛。

联合国《教科文组织法》向世人忠告:"社会靠教育才能改变,社会靠教育才能实现新的项目,靠教育我们才能掌握未来。"

九十年代的中国,正面临着时代的挑战。而归根结底还是人才之争,教育之争。

今日的教育,就是明日的中国。发展教育,势在必行,迫在眉睫。

然而,我们的问题是基础教育落后,经济发展不平衡,大量适龄少年失学。

1989 年 10 月 30 日,中国青少年发展基金会向海内外庄严宣布,建立我国第一个救助贫困地区失学少年基金会,让千千万万个因家庭贫困而失学的孩子重返校园。

这项被命名为"希望工程"的事业,是共青团中央着眼未来、造福后代、为发展我国基础教育办的一件实事。

"希望工程"的实施,在 960 万平方公里的大地上燃起了希望之光。

贫困地区失学档案

"希望工程"一个充满希望而又美好的名字。然而,它的背景却是一串苦涩而又令人忧虑的事实。

★档案之一:"学校不像学校样"

应该说,新中国成立以来,我国基础教育得到了很大的发展。

据有关部门统计,到 1989 年,学龄儿童入学率已达 97.4%,文盲由新中国成立初期占人口的 80% 下降到 20.69%。党的十一届三中全会以来,党和政府更加重视教育事业的发展,教育经费逐年增加。1977 年至 1989 年年均增长 16.8%,高于国民收入年均增长 14% 和财政支出年均增长 11.3% 的幅度。

然而,经济落后和沉重的人口包袱,使我国教育的发展步履维艰,困难重重。

我国有 2.2 亿在校生,比美国、苏联、英国、法国、日本等国家在校生的总和还要多。由于绝对数大,尽管教育经费逐年增加,但按人均一计算,便显得捉襟见肘了。仅以 1988 年为例,国家教育财政拨款 321 亿元人民币,加上其他渠道筹资 102 亿元,共计 423 亿元,人均不足 40 元。到 1990 年,人均教育经费仍只有 52 元,约合 10 美元。名列世界倒数第几位。而在一些发达国家,目前人均教育经费已达上千美元。

据国家教委有关部门介绍,我国用于基础教育的经费,小学生人均 60 元,这笔经费一般只能保持教师的"人头费"。一些农村小学教育行政经费只够教师发 10 个月的工资。用于教学活动的公用经费,中学生每人每年平均 5 元多,小学生仅 1 元多。

全国平均水平尚且如此,那些尚未解决温饱问题的贫困地区,基础教育条件之差则可想而知。

一些地方曾这样形容他们的学校:"泥巴桌子泥巴墙,泥巴墩子泥巴梁,前无门,后无窗,白天作教室,晚上关牛羊,学校不像学校样。"

在河北省涞源县,有的学校缺少课桌和凳子,孩子们只好站着上课,一站就是一天。

太行山区有这样一个学校,它两个月的全部教具只有 10 盒粉笔!而校长最大的权力就是掌握粉笔的分配权,教师每天上课前只能到他那儿领取一支。

陕西省安塞县一些小学,由于没有教室、桌椅,学生只好蹲跪在地上学习。河北省阜平县寿长乡上寺村,因为没钱建新校舍,村小学和猪羊圈建在一起,房顶沤烂了的稻草滴着黑水,散发着腐臭气,孩子们的读书声常伴着老母猪的鼾声、鸡鸭的叫声。

在湖南省汝城县,昔日的"红军小学"经历了几十年的风雨之后,成了一级危房,孩子们称它为"碰不得"的学校。1927 年井岗山会师前后,毛主席在这里办过公,朱德在这里招过红军,如今它再也无法承受岁月的重荷,被拆除了。为了能让周围五六个村的孩子们重返校园,为了让山乡文明之火不至熄灭,乡长李明珍带头捐了126.5元钱。但是,老区的农民实在拿不出钱来建学校。4年多过去了,人们不知道是把这100多元钱还给乡长,还是让它继续在银行里沉睡。而那些值得自豪的红军后代们,也只能在梦里想一想昔日的"红军小学"。

"敕勒川,阴山下,天似穹庐,笼盖四野。天苍苍,野茫茫,风吹草低见牛羊。"多少年来,人们一提起大西北,眼前总是浮现出这样一幅壮美的图画。然而,今天当你来到黄土高原之巅的宁夏回族自治区同心县后,会发现古韵所唱的景象已经看不到了。贫困和教育落后成为这里最大的难题。

这个县的车路沟小学坐落在窑山脚下,全校只有3间校舍,41名学生,而且是一、二、三年级的复式教育。17张桌子,4张还是坏的,29个凳子,一块黑板,这就是学校的全部不动产。学生们大多是3人或4人挤在一张桌子旁,两人坐一个凳子。学校没有教育经费,粉笔由学区按月发给,体育器材更是"一无所有"。学生们缺少纸笔,只好用小木棍在地上练字。

河北省广宗县冯寨乡高三周村小学只有一个教室,两名教师。全村所有学生在这个教室里轮流上课。

经济贫困和教育落后是一对"怪胎",相伴而生,互相掣肘,恶性循环。

尽管我国许多贫困县每年的教育经费占了财政支出的1/3,有的甚至超过一半,但由于基数太小,分到每个学校、每个孩子头上只是杯水车薪。

贫困地区的基础教育犹如一块久旱的土地,亟待滋润。

★档案之二:"我要上学!"

这是一组沉甸甸的数字。

——我国有近2亿文盲,全世界每4个文盲中,就有一个是中国人!

——近10年来,我国平均每年有400万名小学生辍学,也就是说,平均每天有1万多名孩子流出学校,加入文盲大军! 其中,因家庭贫困而流失的学生占辍学总数的1/3。

——我国679个贫困县中有195个县、57885万人年均纯收入不足200元,尚未解决温饱问题。这些地方,有许多聪明可爱的孩子因贫困而上不起学。

在贫困地区,适龄儿童失学率远远超出人们的想象。仅1990年一年,全国因家庭贫困而失学的就达109万人。

安徽省金寨县青山区油店乡中心小学原有学生210名,第二学期开学后,有50多人没有返校,流失率达26%。

河南省商城县白塔乡有1006名学生,春节过后,辍学302人,占30%。

在湖北省罗田县落梅河乡,1990年春应到校学生2254人,未到1129人。

……

给孩子每年交四五十元书杂费,一般的家庭算不了什么,但对于贫困家庭来说,却是一项难以承受的负担。穷,是孩子们失学的主要原因。

"民以食为天。"面临吃饭还是读书的选择,家长们只能让孩子辍学。

●镜头A:她第3次下跪:"俺想上学!"

沂蒙山区10多岁的张德玲为了上完小学,已是第3次跪在父亲的面前。

家里穷,母亲又生了两个妹妹,日子就更难过了,父亲无法支付她的学费,无奈她退学了。离开学校那天,张德玲哭得像个泪人,跪在父亲面前泣不成声:"让俺再念一年吧!俺可以边看孩子边念书,俺可以捡碎玻璃卖钱……"

然而,在沂蒙山这片贫穷的土地上,又有多少碎玻璃能供小德玲捡来卖钱呢?她还是辍学了,在学校得的一大堆奖状,全被母亲剪成了妹妹的鞋样。

"等妹妹会跑了,俺还要上学。"泪眼汪汪的张德玲痴痴地说。

巍巍蒙山在呼唤,滔滔沂水在呼唤……

●镜头B:特殊的"家庭联席会"

这是一个大年三十的夜晚,彭守贵老汉家的堂屋里,正燃着一堆劈柴烟火,幽暗的油灯一闪一闪地亮着。全家8口人围坐在火塘旁,谁也不说话,年逾五旬的彭老汉只是"吧嗒吧嗒"地吸着水烟袋。为了给两个上初中的孩子凑学费,他们正在召开一个"家庭联席会"。

彭老汉一家很受乡亲们的尊重,孩子们一个比一个争气,一个比一个聪明,尽管沉重的担子压得老汉的脊背弯了又弯,可每次与别人谈起孩子时,他那苍老的脸上总是绽开一圈圈难以散去的笑容;他的6个孩子,长大成人的3个已先后成家,小四迫于无奈,放弃了可以读高中的机会,小五和小六不知哭了多少次,终于换来了这次"家庭联席会"。两个孩子上学,一开学就要交130元的书杂费,老汉无能为力,三个大儿子各有各的难处。然而,又有什么办法呢?过年的餐桌上,一盆豆腐两斤肉,就算是一年中最为奢侈的一顿饭。

到了深夜,他们终于得出最后结论,老大拿30元,老二也拿30元,老三因为正在上函授大学,当民办教师也没多少线,就减了10元,只拿20元,小四呢?过年后要去给人家当保姆,每月得往家里寄15元,其余的全部由老汉打柴包了。彭老汉计划大年初四就上山。

除夕之夜就这样过去了,然而留下的却是无尽的思愁……

●镜头 C:一个美丽的梦

她是一个11岁的小女孩,乳名叫小凤子,学名叫李凤霞,正读小学4年级。乱蓬蓬的头上结着两个小辫子,下身的裤子破了,一块块地露着小腿儿。她父亲去年得了重病,因无钱治疗,没过多久便离开了人世。半年后,母亲改嫁,留下了他们姐弟三人。就在父亲死的那一天,她离开了学校,从此没再回去,而是跟着奶奶种地,维持着这个家。

小凤子是班里学习成绩最好的学生,小凤子在学校最听话。当天夜里,老师来到了她的家,拉着小凤子的手对她奶奶说:"还是让小凤子去上学吧!家里的活儿可让乡亲们帮助多干点,在学校里,书本费、学杂费,小凤子都不用交了。"老师还没说完,小凤子就扑倒在老师的怀里……

这天夜里,小凤子是哭着睡着的。她做了一个梦,梦见自己背着漂亮的书包,去上学了。这天夜里,奶奶也是哭着睡着的,第二天奶奶的眼角多了几道皱纹。

夜是宁静的,宁静得让人感到那悠悠夜风的清凉;夜是清新的,清新得让人想起那支古老而遥远的曲子;夜是哀怨的,整个山涧为之阵阵抽泣。

●镜头 D:变卖头发的孩子

张胜利哭了,哭得极伤心,泪珠顺着瘦小的脸颊往下淌——他失学了。

失学前,张胜利在给县里一个大官的信中说:"您家里今年打的粮食够吃吗? 我爹他不让我上学,因为家里穷,供不起我上学,可我还想上学,念出书来像您一样做个为国家争光的人!"

这个13岁的孩子所在的村庄,坐落在远离县城的韭菜山上,大山隔绝了人类文明,隔绝了现代生活。几十年来,全村8户人家,靠的是"日出而作,日入而息",辛勤劳作却总是填不饱肚子。他从小没见过高楼大厦,没看过电视,更不知道山外面的世界多精彩,唯一的乐趣是读书。

他的家除了一铺土炕,一块泥垒的锅台和一只缺了口的水缸,再也没有什么像样的家什。年初,常年患病的父亲对他说:"孩子,你念书也是当农民,家里实在供不起你,就别念了吧。"他没有听父亲的话,每天悄悄去上学。一天早晨,父亲见他又拿着书包往外走,就一把夺过书包,扔到灶堂里。张胜利立即从火中抢出书包,哭着说:"爸爸,我要上学,我要上学!"

不久,父亲病故了,母亲也改嫁了,张胜利成了孤儿,他不得不含泪离开了学校。在半年时间里,这所仅有 13 名学生的小学,先后有 11 名学生因家庭贫困而辍学,这些孩子为了上学,有的甚至去卖自己的头发。

★档案之三:两头燃烧的蜡烛

最先承担起扼制贫困地区学生流失的不是别人,正是他们的老师。

人们常把教师比作"蜡烛","燃烧了自己,照亮了别人"。而贫困地区教师这支"蜡烛",则是两头被点燃。

在贫困地区,有的教师顿顿稀饭加泡菜,却源源不断地给学生输送"精神营养"。为了那些贫困而又品学兼优的学生完成学业,许多乡村教师不惜从自己微薄的收入中省出钱来,为学生垫交学杂费。为了学生,他们四处奔走,挨家挨户地劝学,他们用全部的心血,默默地谱写着一曲曲动人的篇章。

去年春季开学时,湖北省罗田县一个乡有许多学生尚未报到。眼看着自己心爱的学生就要成为"牛娃"、"猪倌",教师们的心在滴血,他们再也坐不住了,勇敢地走向那偏僻的山坳、陡峭的山路。

寒风刺骨,雨雪交加。野菊坳中心小学教师赵建成一大早便迎着风雪上路了。今天,他要去离学校 30 里山路的甘家冲,把辍学的学生拉回来。

赵建成徒步 4 个多小时,才来到学生汪杏春的家。当杏春的父亲打开屋门时,呆住了:外衣湿透了的赵建成,帽沿上的水珠已经结成了冰,身子不住地打着哆嗦,喘着粗气说:"……我是来……找杏春的……你让孩子去读书吧……"

汪杏春的父亲喉咙哽住了,眼一红,掉下了泪,好久他才说出话来:"去、去、要去。就是我去讨米也得让孩子上学去。"

从汪杏春家里出来,赵建成又跑了 6 位学生家。天快黑时,他才想起往回走。路上,一不小心从山上摔了下来,结果腰椎摔伤。但是,谁能想到,第二天一大早,他又出现在辍学的学生戴满菊的家门口。去年,他一人就找回 23 名失学学生。

为了追回失学的孩子们,全乡 126 位青年教师,每年都要在陡峭的山路上往返 1 万余里。更令人难以置信的是,近几年来,全乡教师为学生垫付学费、购买学习用品达 4 万余元,几乎占了他们全部收入的一半。请记住他们的名字:

朱冬明,27 岁,月工资 82 元,教书 8 年来总收入 8064 元,为学生花去 5886 元,占 73%,而他那简陋的屋子里,除一台学习用的单卡收录机以外,再没一件像样的东西;

兰洁年,月工资 45 元,除生活费外,积余的 487 元全为学生垫了书费;

张碧云,月工资 42 元,为学生垫交学费 463 元;

余文,21 岁,月工资 64 元,为学生垫交 430 元。

……

一位年近 50 岁的教师哭了,很悲怆。泪一滴一滴地往下流,一滴一滴地浸进旧棉衣里。20 多年了,几多欢乐,几多忧愁,老泪纵横的脸上,刻下了一道道皱纹。

这就是他的家,一个仅有 5 间破屋的家,所有的东西加起来不值 100 元钱。然而,这里却有着 40 多口人,这既是他的家,又是小山村的学校。

老两口在这个学校里已呆了 20 多年了,他们没有自己的亲生孩子,就把这些学生当作自己的娃。孩子们哭时,他俩跟着难过,孩子们笑时,他俩也跟着高兴。每天在这个"家"里,教着这些光着屁股露脚丫的孩子读书。

在河北省涞源县的一个偏远的小山村,教师李恕执教 30 多年,教出了祖孙 3 代人,却穷得连媳妇也娶不起,至今孑然一身。银坊中学教师刘晓岚,49 元的月工资既要养活妻儿,又要给 80 岁的爷爷看病,拉着几千元的债仍为学生垫付学费。家里的自留地两年没打下多少粮食,为了填饱肚子,他常常是熬一锅玉米粥,早上喝了,中午添上水再喝,晚上续上水又喝。有时,中午他躲到树林里看书,下午又饿着肚子继续给学生上课。他说:"只要我在一天,就不能让学生学不到知识,中国有几千年教育史,我怕对不起祖宗。"

多么可敬可爱的教师啊!为了不在这块本来就很贫穷的土地上再播下贫穷的种子,他们作出了最大的奉献、最大的努力。

然而,我们的教师也是人,他们也食人间烟火,也要生活。救助贫困地区失学少年是全社会的责任,这副重担不能全由他们独自挑起。

"希望工程"充满希望

青少年是祖国的未来,是民族的希望。

1989 年 10 月,由共青团中央、全国青联、全国学联、全国少工委共同创办的中国青少年发展基金会,在我国建立了第一个救助贫困地区失学少年基金,他们把这项救助活动命名为"希望工程"。

"希望工程"宗旨:"取之社会,建立基金;用之社会,造福孩子。""希望工程"资助方式:(1)设立助学金,长期资助我国贫困地区品学兼优而又因家庭困难失学的孩子重返校园;(2)为一些贫困乡村新盖、修缮小学校舍;(3)为一些贫困乡村小学购置教具、文具和书籍。

"希望工程"从实施的那一天起,就得到了社会各界的广泛关注和支持。

党和国家领导人、老一辈无产阶级革命家对这项工作深表赞许。邓小平同志欣然挥笔,题写了"希望工程"四个大字,江泽民总书记题词:"支持'希望工程',关心孩子成长"。李鹏总理题词;"希望工程,救助贫困,兴学利民,造福后代。"

"一石激起千层浪。""希望工程"的实施,使希望的火种在 960 万平方公里的土地上熊熊燃烧。社会各界人士、群众团体和单位满怀着对失学孩子的同情和振兴教育的期望,慷慨解囊,伸出了援助之手。

甘肃省康乐县一个 10 岁的小学生做梦也想不到,当母亲为生活所迫,拿不出钱交学费,让他退学时,省委书记顾金池给他送来了一份厚礼——顾伯伯用自己的工资帮他交了 5 年的书本费和学费。省委书记的义举,使"希望工程"在陇原大地上涌起一股爱的热流。省顾委主任李子奇、省长贾志杰等 13 名省级领导都在自己联系的贫困县救助一名失学少年,并表示一包 5 年。

北京市朝阳区三里屯百货商场女工白淑舫倒了 3 次公共汽车,才找到中国青少年发展基金会。她把 1000 元钱交给工作人员,流着泪说道:"这些孩子太可怜了,我宁愿不吃肉、不买化妆品也要帮助这些孩子上学。"

天津蹬三轮车的 80 岁老人白芳礼一听说为"希望工程"捐款,毫不犹豫地拿出 1000 元钱。河北省承德市的屈汕在捐了 200 元之后表示,从今年开始到 2000 年,每年捐 2000 元给"希望工程"。

四川成都蒲江县解放军某部战士刘家,把自己入伍半年来的津贴全部献了出来。而这笔线在他身边放了很久,过去一直舍不得花。

湖南省汨罗市城郊乡城南村农民保迪川家里并不富裕,可他把手里仅有的100元钱献给了"希望工程"。

北京四通公司得知"希望工程"后,一次捐款100万元。云南玉溪卷烟厂捐赠60万元……

"希望工程"也牵动着海外赤子的心。台湾著名艺术家凌峰先生为"希望工程"捐款10万元。他还创立了"希望工程海外爱心基金",不到1年时间,已筹资150万元,为贫困地区援建了4所"希望小学"。1991年10月25日,经文化部批准,凌峰先生首倡的"希望工程"巡回义演活动,在山东济南拉开序幕,到今年底将完成87场义演计划。

国际释迦文化中心主席、香港富进戴投资有限公司董事长郭兆明先生和公司董事总经理顾美华小姐专程赶到北京,向中国青少年发展基金会捐赠10万元港币。

四面八方献出爱心,穷乡僻壤传出琅琅书声。到1992年6月,中国青少年发展发基金会收到海内外捐款总额达人民币1500万元,捐款人次超过300万。基金会已救助4万名失学少年重返校园,还提供助学金使500名品学兼优的中小学毕业生得以继续升学,并拨出171万元专款用于改善贫困乡村的办学条件,新建和改建了17所"希望小学"。去年洪涝灾害之后,为受灾的贫困地区小学购赠了价值26万元的学习用具和教学设备。拨出61万元资助四川、安徽、甘肃、内蒙古等9省区建立了地方"希望工程助学基金"。

河北省涞源县的张胜利笑了,笑得合不拢嘴。1989年10月17日,在他失学一年之后,又返回了学校。

在"资助就读证领发仪式"上,张胜利代表11名失学的学生发言,他又激动得哭了,想了半天才说:"今天,我特别高兴,特别激动,我又可以上学了。以后,我们一定努力学习,星期天不休息也要读书。"

目前,"希望工程"虽已救助了4万名失学少年,但是对于每年全国上百万个少年因家庭贫困而失学的数字来说,不过聊补万一。

"希望工程"仅是刚刚起步,它任重而道远。

让我们携起手来,共筑"希望工程",去迎接美好的明天!

(1992年第2期《时代潮》杂志)

四

头条消息

机电一体化取得重大成果

●"七五"期间机电产品出口额增长 5.6 倍,年平均递增百分之 45.9%

●重点机械产品计算机辅助设计系统应用,与先进国家差距由二十年缩短到五年

●工业机器人从无到有,已独立研究出 6 类 10 种,配套元器件国产化率达90%

当今,电子技术已悄悄地进入办公室、家庭和学校,与人们的日常生活密不可分。然而,在我国经济建设中,更引人注目的是这小小的"基本粒子"在机械行业的应用。"七五"期间,我国机电工业总产值增长近 68%,年平均递增 10.9%;机电产品出口额增长 5.6 倍,年平均递增速度为 45.9%。有关专家认为,机电行业得以迅速发展,一个主要因素是机电一体化发挥了巨大威力。

所谓机电一体化,是指由微电子技术、计算机技术、信息技术与机械技术结合的综合性高技术。庞大的机械设备和产品,一旦与微电子"联姻",可以使大设备变小,粗产品变精。在"七五"科技攻关中,我国把机电一体化作为重点,机电行业广大科技人员以提高机械产品自主开发能力,用高新技术改造机械产品为目标,展开了大规模的机械科技攻关活动。5 年间共取得研究成果 876 项,其中,具有 80 年代国际先进水平的重大成果就占了近 1/5,部分成果的商品化已获得巨大的经济效益。

重点机械产品计算机辅助设计系统的应用,大大缩短产品设计周期,增强产品的市场竞争能力。1985 年以前,我国这一技术尚属空白,比国外落后 20 年。通过"七五"科技攻关,我国这一技术的整体水平达 80 年代国际水平,部分成果处于领先地位,与先进国家的差距由 20 年缩短到 5 年。目前,它已推广到全国

294 个企业,设计新产品 3858 种,设计周期缩短了 1/5 至 1/2,设计成功率高达 90% 以上。同时,也提高了参与国际竞争的能力。杭州汽轮机厂汽轮机国际投标和哈尔滨电站成套所国际水电站投标,都因使用计算机辅助设计系统进行准确、迅速报价而一举中标,为国家直接创汇 1428 万美元。

通过"七五"科技攻关,我国工业过程自动控制系统研究有新突破。有 203 项达到国际 80 年代中期水平,59 项填补国内空白,6 项获国家发明奖,9 项获国家专利,开发新产品 367 个,其中 41% 已形成批量生产,产生直接经济效益 5300 多万元,间接经济效益 3.1 亿元,节约外汇 254 万美元。

通过对柔性(灵活性)制造系统的研究应用,改变了过去只适应生产大批量单一品种产品的局面,可以根据所需的性能、形状、颜色生产出小批量多品种的产品。目前,我国已累计生产 1362 台(套)数控系统,直接经济效益达 1 亿多元,创汇 2000 万美元。"六五"期间我国只能生产 2 坐标数控机床,现在已能独立设计制造 3 至 5 坐标数控机床。

工业机器人是典型的机电一体化产品,在我国原属空白。"七五"期间,国家教委、中国科学院、航空航天部、冶金部、国防科工委、机电部等部委组织 20 多所高校、工厂和研究所的 300 多名中高级科技人员,组成"国家队"进行重点攻关,共获得成果 80 项,独立研制出 6 类 10 种工业机器人。其中,喷漆、点焊、弧焊、搬运、装配、冲压、压铸等 7 种机器人填补了国内空白,达国际 80 年代中期水平。机器人配套的基础元器件国产化率达 90%,非接触式机器人性能系统达到目前国际先进水平。从而打破了国外对我国的技术封锁,实现了独立自主发展机器人的技术目标。

(1991 年 9 月 6 日《人民日报》第一版头条)

国务院环委会现场办公会提出
三五年内根本改变白洋淀污染

　　为了解决白洋淀的污染问题,使这颗"华北明珠"更加光彩夺目,国务院环委会日前召开了白洋淀污染治理现场办公会。国务委员、国务院环委会主任宋健指出,要加快白洋淀污染治理的步伐,在三到五年内从根本上改变白洋淀污染严重的状况,决不把治理白洋淀的问题留给下一代人去完成。

　　宋健和出席现场办公会的国务院24个部委、河北省的负责同志以及有关专家学者,深入到白洋淀地区各排污渠、排污口和污水库了解情况,仔细察看了白洋淀各个水域不同水样的水质状况,听取了白洋淀污染综合治理方案的汇报。宋健说,党中央、国务院十分重视和关心白洋淀污染问题,早在1972年周恩来总理就过问并确定了"缓洪滞沥、蓄水灌溉、渔苇生产、综合利用"的16字方针。邓小平、李先念以及邹家华同志也就白洋淀的情况反映作过批示。这次,李鹏总理还批示落实了白洋淀治理资金。由国家、河北省和保定市筹集的白洋淀污染治理总投资达1.3亿元。

　　白洋淀是我国华北地区唯一的天然大湖,对调节局部地区气候,改善华北生态环境,缓解冀中的缺水状况,发展生产,繁荣经济都有重要作用。将来南水北调工程无论是引黄河水还是引长江水这里都是必经之路。宋健说,白洋淀不仅仅是保定人民、华北人民的,它也是全国人民的。白洋淀有着得天独厚的渔苇和旅游资源,可是如果污染持续发展下去,不仅会影响淀区流域的经济发展和人民生活,而且还会使"华北明珠"失去往日的魅力,我们决不能让白洋淀消失,没有水补水,没有水调水。这不仅对当前经济建设,而且对子孙后代都有重要意义。

　　宋健说,要治理白洋淀的污染,必须坚决贯彻环境保护的方针政策,对逾期完不成治理任务的企业,就要坚决实行关停并转,即使困难再大,也要这样办。

白洋淀地区今后一律不准再增加排污严重的企业。对资源能源消耗高、污染严重和效益差的企业,一律不得批准建设。不准通过扩建项目增加污水排放量,要做到增产不增污,增产要减污。新建项目都要按照国家规定,先评价后建设,严格执行"三同时",不达到排放标准的不准投产使用。要把白洋淀的污染治理摆到实现我国经济社会发展第二步战略目标的高度来对待。

据介绍,为缓解白洋淀的污染问题,河北省政府建成了 53 项治理工程,并筹集了 3000 多万元资金,建成了一批限期完成治理项目。保定市两个污染大户已开始进行停、转产前的前期准备工作。在这次现场办公会上,环委会委员们就河北省政府制定的白洋淀综合治理方案进行了认真的讨论,提出了一些意见和建议,并就落实和使用好资金等问题统一了认识,以便尽快使综合治理方案付诸实施。

(1992 年 8 月 24 日《人民日报》第三版头条)

解振华在国务院新闻办举行的记者招待会上说
确保环境与经济协调发展

国务院新闻办今天邀请国家环保总局局长解振华在京举行记者招待会。解振华在回答中外记者提问时说,我国政府比以往任何时候都重视环保工作,各级政府和有关部门正在贯彻可持续发展战略,抓紧落实各项规划措施,以确保环境与经济协调发展。

解振华说,我国对环保工作的投入呈逐年增长态势。环保投入占 GDP 的比重,"七五"期间为 0.73%,"八五"期间为 0.83%,去年接近 1%,在发展中国家是最高的。与此同时,全国初步形成了各级党、政主要领导亲自抓、负总责,环保部门组织实施,有关部门紧密配合,人大、政协监督,全民参与的机制。

在谈到首都的环境保护时,解振华介绍说,1998 年国务院把北京市的大气污染治理列为全国环境保护工作重点,国家环保总局和北京市共同编制了《北京市环境污染防治目标和对策(纲要)》,到 2000 年环保总投资为 460 亿元,目前已投入 100 多亿元。从去年 11 月开始,北京市政府采取了包括控制煤烟污染和汽车尾气、减少降尘等在内的 46 项措施,取得了明显成效。监测结果表明,今年 4 月北京市的二氧化硫浓度为 34 微克/立方米,较去年同期的 50 微克/立方米下降了 32 个百分点;氮氧化物也出现近 10 年来上升速度减缓的趋势。只要不懈努力,北京一定会重现碧水蓝天。

"33211"工程(即三河、三湖、两控区和北京、渤海治理工程)是我国"九五"期间的重点治理工程。解振华说,截至今年 5 月 1 日,淮河、太湖和滇池已先后完成了第一阶段的治理任务,重点排污单位基本实现了达标排放,目前的重点是巩固成果,治理农业面源污染和城镇生活污水。巢湖的治理工作正在紧锣密鼓地进行,今年底要实现工业和集约化养殖废水达标排放。国务院已批复了《海河流域水污染防治规划》和《辽河流域水污染防治"九五"计划及 2010 年规划》,目前正在抓紧实施。

水土流失已成为我国的头号生态环境问题。解振华在回答有关提问时说,国务院已于今年 1 月讨论通过了《全国生态建设规划》,制定了生态建设的奋斗目标、总体布局和政策措施。近期目标是,到 2010 年坚决控制住人为因素产生新的水土流失,努力遏制荒漠化的发展。生态环境特别恶劣的黄河、长江上中游水土流失重点地区以及严重荒漠化地区的治理初见成效。

解振华说,今后我国环保工作的重点是"一控双达标"和重点城市、区域、流域、海域污染防治。在"一控双达标"方面,去年全国二氧化硫、烟尘和化学耗氧量排放总量分别为 2087 万吨、1335 万吨和 1503 万吨,低于"九五"计划提出的控制目标。全国工业废气排放达标率为 66%,工业废水排放达标率为 65%。厦门、南宁、宁波等 13 个城市已实现环境空气质量功能区达标,深圳、珠海等 18 个城市实现水环境质量功能区达标,大连、桂林、海口等 7 个城市实现了"双达标"。

解振华还就环保模范城建设、三峡库区生态保护等问题回答了记者的提问。

国务院新闻办主任赵启正主持今天的记者招待会,国家环保总局副局长王玉庆出席招待会。

(1999 年 6 月 16 日《人民日报》第五版头条)

《一九九八年中国环境状况公报》表明
我国环境形势依然严峻

国家环保总局今天发布的《1998 年中国环境状况公报》表明,我国面临的环境形势依然严峻,相当多地区环境污染状况仍然没有得到改变,有的甚至还在加剧。一些地区水土流失、荒漠化、森林和草地功能衰退等生态问题比较突出。

公报指出,1998 年我国政府在环境保护方面做出了很大努力,污染物排放总量控制、工业污染源达标排放和城市环境综合整治取得进展,环境保护投资显著增加。国务院发布了《全国生态环境建设规划》,启动了天然林保护工程,生态建设和保护得到重视和加强。

我国水环境面临的三个严重问题是水体污染、水资源短缺和洪涝灾害。去年废水排放总量有所减少,但水体仍处于较高的污染水平。在广大农村地区,不合理地使用化肥、农药等农用化学物质对地表水的影响日趋严重。我国主要流域(水系)的断面监测结果表明,与 1997 年相比,长江、淮河和珠江水质有所好转,黄河、海河、松花江水质变化不大,辽河水质则有所恶化。近岸海域水体有一半为三类和超三类标准的海水,环境质量总体上未见好转。

我国的大气环境污染仍然以煤烟型为主,主要污染物是二氧化硫和烟尘。去年全国二氧化硫、烟尘和工业粉尘的排放量分别比上年降低了 7.8%、7.7% 和 12.2%。其中,生活来源的二氧化硫排放量比上年提高 0.6%,生活烟尘排放量比上年降低 10.1%,生活来源的污染物占总量的比重在增加。酸雨问题依然严重,以煤烟型为主的大气污染导致酸雨的覆盖面积约占国土面积的 30%,呈明显的区域性特征。工业固体废物的排放和堆存,占用了大量土地,并且对地下水及水源地造成威胁。

在城市环境方面,城市环境质量仍不容乐观。城市化进程加快、城市人口密

集、机动车数量增加等都给城市环境带来巨大压力。我国绝大多数城市河段受
到不同程度的污染,52％的河段污染较重。城市空气质量总体上比 1997 年有所
改善,但仍处于较重的污染水平,北方城市重于南方城市。部分大、中城市出现
煤烟与机动车尾气混合型污染。多数城市的噪声污染处于中等水平。垃圾围城
现象仍较严重,白色污染问题突出。

(1999 年 6 月 16 日《人民日报》第五版)

手术钳丢在患者腹腔　错用药导致病人死亡
丰台医院发生两起重大医疗事故

今天下午,北京市丰台区医院召开"加强行业作风建设,狠抓医疗质量"大会,对一年来发生的"手术钳丢在患者腹腔"、"错用药导致病人死亡"的两起重大医疗差错和事故进行反思。

去年9月29日,患者李瑞红到丰台区医院就诊,被内科诊断为"胃十二指肠溃疡出血",并转入外科先行实行保守治疗。10月12日上午9时20分,外科对李瑞红进行手术,手术以全麻方式,实行胃大部切除术,以主治医师高超英为第一术者,在患者上腹部正中割开长约15厘米的切口,行胃大部切除,经器械护士吉凌清点纱布器械无误后关腹,于上午11时手术完毕。然而,巡回护士王胜利在洗刷器械时,发现缺少一把中弯止血钳,遂通知吉凌和高超英,双方均认为自己已清点准确,故通知放射科携床边摄片机拍腹部平片。拍片显示,腹腔正中剑突下平行遗留长16厘米的止血钳一把。此时,患者仍处于麻醉状态,尚未下手术台,医生遂再次开腹,将止血钳取出。11月18日,医院医疗安全委员会将这一事件定为严重医疗差错,并对负有主要责任者吉凌扣除基本奖60元,对负有一定责任者高超英扣除基本奖30元。

另一起重大事故是发生在今年4月13日,患者霍继红因"腰椎间盘突出,腰椎管狭窄"收入丰台医院骨外科诊治,并预约椎管造影。4月15日上午用30%复方泛影葡胺1毫升行静脉碘过敏试验,呈阴性。4月16日下午,骨科主治医师金兵安排一名低年资医师协助新毕业的医师杨铮对患者进行椎管造影术。杨铮在患者腰椎4至5间隙进针穿刺,缓慢推入76%泛影葡胺12毫升。术后半小时,病人出现双下肢抽搐并伴有头痛,后加重乃至全身抽搐,呼吸功能衰竭,虽经医院积极抢救,终因无效死亡。丰台区医疗事故鉴定委员会认为,患者死亡原因为76%泛影葡胺椎管造影致死,为一级医疗技术事故。北京市医疗事故鉴定委员会今年9月2日的鉴定认为,泛影葡胺禁用于椎管造影,对此病人用泛影葡胺作椎管造影致死,属于错误用药,为一级医疗责任事故。目前,此案已由丰台区检察院立案查处。

在今天举行的丰台区医院职工大会上,医院领导就这两起医疗差错和事故举一反三地进行了反思。

院领导告诉记者,这两起差错事故的发生,也暴露了我们医院管理制度不严,对医务人员执行制度的监督不够等问题,今后一定吸取这两起差错事故的教训,进一步完善有关的规章制度和岗位职责,加强对医务人员的培训和教育,进一步提高医疗水平和质量,杜绝医疗事故的发生。

编 后

令人震惊的医疗事故

过去,我们曾在相声中听过钳子丢在肚子里,发现后再拉开,拿出后再缝上,如此反复,不如在人的肚皮上装条拉链。今天,北京丰台医院发生的事故,把这个笑话变成了现实,令人痛心。

医务工作者的职业是十分崇高的,也是最受人尊敬的。他们救死扶伤,面对着的是患者的健康与生死。机器弄坏了可以再修再造,而人的身体弄残了,难以复原,生命不可能再有第二次。医务工作者的工作必须严肃认真,来不得一丝一毫的马虎。丰台医院发生这两起重大事故,已引起全院震动,错用药致病人死亡一案,检察机关已立案查处。我们报道这两起重大事故,希望能够引起全国医务工作者的高度重视,引以为戒。

(1993年10月18日《人民日报》第三版、获人民日报好新闻一等奖)

本报一篇报道引起北京卫生系统重视

本报10月18日第三版刊登"丰台医院发生两起重大医疗事故"的报道及署名短评后,在北京市卫生系统引起重视。

北京市政府有关领导同志作了批示,北京市卫生局于10月19日专门发出《深入开展自查互查工作的通知》,要求各直属单位、各区县卫生局本着为人民服务,对人民负责的精神,开展医疗服务质量大讨论和自查互查活动。在活动期间,将组织医务人员学习有关加强卫生行业作风建设和提高医疗服务质量的规定,结合本单位实际情况,举一反三,找出工作中的薄弱环节,提出整改措施,解决实际问题。特别要使门诊、急诊工作在近期有明显改观。在各医院自查的基础上,市卫生局将组织二十所医院开展互查,其间,将通过召开患者和医务人员座谈会,发放调查问卷等形式听取意见,并对医疗护理服务到位情况进行实地检查。检查结果将作为评选文明单位的重要依据。《通知》还要求各单位对近几年来发生的医疗纠纷、差错和事故进行一次全面总结,分析原因,逐条提出改进方法并加以落实。发生严重差错和事故后,必须逐级上报,逾期未报告者一经查出,将给予通报批评。

接着,丰台区卫生局于10月20日召开"进一步加强医院管理,提高医疗服务质量"会议。丰台区卫生局长傅宝善在会上作了《加强医疗管理提高医疗质量》的报告。

他说,看了《人民日报》的报道后,认为丰台医院的问题的出现不是偶然的。舆论界用重锤击了我们一下,这会促进我们的工作,对我们的教育也是深刻的,我们要引以为戒,举一反三。新闻单位的报道给我们的启发,一是反映发生在丰台医院的问题不是孤立的,值得全系统重视;二是在操作规程上要一丝不苟;三是要牢牢记住我们从事的行业是特殊的行业,从实践中建立起来的规章制度一定要认真执行。要变压力为动力,变坏事为好事,并以此为契机,在全系统开展"进一步提高医疗质量,确保医疗安全"大讨论,切实增强质量意识,加强医德医风建设,力争在年内初见成效。北京市卫生局,丰台区委、区政府等单位的负责同志也在会上讲了话。

10月22日,北京市卫生局还给本报送来了感谢信。

编　后

人命关天　马虎不得

本报10月18日第三版发表了《丰台医院发生两起重大医疗事故》的报道后,引起北京市卫生系统的重视。市卫生局发出了《深入开展自查互查工作的通知》、丰台区卫生局召开进一步加强医疗作风建设的会议,提出卫生系统要引以为戒,加强医德医风的建设,树立全心全意为人民服务的精神。这种态度是值得欢迎的。

毋庸置疑,我国医疗战线上的医务工作者,绝大多数是严肃认真、一丝不苟地为患者服务的,但是,也有极少数的医务工作者对工作马马虎虎,不负责任,以致造成重大医疗事故,给患者和患者家属带来极大的痛苦和难以弥补的损失。只有严肃地对待医疗事故,认真吸取教训,切切实实完善规章制度和岗位职责,加强对医务人员的培训和教育,才能杜绝类似事故的发生。

(1993年10月24日《人民日报》第三版、获人民日报好新闻一等奖)

丰台区医院接受新闻媒介批评
认真作出落实近期各项整改措施的决定

本报 10 月 18 日第三版发表了"手术钳丢在患者腹腔,错用药导致病人死亡,丰台医院发生两起重大医疗事故"的报道后,在全国引起了强烈反响。

丰台区医院当日立即将报道复印件分发全院各科室,并于当天下午组织各科室认真学习。医院党委连夜召开紧急会议,一致认为《人民日报》的报道是客观的、实事求是的,是对医院工作的有力鞭策与督促,是一剂有益的清醒剂。为尽快提高医疗服务质量,保证医疗安全,就要借新闻曝光这股动力,力争在近期内使丰台医院各方面有一个较大的改观。丰台区卫生局及丰台区医院两级党委为教育职工,从严治院,于 10 月 27 日提出近期整改措施。

一是引导广大职工正确对待新闻界的批评,变压力为动力,扎扎实实把各项工作搞上去。二是全院各科室开展医疗质量及安全大讨论,逐一落实以前提出的各项整改措施,确保医疗安全,杜绝差错、事故的发生。三是医务科、护理部重点抓好急诊科、门诊部、手术室、监护室、抢救室的工作,组织各级各类人员重新学习岗位职责和各项规章制度;对于不合格的医务人员,坚决调离岗位,下岗培训,经严格考核后才允许上岗。四是重点落实首诊医疗负责制、各种查对制度、交接班制度、重大手术及抢救的逐级请示汇报制度。五是在对近两年来发生的医疗纠纷、差错、事故进行分析总结的基础上,结合市、区卫生局最近的通知决定精神,进一步开展自查互查活动,做到问题不查清楚不放过,当事人没有接受教训不放过,改进措施不落实不放过。六是全院各级各类人员年内分期、分批离岗培训,经培训后由医院专家委员会进行严格考核,合格者方可上岗,不合格者坚决调离原岗位或限期调离医院。七是经过认真严格整改,要求各科室在年内抓出成效,使全院各项工作有个明显改观。

丰台区卫生局和丰台区医院对两起严重医疗差错、事故重新进行了处理:一是为教育职工,丰台区卫生局及医院两级党委经过认真讨论,决定从次月开始,扣罚院长及临床业务副院长每人半年奖金。二是对于"胃切除术中遗留止血钳"一例严重差错,除分别扣除主要责任人器械护士吉凌同志及次要责任人主治医师高超英同志1—2个月奖金,写出检查全院通报外(以前已执行),两位同志从决定之日起,结合近期新闻媒介的批评报道,进一步作出检查,并下岗培训,经培训考核合格后再上岗。

编 后

牢记血的教训

本报就北京市丰台区医院两起医疗差错、责任事故作连续报道,目的是为了引起医疗卫生界的普遍注意,从中引出教训,以利于改进医疗作风,提高医疗质量。第一次报道见报当天就接到读者电话,反映沈阳妇婴医院发生几十个婴儿感染、造成十多个婴儿死亡的事件。现在,丰台区医院采取了严格的整改措施,沈阳妇婴医院的事故也已初步查清。

血的教训再次告诉人们:高尚的医德医风首先表现在对患者的高度负责,工作懈怠、不负责任,有章不循必然酿成差错和事故,给患者造成不幸,自己也受到惩罚。

现在我们各级医院在药品、仪器、器械的装备上普遍都比以前有了改善,但这些医疗手段只有通过人的使用才能发挥它们的效用。丰台区医院和沈阳市妇婴医院的事故提醒我们,在抓紧改进技术装备的同时更要抓紧医护队伍的建设,不断提高医护人员的思想道德修养和业务水平。

(1993年11月10日《人民日报》第四版、获人民日报好新闻一等奖)

国务院批转国家教委等部门意见
着力解决城市中小学教职工住房困难
"八五"期间争取达到人均七点五平方米

国务院日前批转了国家教委、建设部、全国教育工会《关于"八五"期间解决城市中小学教职工住房问题的意见》,要求各地进一步加快解决城市中小学教职工住房问题的步伐,"八五"期间争取达到人均 7.5 平方米。

1982 年,教育部、建设部、全国教育工会曾在长沙市召开了全国改善城市中小学教职工住房条件经验交流会,促进了城市中小学教职工住房问题的解决。10 年来,全国各地充分调动政府、集体和个人的积极性,累计投资近 50 亿元,为城市中小学教职工建设住房 2111 万平方米,有 40 万户中小学教职工家庭乔迁新居,约有相等户数的教职工家庭扩大了住房面积,改善了居住条件。教职工家庭人均居住面积已由 1981 年末的 3.8 平方米,提高到 6.12 平方米。

但是,由于历史上欠账太多,城市中小学教职工住房问题至今仍未得到根本解决。据统计,1990 年底,全国城市中小学教职工缺房户还有 37 万余户,其中无房户 16 万余户,困难户 20 余万户,分别占总户数的 27.58%、12.09% 和 15.49%。此外,还有等房结婚的大龄青年教职工 6 万余人。教职工家庭人均居住面积低于全国城镇居民约 1 平方米。

《意见》首先明确了"八五"期间要达到的目标:除部分经济困难的省、自治区及少数内地条件较差的城市外,其他城市都要争取达到人均居住面积 7.5 平方米及成套率 40%—50% 的国家目标,并重点解决好无房户及人均居住房面积在 3—4 平方米以下困难户的问题。

要实现这一目标,还需建房 2100 万平方米。为此,《意见》提出了以下要求:各级政府要本着积极的态度制定住房建设长期规划和年度计划,并要将此项规划作为城市总体规划的重要组成部分,统筹安排,组织实施。要贯彻住房制度改革的精神,坚持国家、集体、个人三者共同负担的原则,多方集资,解决住房经费短缺问题。同时,为建设教职工住房提供优惠政策。

(1992 年 10 月 30 日《人民日报》第四版头条)

国务院学位办重申
坚决制止学位授权审核中的不正之风

　　国务院学位委员会办公室日前发出通知,要求坚决制止学位授权审核工作中的不正之风。

　　国务院学位委员会办公室曾于 1993 年 7 月发出《关于在学位授权审核工作中严肃纪律、杜绝不正之风的通知》,强调了学位授权审核工作纪律,并对纠正和杜绝不正之风制定了相应的措施。几年来,绝大多数学科评议组成员对学位授权审核中的不正之风能坚决反对和抵制,保持了学科评议组实事求是、廉洁奉公、公正合理、不徇私情的好作风。但是,近一段时间以来,特别是随着 1997 年学位授权审核工作的临近,一些不正之风又有重新抬头的趋势。为此,国务院学位委员会办公室要求各主管部门和有关单位加强宣传教育,正确引导,并重申以下规定:各单位要严格执行国务院学位委员会关于学位授权审核工作的规定,按有关文件和申报程序组织正常的申报工作,不得成立旨在组织学位授权申报的各类专门机构;不得组织各种形式的所谓申报博士、硕士学位授权单位或博士、硕士点的"预审"和"论证"活动;不得以介绍学位申报情况为名,拜访学科评议组成员,采取不正当手段进行"公关"活动,干扰学科评议组成员的正常工作和生活。以上问题一旦发现,将取消其学位授权申报资格,予以通报并通过新闻媒体予以曝光,情节严重的,将进一步追究有关人员的责任,按有关规定进行严肃处理。国务院学位委员会学科评议组成员应认真履行其职责,拒绝参加各单位组织的各类学位授权申报的"预审"和"论证"活动;不得收受各种礼金(含咨询费、评审费、论证费等)和礼品,一时无法拒绝的,应进行登记申报,并上缴所在单位行政或纪检部门,并由其将具体情况报送国务院学位办调查处理;受礼不报者,一经发现,将报请国务院学位委员会撤销其学科评议组成员资格,严重者要依照有关规定进行严肃处理。

（1997 年 5 月 6 日《人民日报》第五版）

中宣部国家教委北京市委举行报告会

四名模范教师事迹撼动人心,他们是:黄静华、胡志珍、戴俊秀、孙建设

今天上午,四名普通的人民教师登上北京人民大会堂的讲台,在中宣部、国家教委和北京市委举行的模范教师事迹报告会上,用朴素的语言,向首都6000名大中小学师生、机关干部讲述他们在平凡的教育岗位上不平凡的事迹。

上海市尚文中学女教师黄静华,以《爱的心泉》报告打动着人们的心。她在25年班主任岗位上,以强烈的责任感理解、尊重、关心、教育每一个学生,使许许多多的后进生逐渐转变,德、智、体等全面得到发展。她谈到自己的体会时说:"一名教师只要有真诚的爱,孩子们都会健康成长。"

当了21年民办教师的安徽广德县牌坊村小学女教师胡志珍,为了让山村的孩子都上学、长知识,改变山村的贫困面貌,二十年如一日,艰苦创业,爱校爱生,使全村近300户人家无一个孩子失学或辍学,许多学生成为促进本地经济发展的有用人才。她在报告中说:"当一名教师是我的人生选择,即使一辈子清贫,我也无怨无悔。"

戴俊秀,一位为教育事业倾注了全部心血和热忱,最后病逝在工作岗位上的回民女教师。她去世后,河北省青县4000多名群众自发地按回族风俗为她举行了隆重的葬礼,以此表达怀念之情。青县回民中学教师马凤英深情的回忆,令出席报告会的人们为之动容。

河北农业大学副教授孙建设走上讲台,讲述17年来这所大学的几代教师,走向农村,探索出一条教学、科研与生产实践相结合,知识分子与工农相结合,振兴贫困山区经济的"太行山道路"的艰难历程。这个先进教师集体的事迹目前已在全国高等院校中引起热烈反响。

　　国家教委主任朱开轩在报告会上说,模范教师的事迹感人至深,他们的精神体现了时代精神,广大教育工作者要很好地向他们学习。全国1000多万名教师作为社会主义思想道德的建设者和科学文化知识的传播者,是社会主义精神文明建设的一支重要力量。广大教育工作者要自觉提高自身的思想政治业务素质和职业道德水平,勤奋努力,扎实工作,不负时代的要求。

　　　　　　　　　　　(1996年12月12日《人民日报》第五版头条)

国家教委强调减轻小学生负担
坚决禁止给学校下达升学指标

　　前不久,张家口市3位小学生的家长给李铁映同志写信,反映了小学生课业负担过重的问题,引起了李铁映同志的高度重视。20日上午,国家教委副主任柳斌受李铁映同志的委托,专门就此事向新闻界发表谈话,以期引起教育界、社会各界的讨论,共同研究解决这一问题。

　　柳斌指出,有些地方的小学校为应付考试、升学,考什么、教什么,搞题海战术,频繁考试,加班加点,甚至假期也集中学生到校补课。有些孩子回到家里还要完成家长安排的额外作业。致使许多学生睡眠不足,没有自由活动的时间,被压得喘不过气来。这种状况违背了教育的规律,违背了义务教育的宗旨,严重影响学生在德、智、体、美、劳诸方面的发展。

　　柳斌说,要坚决禁止地方党政部门和教育行政部门给学校下达升学指标,绝不允许以考分或升学率的高低给学校或教师排名次,并以此为依据进行奖惩。这一点应作为一条行政纪律,今后有违反者,均应以违纪行为追究责任。

　　柳斌还指出,至今,在一些已经普及了初中教育的地方,仍实行以分数为依据进行择优录取的招生考试制度。这种制度对小学教育起着负导向作用,它使小学教育一切围着升学转,升学考什么,就教什么,造成偏科教学,猜题押题,题海战术,成了应试模式的教育,完全违背了义务教育提高民族素质的宗旨。为了解决这个问题,自1985年以来,国家教委就逐步地推行了在已经普及了初中教育的地方,取消重点初中,取消初中招生统一考试,凡准予毕业的小学毕业生,实行划片就近升入初中的办法。"八五"期间,全国所有实行9年义务教育的地方,都要实行这项初中招生考试制度的改革。

　　柳斌说,1988年,国家教委颁布了《关于减轻小学生课业负担过重问题的若干规定》,这个规定各地必须坚决执行。各地不得组织、编写、使用各种形式的习题集、练习册等等。不允许有的发行部门把此类东西作为教材搭配物强行让学校和学生购买。各级教育行政部门和学校要坚持控制考试科目、次数,进行教改实验,需要超出教学大纲要求的,应经省级教育行政部门批准。各级党委、政府主管教育的同志,要亲自过问减轻小学生过重课业负担的问题。

(1992 年 2 月 22 日《人民日报》第三版头条)

国家教委财政部联合发出通知
对高校生活特困生进行资助

国家教委、财政部近日联合发出通知,要求各高等学校对生活特别困难学生进行资助。

据有关部门调查了解,当前许多高等学校都程度不同地有一些生活特别困难的学生,他们大部分来自农村和边远贫困地区,家庭经济困难。随着粮油等价格的放开和物价上涨,他们的学习和生活更加困难。为此,《通知》要求各高校要把解决"特困生"问题作为一项重要的日常工作抓细抓好,使他们能集中精力完成学习任务,不因经济问题而影响学业。

各高校的困难补助经费,必须首先集中用于补助生活特别困难的学生。对"特困生"的困难补助的标准可参照学校所在地所需的最基本的学习、生活费用标准,由学校研究决定。

为了解决民族院校来自边远少数民族地区学生的生活困难问题,从 1993 年 9 月 1 日起,将现行专业奖学金中的民族专业奖学金标准提高,其他专业的专业奖学金标准不变。

在现有贷款总数内,各高校应首先考虑"特困生"的贷款需要,并可适当提高贷款额度,集中使用,切实保证"特困生"能够获得贷款。

要组织好学生特别是"特困生"参加勤工助学活动,使他们在参加劳动的同时取得一些收入,以补充学习和生活上的费用。对生活特别困难的学生,各高校可根据困难的程度减免其学杂费。

《通知》强调,各高校要经常关心各类学生的学习、生活情况,同时要教育广大学生在生活上不搞攀比,勤俭节约,艰苦奋斗。各高校要真正把国家的有关政策掌握好,体现党和政府对广大学生的关心和爱护。

(1993 年 8 月 9 日《人民日报》第三版头条)

保证教育质量和正常教学秩序
今年高校招生规模要严格控制
国家教委对委培生自费生录取分数线提出要求

国家教委近日发出通知,加强今年普通高校招生规模的宏观调控。

目前大多数普通高校的经费、基建投入相当困难,各地、各部门要加强宏观调控力度,采取切实的措施,妥善调整招生计划,保证国家宏观管理目标的实现。对国家教委已经亮了"黄"牌的学校,对招生计划安排偏多、办学条件很差、教育质量和正常教学秩序难以保证的学校,应实事求是地减少其招生计划。对国家教委亮了"红"牌的学校,要坚持停招。

国家教委规定,凡是未经省级教育主管部门统筹规划,并报经国家教委批准,自行决定举办的校外班,今年均不能招生。未经国家教委批准建立的高校均不得安排招生计划,已经安排的应当撤销。中央部属高校接受地方委托招生,按规定应报经主管部门同意,并列入中央部属高校的招生计划。今年部分地区给当地中央部门所属高校增加的招生计划,凡未商得主管部门同意的,不能安排招生。

国家教委强调,普通高校招生录取工作要严格执行国家规定的政策、程序和标准,不得自行决定大幅度降分。

国家教委日前重申,今年普通高等学校招生录取工作要严格控制委培生、自费生录取分数线,擅自招收的学生将不能取得学籍。

国家教委近日重申,要按照有关规定,根据招生部门4月30日前接收的,并于考生填报志愿前公布的招生计划进行录取;录取委培生、自费生的控制分数线不低于同批国家任务控制分数线20分;录取工作由各省招生委员会统一组织,学校录取的名单要经过省招生委员会审批。录取中如果有充分理由要对上述规定做变通处理时，必须经过国家教委批准。如果不按照这些要求，擅自招收的学生将不能取得学籍。

（1993 年 8 月 13 日《人民日报》第一版）

国家教委召开电视会议要求
尽快解决基础教育的突出问题
●经费短缺●拖欠工资●胡乱收费●学生辍学

今天下午,国家教委召开电视会议,要求尽快解决当前基础教育面临的教育经费短缺、拖欠教师工资、乱收费、初中生辍学较多等突出问题。国家教委主任朱开轩、副主任柳斌分别在会上讲了话。

国家教委领导同志在讲话中指出,我国基础教育工作取得了很大成绩,得到了社会各界和广大人民群众的支持和认同,总的形势是好的。但目前遇到了一些较为突出的困难和问题,必须引起高度重视。国家教委领导在谈到教育经费紧缺时强调,各地要转换机制,继续坚持多渠道筹措教育经费。各级政府和财政要确保教育经费的"两个增长",增加投入。同时,要开辟新的渠道,用足用好中央已经给的筹措教育经费的政策。

国家教委领导同志还指出,目前,一部分地区拖欠教师工资,已经严重影响到他们的生活和工作,影响到整个基础教育事业的发展,引起国家教委和社会各界的极大关注。最近,一些省、市、自治区党委和政府,已经或正在采取重大政策和措施,在教师节前后妥善解决好拖欠教师工资问题。国家教委希望全国各地都能够和他们一样,认真研究,切实解决这一突出问题。

国家教委领导同志指出,中小学绝不能用乱收费的办法转嫁办学经费困难,绝不能用乱收费的办法提高教职工的福利待遇。各地教育行政部门和学校要认真贯彻国家教委和有关部门做出的一系列规定,加强对中小学的收费管理,坚决纠正乱收费。

国家教委领导同志说,今春开学后,初中学生辍学率呈上升趋势。解决这一问题要进一步宣传贯彻《义务教育法》,建立健全依法推进义务教育实施的机制,要严禁使用童工。今年秋季开学后,各地要认真过细地做好工作,把流失生降到最低限度。

国家教委领导同志强调指出,当前经济调整中,基础教育从指导思想到实际工作都不能"滑坡",要防止出现事业发展大起大落现象。各地教育行政部门和广大教育工作者要统一认识,增强信心,振奋精神,继续前进,为到本世纪末基本普及九年义务教育作出不懈的努力。

（1993 年 8 月 25 日《人民日报》第三版头条）

国家教委发出通知
坚决纠正中小学乱收费

　　国家教委近日发出《关于坚决纠正中小学乱收费的通知》,要求各地教育行政部门在今年新学期开学前后,认真做好清理整顿中小学收费工作。

　　《通知》重申了中小学收费管理权限。小学和初中属义务教育,应严格按照《义务教育法》的规定,只收取杂费,不准收学费。高级中等学校可收学费和杂费。根据实际情况确需收取其他项目的费用,必须由省、自治区、直辖市教育行政部门会商财政、物价部门提出意见,报省、自治区、直辖市人民政府审议批准后方可执行。经批准立项的收费,其收费标准,须由县以上人民政府根据当地人民群众收入水平审议批准。中小学校收取费用的管理和使用,应按县一级教育行政部门会同当地财政部门做出的规定执行。学费和杂费收入,应用于补充学校的公用经费、改善办学条件,不得用于发放教职工的补贴、奖金。严禁利用录取新生的权力乱收费,不得把捐资助学同录取新生挂钩。

　　《通知》要求,今年新学期开学前后,各地教育行政部门要立即严格按照有关规定,认真开展一次清理整顿工作。凡属未按规定的权限设立的中小学(包括班级)收费项目和标准一律停止执行。对于代收费用(除按教学大纲规定的教材及课本费,住宿生的住宿费及搭伙生的搭伙费外)须按照先停止再清理的原则,统一清理上报,按立项报批的程序办理后方可执行。新学期中小学校一律按清理后批准和规定的项目标准执行。坚决堵住向学校强行搭配销售练习册、复习资料和其他产品的渠道,各级教育行政部门和教育研究、出版单位,要严于律己,带头不编写、不印刷、不推销练习册、复习资料和其他产品。

　　《通知》最后强调,凡继续违反规定乱收费,应严肃处理。各级教育行政部门及其监察、督导机构,要把制止中小学乱收费作为本职工作的一项重要内容,认真进行检查、清理。对违反规定的,轻者批评教育,情节严重的给予纪律处分,直至撤销领导职务。触犯刑律的,依法追究刑事责任。

（1993 年 8 月 28 日《人民日报》第三版）

国家教委专题研究基础教育工作
积极推进应试教育转向素质教育

●义务教育要以政府投入为主●择校生高收费必须坚决制止
●免试就近升入初中必须坚持●对民办中小学应该正确引导

国家教委日前召开专题会议,研究当前基础教育面临的形势和任务。会议认为,必须充分肯定新中国成立以来特别是近十几年来基础教育事业取得的巨大成绩,坚持国家既定的改革与发展基础教育的大政方针,统一认识,继续坚定不移地推动基础教育由应试教育转向素质教育。

与会同志在充分肯定改革开放十多年来特别是"八五"期间我国基础教育取得巨大成绩的同时,分析了基础教育工作面临的突出问题和困难,认为主要有4点:教育经费短缺同事业发展的矛盾依然突出;中小学教师待遇偏低的状况没有得到彻底解决;应试教育的影响还普遍存在,学生负担仍然过重;中小学乱收费特别是择校生高收费问题还没有得到根本治理,社会反应强烈,群众意见较多。

与会同志指出,当前在基础教育改革与发展的思路与实践方面都出现了一些值得注意的倾向,如不及时加以引导,将影响基础教育沿着正确方向继续发展。

——基础教育特别是义务教育是政府行为,要坚持以政府投入为主,依法多渠道筹措教育经费。这是党中央和国务院确定的,也是《义务教育法》等法规规定的,因此,既不能把义务教育推向市场,也不能把实施义务教育的责任完全推给社会。"穷国办大教育"的正确思路应是按《中国教育改革和发展纲要》办事,按《教育法》、《义务教育法》等法律法规办事。

——关于中小学乱收费特别是择校生高收费问题,与会同志谈到,人民群众随着物质生活水平的提高,对文化教育的需求日益迫切,要求越来越高,这是很正常的,要积极采取措施,提出合理思路,并加以正确引导。特别是加强薄弱学校建设,当前要作为一项紧迫任务来抓。但是,中小学乱收费,尤其是发生在大中城市的择校生高收费,不符合广大群众的根本利益,不利于基础教育的健康发展和青少年的成长。如果任其发展下去,后果是十分严重的,必须坚决采取有效措施予以制止。

——小学毕业生免试就近升入初中改革方向必须坚持。这是减轻小学生过重课业负担,促进小学生生动活泼地全面发展的重要措施。根据各地的实际,允许在改革中"一步到位"或"分步到位"。

——对民办中小学必须正确引导。一些公办学校以"民办"为名办"校中校"、"校内班",且收高额学费,要立即予以纠正,不允许搞一校两制。当前正值中小学暑期招生的关键时刻,希望各级党委和政府要从讲政治、讲原则、讲大局的高度,认真贯彻中央四部委有关文件精神,做到认识到位、措施到位,务必使治理中小学乱收费工作取得阶段性成果,三个直辖市和省会城市应率先达到治理目标。

会议认为,各级教育部门的领导要深入基层,调查研究,要加强学习,把认识统一到中央确定的方针政策上来,研究新情况,解决新问题。要加强正确的舆论导向,全面准确地宣传党中央、国务院关于基础教育工作的一系列方针政策,继续争取全社会和广大人民群众对教育工作的理解和支持,推动教育工作更好地为社会主义现代化建设事业服务。

(1996 年 7 月 22 日《人民日报》第五版头条)

国家教委严格审查把关
今年中小学活动仅限 17 项

　　国家教委近日公布了 1997 年度经批准的 17 项面向中小学生的全国性竞赛活动项目。

　　这些项目是：全国初中物理知识竞赛、第七届"希望杯"全国数学邀请赛、全国中学生外语能力竞赛、全国中学生"学作文"竞赛、第四届全国中学生作文竞赛、全国规范汉字书写竞赛、全国第六届"华罗庚金杯"少年数学邀请赛、第四届全国青少年生物百项活动评选、全国青少年航空模型比赛、全国青少年车辆模型比赛、全国青少年航海模型竞赛、全国青少年无线电测向竞赛、全国中学生"五爱"电视演讲大赛、全国中小学生《香港·1997》(电影)知识竞赛、全国少年儿童第二届美术书法比赛、首届全国中小学生电脑绘画设计竞赛、第四届"曙光杯"全国少年儿童书法绘画竞赛。

　　国家教委向教育战线重申，面向中小学生的竞赛活动要严格遵守四个原则，一是减轻学生和家长的经济负担，加强对各项竞赛收费情况的监督，对于在竞赛中乱收费的单位要从严查处；二是竞赛不得以营利为目的，社会赞助结余应用于教育事业，不得归主办单位所有；三是为了提高竞赛质量，对竞赛主办单位进行资格审查；四是各竞赛单位严格执行申报和总结汇报制度，对于无申报材料或竞赛后无总结材料的竞赛活动，今后国家教委将不予审批。

　　据悉，为在全国推进学校的素质教育，促进中小学生德、智、体等方面全面发展，从 1998 年起，国家教委将逐步压缩全国中小学学科类竞赛数量，有的竞赛拟改为隔年进行。

(1997 年 2 月 20 日《人民日报》第五版)

国家教委制订规划
加强中小学教师队伍建设

　　为了建设一支与我国教育事业发展相适应的教师队伍,最近,国家教委颁发了《关于"九五"期间加强中小学教师队伍建设的意见》。

　　《意见》提出"九五"期间中小学教师队伍建设的具体工作目标是:一、教师队伍管理的法制建设进一步加强。二、教师队伍的总量需求得到满足,人员效益进一步提高。到2000年,全国中小学教师应达到988万人,小学、初中、高中师生比大体分别达到1:22.38、1:16.67、1:15.24。三、教师队伍的素质有较大幅度提高。到2000年,全国小学、初中教师学历合格率应分别达到95%、80%以上;高中教师学历合格率争取达到70%左右;45岁以下的中小学教师全部达到《教师法》规定的合格学历标准。四、教师队伍的职务结构得到明显改善。到2000年,全国中小学具有中级职务和高级职务教师的比例应分别达到34%和4.5%左右。其中,小学教师中具有中级和高级职务的比例应分别达到31%和1.5%左右;初中的比例应分别达到36%和6.5%左右;高中的比例应分别达到43%和22%左右。大城市、中心城市经济发达且教育水平较高的地区,中高级教师的比例应高于平均水平。五、青年骨干教师的培养工作得到进一步加强。到2000年,高级职务教师中45岁以下的应不低于40%,特级教师达到中小学教师总数的1.5‰。六、教师待遇进一步提高并得到有效保障。七、基本解决民办教师问题。1998年民办教师占全国中小学教师的比例减少到7%;到2000年完成合格民办教师转为公办教师的工作。

　　国家教委在印发《意见》的通知中强调,《意见》是"九五"期间全国中小学教师队伍建设的指导性文件。各地要根据《意见》的精神,结合当地的教育改革与发展情况,按照分区规划、统筹协调、分类指导、分步实施的原则,协商有关部门制定本地区"九五"期间教师队伍建设的实施意见。

（1997 年 4 月 1 日《人民日报》第五版头条）

国家教委召开高校电视会议强调
整顿考试纪律 严格考试管理

国家教委今天召开电视会议,针对部分高校在学风、考风方面存在的问题,要求各地高校整顿考试纪律,严格考试管理。

据了解,自 1993 年以来,各地教育主管部门和高校加强了对学风、考风的管理,使学校中的学风、考风有了明显好转。但是,目前仍有少数学校对考试管理、考风学风建设抓得不力;一些教师责任心不强,对教学工作不投入,在考试前划定考试范围,降低考试标准,在监考中不认真履行职责,甚至透露、泄漏考题;有的学生平时不努力学习,考试时投机取巧,弄虚作假。

国家教委在电视会议上指出,考试风气的好坏,是衡量学校小学水平、管理水平、教学质量和学生素质的重要标志之一,是学校学风、校风的具体体现。因此,各高校要花大力气认真治理,切实加强学生的思想教育和校规校纪教育工作。要严格考务管理,完善监考、监督和巡视制度,健全考试程序。对少数放弃原则,透露、泄漏考题以及对学生作弊行为不管不问的教师要进行批评、教育,情节严重的要严肃处理。要完善和健全惩处制度,严肃查处违纪作弊行为。要改革现行考试制度,牢固树立教学的中心地位,切实提高课堂教学质量,充分调动学生的学习兴趣。

国家教委有关负责人在电视会议上还介绍,今年暑期放假时间仍按原规定施行,各高校不得提前放假。

(1997 年 6 月 18 日《人民日报》第五版)

国家教委有关负责人通报高校录取情况
坚决维护考生的正当利益

　　国家教委有关负责人今天通报了各地录取工作情况,并就有关问题发表谈话。这位负责人说,各地普通高等学校招生的录取工作已进入中期,大部分省市正在结束本科院校的录取工作,整个录取工作将在 8 月底完成。各地和高校按照国家有关招生规定,严格管理,排除干扰,力求公平地对待每一个上线的考生,按照择优录取的原则公正地选拔新生。

　　这位负责人指出,今年是实行招生并轨改革的第四年,也是全面完成这项改革的一年。从各地情况看,今年将顺利地完成招生并轨的改革。在录取中,各地和各高等学校要严格执行国家教委的有关规定,防止和纠正以任何形式出现的变相双轨现象,特别是防止个别地方和少数高校把定向招生演变成新的招“自费生”。他说,关于招生并轨后学校向新生收费问题,国家教委早已有明文规定,归纳起来是:对同一学校(专业)在同一地方所招学生,实行同一录取标准和同一收费标准;收费标准要按照国家有关文件的规定,由各地政府考虑培养成本、学生家庭承受能力和专业之间的差别,实事求是地确定;任何学校和部门都不能向学生收取国家规定的收费标准和收费种类以外的任何费用。各地和各高校要照此办理。高等学校要采取措施不让任何一个符合入学标准的学生仅仅因为经济负担而上不了学。

　　谈到如何保护考生的正当利益时,这位负责人指出,执行好“择优录取”和公平、公正选拔新生的原则,这本身就是保护考生的正当利益。在此要特别指出的是,在近几年招生中,正确对待非第一志愿考生的问题已成为保护考生正当利益上的突出问题。有些学校在招生前不加申明,录取时采取种种方式排斥按规定应予录取的非本校第一志愿的考生,个别学校甚至明确指示本校录取人员不录取这类考生。这种做法是极其错误的,各地招生部门应予制止。这位负责人重申,国家教委没有授权任何领导和任何部门特批没有达到录取标准的考生,因为这种"特批"事实上侵犯了其他考生的权益,违反了我们的录取原则。一旦发现这类现象,我们将提请纪检部门对责任人员进行严肃处理。

(1997 年 8 月 19 日《人民日报》第五版头条)

高等教育自学考试制度结硕果

十多年来培养各类人才七十五万

记者日前从有关部门了解到：国家高等教育自学考试制度自 1980 年经国务院批准实施后，现已发展成为一种适合我国国情的社会化高等教育的新形式。10 多年来，全国累计已有 1500 多万人参加了自学考试，为国家培养了 74 万多名专科毕业生和 1 万多名本科毕业生。目前，全国每年有 500 多万人次报名参加国家高等教育自学考试。

1981 年，国家高等教育自学考试制度首先在北京、上海、辽宁等省市进行试点，并于 1985 年推向全国，绝大多数的省、市、自治区相继成立了高等教育自学考试委员会。国家高等教育自学考试以其开放、灵活、花费较少，并保证高等教育的质量和规格，受到社会的广泛好评。它与普通高等学校教育、成人高等学校教育共同构成我国高等教育的组成部分。

国家高等教育自学考试制度受到各国教育界的赞誉。这一教育形式也受到港澳台同胞的欢迎，每年都有港澳台同胞回内地参加自学考试，许多人已取得毕业证书。

国家高等教育自学考试制度，为成千上万年龄、职业、生活背景各不相同的人们开辟了一条新的成才之路。他们根据实际工作需要选学有关专业，比较好地处理了工学矛盾，极大地方便了自学成才。

又讯　中央人民广播电台、北京人民广播电台、祥云教育培训中心和北京市高等教育自学考试委员会办公室联合举办的"强者之音——自学考试有奖征文"活动日前开始。

此次征文活动的目的在于通过宣传依托国家高等教育自学考试制度已经毕

业或正在学习的真实人物、真实事例,弘扬国家高等教育自学考试制度,表现我
们民族追求进取的美好品格。

（1993 年 7 月 28 日《人民日报》第三版头条）

新学年伊始心系灾区师生
教育界对口支援又起高潮

新学年伊始,上海南洋模范中学预备班 12 岁的女学生吴彦砸碎了自己存放 7 年之久的 3 个钱罐,向灾区小朋友捐献了重两公斤的硬币;国家教委副主任何东昌捐款 500 元人民币;滕藤副主任捐了 200 元钱之后,又把自己的棉衣、风衣和两件羽绒服捐给了灾区师生,其他几位副主任也都慷慨解囊⋯⋯这是全国教育界对口支援灾区中小学校活动的一部分。

新学年开始前夕,国家教委号召各地教育部门和学校开展对口支援灾区中小学校的活动,让广大中小学学生也参与全国人民支援灾区的活动。捐赠不在多少,关键是参与,参与便是受教育。连日来,从青海的"情系灾区,心向人民"主题团日活动,到拉萨的"表雪域同学赤诚一颗心"万人签名募捐宣传,从兰州的"红领巾彩车"到上海的"寻找红色堤岸"考察团,从国家教委负责人到中小学生⋯⋯全国教育界的心已和灾区教育事业紧紧相连。这一活动到 9 月 15 日达到高潮,目前仍在继续。

在北京,北京大学校长吴树青第一个捐款 500 元,一位年逾 7 旬的老教授把自己的新羊皮袄也捐了出来。清华大学机械系 8 名学生把暑假在辽宁开展社会实践得到的 832 元补助费全部捐给灾区。红庙小学五三班学生吴迪,过去自由散漫,这次受到了深刻的教育,从家里带来了几十支铅笔和笔记本,他说:"我也要为灾区小学生做点事情。"很多学校的开学典礼已成为学生向灾区小朋友表达关切之心的活动,讲抗洪救灾中的动人事迹已成为新学年的第一课。

上海在组织师生对口支援安徽灾区的同时,开展了"情系灾区,更系爱心"的专题活动,利用校会、班会等形式,教育学生认识社会主义优越性,发扬"一方有难,八方支援"的共产主义风格。上海市中国中学游泳队的全体队员把在比赛中获团体第一名所得的每人 50 元的奖金全部献给灾区的小朋友。他们说：“我们是以集体的力量和智慧得到的奖金，它凝聚着我们的心血。我们希望灾区的同学早日恢复校园，早日开课。”

沈阳市三道岗子乡中学初一学生王联将父母给他买自行车的 328 元钱全部捐给了灾区。天津市塘沽区小学生郭宝婕下身瘫痪，但积极响应号召，主动向灾区小朋友捐款 100 元人民币。江西九江市已把 15 万名师生捐款的 60 架风琴、60 多万件学习用品运到了湖北黄冈灾区中小学校。

目前，全国教育系统所捐款物正源源不断地运往灾区中小学校。仅国家教委机关和首都 6 所高校捐献的衣物就装了近 30 卡车。广州市教育界和中小学生向湖南常德捐献的衣物要装几十车皮。

（1991 年 9 月 21 日《人民日报》第三版）

全国五万研究生明年毕业

总体需求稳中有升　多数专业供不应求

　　国家教委高校学生司负责人今天透露,1998 年全国约有 51000 名毕业研究生,除 12000 名在职研究生外,将有 39000 名毕业研究生走上工作岗位。明年全国毕业研究生需求态势总体上稳中有升;多数专业供不应求。

　　这位负责人说,为了贯彻党的十五大关于实施科教兴国战略,加快实现高技术产业化的精神,在毕业研究生就业计划工作中,要采取重点宣传、积极引导和适当鼓励的方法,优先补充高等学校师资、高层次的科研单位和高新技术国有企业的科技队伍的急需。为此,国家教委向研究生培养单位推荐了 282 个毕业研究生重点优先用人单位(其中包括少量符合国家产业政策优先发展的民营高新技术企业),并提出了倾斜性措施。同时,为做好“双向选择”的服务工作,国家教委高校学生司将指导在沪 6 所直属高校、京津地区 8 所直属高校,分别于 12 月 19 日在上海交通大学、12 月 24 日在北京大学联合召开毕业研究生供需洽谈会。

　　为做好明年毕业研究生就业工作,国家教委日前专门发出通知,要求各部门、各级政府和毕业生就业部门要创造良好条件,积极支持用人单位争取和接收毕业研究生,确保这一工作顺利进行。1998 年毕业研究生原则上采取在国家方针、政策指导下,通过一定范围内“双向选择”的方式,落实就业方案。认真贯彻学以致用、发挥专长的原则,防止人才安排使用浪费,使有限的高层次人才资源得以充分合理利用。各培养单位在推荐安排毕业研究生时,要兼顾不同地区的协调发展和高层次人才的合理配置,贯彻党的十五大提出的加快中西部改革开放和开发的精神,积极鼓励毕业研究生到中西部地区工作。对志愿到国防军工部门就业的,要给予奖励。

（1997 年 12 月 4 日《人民日报》第五版）

我高校困难生资助体系形成

以"奖贷助补减"为主体　中央财政三年拨款达四点四亿

　　记者从今天在山东省泰安市召开的全国普通高等学校资助困难学生工作经验交流会上获悉:目前我国已初步形成比较完整的以奖学金、学生贷款、勤工助学基金、困难补助和学杂费减免为主体的高校困难学生资助体系。

　　在党中央、国务院的关心和重视下,中央财政继 1994 年拨款 1.2735 亿元后,去年再次拨款 2.1735 亿元。今年初,又追加拨款 1 亿元,专项用于资助中央部委所属高校困难学生,并保证资金及时、全部到位。全国大多数地区和部门将资助高校困难学生完成学业放在体现社会主义制度的优越性、培养社会主义事业接班人、维护社会稳定的高度来认识,如上海等地提出了"决不让一名大学生因经济困难而辍学"的目标,河南、广东、新疆、山东、黑龙江等地根据各自财力情况,安排专项资金用于资助困难大学生,取得了很好的成效。

　　各高校不仅积极向社会筹集资助困难学生的专项资金,还在学校经费十分紧张的情况下,挤出部分经费用于资助困难学生。同时,千方百计为困难学生提供勤工助学的岗位,用好用活"勤工助学基金"。社会各界对此也给予极大的关注和支持,涌现出像浙江电机总厂、四川长虹电器股份有限公司、河南银丰期货公司等一大批热心资助大学生的企业和个人。资助困难大学生已成为当前社会关注的"热点"之一。

　　据国家教委新近的一项学生情况调查统计显示:去年底,国家教委 34 所直属院校共有在校生 292973 人,经济困难学生有 49696 人,占学生总数的 17%,其中,特别困难学生有 18619 人,占学生总数的 6.4%。另一项关于学生资助政策执行情况的调查统计显示:去年,国家教委 34 所直属院校各种学生奖学金总额达 1.06 亿元,当年支出 7638 万元,奖励学生 276212 人次,其中获奖者有一部分是困难学生;学生贷款基金总额 1584 万元,当年支出贷款 944 万元,资助 20458 人次;勤工助学基金总额 4514 万元,当年支出 2217 万元,资助学生 60375 人;全年发放困难补助 1777 万元,补助学生 57230 人;全年减免 3267 名经济困难学生学杂费 158 万元。国家教委直属院校去年用于资助学生的经费总额为 1.8633 亿元,当年支出 1.2734 亿元,资助学生 417542 人次。

据悉,国家教委正会同财政部等有关部门研究一种灵活机动、适合我国国情的学生奖贷学金制度,争取近两年在全国范围内实施。

(1996 年 6 月 27 日《人民日报》第五版、获全国教育好新闻二等奖)

适应新工时制　减轻师生负担
全国中小学今秋实行新教学计划

　　为了执行国务院颁布的每周 44 小时工作制,减轻中小学生过重的课业负担,国家教委推出新的教学计划:义务教育阶段"六三"学制和"五四"学制的九年课时总量分别减少 912 节和 946 节,高中课时总量共减少 252 节。

　　这次教学计划的调整,是在保持全日制中小学课程结构不变的前提下减少周课时总量的。为保证中小学校的德育工作和教育与生产劳动相结合的教学时间,没有调减小学思想品德、劳动和初中思想政治、劳动技术课的课时;为有利于教学秩序的稳定,各层次各类课程的变动尽可能少些,避免造成课时比例大的涨落。调减课时的学科有小学语文、数学、社会、自然、音乐和体育,初中语文、数学、英语、历史、地理和体育,高中语文、数学、外语、物理和化学。此外,还适当地减少了中小学活动课的课时,小学、初中地方安排的课程和高中的选修课课时,并在高中恢复了艺术欣赏作为必修课。

　　调整后的小学、初中和高中学科教学每周最高时数分别为 26、29 和 28 课时,周活动总量分别在 30、33 和 35 课时以下。教学(课程)计划调整中所涉及的学科教学大纲也将按新的课时安排进行调整,各省级教育行政部门依据调整后的教学大纲对本省所使用的教材提出调整使用意见。今后各级考试(包括高考)命题要以这次调减后的教学计划和教学大纲为依据。

　　调整后的课程计划将于 1994 年秋季开始实行。不具备条件的地方,可以推迟到明年春季开学实施。民族小学、初级中学的课程(教学)计划,由有关省、自治区、直辖市教委、教育厅(局)参照国家教委将要下发的调整意见,结合民族地区的实际进行调整。

(1994 年 7 月 6 日《人民日报》第三版)

推动"应试教育"向"素质教育"转变
全国中小学素质教育经验交流会召开

国家教委今天在烟台市召开全国中小学素质教育经验交流会,深入探讨实施素质教育的总体思路、工作方针和政策措施,积极推进素质教育,推动中小学教育进入一个新的发展阶段。

据了解,中小学教育摆脱"应试教育"的影响,努力向素质教育转变,这是新时期教育改革和发展过程中提出来的一个紧迫课题,它正成为政府、教育界和社会各方面的共识,成为推动基础教育进一步改革和发展的重要指导思想。

国家教委主任朱开轩在讲话中指出,在我国跨世纪的教育发展与改革的进程中,基础教育领域有两个核心的问题,一是基本普及九年义务教育,基本扫除青壮年文盲,这是我国教育事业发展的"重中之重";二是全面贯彻教育方针,全面提高教育质量。这两者都离不开素质教育。我国教育事业在党的十一届三中全会以后,进入了一个新的发展时期,基础教育为我国社会主义现代化建设事业培养了数以亿计的合格劳动者,并为培养上千万各级各类专门人才打下了良好的基础。但是,我们必须清醒地看到,在基础教育事业蓬勃发展的同时,相当一部分地区和学校还不同程度地存在着"应试教育"的倾向,成为困扰我国中小学教育的一个突出问题,影响国家教育方针的全面贯彻实施。"应试教育"偏离受教育者群体和社会发展的实际需要,单纯应付考试、争取高分和片面追求升学率;主要面向少数学生,忽视大多数学生的发展;教育内容忽视德育、体育和美育,只重知识传授,忽视能力与心理素质培养,影响学生全面素质的提高。

朱开轩说,素质教育是以面向全体学生、全面提高学生的基本素质为根本宗旨,以注重开发受教育者的潜能、促进受教育者德、智、体诸方面生动活泼地发展为基本特征的教育。积极推进和全面实施素质教育,建设高质量的基础教育,正是贯彻"教育要面向现代化,面向世界,面向未来"战略方针的具体体现,这不仅是教育领域自身发展和改革的需要,也是迎接 21 世纪挑战,培养跨世纪人才的战略举措。

朱开轩在谈到全面推进素质教育的措施时指出,全社会要树立正确的教育观、质量观、人才观,为实施素质教育创造良好的社会环境。学校教育工作者首先要转变观念,必须坚定不移地实施素质教育。各级党政机关和领导同志应正确对待升学率问题,主动为教育行政部门和学校校长"松绑"。各级教育部门要在发展教育事业、调整宏观教育结构的同时,大力加强薄弱学校建设,加快升学考试改革,加强督导评估制度建设,抓好课程教材改革,提高整体师资队伍的水平和质量,以加快素质教育实施的步伐。

(1997 年 9 月 3 日《人民日报》第五版头条)

国家教育扶贫工程转向西部地区

今后三年将投入五十四亿元办学　教育部财政部同九省区政府负责人等在京签订项目责任书

从近日起,我国规模最大的国家教育扶贫工程——"国家贫困地区义务教育工程"的主战场将从我国中部地区转向西部地区。今天上午,教育部、财政部的负责同志在人民大会堂分别同新疆、内蒙古、青海、宁夏、甘肃、西藏、云南、广西、贵州9省、区政府以及新疆生产建设兵团的负责同志签订了项目责任书。今后3年,中央和地方将投入54.9亿元,在上述地区的469个贫困县修建14942所中小学。

"国家贫困地区义务教育工程"是原国家教委和财政部为贯彻落实党中央、国务院提出的"科教兴国"战略,从1995年到2000年期间实施的一项旨在帮助贫困地区普及义务教育的宏大工程。这项工程受到了党中央、国务院的高度重视,江泽民、李鹏、李岚清等领导同志曾为"工程"题词。"工程"在经济发展中等地区12个省的383个贫困县先期实施,投入资金超过56亿元,其中中央投入专款15亿元,已经建成4.2万多所项目学校。

这次签订"工程"项目责任书的9省、区是我国少数民族人口最集中的地区,地域辽阔,经济和教育基础较差,实施义务教育的难度更大。为了加大扶贫攻坚力度,国家在39亿元中央专款中,为9省、区拨出24亿元。考虑到9省、区财政状况,还将中央专款与地方各级财政的配套比例由1:2调整为1:1.5。

按照"工程"项目规划,今后3年,将在9省、区资金集中投向的469个贫困县,彻底消除农村小学、初中的危房,修建13023所项目小学和1919所项目初中,并配备教学仪器和图书资料及课桌凳,培训教师和校长等。预计到2000年"工程"结束时,将有200个左右的县普及9年义务教育。

　　教育部部长陈至立希望这些地区高度重视,加强领导,精心组织,精心施工,确保"工程"进度和质量。财政部副部长楼继伟要求各级政府努力增加教育投入,按照要求及时、足额落实配套资金,并加强管理与监督,做到专款专用。

(1998 年 5 月 8 日《人民日报》第一版头条)

国家贫困地区义务教育工程
今年向西部老少边穷地区推进

记者今天从国家教委获悉,"国家贫困地区义务教育工程"自去年在我国中部12省大面积实施后,今年将在广西、云南、贵州、西藏、青海、新疆、宁夏、内蒙古、甘肃9省、区的32个县(旗)进行项目试点。

据项目管理小组负责人介绍,"国家贫困地区义务教育工程"在中部12省资金总投入53亿多元,覆盖了383个国家级和省级贫困县的1.5亿人口,4万多所学校,工程项目预计今年底基本完工。根据规划,从明年起,"工程"的重点将放在西部9省、区。为给9省、区大面积实施"工程"做准备,国家教委和财政部今年在这9省、区选择了32个县(旗)进行项目试点。试点经费3.9亿元(其中中央专款1.3亿元),覆盖人口915万,项目学校1396所。

两部委有关负责人要求,各级政府有关部门要高度重视"工程"试点工作,加强领导,严格管理,精心组织,精心操作。要克服"等、靠、要"的思想,抓住大好机遇,发展当地教育。各级财政要加大投入力度,落实配套资金,但是不得因此加重农民负担。试点县"工程"项目中央专款主要投向初等义务教育阶段的学校。

两部委有关负责人强调,制订"工程"项目规划必须量力而行,因地制宜,安排学校建设项目要坚持坚固、实用、够用的原则,不得互相攀比,更不要盲目追求高标准。要优化配置项目资金使用结构,校舍建设和课桌凳配置一般应不超过项目资金总额的85%,必要的仪器设备、图书资料和师资及校长培训不少于15%,项目资金必须安排足,不能留有缺口。要把实施"工程"项目与提高小学生特别是女童和少数民族儿童的入学率、巩固率和合格率,降低辍学率和重读率紧密挂钩。要结合"工程"实施,调整学校布局,合理配置教育资源,提高办学规模效益和资金使用效益,在地广人稀、交通不便的地区,应下决心集中办好一批寄宿制学校。要把"工程"实施与提高学生文化水平和专业技能结合起来,为当地脱贫致富、经济建设服务。要提高教育管理人员的水平,试点县今年内要将县、乡两级教育行政管理人员及中心小学校长全部轮训一遍。

(1997 年 3 月 28 日《人民日报》第五版头条)

贫困地区义务教育工程成效大
共落实资金二十六亿多

　　新中国成立以来中央教育专项投资最大的"国家贫困地区义务教育工程"，自去年5月国家教委、财政部与12个省签约实施以来，进展顺利并取得明显效益。到去年底，12个省383个项目县已全部开始"工程"建设，共落实资金26.6亿元，占这些地区资金规划的一半以上。

　　据国家教委和财政部负责人介绍，在已落实的"工程"资金中，中央专款为6.1亿元，地方财政资金为12.37亿元，城乡教育费附加等其它渠道筹集资金8.25亿元，河北、河南、山西、黑龙江、安徽、江西、湖北、四川、陕西等9省地方资金均达到"工程"项目的要求。目前实施"工程"的项目乡为5133个，占规划的54.54％。项目学校数为22766所，其中修建学校9318所，13448所中小学购置了教学仪器和图书，82168名中小学校长和教师受到培训。

　　据悉，通过"工程"的实施，项目地区义务教育的普及程度得以普遍提高。383个项目县中，小学学龄儿童入学率由1994年的97.27％提高到1996年的98.7％；初中入学率由1994年的77.73％提高到1996年的85.3％。"工程"的实施，也使项目地区办学条件有了较大改善。

　　国家教委、财政部负责人指出，在"工程"项目实施过程中还存在着一些问题，有些省地方安排的资金尚未及时足额到位，学校修建、设备采购、师资培训等各方面的进展不平衡，存在着"重硬件，轻软件"的情况，师资培训效果也有待增强。

（1997年5月19日《人民日报》第五版头条）

引进先进管理经验　办学条件明显改善
我国教育利用外资 14 亿美元

记者日前从教育部外资贷款办公室获悉:改革开放以来,我国教育利用外资结硕果,目前已累计利用世界银行贷款 14.03 亿美元,国内各级政府配套资金 71.67 亿元人民币,有力地促进了教育事业的发展。

改革开放之初,由于十年动乱的原因,我国教育事业遭到严重破坏。各级各类学校都急需医治创伤,恢复重建。1981 年 11 月,世界银行和我国政府决定把第一笔贷款投向教育。继第一个大学发展项目实施至今,由教育部组织付诸实施的世行贷款教育项目已达 14 个。到目前为止,我国各省、市、自治区及许多部委都参加了世行贷款教育项目工作,受益领域遍及义务教育、师范教育、职业技术教育、广播电视教育、教材建设、高等教育等多个方面,受益的高等院校 435 所、中等职业学校 156 所、中等师范学校 21 所、中小学 10 万余所。与此同时,世界银行还与农业部、卫生部、甘肃省及洛阳市、常州市等部门和地方合作,实施了一些教育贷款项目。

利用外资显著地改善了项目学校的办学条件。18 年来,我国利用世界银行教育贷款项目共吸收资金 27.64 亿美元,其中,世界银行软贷款达 12.93 亿美元,硬贷款为 1.1 亿美元,国内各级政府提供的配套资金总计 71.67 亿元人民币。各级各类教育机构利用世行贷款购置的仪器设备总额约为 8 亿美元,用于改造危房,扩建、新建校舍的资金为 1.8 亿美元。

利用外资提高了项目受益单位的人员素质。由教育部组织实施的世行贷款项目共派赴国外留学进修人员 7395 人,接受国内学历教育、岗位培训等各级各类在职教师 25.2 万人次。聘请外国专家来华讲学 1517 人次。举办中外合作讲习班和研讨班 914 期。如今,绝大多数经过项目培训的教师已成为教学岗位上的骨干力量。

利用外资引进了先进的管理经验。在利用世行贷款的实践中,各级教育管理部门的工作人员虚心学习国外先进管理经验,在优化资源配置、提高资金使用效益方面取得了长足的进步。目前,我国教育战线已拥有了一套具有中国特色的外资贷款管理体系,锻炼出一支自上而下、能征善战的项目管理队伍。

教育部和世界银行十分重视专项课题研究工作,为制定教育宏观发展政策和规划提供决策参考意见。通过双方合作,开展了若干项专题研究,其中包括高等教育经费与管理、职业技术教育、教育计划与财政、高等教育改革等。世界银行还支持了我国教育立法、奖贷学金制度的建立、财经政法课程改革、师范专科课程改革、教育地图集的编撰和教育收益率研究等项涉及教育发展的重大课题研究。最近,世界银行正在与教育部合作开展"21世纪中国教育"这一前瞻性课题研究。

（1998年8月6日《人民日报》第五版头条）

农村成人教育使千万农民脱盲
二百零四个扫盲先进单位、个人受表彰

　　记者从近日在郑州召开的"全国扫盲农村成人教育工作会议"上获悉："七五"期间开展扫盲和农村成人教育,使数以千万计的农民摆脱了文盲状态,亿万农民受到实用技术培训。

　　据统计,"七五"期间,我国累计组织了1.7亿农民接受成人教育,毕业结业人数达1.1亿人,其中脱盲1141万人,文盲在总人口中的比例已由1987年的20.6%下降到15.88%。我国先后7次获得国际扫盲奖。

　　"七五"期间,我国农村成人教育部门围绕农村经济和社会发展需要,因地因时因人制宜,组织农民干什么学什么,缺什么补什么,学了能用,学有所得。广大农民不仅巩固了所学的扫盲知识,而且提高了文化技术水平,形成健康、文明的观念和生活方式。他们中有的已成了科技示范户、万元户,有的还成为技术能手、乡镇企业的生产骨干和基层管理干部。各地普遍加强了对农村成人教育的规划和管理,多渠道筹集资金,增加经费,配齐专、兼职干部和教师,提高了农村成人教育的办学质量和整体效益,对推动农民脱贫致富和实施"燎原计划"、"丰收计划"、"星火计划"发挥了重要作用。农村成人教育已成为科技与农业之间的桥梁,日益受到广大农民的欢迎。目前,全国县、乡(镇)、村三级农村成人学校已达28.86万所,教学点66万个,在校人数达3335万人。

　　国家教委近日表彰了辽宁省凤城满族自治县等52个扫盲先进单位、曹耀书等50名扫盲先进工作者、山东省寿光县成人中专等102所成人教育先进学校。

　　国家教委副主任邹时炎在会上指出,"八五"期间,农村成人教育的总目标是:力争扫除2000万青壮年文盲,同时搞好脱盲学员的巩固提高工作,在95%以上的乡(镇)和80%左右的行政村建立农民文化技术学校,使1.5亿青壮年农

民接受并熟练掌握 1 至 2 项实用技术。农村成人中专学校要继续办好,力争 1995 年招生 25 万,在校生达到 80 万人。

(1991 年 11 月 16 日《人民日报》第四版头条)

多形式多层次多渠道发展成人高教

10 年培养出 422 万名本科专科毕业生

  改革开放以来,我国成人高等教育发展迅速,已经形成多形式、多层次、多渠道的办学体系,占据了我国高等教育事业的"半壁江山"。

  据国家教委 1991 年最新统计:全国举办函授、夜大学的普通高校达 634 所,独立设置的成人高校 1256 所。其中,广播电视大学 42 所,职工大学 776 所,农民高校 5 所,管理干部学院 175 所,教育学院 254 所,独立设置的函授学院 4 所。自学考试已在全国普遍展开,现开考专业 110 个,课程 1000 多门。此外,还有社会力量举办的高等教育层次的办学机构 400 多个。去年成人高等学历教育在校生为 140.3 万人,当年毕业人数为 58.01 万人,相当于普通高校毕业生数的 94.4%。高等教育自学考试在籍考生 500 万人,去年约有 12 万人获得本、专科毕业证书。近年来,通过按行业需求组织的自学考试,已有 9 万人获得本专科毕业证书,6 万多人获专业证书。去年还有 313 万在职人员在高等学校接受了短期培训。

  成人高等教育指以在职从业人员为主要对象的高中后教育,包括本、专科学历教育及大专专业证书教育、大学后继续教育和高等教育层次的培训。

  党的十一届三中全会以来,我国成人教育事业有了很大的发展。举办函授、夜大学的普通高校普遍设立了专门的成人教育管理和办学机构,有专职教师和管理人员 10300 人。各类成人高校的办学条件逐步得到改善,师资队伍有较大程度的充实和加强,教学水平,教育质量不断提高。现有教职工 20.45 万人,专职教师 8.92 万人,其中教授、副教授 1.38 万人,占教师总数的 15.4%。校舍建筑面积达 1976 万平方米,图书 8 亿册,教学仪器等固定资产 51 亿元。

  我国成人高等教育经过 10 余年的发展,基本形成了与普通高教"两条腿走路"的格局。成人高等教育主要由部门和企业办学,以专科为主,为生产、工作第一线培养了大批应用型、技艺型人才,直接有效地为经济建设和社会发展服务,增强了与实际生产、工作部门之间的联系。10 年间,成人高等教育共培养出本、专科毕业生 422 万名,与同期普通高校本、专科毕业生数相当。同时,还有数以千万计的干部、职工接受了岗位培训和继续教育,适应了改革开放和经济建设对人才的迫切需求,特别是满足了那些普通高校毕业生"分不到、留不住"的地区、行业、中小企事业单位、中下层管理岗位和生产、工作第一线对人才的需求。在弥补"文革"造成的人才断层,提高职工队伍素质,实现干部队伍专业化、知识化方面发挥了重要的作用。

(1992 年 8 月 7 日《人民日报》第三版头条)

社会力量办学利国利民应大力支持
全国成人高等教育工作会议在京召开

　　国家教委副主任朱开轩在今天开幕的全国成人高等教育工作会议上指出，各级教育行政部门要将社会力量办学纳入教育事业规划，在表彰、奖励、评估、发放文件、参加会议等方面，要与国办学校同等对待。对他们在办学活动中遇到的困难和问题，要按照政策给予指导和帮助。对影响社会力量办学事业健康发展的违章、违法办学等问题，要区别不同情况，采取经济的、行政的、法律的手段及时予以处理。

　　他说，党的十一届三中全会以来，社会力量办学方兴未艾。目前，全国已有上万所社会力量举办的各级各类学校，每年培训的学员数以百万计，已成为我国教育事业的一个组成部分。发展社会力量办学，作为国家办学的必要补充，是利国、利民的好事，应继续实行积极鼓励、大力支持、正确引导、加强管理的方针。要注意扬长避短，服务、服从于经济建设这个中心，办社会之所需，补国家办学之所缺。目前应鼓励社会力量以举办职业技术教育、社会文化生活教育、基础教育、继续教育和助学性的高等教育为主，以面向学校所在地招生为主，切实为地方的经济、社会发展服务。今后，申请举办中等层次以下的和各类非学历性质的学校要进一步简化审批手续，一律委托地方教育行政部门根据当地需求情况负责审批和管理。凡举办高等层次的学校，要求取得颁发国家认可的学历文凭资格的，原则上按照《普通高等学校设置条例》或《成人高等学校设置暂行规定》审批，既要保证国家高等教育质量规格，又要鼓励、保护社会力量办学的积极性。助学性质的学校可按照国家高等教育考试委员会的要求确定教学计划，并组织学生参加该委员会的考试，在主干课程通过国家考试后，可颁发国家认可的毕业证书。在此之外，社会力量举办的高等院校也可颁发本校的写实性学业证书，对这类证书的颁发及使用,地方政府可根据各自的情况制定办法,实施管理。

国务委员兼国家教委主任李铁映出席了开幕式,并为一批受到表彰的成人高等教育先进单位和成人中专先进单位的代表颁了奖。

(1992 年 8 月 12 日《人民日报》第三版头条)

举办丰富庆祝活动　抒发炽热爱国情感
全国大学生盼迎香港回归

"洗雪百年耻辱,盼迎香港回归。"伴着香港回归倒计时的节拍,全国高校纷纷开展丰富多彩、形式多样的庆回归活动,极大地激发了大学生们的爱国主义热情,展现了他们积极向上的精神风貌。

近几个月来,全国高校普遍开展了形势与政策报告会、座谈会、研讨会,学习、宣传邓小平同志"和平统一、一国两制"的伟大构想及其成功实践,回顾中华民族一百多年来反抗外来侵略英勇斗争的历史。

在"五四"青年节之际,国家教委、团中央、北京市委联合举行了"首都大学生迎接我国政府对香港恢复行使主权形势报告会",新华社香港分社社长周南为在京高校的万余名大学生作了《香港形势及我对港方针政策》的报告,使大学生们了解了香港问题的由来和解决香港问题的全过程。5 月 30 日,首都大学生召开"邓小平理论与香港回归"主题座谈会,来自北大、清华、人大、北师大等院校的学生代表,结合自己的思想认识,畅谈了学习邓小平建设有中国特色社会主义理论的体会。北京大学国际关系学院本学期为大学生开设了"香港概况"课,南京大学从 3 月下旬起每周推出一次香港问题系列讲座,还邀请海内外知名人士与师生一起举行"《南京条约》与香港回归"座谈会。

各地高校演讲比赛、展览、知识竞赛、签名、读书活动和征文(歌、联)活动开展得生动活泼。今年 4 月以来,上海、北京、广东等地先后举办了大学生迎香港回归英语演讲活动。在此基础上,国家教委举办了"京沪粤港大学生迎香港回归英语演讲比赛"。清华大学举行了"迎香港回归万人签名"活动,在清华培训学习的香港浸会大学的 97 名同学踊跃参加了签名仪式。复旦大学开展了"喜迎香港回归征联"活动,并将征到的佳联贴在了各学生宿舍的门上。上海交通大学举办了"交大人与香港"的大型展览,表达了交大在香港的 400 多位校友"饮水思源,爱国荣校"的感情。大连理工大学举办了为期一个月的"百年梦圆,万人寄语"活动,共征集寄语 3700 多条。在南京的高校开展了捐资铸建静海寺"警世钟"活动,广大大学生踊跃捐资。

各地教育部门和各高校还组织开展群众性联欢活动和文娱体育活动,抒发大学生炽热的爱国情感。7 月 1 日前后,北京、上海、天津、重庆、广州、深圳、南京等地的大学生还将参加中央和当地政府举办的庆祝大会、群众联欢会、焰火晚会等多种香港回归庆祝活动。

大学生们还走出校门,利用自己所学的知识服务社会,让更多的人们勿忘国耻、振兴中华。北京师范大学组织学生到中国革命博物馆、中国历史博物馆向观众义务讲解中国历史特别是近现代史。苏州大学成立了以学生为主体的"香港回归宣讲团",深入到中小学校、厂矿企业进行宣传,受到社会各界称赞。

(1997 年 6 月 28 日《人民日报》第六版)

本报编辑部邀请首都有关方面人士座谈
我们今天怎样教育孩子

夏斐夏辉王小川被父母摧残致死事件连连发生,与会者呼吁社会各界重视教育孩子问题

12 月 8 日,本报邀请中国关心下一代工作委员会的部分老同志和教育、青年、妇女工作等方面人士座谈讨论"我们今天怎样教育孩子"。这个题目引起到会同志的热烈反响。

5 年前,青海 9 岁的夏斐在母亲的殴打下惨死(见本报 1987 年 12 月 29 日三版)。今年 11 月,11 岁的夏辉在武汉被父亲绑吊身亡(见本报 1992 年 11 月 16 日三版)之后,沈阳 8 岁的王小川又被其父踢打致死(见《光明日报》1992 年 11 月 30 日二版),也是在今年 11 月,贵阳 7 岁的谢晔在父亲烧红的火钩下烫伤 20 多处(见《中国教育报》1992 年 12 月 5 日一版)。这些惨痛事件通过新闻媒介报道后,在社会上引起了很大的震动。与会同志一致指出,这类事件虽属个别情况,但现实生活中体罚孩子的现象十分普遍,严重妨害下一代的健康成长。北京史家胡同小学教师孙蒲远开会之前对她教的一年级一个班 48 个学生进行了调查,这些只有 6 岁多、入学刚 3 个月的孩子,没有挨过家长打的只有一个。其中 27 个被父母用棍棒打,18 个被脱掉裤子打,20 个被脚踢。

与会同志认为,打孩子、甚至亲生父母用极野蛮的方法把孩子吊打摧残致死,反映出在如何教育孩子上存在着一系列问题,应引起重视。比如视孩子为私产,不懂孩子受《未成年人保护法》的保护;培养目标不明确,对孩子期望不切实际;教育方法不当、宽严皆误、溺爱造成的危害也不容忽视。与会同志一致强调,社会应教育年轻的父母,要他们学习、遵守《未成年人保护法》;要学习研究儿童心理学,学会教育孩子的艺术;要尊重孩子、做孩子的知心朋友。荣高棠同志发

言中引用了陶行知先生的一段话说："解放他们的头脑,让他们自己想;解放他们的双手,让他们自己干;解放他们的眼睛,让他们看;解放他们的嘴,让他们说;解放他们的空间,让他们到大自然大社会取得更丰富的学问;解放他们的时间,让他们干自己喜欢干的事情。"

与会者共同认为,我们今天如何教育孩子是关系到为下个世纪培养合格人才的重大问题,应该引起学校、家长、舆论界及至社会各方面的重视。对本报教科文部与杭州娃哈哈食品集团公司将联合在人民日报上开展"我们今天怎样教育孩子?——从夏辉事件汲取的教训"的讨论,与会人士一致表示支持和欢迎,吁请广大读者参加讨论。

在这次座谈会上发言的有:中国关心下一代工作委员会顾问荣高棠、曾志、刘英,全国政协委员、民盟中央副主席丁石孙,全国妇联副主席赵地,团中央书记处书记李克强,原教育部副部长臧伯平,北京师范大学心理学教授章志光,北京师范大学教育社会学教授厉以贤,中国社会科学院社会学研究所副研究员单光鼐,中国少年报编辑部主任、"知心姐姐"卢勤,全国少先队优秀辅导员、史家胡同小学教师孙蒲远,朝阳区家长学校校长李秀珍、杭州娃哈哈食品集团公司总经理宗庆后等。参加这次座谈会的一些发言将陆续在本报发表。

(1992 年 12 月 22 日《人民日报》第一版)

本报编辑部邀请首都有关方面人士座谈
教育孩子怎样做人

今天上午,本报邀请部分专家、学者及有关方面领导同志座谈讨论"教育孩子怎样做人"。这个题目引起到会同志的热烈反响。

与会同志分别从教育思想、教育体制、文艺创作、家庭影响、社会环境、新闻媒介等方面,对"教育孩子怎样做人"发表了意见。国家教委副主任柳斌指出:"现在学校、家庭乃至社会在对孩子的教育过程中所存在着一个较大问题,就是对如何教孩子正确做人重视不够。很多人都想创造一个美好的世界留给孩子,这可以理解,但又不太正确。人类历史的发展过程告诉我们,唯一正确的选择不是创造一个美好的世界交给孩子,而是教育孩子、培养孩子,使他们具备创造一个美好世界的能力。"民盟中央副主席陶大镛认为,今天的孩子确实存在着许多缺点和不足,但责任不在孩子,而在父母、学校和教育文化部门。他列举了广告、办学中存在的一些问题,呼吁不要把孩子推向市场,不能拿孩子作牟取暴利的牺牲品。文化部副部长陈昌本谈道:"在青少年中提倡弘扬民族传统美德,是引导青少年健康成长、教育孩子正确做人的不可忽视的环节,而通过艺术作品倡导民族美德,是最能深入人心的好的指导形式,可惜近年来我们在这方面做得还很不够。"中国社会科学院副研究员陆建华认为,这一代青少年的成长过程与改革开放的历史进程同步,这应是我们的教育工作者和我们的父母考虑教育孩子怎样做人问题的出发点。浙江宁波富达电器股份有限公司总经理徐来根说:"目前,企业产品质量问题日益引起人们的关注。然而,另一种质量问题却没有得到应有的重视,这就是中国走向未来最根本的问题——人的质量问题,解决这个问题,首先应从孩子抓起,从最起码的学会做人抓起。"团中央书记处书记袁纯清介绍了全国少工委提出的"跨世纪中国少年雏鹰行动",目的要使广大少年学会生存、自强自律;学会服务,乐于助人;学会创造,追求真知,提高全面素质。北京师范大学第一附属中学校长朱正威认为,在家庭、学校、社会诸多因素中,学校教育对孩子的成长起着不可替代的重要作用。21 世纪谁执教鞭? 如何稳定教师队伍、保证教师队伍具备良好的素质? 都是我们目前必须解决的问题。还应该看到,建立社会主义市场经济对教育是强大的推动力。

与会同志一致认为,学会正确做人是国民所必备的基本素质,也是社会主义精神文明建设的起点。从小教育孩子正确做人是涉及学校、家庭、社会等方面的一个重大课题,也是关系到为 21 世纪培养合格人才的重要问题,应当引起全社会的重视。对本报教科文部与浙江宁波富达电器股份有际公司将联合在人民日报上开展"教育孩子怎样做人"的讨论,与会人士一致表示支持和欢迎。

人民日报副总编辑李仁臣主持了今天的座谈会。人民日报总编辑范敬宜出席会议并发了言。在座谈会上发言的还有:中国人民大学副校长罗国杰、北京大学哲学系教授楼宇烈、中国关心下一代工作委员会副秘书长王立文、中国少年报"知心姐姐"专栏主持人卢勤等。中宣部副部长龚心瀚、北京大学社会科学处处长吴同瑞、北京大学中文系教授金开诚作了书面发言。座谈会的一些发言将陆续在本报发表。

(1994 年 4 月 1 日《人民日报》第一版)

保护生态环境 倡导文明新风
中央文明办与本报联合召开座谈会

今天,中央文明办与本报联合召开"保护生态环境,倡导文明新风"座谈会,北京、上海、广州、南京、西安、武汉、杭州、海口八城市文明委负责同志参加座谈。会议强调,要加大力度,务求实效,推动"保护生态环境,倡导文明新风"活动深入开展。

会议指出,开展"保护生态环境,倡导文明新风"活动,是落实中央重大战略部署的具体体现,是加强精神文明建设的重要载体,也是为迎接新中国成立50周年创造整洁优美环境的一项重要举措。总之,这是一项促进发展、有利稳定的基础工程,是一项面向群众、造福百姓的民心工程,是一项功在当代、利在千秋的德政工程。各地一定要从围绕中心、服务大局的政治高度,从经济和社会可持续发展的战略高度,从把一个什么样的中国带入新世纪的历史高度,充分认识这项活动的重要意义,认真学习贯彻江泽民总书记有关保护生态环境的重要讲话精神,把这项活动摆上两个文明建设的重要日程,切实抓紧抓好。

会议强调,要充分发挥直辖市、省会城市等重点城市的示范带头作用,使"保护生态环境,倡导文明新风"活动取得切实成效。直辖市、省会城市等重点城市,不仅在经济建设上对全国、全省有重要的影响和辐射作用,而且在精神文明建设上也有不可替代的示范和带动作用。当前,各城市要着重抓好以下几点:一是认真制订长远规划和近期活动方案。要从本地实际出发,把长远规划和阶段性发展目标结合起来,特别是近期要做的事,要列出具体项目,明确责任单位和责任人,规定奖惩措施,确保限期完成。二是要突出重点,打好战役。组织战役要选准突破口,确定主攻方向,特别是要从解决那些群众反映强烈、影响城市声誉和形象的问题入手,取得突破,见到实效,打开局面。三是要吸引广大群众积极参与。现在,人民群众和社会各界对环境问题非常关注,他们不仅迫切希望改善生态环境,而且愿意为之做出贡献,我们要把这种积极性保护好、引导好、发挥好,要努力为群众办好事办实事,让他们看到利益。要把政府行为和群众参与结合起来,探索出一套公众参与生态环境建设与保护的有效机制。要加强社会公德的宣传教育,增强人们的生态意识、环保意识和可持续发展意识。要精心设计活动载体,吸引广大群众积极参与。要提倡人人动手,从我做起,从身边做起,从一点一滴做起,逐步提高自身素质,共同创造美好的家园和文明的风尚。四是要坚持齐抓共管,形成合力。五是要注重实效,防止形式主义。我国还处在社会主义初级阶段,在城市建设和生态环境方面欠账较多,许多问题不是一朝一夕能解决的。我们既要积极进取,着力解决那些经过努力近期能够解决的问题,又要按照长远规划分期量力而行。要多做实事,不事虚夸,特别是在城市硬件建设方面,一定要与当地的经济发展相适应。千万不要把目标定得过高过急,脱离实际,更不能借机摊派,加重企业和群众的负担。

会议还指出,要切实加大宣传力度,加强舆论引导,促进这项活动深入扎实地开展下去。

在座谈会上发言的有北京市副市长刘敬民,陕西省委常委、西安市委书记崔林涛,上海市文明委秘书长许德明,广州市委副书记朱小丹,南京市委副书记汪正生,杭州市委副书记吴键,武汉市委常委、宣传部长叶金生,海口市委副书记符兴。

中央文明办副主任胡振民在会上讲了话,本报副总编辑李仁臣主持了会议。

(1999 年 4 月 23 日《人民日报》第一版)

"大学生暑假见闻征文"表明
青年学生追求高尚的人生价值

由武汉大学与人民日报教科文部联合举办的"大学生暑假见闻征文"表明：广大青年学生追求高尚的人生价值。这是记者从今天在武汉大学召开的"大学生暑假见闻征文颁奖会"上获悉的。

这次"大学生暑假见闻征文"的主题是"市场经济与人生追求"。征文从今年7月开始，到11月初结束，共收到2500多篇应征稿，其中30篇在人民日报上刊登。郑州大学法律系赵光南的《二大娘办起"渴知堂"》、北京广播学院新闻系苏咏鸿的《搭车》、信阳师范学院中文系李贵成的《酒干倘卖无》等18篇作品分别获得一、二、三等奖。

在今天的颁奖会上，人民日报副总编辑李仁臣、武汉大学党委书记任心廉、武汉大学副校长李进才分别讲了话，并向9位获奖学生代表颁发了荣誉证书。

这次征文的突出特点是广大青年学生十分向往和积极探索正确、高尚的人生价值，反映了广大青年学生的精神主流。从内容看，同学们描绘了在暑假中见到的我国改革开放带来的百业兴旺的繁荣景象，反映了在社会主义市场经济大潮下形形色色的人生价值取向。如《搭车》、《升华人生》、《编辑部的故事》等征文，反映了广大的工人、农民、教师、个体工商业者、干部、解放军官兵等在个人利害面前，采取的抉择是以公为主，利人为先，甚至舍身取义，这正反映了我们社会的精神主流和我们民族的美德，也反映了社会主义精神文明建设的成果。另一方面，《这书我不编》、《陌生的伯父》、《君子之交》等征文反映了一些人在向市场经济转轨过程中损公肥私、见利忘义，甚至为富不仁的价值取向。同学们对这种价值取向是否定的、抛弃的。表现出大学生对社会问题的认识、观察和思考有一定的深度。有些征文还反映了一些值得重视的社会现象。

（1993 年 11 月 26 日《人民日报》第四版头条）

贯彻全教会精神 实施八大工程
河北提出建设"教育强省"

河北省委书记程维高在 9 月 15 日结束的全省教育工作会议上说,到本世纪末,要把河北建成教育强省。

这次河北省教育工作会议的主要任务,是传达贯彻党中央、国务院召开的全国教育工作会议精神,进一步落实教育优先发展的战略地位。由于人口的原因,河北虽然是教育大省,但并不是教育强省,教育的相对落后,已成为严重制约经济腾飞的一个重要因素。程维高在会上指出,教育强省是经济强省的前提,因此,要建设经济强省必须首先建设教育强省。省委、省政府提出的总体要求是,到本世纪末,要确保实现或超额实现《中国教育改革和发展纲要》规定的目标进程,使全省教育事业的主要指标位居全国先进行列,初步建成与经济发展相适应的教育强省。

河北建设教育强省的具体目标和要求主要包括以下 10 个方面:到本世纪末,大力提高全民教育水平,使全省人均受教育年限由现在的 5.4 年提高到 7.5 年,进入全国先进行列;建立现代教育体系,使教育规模逐年扩大,教育结构和布局进一步优化,教育质量和办学效益明显提高;把普及九年义务教育作为重中之重来抓,在 90% 以上的地区坚决普及九年义务教育,并完成扫盲任务;所有的县都要建成职业教育中心,培养具有中等专业技能的劳动者 420 万人;下决心改变河北省高等教育落后局面,力争建起两所全国重点大学、50 个重点学科和重点专业;全省社会力量办学有一个大发展;经过一二年的努力,在全省建立一批革命传统教育基地、民族传统美德教育基地、美好河山教育基地、社会实践活动基地和劳动基地;到本世纪末,通过各级财政安排、社会支持、吸引外资等办法,筹集 100 亿元资金,用于改善各级各类学校的办学条件;建设一支具有良好思想品德和业务素质的教师队伍,各级各类学校教师学历合格率要达到全国先进水平;各级党政领导要带头尊师重教,每年为教师办一批实事,并列入政绩考核内容。

为了保证教育强省目标的落实,河北省决定实施好"八项重点工程",即:以普及九年义务教育为重点的"普九攻坚工程";以改善中小学教师住房条件为重点的"园丁康居工程";以加快中学教师学历达标为重点的"教师培训工程";以抓提高、抓特色、抓网络建设为重点的"县级职教中心建设工程";以提高农村劳动力素质和企业职工岗位技能为重点的"成人培训工程";以加强重点大学、重点学科建设为重点的"高校双重工程";以围绕经济建设和提高服务能力为重点的"高校科技开发工程"。

(1994 年 9 月 21 日《人民日报》第三版头条)

增加投入　调整结构　重点突破
甘肃科教兴省带来新气象

甘肃省把科技和教育作为经济发展的"两翼",举全省之力实施"科教兴省"战略,形成了各级领导积极组织,科教人员大力实施,广大群众热情参与的可喜局面。

地处大西北的甘肃省,经济发展相对落后。省委书记孙英认为,甘肃要想有较快发展,必须大力发展科技和教育,增加投入,调整结构,重点突破,真正使经济发展转移到依靠科技进步和提高劳动者素质的轨道上来。代省长宋照肃到任后,提出只挂"科技领导小组"和"贫困地区义务教育工程领导小组"两个组长职务,在调查研究过程中,把了解科技和教育的情况作为重点。目前,全省 14 个地、州、市相继成立了由党委或政府一把手任组长的科技和教育工作领导小组,形成了一把手抓、抓一把手、层层抓落实的格局。

甘肃省大力增加科教投入。省级科技 3 项经费保持在 1550 万元,科学事业费超过 6000 万元,省拨重大转化专项资金 1000 万元,全省已有 6 个地州市、17 县(市、区)科技 3 项经费超过当年同级财政支出的 1%。今年前 10 个月全省地方财政预算内教育事业经费比去年同期增长 21.89%,占全省财政总支出的 17.03%。

甘肃积极调整科研布局,由重数量和规模转为质量和数量并重,先进性和应用性并举。经过调整,全省科技攻关项目总数已减少 1/3,单项投资强度增加了 1/2,由 1995 年的 2.68 万元增加到今年的 5.13 万元。全省科技发展的格局已初步形成。农业方面主要抓好品种选育、大面积高产、特色农业、节水高效农业、草地资源的合理开发利用与保护、农业高科技示范区建设、乡镇企业技术进步、灾害防治研究、科技培训、科技扶贫等工作。工业方面主要抓好高新技术及其产业化、先进制造技术、计算机辅助设计与制造、信息技术及装备、重大新产品的研制与开发、工程技术研究中心建设等。

今年该省决定组织实施"5431 科技计划",即 5 年中组织实施 50 个重大科技成果转化项目,40 个重大攻关项目,30 个技术先导型储备项目,扶持培育 10 个高新技术产业的技术基础,全力推进科技经济一体化进程。

为普及农业实用科学技术,甘肃大力实施"1230 工程"———在全省每户培养一个明白科技的当家人,每户掌握两门以上农业实用新技术,每个县推广 30 项较高水平的农业新技术,引导广大农民走上科技脱贫、科技致富的新路。

"科教兴省"战略的实施,有力地推动了甘肃经济的发展。全省目前已有 19 个县(市、区)分别被授予"全国科技工作先进县市"和"全国科技工作先进城区",居我国西北、西南地区第一位。据 256 项成果推广应用情况统计,全省投入科技资金 1.9 亿元,新增产值 16.86 亿元,新增利税 3.06 亿元,取得了显著的经济效益。

(1998 年 11 月 23 日《人民日报》第四版头条)

以岗位培训为主多种形式办学
北京市成人教育形成规模
去年全市参加学习人数达二百八十多万人次

编者按 北京市成人教育的发展令人振奋。在首都 1102 万人口中接受各种成人教育的人数达到 280 多万人次,其规模的确可观。这里面有不少发人深思的道理。普遍开展成人教育,既是建设现代化经济的需要,也是当代社会进步的重要标志。成人教育的主要特点是能够直接有效地提高各行各业在岗人员的素质。北京市的实践证明,成人教育在当前必须以岗位培训为主,岗位培训抓上去了,也会有力地带动其他各种形式成人教育的蓬勃发展。

据北京市成人教育局负责人日前透露,1992 年,全市参加成人教育学习的人数达 281.1 万人次,形成了可观的规模和效益。这标志着北京市成人教育的发展进入了一个新阶段。

北京市成人教育最显著的变化和最活跃的环节是岗位培训。去年全市参加岗位培训的人员达 207 万人次,占参加成人教育总人数的 73.5%。这一变化标志着北京市成人教育已由学历教育为主变为以岗位培训为主,由过去的"要我学"变为"我要学",由单纯靠政府组织办学变为国家企事业单位、社会团体等多渠道办学,各级各类成人教育蓬勃发展。据统计,北京地区现有各级各类成人学校 2246 所,比 1991 年增加 515 所。全市共有成人教育专职教职工 39187 人,其中专任教师 16137 人,比 1991 年增加 27%。1992 年参加各级各类成人教育学习的人数达 281.4 万人次,比上年增长 10.3%。其中职工参加学习的人数为 229.6 万人,比上年增加 13.6 万人。参加成人高、中、初等学历教育的有 30.3 万人次,占总人数的 10.8%。此外,还有 44.2 万余人次参加了社会力量举办的形式多样的各类教育,占总人数的 15.7%。

1986 年以来,北京市就把岗位培训作为成人教育的重点。市成人教育部门协同劳动、人事、经济管理部门和企事业单位,进行了岗位培训的达标试点工作。全市有 46 个局、总公司分别在 96 个行业、207 个主要岗位开展了达标培训。这些单位按照岗位规范的要求和自身的实际需要,以脱产、半脱产或业余的形式进行岗位培训,经培训、考核合格的从业人员,发给"岗位培训合格证书",作为其上岗的资格证书。各企事业单位和各类成人学校还广泛开展了适应性培训和提高培训,市化工、汽车、建筑、商业、旅游等系统的企业已开始实行持证上岗制度。农村地区也进行了多种实用技术培训,并在种植业、养殖业中推广了"绿色证书"制度。岗位培训这一种对提高劳动者素质最为直接有效的教育形式,在北京取得了显著的效果,受到社会普遍欢迎。市化工总公司在本系统 34 个企业技术工人中,全面实行了持证上岗制度,促进了企业的发展,使各项经济技术指标年年超额完成,产值和利税不断增长。大兴县在果农中开展"绿色证书"培训,获得了良好的经济效益,全县果品的好果率由过去的 60% 提高到 85%。

近年来,北京市岗位培训的广泛开展,也带动了文化基础教育、继续教育、学历教育、社会文化生活教育的发展,改善了全市的人才结构,缓解了专业人才紧缺的矛盾,特别是为那些普通高校毕业生分不去、留不住的区县、行业、中小企事业单位、基层管理部门、乡镇企业培养了一大批应用型人才。为满足市民日益增长的精神文化需求,社会文化生活教育也逐步开展起来,开办了绘画、书法、棋类、球类、音乐、舞蹈、裁剪等多种培训班,受到社会欢迎。

(1993 年 4 月 10 日《人民日报》第三版头条)

中科院在科技攻关中"挑大梁"

中国科学院充分发挥多学科、多"兵种"的综合优势,在"七五"科技攻关中"挑大梁",取得了一大批科研成果,为国民经济建设做出了重大贡献。

"七五"期间,中国科学院承担的攻关任务涉及面广,难度大。该院承担的737个专题,涉及48个攻关项目,约占国家科技攻关总项目的10%。为顺利完成任务,该院共组织了109个单位的7600多名科技人员,投入国民经济建设的主战场。经过广大科技人员的奋力拼搏,该院主持及参加主持的"七五"攻关项目中,共取得科研成果703项,其中重大成果261项,占37%,为国家解决了一大批综合性高难度课题。

黄淮海平原中低产田占有耕地的70%以上。这一地区风沙、干旱、内涝灾害频繁。中科院承担的"黄淮海平原部分地区中低产田治理"课题,共取得科技成果26项,并在试验区内建立了定位实验站,对土壤水分及几种主要盐分运动规律、耕作方式改良等进行了联合攻关,为这个地区的农业综合治理与开发奠定了基础。封丘、南皮和禹城3个试验区粮食亩产达600至750公斤,人均收入达800元左右,分别为建区前的7倍和20倍,累计推广农业新技术50余项,面积达1000亩以上,直接经济效益达10亿元。在"黄土高原综合治理"课题中,中科院组织了由80多个单位的1200位科技人员参加攻关,建立11个试验示范区,取得成果150项。通过对小流域农林牧合理结构与布局的研究,使试验区水土流失减少50%以上,人均占有粮食由1985年的382.5公斤提高到514.8公斤,人均收入由218元提高到709元。

该院会同5个部委联合主持的"生物技术"科技攻关,共投入科技人员3500多名,其中院内单位承担了40%的任务,取得各类成果274项,其中达国际先进水平的101项,直接经济效益达4000万元。中科院微生物所在研究青霉素酰化酶方面,不仅培育出了高活力菌种,而且建立了一套固定化技术和相应的生产工艺,综合生产效率可与发达国家的同类产品相媲美。上海生物工程研究中心等单位联合研制的"幼畜腹泻基因工程疫苗",已完成 10 万头母猪和 100 万头仔猪的实验,达到国际同类产品先进水平。植物细胞工程育种的研究处于国际领先地位。"七五"期间,中科院还应用花药培养、染色体工程育种等技术,培育了水稻、小麦、油菜、甘蔗、橡胶等 15 个作物新品种、37 个新品系和 48 个新种质,建立葡萄、苹果、香蕉、柑橘、香荚兰、草莓和唐菖蒲等快繁生产线 11 条,供应试管苗约 1000 万株,具有较强的推广价值。该院研制成功的单克隆抗体诊断盒已投放市场。

遥感技术是地球化学、资源环境调查及自然灾害监测的重要手段。中科院在"遥感技术开发"方面着重解决了遥感信息获取、信息记录、信息传输及处理分析应用技术,在取得的 96 项成果中,有 41 项达国际先进水平,8 项处于国际领先水平,从而使我国成为世界上少数拥有遥感综合技术的国家之一。

"膜分离技术"是用于石化工业尾气的分离、生物制品的分离纯化的高新技术。中科院研制成功的 I 型和 II 型中空纤维氮氢膜分离器,已在国内外十几家工厂使用,年经济效益达 2000 万元。高分子膜富氧装置可用于马蹄焰和横火焰玻璃熔炉、有色冶金炉等。该院研制成功的这一装置在北京玻璃厂运行一年,油耗降低 14.8%,熔化率提高 14%,年节油价值 33 万元。该技术已被国家列为 1991 年重点推广应用的新技术。该院在煤转化技术研究方面,也取得了一批具有实用价值的重大成果,使这一领域的技术接近世界先进水平。

编者的话

为了配合今年 8 月国家"七五"科技攻关总结表彰大会的召开,国家计委和本报从 8 月 17 日起联合举办了"抓科技攻关,促经济繁荣"的栏目。在有关部门负责同志和专家们的大力支持下,共发表了 15 篇文章。其中,13 篇是"七五"期间在钢铁、农业、现代通信、化工、能源、机电一体化、高新技术等方面的重大科技成果的专题报道;1 篇是比较全面介绍"七五"科技攻关计划的由来的综述;还有 1 篇是热情讴歌参加"七五"科技攻关先进人物的通讯。与此同时,在"七五"科技攻关总结表彰大会之际,本报还特意发表了《向科技攻关大军致敬》的社论和 1 篇《丰硕的攻关成果,英雄的攻关大军》的记者述评。从而在一定深度和广度上向读者介绍了"七五"科技攻关所取得的辉煌成就和这些成果在社会主义建设中所产生的巨大作用,以及广大科技人员那种勇于攀登、默默奉献的崇高精神品质。这个栏目开设后,引起了社会各界的关注,产生了良好的影响。

"七五"科技攻关是一个浩大的系统工程。投入的科技人员 13 万,取得的重大成果 1.1 万项。除了本栏目介绍的成果和人物外,还有许多重要成果和先进人物也是应该大书特书的。但由于报纸版面所限,该栏目只好到此结束。在此,我们向大力支持本栏目的有关部门的领导和专家,向热情关心本栏目的广大读者致以衷心的感谢。

国家"七五"科技攻关已经告捷,规模更加宏大的"八五"科技攻关又拉开了序幕。我们相信,参加"八五"科技攻关的广大科技人员一定会在国家有关部门的统一筹划下,通力合作,继续进取,如期而圆满地完成祖国人民交托的光荣艰巨的攻关任务。

(1991 年 10 月 21 日《人民日报》第三版头条)

植根社科沃土　光大人文精神
中国社科院研究生院二十年硕果累累

伴随着改革开放的步伐,我国最早成立的一所文科研究生院——中国社会科学院研究生院,经过 20 年的风雨历程,已发展成为一所学科门类齐全、师资力量雄厚、在国内外享有盛誉的人文社会科学高层次人才培养中心。

1978 年 2 月,中国社会科学院党组作出决定,为了尽快改变"文革"后科研队伍青黄不接的严峻情况,立即恢复招收研究生的工作。

20 年来,根据中央确定的方针,社科院研究生院把培养掌握马克思主义的基本理论和方法,具备深厚的专业基础和宽广的现代科学文化知识,能够独立地从事社科理论和实际问题研究的高级专门人才作为自己的基本任务。社科院有 31 个研究所、3 个研究中心以及其他科研辅助机构,在哲学、经济学、历史学、考古学、文学、语言学、民族学、宗教学、法学、社会学、新闻学、政治学、人口学以及国际问题研究等方面,都有很强的实力和相当坚实的基础,同时也不断有新兴学科和边缘学科崛起。社科院有科研业务人员 3200 余名,其中高级研究人员 1600 余名。他们当中有一批学术造诣精深、在国内外享有盛誉的著名专家学者。这些高级研究人员在完成科研任务的同时,积极地担当起了培养人才的重任。社科院得天独厚的学术环境和一流的导师群体优势,使研究生院成为有利于人才成长的沃土,培养人文社会科学高层次人才的摇篮。

20 年的辛勤耕耘带来了丰硕的收获。目前,社科院研究生院拥有哲学、经济学、法学、文学、历史学、管理学六大学科门类,有权授予博士学位学科专业 52 个,指导教师 300 多人,授予硕士学位学科专业 65 个,指导教师 400 多人,在全国人文社会科学学位授予单位中居于前列。到今年暑假为止,该院已为国家培养了人文社会科学博士 653 名,硕士 2135 名,许多毕业生已成为科研机构、高等院校和有关部门的骨干,为社会主义现代化建设和学术发展做出了突出贡献。在 1996 年出版的《中国人文社会科学硕士、博士文库》中,该院毕业生的优秀论文有 29 篇入选。1997 年由中国社科院经济研究所与广东经济出版社共同发起开展"影响新中国经济建设的 10 本经济学著作"的遴选论证工作,在待选的 50 本著作的 56 位作者中,有该院的博士生导师 20 人,毕业生 10 人。

该院还积极实行对外开放,多方开展与海外在教育、学术方面的交流与合作。目前,已与美国、日本、韩国、瑞士及香港、澳门的一些大学建立了交流与合作关系。从去年开始,该院正式招收外国留学研究生,是对外国留学生最有吸引力的学术教育单位之一。

(1998 年 7 月 23 日《人民日报》第五版头条)

荣膺贾乌德·侯赛因青年科学家奖

北大教授陈章良载誉而归

28 日在巴黎接受联合国教科文组织颁发的 1991 年度贾乌德·侯赛因青年科学家奖的北京大学教授陈章良,于今天中午乘民航班机回到北京。

在首都机场的欢迎仪式上,北京大学研究生代表向陈章良献了鲜花。国家科委副主任邓楠向陈章良表示祝贺。她说,陈章良获奖的事实说明,从国外学成归来的青年学子是大有作为的,在祖国的土地上同样能够做出优异的成绩。国家教委、共青团中央、北京大学的负责同志也到机场迎接。年仅 30 岁的陈章良激动地说,这是大家共同努力的结晶,是祖国和人民的荣誉。我要向老科学家钱学森学习,把工作做得更好。

侯赛因青年科学家奖是联合国教科文组织于 1984 年用印度科学家贾乌德·侯赛因博士的捐赠设立的。这个奖每两年颁发一次,专门奖励 35 岁以下在自然科学或社会科学研究方面有突出成就的青年科学家。自 1987 年首次发奖以来,陈章良是获奖者中最年轻的一位,同时也是首位单独一人获奖的青年学者。

陈章良是福建省福清县一位农民的儿子,9 岁才上学,1978 年从农村中学考上了华南热带作物学院,1982 年又考取了公派留学,1987 年 7 月在美国华盛顿大学获博士学位,1987 年 8 月回国后一直从事分子生物学专业教学、科研工作,在植物分子生物学及基因工程方面有较多建树。他负责筹建的植物基因工程国家重点实验室在研究工作上与同类实验室相比,达到较高水平,已取得抗黄瓜花叶病毒等若干个基因;取得抗植物细菌、真菌病的毒蛋白多种,并开始制取基因的工作;全面开展了利用人参、天麻、三七等我国特有的植物资源制取特种经济植物基因的研究。

(1991 年 11 月 1 日《人民日报》第一版)

自我教育　联系实际
清华引导学生树立正确人生观

　　清华大学善于把握学生的特点,采取以自我教育为主的形式,联系社会实际,解决深层次的思想问题和矛盾,引导学生树立正确的人生观、价值观,收到良好的教育效果。

　　面对商品经济大潮的冲击,一些大学生对于如何树立正确的人生观、价值观以及理想与现实之间的矛盾等方面感到彷徨与困惑。清华大学感到在社会主义市场经济下出现的这些新情况,仅仅采用灌输的形式已经明显不能适应学生思想工作的需要。为此,近三年来清华大学积极探索适合学生特点的形式,开展了以"寻访校友足迹,探索人生之路"、"寻找奉献者足迹,寻访共和国脊梁"、"时代·国情·成才"为主题的活动,对学生进行人生观、价值观教育。他们改变过去由学校统一集中时间、统一规定内容的学习方法,以自我教育为主,充分发挥学生的主观能动性,具体学习时间、内容和形式交由各团支部、班级自主安排,学校则从宏观上加以指导。各团支部和班级发动学生出主意、想办法,纷纷举行演讲、辩论、知识竞赛等活动,广大学生踊跃参加,由"要我学"变为"我要学"。

　　对于学习中解决不了的思想问题,学校引导学生利用假期走出校门,走向社会,采用实习、走访、调查、写信等形式,在现实生活中寻找答案。从1991年起,学校分别在北京平谷县、北京郊区的聂各庄等5个乡、河北灵寿县、青岛崂山区等地建立了固定的社会实践基地,定期组织学生来这些地方进行实地调查,使学生既从现实生活中受到深刻教育,澄清了一些模糊认识,又培养了正确认识问题的方法。如机械系90级4班团支部以"青年之路"为主题,分小组利用假期到社会各行业搞调查,返校后举办了一次以"时代快车"为题的组织生活会,用小品的形式,把调查的内容搬上舞台,深化了同学们对社会的了解。自动化系91

级 3 班今年开展了"再塑大学生形象"的主题系列活动,发动每个同学以通信的形式,与校友、家长交谈对人生问题的思考,并征询他们的意见、看法。班里对回信归纳、整理,分小组进行辩论。许多家长在回信中分析事实,现身说法,对他们震动很大。通过对社会的进一步了解,广大学生对社会主义市场经济下的人才需求以及个人的价值、理想与追求有了清楚的理解,认识到个人的利益与国家、民族、集体的利益是密切相关的,从而明确了自身的责任。今年以来先后涌现出 14 个先进班集体,62 个优良学风班,63 个甲级团支部,研究生院也表彰了 60 个学生并授予"青年之星"的称号。

以自我教育为主,把握学生特点,联系社会实际,使清华大学学生思想教育言之有物,爱国主义、集体主义、社会主义教育不再空洞、抽象、教条化。同时,也培养了学生对事物认识、理解的正确方法和能力。今年 3 月份,学校引导学生开展"市场经济与雷锋精神"的讨论,广大学生积极参加,普遍认为,雷锋精神主要是奉献精神,在 90 年代仍应作为一种时代精神加以提倡和弘扬。全校开展学雷锋活动,许多同学纷纷走出校门,搞植树绿化活动、结合申办奥运会义务劳动、到北京城乡贸易中心体验生活等,学雷锋、讲奉献蔚然成风。

(1993 年 6 月 9 日《人民日报》第三版头条)

针对特点　分层培训　形成制度
清华重视发展学生党员工作

　　近年来,清华大学党委把做好发展学生党员工作作为一项重要任务来抓,基本上形成了一套切实可行的工作方法,收到了明显的效果。目前,全校12929名学生中有学生党员1673名,占在校生总数的13%,已向党组织递交入党申请书的学生有2100多名,占16%。

　　清华大学党委认为,抓好对学生的思想教育,不断提高他们的政治思想素质,是做好在大学生中发展党员工作的基础环节。几年来,这个学校的各级党组织针对学生的特点,下大力气抓好学生党课学习小组成员、申请入党积极分子和预备党员三个层次的教育。清华大学现有学生党课学习小组160多个,参加学习的人数达2000多人。学习的主要内容有《党章》、《共产党宣言》等,也结合形势学习中央领导同志讲话和有关文章。在学习期间,穿插优秀的影视片、文艺演出、知识竞赛等,对学生的思想成长产生了潜移默化的作用。学校每学期都组织党课学习小组进行交流,请有关专家教授给他们辅导,使党课学习小组的活动持之以恒,扎实地发展,为扩大入党积极分子队伍、做好发展党员工作,打下比较广泛的基础。

　　学校要求申请入党的积极分子认真学好学校开设的3门政治理论课,即《中国革命史》、《政治经济学》、《马克思主义哲学》。同时,坚持办好积极分子培训班,每期200人,主要学习党的基本知识;为中、高年级开设提高班,每期200人,主要学习《共产党宣言》、《论共产党员修养》以及《建设有中国特色的社会主义》,并开展"如何争取入党"的讨论。

　　1989年以来,这个学校还举办了积极分子参加的业余党校,每期500人,为期一年,现已举办了4期。经过几年实践,学校已形成了党的基本知识教育的系列党课,比较系统地对学生中的入党积极分子进行"党的性质"、"党的宗旨"、"党的民主集中制和纪律"、"如何争取入党"等教育。

清华大学还要求申请入党积极分子承担一定的社会工作,在实践中锻炼为人民服务的思想,要求他们在创建"优良学风班"、"先进班集体"中发挥作用。针对现在的学生年龄小,不太了解国情的情况,校团委组织广大团员进行社会实践,党组织要求积极分子认真参加这项活动。1991年暑假,在全校学生中开展"寻访奉献者足迹,寻找共和国脊梁"的活动,全校学生约14000人次参加了这项社会实践。通过社会实践,许多入党积极分子认识了社会,认识了工农,也认识了自己,找到了差距,明确了努力方向。

(1993年6月26日《人民日报》第三版头条)

科学研究硕果累累　人才培养桃李芬芳
北京科技大学被誉为"钢铁摇篮"

北京科技大学坚持为国民经济建设培养急需人才和提供先进科技成果的办学方针,40年来,共培养了3万余名合格的本科、专科、研究生,承担科研课题7000余项,503项成果获国家、省、部级奖励,为冶金行业的发展做出了重要贡献,被誉为我国的"钢铁摇篮"。

北京科技大学原为北京钢铁学院,始建于1952年,经过不断的建设和发展,已成为一所具有冶金材料特色的全国重点高等学府。

在科学研究中,该校坚持以应用科学为主,注意把科研成果转化为生产力,取得可喜成绩。在他们承担的7000余项科研课题中,仅对30个重点科技成果推广应用的效果统计,就为国家净增经济效益10亿多元。荣获国家自然科学二等奖的应用基础理论"材料的应力腐蚀和氢致开裂机理",研究成果达国际先进水平。成功地解决了许多部件的腐蚀和开裂问题。荣获国家科技进步一等奖的应用科技成果"GY型短应力线轧机",改造后的技术指标达国际先进水平,现已推广到全国80余家轧钢企业,年效益超过2亿元。获冶金部科技进步一等奖的"工业弧焊机器人"项目,是我国全部自主设计的第一台工业弧焊机器人,开创了我国自主发展机器人的道路。获国家科技进步二等奖的"BG型液压矮泥炮",是堵塞高炉出铁的理想专用设备,主要技术指标达到国际先进水平,目前已在全国16个省、市的30座高炉上推广应用54台,总经济效益超亿元。

在人才培养方面,这所大学逐步形成了重视基础理论教育,强调理论联系实际,着重培养学生独立工作能力的风气。他们坚持多学科、多层次、高质量为国家培养人才的方向。建校以来共培养研究生2600名,本科生28000余名,专科生1000名,函授夜大学员近6000名,以及数以百计的进修生和短训班学员,总数达 38000 多人。在毕业的学生中,有的成为闻名冶金战线乃至全国的劳动模范,有的是科研领域做出突出成绩的专家教授,有的是优秀企业家,绝大多数已成为冶金行业的骨干力量。

现在,北京科技大学已从一个单科工学院转变成为有 26 个专业、35 个硕士学位授予权学科、14 个博士学位授予权学科的大学。

(1992 年 5 月 2 日《人民日报》第三版)

"皇帝的女儿"备嫁忙
对外经贸大学教学改革辟新径

因"对外"和"经贸"两大特色而独具魅力的对外经贸大学,不以牌子响、生源足、分配好为满足,积极调整学科体系,努力改变"外贸＋英语"的人才培养模式,在教学体制改革上进行了一系列卓有成效的探索。

改变教学与管理相互脱节的现象。该校从校长、党委书记到校办主任、人事处长、教务处长、宣传部长,只要是教师出身的行政领导都担任教学任务。像孙维炎校长本人就为第二学士学位生讲授英语语音课。孙校长认为,行政领导不脱离教学实践,既可以掌握教学情况,保持教师的身份,又可以了解同学和教师的意见和呼声,有利于促进教学与管理的紧密结合。

为使这一做法制度化,进一步使整个学校的力量都集中到为教学服务上来,今年2月初,学校进行了校、院、学系的体制改革,在全校设立起国际经济贸易、国际工商管理和继续教育等四个学院,将学校和学系一级的部分行政工作移交给学院,今后学校的职能主要是进行宏观管理和长远规划,而学系则重点抓好学科建设、教学和科研,逐渐向"学系"方向发展。

作为我国最有名气的文科外语财经类院校的对外经贸大学,受到外贸部和国家教委的高度重视,毕业生就业相对容易,可谓"皇帝的女儿不愁嫁"。但经贸大学的教育者们认识到,随着改革开放的深入,"对外经贸"的内涵正变得日益丰富,这对经贸人才提出了更高的要求。对此,校领导"居安思危",提出要走一条与经济建设更加紧密衔接,甚至超前于经济建设的经贸教育新路。

近年来,该校共派出700多人次出国进修、讲学或培训。这些教师把从国外学到的经贸课课程的内容和教学方法引入该校,开设了许多新的课程,将原来的外贸、外语(10个语种)两大专业扩展到22个专业。1988年11月,该校的MBA

（工商管理）硕士学位得到了纽约州教育厅的承认，提高了我国经贸人才在国际上的地位。1992年下半年，学校又承担起国家教委EMBA（在职工商管理）硕士生的培训工作，因为在职生富有外贸工作的实践经验，在培训中，师生们教学相长，教师的讲课风格变得更加务实，并编写出了一批高质量的新教材，使在校生和在职生的教学相得益彰。

李岚清副总理对经贸大学的学科建设非常关心。他担任经贸部长期间曾多次到学校甚至深入到各教研室了解情况和指导工作，并对经贸大学提出了重点培养高水平复合型专业人才的任务。国际贸易第二学士学位部便是经贸大学培养高层复合型人才的典型。自1987年开设至今，该部共培养了数百名学生，这些学生有着扎实的理工科基础和严密的逻辑思维能力，经过在这里的外语和外贸培训之后，可谓如虎添翼。他们集外语、外贸、技术于一身，在谈判时一个人可以完成以往需几个人才能完成的工作，受到用人单位的普遍好评和器重。像中信公司原总经理荣毅仁的秘书郑方等人都是二学位部的毕业生。

谈到经贸大学今后的发展方向，校长兼党委书记孙维炎说：高校的改革千头万绪，但所有的改革措施都要为学科建设和人才培养服务，这才是经贸大学一切工作的主旨所在。

（1994年2月26日《人民日报》第三版头条）

旅游摇篮桃李芬芳　而立之年花香四溢
北京第二外国语学院享誉海内外

　　金秋十月,我国旅游业的最高学府——北京第二外国语学院步入而立之年。30 年来,学院走内涵发展的道路,坚持正确的育人方针,为社会培养和输送各类外语人才 2 万多人,被誉为"培养旅游人才的摇篮"。

　　北京第二外国语学院是在党中央的直接关怀下诞生的。1964 年,当时任中共中央总书记的邓小平同志根据周恩来总理的建议,指示国务院外事办公室向中央起草关于解决当前外语干部严重不足问题应急措施的报告,决定由对外文委筹建北京第二外国语学院。学院当年筹建,当年招生开学。改革开放之后,根据我国旅游业发展的需要,国务院批准将北京第二外国语学院划归国家旅游局领导。目前,学院已由一所单科性的外语院校发展成为外语与专业相结合,学历教育与非学历教育相结合,研究生、本科生、大专生、留学生、夜大生、进修生并存的多学科、多层次、多规格的办学体系,形成了自己的办学特色。

　　北京第二外国语学院结合旅游院校的特点,坚持对学生进行爱国主义教育,尤其突出民族气节、民族自尊心和自信心的教育。如在礼貌与礼仪课堂上,不仅讲授我国是一个文明古国、礼仪之邦等知识,而且将"社会主义旅游职业道德"、"大学生成材修养"等教育贯穿始终。学院结合每年"五一"组织学生陪带全国劳动模范代表团,要求学生学习劳动模范为国家和人民无私奉献的精神,把旅游专业的特点和技能运用到实践中。他们还结合组织学生参加第十一届亚运会、"远南"运动会等大型义务服务活动,对学生进行爱国主义教育,使中华民族的良好形象在国际性活动中得到充分体现。这个学院的学生毕业后,多数从事导游翻译工作,许多毕业生以自己的实际行动和良好的职业道德,为祖国争得了荣誉,受到海外游客的赞扬。

近年来,这个学院根据社会需求,不断进行教学改革。他们在原有语言专业的基础上,增设了朝鲜语、对外汉语专业和旅游管理、饭店管理、市场营销、国际贸易专业,成立了旅游科学研究所、旅游教育出版社和旅行社。

这个学院实行开放办学,积极开辟对外交流的地区和领域,先后与日本、美国、法国、澳大利亚、西班牙、韩国等国家的 28 所高等学校建立了校际交流关系,同联合国开发署合办了"英语强化培训中心",同法国合建了"中法旅游职业培训中心",同美国运通公司合建了"联合培训中心"。通过校际交流,先后派出 400 多人次到国外进修和工作,使教师的业务素质有了较大的提高,形成了教学、科研相长的局面。全院教师先后发表论文 946 篇,出版词典、工具书 26 部,教材、专著 547 种,译著 456 部。

建院 30 年来,北京第二外国语学院靠培养外语、旅游人才的优势享誉海内外,共招收本科生 7382 人,已向社会输送了 6193 人,吸引外国留学生 3659 人,其中长期生 1076 人,还培养了其他不同规格的学生一万多人。毕业生遍布海内外,一些人已成为外交官,涉外饭店、旅行社、公司的经理。

(1994 年 10 月 19 日《人民日报》第三版)

鼓励回国　充分信任　排忧解难　委以重任
北外吸引留学人员报效祖国

　　北京外国语大学积极贯彻执行"支持留学,鼓励回国,来去自由"的方针政策,吸引出国留学人员学成回校报效祖国,并在政治上充分信任,工作上委以重任,生活上排忧解难,使全校出国留学人员按期回国率高达93%。

　　作为外语类大学,专业的特殊性使北京外国语大学大部分教师有出国留学的机会。改革开放以来,该校共向39个国家和地区派出留学人员498人,目前已学成回国的461人。学校除积极争取国家教委的留学名额外,每年设专款100万元用于支持教师出国留学。通过与国外50多所大学建立校际交流关系,使留学工作形成了派出—回国—根据需要再派出—再回国的良性循环。因此,教师不会产生回国后不能再出国的担心,目前全校有过两次以上出国经历的教师占出国教师的33%。为使出国进修的教师按期回国,学校在住房分配上向教师倾斜。在晋升教师职称方面,学校对留学回国人员也实行一定的倾斜政策,打破论资排辈的框框,让有真才实学的留学人员脱颖而出。为培养中青年留学回国人员成为学术骨干或学术带头人,学校制定了"253工程"计划,进入这一工程的50名留学回国人员,每月均可得到300元资助并享受8项具体的优惠待遇。自1990年以来,全校留学人员按期回国率平均为93%,高级访问学者回国率达100%。

　　留学人员回国后,北京外国语大学提供各种条件使他们发挥重要作用。目前已回国的教师广泛参与校内教学、科研活动,大都成为各系、所的学术骨干。据校长陈乃芳介绍,学校不仅在教学、科研方面注意发挥留学人员的作用,而且在管理工作方面也委以重任,学校8位校级领导中,有6位是留学回国人员,系级领导中留学回国人员占74%。

(1997年6月9日《人民日报》第五版)

政治素质好 工作能力强 群众威信高
南开大学基层党组织凝聚力增强

南开大学党委认真贯彻落实《中国共产党普通高等学校基层组织工作条例》,重点加强系一级党总支建设,使基层党组织的凝聚力和战斗力不断增强。在前不久召开的全国高校党建工作会议上,中组部部长张全景肯定了他们的经验。

南开大学党委首先从统一思想认识入手,协调好系级单位党政关系,充分调动两个积极性。他们对校内一些基层党组织建设搞得好的典型经验进行了总结,引导大家正确认识党政关系,明确"学校的院、系级单位,主要任务是落实学校党委和校行政的决定,其党组织和行政主要是划分职责范围,既有分工,又有合作,共同做好工作"。要求院、系建立党政联席会议制度,区分不同事项,由院长(系主任)和党总支书记分别主持会议,对重要事项共同作出决定。他们积极创造条件,引导总支委员会积极参与讨论和决定本单位的重要事项。要求各单位定期召开党总支委员会会议,主动研究涉及办学方向、培养目标、学科建设、精神文明建设等关系改革、发展、稳定的大事,明确原则,提出意见。南开大学党委还规定,党总支对本单位的发展规划和年度工作计划、重要改革措施、规章制度、培养目标、专业及课程设置、硕士点与博士点及导师的提名与申报、师资队伍建设方案、机构调整等都参与讨论和决定,较好地发挥了党总支的作用。

南开大学在干部的培养、选拔、任用、考核、奖惩上突出思想政治素质的要求,对总支书记的人选,不仅要求政治素质好,工作能力强,在群众中有较高威信,还要懂业务,熟悉教学科研工作的各个环节。在选系主任时,不仅要求是学术上的专家和管理上的行家,还要有较强的组织观念,善于团结协作,为人正派。为达到这些要求,南开大学在物色总支书记人选时,放宽视野,注意发现教师党员兼任总支书记,在全校逐渐形成了由专职干部和教师两部分人员组成的党总支书记队伍。目前,该校共有系级党总支书记28人,其中由教师担任的占一半以上。他们还注意总支与行政负责人的岗位轮换,丰富行政和党务两个方面的工作经验,提高工作的主动性、自觉性和协调性,现任的28位系总支书记中,当过系正副主任的占一半以上。

（1997 年 7 月 4 日《人民日报》第五版）

深化改革迎百岁
武汉大学气象新

武汉大学以深化改革、加速向市场经济体制转轨来迎接自己的百年校庆。

据介绍,李达、竺可桢、许德珩、叶圣陶、闻一多、李四光等一大批著名学者都曾在武大任教或工作过。现在武大已发展为拥有7个学院、33个系、15000名在校生和5000多名教职工的综合性重点大学。

近年来,武大在发展中加大了改革的力度。他们在全国最早开展了学分制的试点,现在他们又将改革推向深入,把计划学分制改为完全学分制。即允许学生修满总学分提前毕业,也允许学生在一定期限内停学或半停学,最后修满总学分亦可毕业,同时鼓励跨学科专业的选修。在培养复合型人才方面,武大实行了主修辅修双学位制,学生在学习一个主修专业的同时可辅修另一个专业,毕业时发主修、辅修两个文凭,学习达到要求者可颁发两个学士学位证书。此外,武大还改革招生制度,招收具有大专或相当大专学历、并有一定实践经验的青年,插入本科三年级学习,毕业后发给本科学历证书。这些改革调动了学生学习的主动性和积极性,拓宽了他们的知识面,受到广泛的欢迎。据了解,武大目前已有200多名本科生提前半年到一年毕业;500多人获准在主专业外再辅修另一专业或读双学位。

武汉大学与香港沿海国际集团共建国际科学园签字仪式今天在此间举行。武汉大学与香港沿海国际集团达成协议,决定在武汉大学校园内共建国际科学园。科学园位于珞珈山下,东湖之滨,是以科学教育、高新技术为龙头,集科技开发、智力开发与房地产开发于一体的综合开发园区。其总体构想是立足本世纪90年代经济建设与社会发展,面向21世纪和国际大市场,提高武汉大学及香港沿海国际集团的综合实力。国际科学园的建设包括高新技术开发与产业化、人才培养与智力开发、房地产开发 3 个子项目。科学园建设总投资预计 6.5 亿元人民币,将在今后 7 年内全面建成。

(1993 年 11 月 30 日《人民日报》第四版)

成果服务主战场　论文变为生产力
武汉大学抓科研重转化

　　武汉大学发挥综合大学科研实力雄厚的优势,重视科研成果的转化,直接为经济建设服务,使一大批科研论文变成了现实生产力。

　　武汉大学校长侯杰昌告诉记者:"高等学校科研工作的一个重要原则,是与实际相结合。如果科研论文发表之后束之高阁,不转化为生产力,等于半途而废。因此,我们一直强调科研论文的'转化',即变为现实生产力,这样才能使科研工作达到事半功倍的效果。"近年来,武汉大学抓科研重转化取得了丰硕成果,科研工作如虎添翼。

　　——创办新兴产业,形成新的经济增长点。武汉大学利用高科技研究优势,创建了一批新兴高技术产业。生物系专家研制成功的"从猪毛、人发中提取氨基酸新工艺",通过举办学习班的方式,很快辐射到全国。目前国内采用这一技术的企业300余家,生产的氨基酸系列产品年产值达10多亿元。武大电化学工程技术中心研制生产的镍氢等系列高能可充电池,销售额上亿元。武汉力兴电源公司采用这一技术,去年产值达8000万元。化学系副教授严河清研制的"全固态SPE传感器",转让给武汉中山集团后,产品年销售额上亿元。生命科学院张廷璧教授研制的"卟啉铁补血剂"被红桃K集团公司采用,去年完成销售额高达15亿元,实现利税4亿元,成为湖北省大型支柱产业之一。"碳60"是80年代后期发现的一种新材料,该校分析测试中心在国内率先研制成功并形成产业化,现已占据国内市场份额的60%。

　　——共建科研和成果转化基地,为经济增长方式转变增强后劲。该校与湖北省科委共建氨基酸工程技术中心,与武汉市科委共建电化学工程中心。同时,学校与企业紧密合作,共同向国家经贸委申报产学研项目,现已获准两项,加速了科研成果的转化及产业化进程。

——面向农业,大力开展"科教兴农"的开发研究。该校生命科学院教授朱英国培育的"光敏核不育水稻"、"珞珈粘"、"马协 63"等优质水稻新品种,在孝感、随州、仙桃等地累计推广 33 万多公顷,米质好、产量高、抗病力强,被湖北省列为重点推广计划。汪涛教授坚持深入农户,推广 Bt 防治棉铃虫技术,在湖北、山东、河北、河南、安徽等省推广面积达 6.7 万多公顷,收到了显著的经济、社会和生态效益,他因此荣获'97 全国科技成果推广先进个人称号。化学系教授张俐娜利用农作物的再生资源,研制出可降解农用地膜,现已在孝感中试成功并将建立原料和生产基地,届时湖北省将成为可降解膜研究生产中心。

——发挥人文社会科学的优势,为经济腾飞出谋献策。该校积极引导哲学社会科学的教学科研人员强化"经济建设主战场"意识,拓宽应用研究和发展决策咨询研究。韩德培、李双元教授关于中止若干合同中的国际法问题研究,其咨询意见被国家有关部门采纳,维护了国家声誉,在国际上产生了很大影响。管理学院李崇淮教授为武汉市提出的"两通(交通和金融流通)起飞"理论,被武汉市政府授予特别荣誉奖。

(1998 年 5 月 12 日《人民日报》第五版)

学理论求团结　抓党建促发展
武汉大学加强班子建设

武汉大学党委注重抓好党政领导班子建设,使之在贯彻党的方针、政策上形成合力,加快了学校的发展步伐,被中组部授予"优秀基层党组织"称号。

武汉大学党委把抓好邓小平理论和党的十五大精神的学习,作为提高领导班子建设水平的根本,以理论求共识,以共识求团结,增强领导班子驾驭全局的能力。为此,他们坚持党委中心理论学习小组的学习制度,在学习中把理论与学校改革发展的实际结合起来,把务虚同务实结合起来。该校党委常委多数都承担了理论研究或党校讲课任务。他们通过学习,增强了办好学校的责任感和紧迫感,从而加大了对学校改革和发展的力度。

该校还从制度建设着手,加强领导班子建设。他们先后制定了一系列制度,并认真执行,既保证了工作的规范化,又提高了工作效率。与此同时,武大党委围绕学校中心工作,切实加强基层党组织和干部队伍建设,先后举办党支部书记、支部委员培训班 3 期,党员培训班 4 期,并通过每两年一度的评选先进党支部、优秀共产党员以及党支部工作评估等活动,推动了党支部建设。在学校的中心工作和改革与发展中,较充分地发挥了基层党组织的政治核心和战斗堡垒作用、党员的先锋模范作用。近年来,武汉大学有 1 个分党委、7 个党支部获省级以上先进称号,28 人次获得省级以上优秀党员、优秀党政干部称号。

武汉大学抓党建促进了学校的整体发展,在教学科研方面取得了突出的成绩,学校的整体水平和综合办学实力明显提高。近年来,全校教师先后有近百人次在国内外获奖,理科教师在国外发表论文被引用率一直居全国高校之首。

(1998 年 7 月 2 日《人民日报》第五版头条)

学校搭舞台　重槌敲响鼓
武大中青年教师"唱主角"

　　武汉大学破除论资排辈观念,为中青年教师搭起施展才华的大舞台,使他们既担当重任唱主角,又响鼓敲重槌严格要求,一批中青年教师脱颖而出,成为教学科研的主力军。

　　即将迎来建校 105 周年的武汉大学,近几届领导都极为重视中青年教师的培养。他们把中青年教师看做学校的未来与希望,制定了一系列优惠政策和措施,提供舞台、精心培养、厚待重用优秀中青年学术骨干和学科带头人。该校现有 45 岁以下的教师 904 人,占教师总数的 60%,其中具有硕士、博士学位者占71%,具有正、副教授职称者占 44%,他们正在各自的教学科研岗位上"唱主角"、"挑大梁"。

　　千方百计创造条件,为中青年教师提供良好的工作和生活环境。武大在住房紧张的情况下,优先解决中青年教师的住房,凡是具有博士学位者,无论婚否,均可获得两室一厅住房;优先为两地分居的中青年教师调动配偶;给尚未晋升正高职称的博士每月提供 100 元的生活补贴。

　　破除论资排辈观念,实行公平竞争,为优秀青年教师脱颖而出提供机会。近几年,武大先后有 70 名青年教师破格晋升为教授,133 名青年教师破格晋升为副教授,有 3 人越级从讲师晋升为教授。晋升教授时年龄最小的只有 28 岁。1993 年在全国评选的博士生导师中,该校 45 岁以下的中青年教师有 9 位,其中最年轻的仅 30 岁。

　　响鼓重槌敲,严格要求,不断激励,全面提高中青年教师的素质。该校在给待遇、给条件、给职称的同时,对中青年教师严格要求,强调德才兼备,加强师德教育。从 1987 年开始,该校每年都进行新教师职前培训,10 年来已对 900 多名教师进行了培训,合格者发给"职前教育合格证书",作为上岗和晋升职称的重要依据。该校把一部分卓有成就的中青年教师放到关键岗位上,压担子,促成才。全校45岁以下的博导已有43人,90%以上的院长、系主任由有突出贡献的中青年学者担任,中青年专家李文鑫、胡德坤还担任了校级领导职务。徐超江、吕应堂获"国家自然科学基金杰出青年";辜胜阻被评为"全国十大杰出青年",获孙冶方经济科学奖;黄进被评为"全国十大青年法学家";郑功成成为我国第一个社会保障学博士点教授;万鄂湘是享誉国内外的"弱者权利保护中心"主任。"国家跨世纪人才培养计划"入选者戴明星,主持和参加6项基金课题研究,获国家教委科技进步一等奖。青年博导何光存在植物遗传工程研究方面成绩突出,获农业部金杯奖。

编余短论

这个舞台搭得好

武汉大学为中青年教师成才搭起广阔的舞台,放手让他们担当重任唱主角的做法好。好就好在武大的领导具有远见卓识,且机制灵活,措施得力。

大学之大,不在大厦之大,而在大师之大。建立一支结构优化、高效精干的教师队伍,是保证高等学校在国内外激烈竞争中立于不败之地的关键,而中青年教师的培养,又是高校教师队伍建设的重要环节。因此,处于世纪之交的高等院校,谁抓住了中青年教师的培养,谁就有了生机和活力,谁就有了现实的和潜在的竞争力,谁就把握了未来。

武汉大学对中青年教师既热情关心,又严格要求,响鼓重槌敲尤其值得称道。中青年教师只有在既宽松又严谨的环境中锻炼提高,才能迅速健康成才。我们相信,"舞台"搭起来了,"主角"只要苦练"内功",一定会演出威武雄壮的"活剧"来!

(1998年11月11日《人民日报》第五版头条)

改坐等课题为主动出击
武汉大学文科建设焕发生机

武汉大学发挥综合性大学文科研究的整体优势,加强文科的社会服务功能,面向改革开放实际,主动服务经济和社会发展。

近年来,武汉大学不断深化教育改革,调整文科研究的主攻方向,使文科建设获得空前发展,由 20 年前的 6 个系科,发展到覆盖文科八大学科门类、15 个一级学科,拥有硕士点学科 54 个,博士点学科 32 个,一级学科授权点 2 个,博士后站 4 个,国家重点学科 5 个。改革开放以来,武大文科共承担社会科研项目 1200 多项,出版专著、教材 1500 多部,发表论文 1.5 万多篇,为国家和地方经济社会发展提供重大决策咨询报告与建议 250 多份。

面向生产一线,发挥文科产业服务功能。武大管理学院在全国首批开办 MBA 工商管理教育和电脑会计专业,形成强调中西结合、突出综合应用的学科优势。90 年代以来完成"企业市场营销系统的动态仿真研究"、"企业资金运营系统"、"国有企业资产筹措运用监督"等 60 余项重大科研项目,产生了巨大的经济效益。

面向经济热点,发挥文科决策服务功能。武大组织经济、管理、历史等多学科开展综合研究,为三峡地区经济发展提供决策咨询、区域规划、移民工程、资产评估等项科学论证,先后完成《长江中游开放开发研究》、《长江中游地区旅游的资源评价及研究》等一批重大项目。

面向知识经济,发挥文科保障服务功能。武大经济学院、法学院、图书情报学院着眼于经济信息化和经济环境的保护,适应知识经济新趋势,在全国首批设立社会保障专业博士点、情报学专业博士点、环境法研究所,出版《中国社会保障论》、《中国救灾保险通论》、《从企业保障到社会保障》等一批专著,填补了学科空白,完成重大科研项目近百项。

（1999 年 3 月 25 日《人民日报》第五版）

提高办学质量　促进学校改革
武大院系调整重组

经过近两年的认真研讨与慎重考虑,武汉大学院系调整重组方案终于在 4 月 8 日下午与全校师生见面。这是继 1958 年全国高校学科调整后,武汉大学在院系调整设置方面作出的最大的一次变动。根据调整重组方案,武汉大学原有 19 个学院和直属系减少到 9 个学院;137 位专兼职正副处职干部减少到 72 位。

新中国成立以后,特别是改革开放 20 多年来,武汉大学学科与专业设置发展十分迅猛,形成了一个具有影响广泛、特色突出、优势明显等特点的学科专业结构。学校现有 56 个本科专业,106 个硕士学位授权点,55 个博士学位授权点。但是,院系设置过多,也出现管理困难、力量分散、相互制约、专业划分过细等问题,不利于资源的优化配置和教学科研水平的提高,也制约了学校的进一步发展。为此,武汉大学党政领导决心以提高办学质量与效益为核心,以促进学校改革与发展为目标,以教育部最新颁布的高等学校本科生、研究生专业目录为依据,按照科学分类、学科优势与特色突出的基本原则,确定了这次院系调整重组方案。

学校有关领导表示,这次院系调整重组力度很大,难度很大,影响面也很大,但方案的出台是在集中前期全校开展教育思想大讨论和教职工代表大会的意见基础上产生的,是深思熟虑的结果,是有利于武汉大学今后的改革与发展的重要举措。因此,学校党政领导思想一致并有充分的信心把这项工作搞好。

根据学校总体部署与安排,今年 4 月底以前将完成新学院下设机构的调整重组工作;对暂时无岗的原院系正副处职干部,学校将根据工作需要和竞争上岗的原则逐步予以妥善安排。

(1999 年 4 月 15 日《人民日报》第五版)

贯彻十四大精神　适应市场经济需要
总参直属院校改革政治理论课

　　记者从日前在京结束的总参直属院校政治教研室主任座谈会上获悉:总参29所直属院校政治理论课教学将进行改革。这是总参党委贯彻落实党的十四大精神的一个重要步骤。

　　长期以来,一些政治理论课的内容滞后于实践,基础理论大部分还停留在计划体制的理论框架内,有的甚至照搬前苏联那一套,这就造成了现行政治理论课教学中强调要坚持的某些原则,恰好是实践中否定的;而现行政治理论课教学中予以否定的某些做法,又恰好是实践中提倡的;现行政治理论课教学中的不少思想、观念、习惯乃至语言,有的是在产品经济基础上形成的,与改革开放的要求很不适应。对此,总参党委提出,直属院校政治理论课教学要贯彻十四大精神,用新的思想观点和标准改革政治理论课教学,使教学内容与建立社会主义市场经济相适应。对在计划经济模式下形成的政治理论课教学内容,进行认真的清理和必要的调整。与建立社会主义市场经济体制相抵触的,要予以删除和修正;不能充分体现建立社会主义市场经济要求的,要进行扩展和充实。

　　总参直属院校政治理论课教学改革的具体内容是:"马克思主义原理"课从人类社会发展的历史进程说明建设社会主义市场经济的必然性;"中国革命史"课从中国革命的历史经验教训中说明搞社会主义市场经济的必要性;"中国社会主义建设"课从经济体制是资源配置方式和管理方法的模式,说明搞计划经济还是搞市场经济不是判别姓"资"姓"社"的标准;"世界政治经济与国际关系"课从当今世界政治经济格局中说明我国的市场经济与世界经济接轨的必要性;"军人思想品德"课要研究建立社会主义市场经济之后对道德建设带来的新问题;"法学概论"课着重提高学员法制意识,增强他们"以法治军"的能力。

　　总参政治部要求各直属院校从现在起到本学期末,对已经完成主要政治理论课程教学的学员,要根据党的十四大精神,通过一定方式进行补课;对正在实施教学的学员,要立即修改教案,按更新后的内容进行教学;对尚未进行教学的学员,要全部按调整后的教学内容进行教学。从下学期开始到本学期结束,要根据统一部署进行基本教材的修改或重新编写。从明年新学年起,各院校的主要政治理论课程,要一律采用根据党的十四大精神修改和重新编写的教材进行教学。

　　　　　　　　　　　　(1992 年 11 月 23 日《人民日报》第三版头条)

图书增多　订费增加　环境幽雅
郑州大学漂亮舒适的地方是资料室

　　近日,记者在郑州大学采访,感受到一股浓厚的学术氛围——各院系漂亮舒适的地方是资料室。

　　近两年,郑州大学一些院系热衷于花钱装修会议室。有的系仅有几十名教职工,会议室却装修得富丽堂皇。校领导认为,学校是做学问的地方,各院系没有必要把会议室搞得那么豪华气派,而应该把称作"学术思想摇篮"的资料室建设好。

　　今年以来,学校分别召开有关会议,提倡各院系都要把资料室建好,改变脏乱差、图书资料订数减少的状况,为广大师生的学术研究创造条件。

　　学校在资料室的资金使用上不搞平均分配,而是对搞得好的院系进行重点奖励,从而调动了各院系建好资料室的积极性。许多院系纷纷利用假期装修资料室。商学院、政治系、中文系等将资料室的墙壁粉刷一新,配备了吊灯、壁灯、换气扇、电扇、圆桌凳等,面貌焕然一新。计算机科学系等院系分别用大理石、瓷砖铺地板。经济法系等院系配备微机、复印机等设备,供查阅资料的师生使用。有的院系还在资料室放置花草盆景,挂上书法条幅、山水画等,使资料室的环境变得洁净、幽雅。

　　一些院系从创收资金中拿出一部分,用于购买图书、订阅报纸杂志。新闻系全年办公经费仅 9000 元,而资料室订阅图书报刊的费用就达 1.5 万元。商学院投资 3 万多元,使期刊杂志由过去的 98 种增加到现在的 300 多种。中文系等院系图书数量增加后,资料员分门别类制作卡片,方便师生查阅。政治系、经济法系等资料室结合教师的科研课题,提供专项资料,受到教师的欢迎。有的院系资料室装修后,不仅增加开放时间,方便师生阅读,而且免费向社会开放,吸引了省直机关、兄弟院校和海外留学生前来查阅。

目前,郑州大学 20 多个院系的资料室环境幽雅,图书杂志订数和订费增加,查阅资料的师生明显增多,形成了良好的学术氛围。资料室不仅是各院系最漂亮舒适的地方,而且已成为出新的学术思想和成果的地方。

(1994 年 11 月 14 日《人民日报》第三版)

面向经济建设 瞄准重大课题
郑州工学院加速科研成果转化

郑州工学院瞄准经济建设中的重大科研课题,充分发挥多学科的综合优势,加快成果转化,科研水平和实力明显提高。

郑州工学院是隶属化工部的一所以工为主兼有管理、经贸、外语等多学科的院校,有高级专业职务者338人,科研实力雄厚。学院在"科学技术工作必须面向经济建设"方针的指导下,努力实现由教学型向教学、科研、开发型转变;由自发、分散型向有组织、有重点的研究转变;由仅注重发表论文到为经济建设服务转变,近3年来,学院新立科研项目525项,其中包括国家"八五"攻关、国家自然科学基金、"863计划"及国家重大成果推广等课题287项,经费超过10万元的课题达60余项。去年,学院科研合同经费在1000万元以上,进校科研经费736万元,一批技术含量高的成果迅速转化为生产力。

从经济建设的宏观计划上选题立项,是郑州工学院科研工作的着眼点。沈宁福教授主持的"八五"国家重点攻关项目"非晶合金催化剂的研究应用"和高技术项目"快速冷凝高温热强铝合金研究",处于我国工程领域和材料科学的前沿。学院机电一体化研究所承担国家"八五"攻关"智能数控加工系统"等项目,研制出新型"智能机器人",可听从中、英、日文语言的指挥而动作,引起同行专家的关注。由20多位青年博士、硕士组成的塑料模具研究所,承担着居国内外领先水平的国家、省部级重点项目10多项。他们以这些成果为依托建立的我国第一个橡塑模具计算机辅助工程技术国家工程研究中心,为我国高新技术成果产业化、社会化架起了一座金桥。

与此同时,这个学院积极开展高新技术应用开发研究,大力加强科研成果的推广应用,广泛开展与企业合作攻关。他们先后和中原化肥厂、长城铝业公司等

100多个大中型企业建立了合作研究关系,与漯河、南阳等地市联合进行资源开发和利用,科研成果涉及机电、交通、建材等领域,60%以上的成果处于国内、国际先进水平,很多已取得了可观的经济效益。

(1994年11月26日《人民日报》第三版)

走上讲台会讲课　下到地里能种田
河南职技师院强化实践教学

　　河南职业技术师范学院主动适应职业技术教育的发展,按照"突出技术性、强化实践性、保证师范性"的思路,闯出了一条有特色的办学新路,为全省的职教师资培养和经济发展做出了突出贡献。

　　8年来,该院瞄准社会需求,改造老专业,发展新专业。先后增设了乡镇机电、电器技术、服装设计等新专业,使专业覆盖面从农扩展到工、商等各个学科,目前已有5个本科专业通过国家教委和省教委的验收,获得学士学位授予权。

　　学院在经费极端紧张的情况下多方筹措资金,狠抓实践性教学,在社会上建立了60多处稳定的实习基地,多数专业的教育生产实习都能保证有一年左右的时间。园艺、农学两系还进一步开设"专业实践课",农学系开展了"大学生承包农户"等活动。该校毕业生买兴普、吴翠兰夫妇创建的延津县小店乡农技站,为当地农技推广发挥了重要作用。这个农技站现已成为国家新农药大田药效试验基地,他们夫妇二人因此被评为国家级有突出贡献专家,吴翠兰还当选为"全国三八红旗手"。青年女教师宋飞琼1989年毕业时放弃留校任教的优越条件,志愿到山村执教,同时还积极推广农业技术,短短6年时间就创经济效益2000多万元,她的许多学生也都成了当地的技术骨干,去年底,她被评为"全国十杰中小学中青年教师"。

　　40多年来,该院先后为国家培养了1.1万余名农、林、牧、工及职教方面的高级人才,受到社会广泛好评。最近,河南省教委批准该院成立了"河南省职业教育干部培训中心",同时对全省的职业中学校长和职教管理干部进行全面培训。

(1995年8月11日《人民日报》第五版)

河南新建教师住房三万多套

河南省积极解决教师"住房难"问题,取得可喜成绩。

据统计,从 1978 年至 1991 年的 13 年间,全省用于改善城市中小学教师住房条件的建设总投资已达 27236.7 万元,新建住房建筑面积 161.98 万平方米,新建住房 30546 套,调整、改造其他用房为教师住房约 5000 套,使占城市中小学教职工总数一半左右的教职工喜迁新居或不同程度的扩大了住房面积,人均居住面积由 1978 年的 1.9 平方米,提高到 1991 年的 6.9 平方米,增长 2.63 倍。

河南改善教师住房条件的做法,可概括为"一比三、三三制"的建房办法。所谓"一比三",就是中央补助一个,省里配套 3 个;省里补助一个,市财政配套三个。所谓"三三制",就是中央、省、市的投资加在一起作为国家补助投资,原则上占总建房投资的 1/3;学校及住房教师原则上各筹 1/3。这种办法的实施,增强了投资渠道的透明度,调动了各地政府解决教师"住房难"的积极性。"建得广厦千万间,数万教师尽开颜。"广大教职工衷心感谢党和政府的亲切关怀,不少教师赋诗抒怀,表达感激之情。郑州市育红小学女教师王佩林迁入新居后,吟诗抒情:"年过半百逢乔迁,热泪盈眶合家欢,胸怀老骥伏枥志,四化征途谱新篇。"安阳市七中教师邓致中分到三室一厅住房后,激动地说:"党的政策不仅给了我政治上的关怀,也给了我生活上的照顾,我一定要为党的教育事业努力工作。"

有关负责人告诉记者,住房建设是学校最大的福利事业投资,是教师最大的基本设施之一,"八五"期间河南省要建教师住房 1 万套。

（1992 年 10 月 10 日《人民日报》第三版）

河南给千名特困生发入学"盘缠"

为了避免经济特别困难的新生考上了学入不了校的情况发生,河南省教委招生办多方筹资,为1000名这样的新生每人发放300元"盘缠",以便他们能顺利入学就读。

8月17日,在河南省招生录取现场,省招生办公室主任侯福禄、副主任孙洪臣告诉记者,往年出现过这样的情况:有些来自边远贫困地区或家庭有特殊困难的特困新生好不容易考上了大学,但接到录取通知书后,却没有入校报到的"盘缠"和前期费用,不得不在亲朋间东挪西借,邻里间七拼八凑,给新生造成经济和心理两方面的双重压力,甚至出现极个别新生因此推迟或放弃入学的现象。

针对这种情况,河南省政府、省教委从爱生扶贫出发,指示省招生办公室多方筹资30万元,以解1000名特困新生入学难的燃眉之急。

为防止补助款在中途"跑冒滴漏",发不到真正的特困生手里,省招办特意制定了评定和发放办法。由各地高中根据高中阶段学生享受助学金的情况,在今年本科新生中(不含委培、自费生)确定特困生推荐名单,并由本人填写"补助申请表",由班主任、中学校长签署意见,县招办审核,并报市地招办批准,最后在省招办备案。省招办对此进行全程监督。为使特困生能及时领取补助款,县、区招办先予垫付,事后由省招办统一报销。

(1995年8月21日《人民日报》第五版、获全国教育好新闻三等奖)

"特困大学生 我们帮助你"
河南设立两项助学救济基金

对于河南高校的在校特困生来说,9 月 29 日的确是个好日子。在省会郑州,两项旨在帮助他们解决生活困难,资助其顺利完成学业的救助基金在一天内同时设立。

河南是个发展中的中西部省份,经济条件相对落后,一部分农村至今仍处在贫困状态,而高校的主要生源又在农村,因此,高校贫困生占 11 万在校生总数的 10%—15%,特别贫困生(月均生活费 80 元以下)占 5%—8%。

"特困大学生,我们帮助你!"得益于人才优势、感念于教育之恩的河南银丰商品交易公司,率先向特困大学生伸出了救援之手。他们在资金并不十分宽裕,自己还要艰难"爬坡"的情况下,独家出资 100 万元人民币,会同省教委,设立"银丰期货助学奖励基金",每年对 100 名省属院校的特困生提供救助。

由共青团河南省委、河南青年联合会、学生联合会共同创建的"河南省助学成材救助基金",则是通过动员青年企业家、青年乡镇企业家和青年书法家的带头示范,组织社会各界募捐,对月均生活费低于 100 元的贫困生、特困生给予每月 20 元到 70 元不等的分档救助。省教委主任亓国瑞在接受记者采访时说:失学的孩子需要帮助就学,多救助一个,21 世纪就少一个文盲。而已经就学的贫困大学生中也需要帮助其完成学业,多救助一个,21 世纪就多一个人才。这是一项特殊的"希望工程"。感谢企业界的支持,更期望全社会的支持。

(1995 年 10 月 4 日《人民日报》第五版)

发展与管理结合 教育和监督配套
河南高校党员队伍面貌变化明显

河南省重视在高校师生中发展党员,探索党员教育和管理的新路子,使高校党员队伍面貌发生明显变化。目前,全省高校教师中党员已占 47.5%,要求入党的大学生达 40%。

1990 年以来,河南省重视在高校师生中发展党员,并狠抓落实。他们坚持做到年初有发展计划,平时有检查,年终有总结。各高校党委注重对入党积极分子的培养教育,努力提高入党积极分子的素质。同时,坚持党员标准,严把发展党员的质量关,做到成熟一个发展一个。全省教师党员的分布更加合理,年龄结构与学历结构得到改善,党员队伍充满生机与活力。全省高校教师中党员占 47.5%,而且大都成为教学、科研的骨干力量。全省大学生党员的比例也稳步上升,由 1990 年的 0.8% 上升到 1996 年底的 3.4%,有些高校毕业班学生党员达到 10%。目前,全省高校要求入党的大学生达 40%,一支以党员为核心,以大批入党积极分子为基础的大学生骨干队伍已经形成,在全省高校发挥了重要作用。

河南省注重加强高校党员队伍建设,强化对党员的教育、管理和监督措施。省委高校工委及时转发了郑州大学《党员守则》和《党员目标管理方案》,要求各高校认真执行。这一经验的推广,使党员标准具体化。他们还在全省高校中组织开展党员形象大讨论,引导党员认识新时期的伟大使命,无私奉献。各高校坚持对党员开展经常性的教育活动,使广大党员思想作风得到锤炼,精神风貌有了很大变化,政治素质明显提高,进一步发挥了先锋模范作用。据统计,在全省高校受表彰的先进人物中,80% 以上是共产党员。

(1997 年 6 月 26 日《人民日报》第五版)

德育为首　教学为主　全面发展
育英学校探索教改新路子

　　北京市育英学校坚持"德育为首,教学为主,健康第一,全面发展,办有特色"的办学方针,积极进行教学改革,取得了可喜的成绩。

　　育英学校1948年冬建于河北省平山县西柏坡。1949年随党中央迁入北京。45年来,该校始终坚持"德育为首,教学为主,健康第一,全面发展,办有特色"的办学方针,为祖国培养和输送了大批栋梁之材。目前,育英学校已发展成为一所拥有教职工近300人,在校学生3000余名,包括小学、初中、高中的12年制的学校。

　　育英学校自1980年被中央教科所确定为"五·四"学制改革实验基地以来,克服重重困难,坚持进行教学改革,建立了"以课堂教学为主,以课外活动和生产劳动为辅,思想教育贯穿于三者始终"的教学新体系,从实践中摸索了一套行之有效的方法和途径。他们在课程结构、教学方法、考试方法等方面大胆地进行了改革。英语课从小学二年级学习语言的最佳年龄段开始开设,着重学习日常生活用语。由于几何、物理两门课在初二同时开设难度较大,他们就把这两门课分别放在初二和初三,适当增加了体育、美术、音乐的课时,还增设了书法、计算机、优学法、学习心理、文学欣赏等选修课。学校按照学科、科技、文体、艺术四类,组织了几十个小组和社团,安排课外活动的内容和场所,使学生每周都有固定的时间进行活动。小学各年级积极进行"愉快教育",如音乐课,把乐器、录音、录像、电影引进课堂,使声乐、器乐、舞蹈、游戏结合起来,使学生对音乐课产生了浓厚的兴趣。把英语课的听、说、读、写与看图说话、对话、游戏结合起来,学生很爱学。学校还对原有的考试方法进行了改革。取消期中考试,把单一的书面考试改为以书面考试为主,配合口试和操作的考核,以培养学生的答辩能力和动手能力。育英学校的教学改革,减轻了学生过重的课业负担,明显提高了主要文化学科的学习成绩,有效地培养了学生的个性特长,较好地保证了学生的全面发展,得到了有关部门的肯定和好评。

(1993 年 11 月 1 日《人民日报》第三版)

注重全面发展 开展素质教育
北京 171 中学办学有特色

北京市 171 中学以全面育人为重点,实施素质教育,面向全体学生,办出了自己的特色,赢得了学生和家长的信任,学校声誉不断提高。

北京市 171 中学是一所完全中学,共有学生 1800 多名。校长周柏年告诉记者:"更新教育观念,端正办学思想,面向全体学生,促进学生全面发展是抓好素质教育的基石,这已成为全校教师的共识。"该校早在 1995 年就开展了素质教育的研讨,全校教职工踊跃参与,先后出版了素质教育论文集 6 册,开放了 110 位教师的课。他们在初中一年级率先实施"主体参与,分层指导,激励评价,及时反馈"的大面积提高教学质量的实验,使课堂教学成为综合素质教育的主渠道。他们坚持面向全体学生,使全体学生爱学、乐学、会学。

该校注重培养学生个性,发展学生特长。为拓宽初中学生知识面,学校每周在阅览室安排一次阅读欣赏课。学生可以读世界名著,也可以读科普读物。由于从初中就打下了博览群书的好习惯,该校学生每年在各级征文、演讲等比赛中获奖的有 40 多人次,在报纸杂志发表文章数十篇。学校组织的各类兴趣小组和课外小组达 30 多个,初中生参与率达 95%,高中生达 70% 以上。这些兴趣小组门类齐全,艺术类有合唱团、绘画、书法、篆刻、摄影、工艺制作;体育类有球类、田径、形体健美、艺术体操;科技类有计算机、无线电、航模、生物制作、地理小组;等等。所有这些课外活动的开展,丰富了学生的校园生活,学校连续三年被东城区评为爱科学月先进学校。

该校坚持对学生以科学文化为主线,德、智、体、美、劳协调发展,全面提高学生的素质。在课程结构和种类上,要求学生在上好必修课的基础上,加强活动课。强调每一学科的整体功能,即任何一科都必须注重德、智、体的有机结合。

同时,控制每周课时总量,减轻学生课业负担。

在德育教育方面,该校根据教育心理学和初、高中学生的身心特点,分别抓好基础道德教育和人生观、价值观的启蒙教育。他们坚持对学生进行自理、自立、自治教育,自信、自律、自尊、自强教育,"历史上的今天"爱国主义教育,广泛持久地开展"手拉手"活动、红十字会活动、爱护公物教育活动,使学生初步认识到个人价值服务于社会价值。同时,积极开展少先队、共青团工作,长期开展学雷锋、为校旗增辉的教育和实践,进行国旗、国徽、国歌教育,坚持学生参加升旗仪式上的旗前讲话。以德育人,人才辈出。1993 年以来,全校先后有 1693 名学生被分别评为三好学生、优秀团员、优秀学生干部、特优生等,优秀学生占学生总数的 38.05% ,三年来学雷锋做好事和参与"手拉手"等各种公益活动的学生达上万人次。171 中学先后被评为北京市和东城区德育先进校、教科研先进校、校园建设示范校等。近年来,随着学校知名度的不断提高,先后吸引美国、英国、日本、澳大利亚等数十个国家和地区的专家、学者、教师和学生前来参观访问。

(1998 年 6 月 19 日《人民日报》第五版)

为企业发展网罗人才
北京城建集团广招高校毕业生

新年伊始,被国家教委授予"珍惜人才奖"的北京城建集团总公司决定:今年录用大学毕业生要采取更加灵活的措施,确保完成录用 500 名的计划。

北京城建集团公司成立于 1983 年。最初的几年,集团每年只接收国家指定分配的少数大中专毕业生。随着企业的发展壮大,接收大学毕业生的数量逐年增加,去年就接收了五百余名,其中大学本科生和研究生占一半以上。近几年,该公司共接收各类大中专毕业生 2369 名,占干部总数的 25%。毕业生的专业除建筑类以外,还包括政治、经济、法律、中文、新闻、历史、艺术等几十个专业。该集团董事长萧玉良告诉记者:"企业的发展关键是人才。北京城建集团要立足北京,到国际市场上争雄,必须变劳动密集型企业为智力密集型企业,广招大学毕业生,是我们集团实施人才战略的重要措施。"

为了做好接收大学毕业生的工作,集团设立人才服务中心,专管接收大学毕业生事宜,及时收集信息,负责联系。有一年,社会上对大学毕业生的需求下降,这个集团却乘机把一百多名专业对口的毕业生"据为己有"。集团不惜花钱"买人才",仅 1992 年至 1994 年花在录用大学毕业生、职工继续教育方面的投入就达 1685 万元。

为了增强企业的吸引力,集团对大学毕业生在工资、住房、职称、出国执行任务等方面制定了特殊的政策。对于自愿调出企业的大学毕业生,集团尊重个人选择,不设卡阻拦。集团对大学毕业生,政治上信任,生活上关心,工作上放手使用,为他们提供用武之地。现在,集团 80% 的基层干部都是大中专毕业生,不少人已成为企业的骨干力量,在一线"挑大梁",有的已走上公司领导岗位。

广招大学毕业生促进了企业的发展。近年来,集团完成和承接了国家奥林匹克田径场、残疾人康复中心、中科院正负电子对撞机、济青高速公路、北京西客站等一大批重点建设项目,创出了一批国家级和市级优质工程,有 30 多项建筑施工技术分别获国家、部级奖励,11 项科研成果达到国际先进水平,取得了较好的经济效益和社会效益,并打入国际建筑市场。

编者寄语

　　北京城建集团成立 10 多年,就成为全国建筑行业中著名的大企业。关键的一条,就是坚定不移地走依靠科技进步和提高劳动者素质的发展道路。要依靠科技进步,就必须提高劳动者的素质。很显然,后者是基础。有些企业,引进了先进设备,使用最新工艺,但并没有得到应有的效果,根本原因是忽视了人的因素,劳动者的智力投入不足。

　　提高劳动者素质,无非是提高现有人员的素质和补充新的高素质人员。每年毕业的高校学生,是国家向社会提供的素质较高的劳动者资源。北京城建集团对这个资源非常珍惜,并从中得益甚巨,这体现了这个企业见识高明。

　　今年高校毕业生比去年增加 20 多万,增幅为 30% 以上。对他们的就业问题,应该怎么看? 首先应看到这是个宝贵的智力资源,为社会各项事业提高劳动者素质提供了有利条件和很好的机会,不应看作是负担和包袱。应当像北京城建集团那样眼光放远一点,眼界放开一点,珍惜这个资源和机会。其次,从毕业生自己来说,也要开阔眼界,珍惜机会。要主动适应社会的需要,这样你的机会就多;如果总要社会来满足自己的需要,你的机会就会失去很多。

（1995 年 1 月 16 日《人民日报》第五版）

促进产学研相结合　提高技术创新能力
"企业博士后"应运而生

一种旨在促进产学研相结合,为经济发展培养高水平的科技和管理人才的新模式——"企业博士后"在我国应运而生,并已初步显示出强大的生命力。

据人事部专家司司长、全国博士后管委会办公室主任庄毅介绍,过去我国高层次的科技研究与开发人员集中在高等学校和科研院所,企业的自主开发和创新能力较弱,存在科研与生产脱节,科技成果的转化率低等状况。博士后工作本身也存在培养方式单一,科研经费不足,发展规模受到条件的严重制约等问题。随着社会主义市场经济体制的逐步建立,企业的市场竞争意识逐步增强,对高级人才的需求越来越迫切。1994 年博士后管委会针对以上情况,制定了《博士后工作发展规划》,明确提出设立博士后流动站的高等学校、科研院所可以与有条件的企业联合招收博士后研究人员。全国博士后管委会办公室首先批准在宝钢建立了 1 个博士后工作站,开始实行企业与博士后流动站设站单位联合招收培养博士后的试点。之后,又陆续在大庆油田、吉化、上海石化、江苏春兰(集团)公司、辽河油田等企业和哈尔滨医科大学临床药理测试中心以及深圳、佛山等单位和城市建立了不同类型的 9 个博士后科研工作站。

企业所在省市和部委,积极引导和从政策、资金等方面扶持这一新生事物。目前,各试点企业拨出专款建造或完成了近百套博士后公寓,配备了家具、电话和计算机及一些家用电器设备,较好地解决了博士后人员的配偶安置及子女上学入托等实际困难。根据实际需要和可能,为博士后人员配备助手、研究设备、实验室等,并提供必要的日常经费和充足的科研经费。一些工作站还设立了企业博士后专项基金,保证了工作顺利进行。

试点企业与高等学校、科研院所纷纷走出去,请进来,通过互访、考察和座谈等形式,增进相互了解和沟通,建立了比较密切的联系。到目前,试点企业已先后提出了 100 多项具有较强的应用前景和较高学术价值或对企业长远发展具有重大意义的博士后研究开发课题,涉及冶金、机械、电子学与通信、计算机科学与技术、地质勘探、矿业、石油及经济学等 10 多个一级学科,经反复协商,与近 20 所高等学校、科研院所联合招收 40 多名博士后研究人员。目前申请到企业做博士后的人员已达近 200 名,预计今年各试点企业将再联合招收 30 多名博士后人员。

据了解,我国进入企业博士后的人数虽然不多,时间也不长,但是,两年多的实践已初步显示出企业博士后工作的积极作用和强大的生命力。一是为企业引进高级年轻人才,带动和加强专业技术人员队伍的建设,树立企业形象,促进企业的技术进步和创新,并能直接给企业带来一定经济效益。二是有利于高等学校、研究院所密切与企业的有机联系,拓宽科研工作和人才培养的路子,促进科研成果转化为生产力。三是使博士后人员受到多方面的锻炼,改善知识结构,增强组织管理和实际工作能力,同时有了更多的机会选择今后的工作岗位。

(1997 年 10 月 4 日《人民日报》第二版)

煤炭信息研究院改制挂牌
向经营效益型战略转移

  煤炭科学技术信息研究所 40 周年暨更名为煤炭信息研究院庆典今天在京举行。作为 10 个国家局所属 242 家科研院所转制单位之一,煤炭信息研究院的挂牌,标志着该院由一个全额拨款的社会公益型事业单位向企业化运营的社会中介单位的转变。

  40 年来,作为煤炭信息研究院的前身,煤炭科技信息研究所伴随着煤炭工业前进的步伐,得到了长足的发展。信息研究工作为各级领导、政府部门和企业决策提供了卓有成效的信息服务,我国水煤浆、煤液化和煤层气等产业的兴起,无不与该院的前瞻性研究息息相关。该院曾被美国环保局誉为中美两国政府合作的一个典范;通过长期积累现有馆藏图书、期刊约 10 万余册,承担着国家一级科技查新咨询工作;下辖行业中心信息网站 20 家,省区中心站 21 家,企事业单位信息分站 150 多家,信息网络基本覆盖了各个专业领域;中煤信息网和电子图书馆已实现了与因特网、国家图书馆、中信所联机联网,开发了 30 多个数据库,为煤炭企事业单位和科研教学提供了强有力的信息服务;共出版科技图书 6000余种,总印数达 7000 余万册,近 80 多种图书获得各种奖励;所属的煤炭音像出版社、《中国煤炭》、《当代矿工》和《煤炭信息报》已成为全面报道行业改革与发展的重要支撑;摄制的《中国煤炭工业五十年》已被国家煤炭工业局推荐为建国50 周年献礼工程。40 年来,该院培养了一支吃苦耐劳、勇于开拓的科技队伍,先后培养出 160 余名副高级以上科研专家,1 名国家突出贡献专家,14 名政府特殊津贴获得者。总资产已达 1.96 亿元,积累了比较雄厚的物质基础和宝贵的精神财富。

  在今天的挂牌仪式上,煤炭信息研究院院长李金柱表示,该院将以市场为导向,调整结构、优化队伍、转换机制,实现由"事业服务型"向"经营效益型"的重大战略转移,开展信息研究、信息产业、物业开发三大主体建设,奋斗 3 年,实现全院年创收翻一番,在岗职工年平均收入递增 10% 以上。下大力气把该院建成一个国内一流、国际知名,功能社会化、服务产业化、管理企业化的现代信息实体。同时要加大信息研究力度,建设好采矿技术中心、洁净能源与环境中心、煤矿安全信息中心、经济信息中心、煤层气信息中心,在信息决策支持、信息资源开发和利用、信息咨询和技术推广服务等方面,为政府、企业和社会提供强有力的信息咨询服务。

参加今天挂牌仪式的有国家经贸委、科技部、国家煤炭工业局的有关负责同志及煤炭企业的代表共 200 余人。

(1999 年 7 月 7 日《人民日报》第五版头题)

疫病威胁一日不除　防疫人员一日不撤
湖北确保大灾之后无大疫

编辑点评:历史证明,大灾后易有大疫。目前,汹涌的洪水退了,疫情的威胁并没有完全解除。在灾区重建家园的过程中,疫情控制,防病治病显得尤为重要。湖北省提出"疫病威胁一日不除,防疫人员一日不撤",这是确保大灾之后无大疫的关键。当前,灾区的防疫工作要充分发扬抗洪精神,克服麻痹松劲情绪,实行救灾防病领导责任制,一级抓一级,层层抓落实,突出重点地区、重点人群、重点疾病和重点环节,切实做到"洪水退,不松劲",把疫病防治工作落到实处。

　　近日,记者在湖北省嘉鱼县洲湾灾区看到,身穿白大褂、臂戴红十字袖章的卫生防疫人员在大堤上来回巡查,有的宣讲卫生知识,有的喷洒防疫药物。省卫生厅负责人告诉记者:"在前一阶段的抗洪斗争中,沿江 7 市地大堤上 230 万军民冒酷暑战洪水,无一人因疫病死亡。经过全省广大卫生工作人员的不懈努力,灾区疫情平稳,重点疾病得到有效控制,没有大的疫病流行,取得了救灾防病的阶段性重大成果。"

　　据介绍,今年初,湖北省卫生部门根据气象部门预测,把抗灾防病当作一项重要的工作,早动员、早部署、早准备。全省各级卫生部门牢固树立抗大灾,防大疫,保一方平安的意识,从组织领导、预案制定、疫情监测报告、防疫防病技术力量和药品器械的组织储备等方面做好必要的准备。灾情发生后,全省各级卫生部门的救灾防病系统迅即启动。在长达两个多月的抗洪救灾、防病治病过程中,广大医务工作者做到哪里有防汛军民,哪里有灾民,哪里就有白衣战士。截至 9 月 30 日,全省已累计派遣 21446 支医疗队,共 100696 人次到灾区防病第一线工作,接诊病人 580.8 万人次,其中抢救危重病人 16030 人。

洪水退后,湖北省突出重点灾区、重点人群和重点疾病,积极开展救灾防病工作。一是采取综合性防治措施,集中力量控制急性肠道传染病的发生;二是加强饮水卫生和食品卫生管理,加大卫生监督执法力度,把住"病从口入关";三是整治环境,消灭四害,大力开展卫生知识宣传教育,提高群众的自我保健意识和防病能力;四是加强疫病的监测管理,实行 24 小时疫情监测和疫情报告制度,及时掌握疫情动态,研究发展趋势,为救灾防病决策和采取有效措施提供科学依据。一旦发现重大疫情,立即组织力量迅速扑灭。目前,全省已累计派出 5361 支卫生防疫队,共 25174 人次,现场施放消杀药品 512 吨,饮水消毒受益人口 1315 万人次,印发疫病防治知识宣传品 255 万份。

湖北省血防领导小组要求各地疫区采取有力措施,控制血吸虫病的暴发流行。全省疫区各级血防机构在当地党委和政府的统一领导下,派出 406 支共 2004 人次的血防工作队,积极开展救灾防病工作。全省已发送 730 吨灭螺药物、180 万人份的治疗药品、8 万人份的预防药品和大批的防护涂擦剂,使灾民有效地避免了血吸虫病急性感染的发生。

为加大疫病防治督导检查的力度,湖北省各级卫生部门强化领导责任制,层层督办,狠抓落实。省、地、市、县卫生行政主管部门的领导,除少数在机关负责日常工作外,都深入救灾防病第一线,调查灾情,指导和组织疫病防治工作。省卫生厅向沿江重灾区 10 个县、市派出处级干部担任救灾防病联络员,向重灾区派出卫生防疫督查队,对疫病防治措施落实情况进行督促检查,找出防治工作中的薄弱环节,采取有效措施加以改进。

在重建家园的过程中,湖北省救灾防病工作更加繁重、艰巨,全省卫生系统充分发扬抗洪精神,继续把救灾防病工作作为当前压倒一切的中心任务来抓。目前,湖北省卫生系统 30 万名工作人员正再接再厉,严防死守防疫防病的大堤,做到疫病威胁一日不解除,班子一日不撤,人员一日不减,把疫病防治工作的各项措施逐一在灾区落实,打一场确保大灾之年无大疫的人民战争,争取救灾防病斗争的最后胜利。

(1998 年 10 月 13 日《人民日报》第四版头条)

寻医不必走千里　电视会诊面对面
金卫网使远程医疗梦想成真

　　如果患者远在千里之外,能及时请到大医院的名医生面对面看病吗? 能。如今,中国金卫医疗网络暨卫生部卫生专网的开通,使异地会诊梦想成真。

　　我国人口多、地域广,大医院和名医生多集中在大城市。为了看病,患者常常要长途跋涉,搭汽车,乘火车,千里迢迢来到大城市,很不方便。为了解决广大群众看病难的问题,更好地利用我国卫生资源,1997 年 7 月,卫生部正式启动了中国金卫医疗卫生专用网络,利用高科技解决这一难题。具体讲,就是用通信卫星把全国的大医院联系在一起。每家医院各有一套相同的转播设备,包括卫星设备和电视会议系统等专用设备。看病时,病人在所在地医院的这套设备前,医生在另一城市医院的同样一套设备前,在各自方的大显示屏上彼此能看到对方。患者有什么病痛可以对着屏幕上的医生讲,医生也会问患者一些内容,还可能让患者做一些动作。全部过程像电视台现场直播一样清晰、身临其境,而且双方可以交互式地一句对一句地说话,仿佛两个人对面坐着聊天一样轻松。在场的医生、专家或学者都可以靠这种远程视讯传输进行直接交流,或咨询,或做出诊断。

　　目前与金卫医疗网络联网的有 30 多家国家级、省级及地市县级医院,分布全国各地。金卫医疗网络计划今年底开通 150 至 200 家医院,并与世界发达国家的医疗机构相通,到 2010 年,可开通 5000 家。金卫网上现有专家 3000 多名,水平高,涉及专业广,都经过严格的资格评审,一般为全国各个专业的权威专家。

　　中国金卫医疗网络是连接医生和患者的桥梁。今年 5 月 19 日,北京积水潭医院小儿骨科主任王承武教授为贵阳一小男孩的严重骨感染做远程会诊。事先已经对病历和影像资料做了研究的王教授,对治疗、愈后以及康复锻炼等问题阐述得明明白白,对方医生和患者家属深为信服。患者家属流着泪向王教授致谢,感谢这次远程会诊用短短的 30 分钟解决了他们走了多个城市、多家医院都没有解决的问题。天坛医院的王忠诚教授、协和医院的李蓉生教授等多位专家都收到过远程会诊病人饱含深情的感谢信。据统计,金卫医疗网络开通一年来,已正式会诊 200 多人次。

(1998 年 7 月 9 日《人民日报》第五版头条,获人民日报好新闻三等奖、好标题奖)

昔日信奉早生贵子　如今追求少生快富
行唐婚育新风进万家

近日,记者到河北省行唐县采访,感受到的是这里日益浓厚的计划生育新风尚,越来越多的青年人正在改变着"早生贵子"、"多子多福"的陈旧观念,追求"晚婚晚育"、"少生快富奔小康"的婚育新风尚。

行唐素有"枣乡"之称。过去,青年男女表达情意,信物是自家种的大红枣;洞房花烛夜,炕上撒的也是大红枣,寓意着"枣(早)生贵子","多子多福"。传统的生育观念给计划生育工作带来了一定的难度。到1991年,行唐县人口自然增长率居高不下,被亮了"黄牌"。1992年,行唐县计划生育工作在全省排位仍处于落后状态,被河北省委、省政府确定为计划生育工作省领导联系县。痛定思痛,行唐县委、县政府决心从改变传统婚育观念入手,抓好计划生育工作,甩掉落后帽子。

只里乡北高里村张成林、毛会用夫妇1990年结婚,生育一女孩,主动领取"独生子女光荣证",决心终身只要一个孩子,并办起了电热毯厂,年收入在5万元以上。县里抓住这些少生快富奔小康的计划生育典型户,在全县进行广泛宣传,并利用庙会、集日、纪念日、家庭会等多种形式,组织群众自己教育自己,更新生育观念。

据统计,近几年,全县共制作各种计划生育展牌1000多块、展布600多平方米,书写计划生育永久性标语1000多条,召开各类座谈会300多次,举办有关计划生育知识竞赛30多次、电视讲座250多小时。为普及人口知识,县里还举办了"三联杯"人口与计划生育知识有奖竞赛、人口与计划生育演讲比赛和现身说法演讲竞赛会,受教育人数达20多万人次。通过深入广泛的宣传教育活动,使计划生育基本国策达到了家喻户晓,妇孺皆知,促进了婚育观念的转变。

（1999 年 8 月 20 日《人民日报》第五版）

讨酒喝 要烟抽 耍态度
许昌一"验收组"被轰走

顿顿讨酒喝要烟抽的河南省许昌市卫生局的一个"验收组",被验收单位——长葛县卫生局轰走。

今年5月2日,许昌市卫生局"新会计制度执行情况验收组"一行5人驱车来到长葛。中午吃饭时,验收组中的一人见餐桌上摆的是8个凉盘和啤酒,不满地说:"来点辣酒,啤酒当茶喝!"另一位说:"再去拿条烟!"负责接待工作的县卫生局办公室主任李海江,只得按吩咐又买了两瓶优质宝丰酒和一条甲级中原烟。验收组的人"六六大顺"一阵后,又上了6个"热盘",一直喝到下午两点多。随后,他们到增福庙乡卫生院转了一圈,下午4点来钟就回到了县城。

验收组的同志见晚饭为他们安排的是一顿便饭,又十分不满地说:"再弄点酒,中午都没喝好。"又说:"俺喝不喝没啥,得叫司机喝得劲。"当他们得知县卫生局有规定,上级来人只破例招待一顿,其余都是便饭时,验收组的司机转身到柜台前拿了两瓶辣酒,用牙撬开瓶盖,每人跟前倒了一大杯,板着脸生气地说:"咱自己买酒喝,不用人家招待!"这天晚上,验收组的5个人从6点半一直喝到10点多钟。

县卫生局长陈义卿了解到这个验收组的所作所为后,当即表态:"像这样要吃要喝的验收组,我们宁可落个倒数第一名,也不欢迎他们。明天早上就通知他们走。"5月3日一早,他们把验收组的人打发走后,同时给市卫生局写了一封信。信中说:"新会计制度验收组的作风违背了为政清廉的宗旨,损坏了市局的声誉。这样的验收组我们长葛不欢迎。我们请求对验收组人员进行调整后,再对我县工作进行验收。"

(1989年7月3日《人民日报》第四版、获河南省好新闻一等奖)

科研生产相结合　共担风险共得利

郑州大学化学系与长葛县八七村组成"科研——生产联合体",六年来硕果累累

　　由郑州大学化学系副教授庞锡涛领导的脱硫科研组,与长葛县八七村活性炭厂组成的"科研——生产联合体"经过几年的和衷共济,如今已取得丰硕果实。

　　一九七八年五月,以经营纺织品为主的八七村"八七综合厂",由于原料紧缺濒临倒闭。村党支部研究决定企业立即转产。可是干什么好?当时的支部书记王根涛曾是庞教授的学生,于是他们来到郑大求援。正巧,庞副教授领导的脱硫科研组正想寻找一个可靠的试验场所,这个联合体在这种情况下诞生了。

　　协议达成:郑大化学系脱硫科研组,向八七村转让两项科研新成果——低成本活性炭脱硫和过热蒸汽再生。"八七综合厂"改为"八七活性炭厂",成为科研组的定点科研厂。厂方为科研组提供实验中所需的原料,并在每年的盈利中提取一定的科研费用。科研组负责向八七村提供技术指导和新的科研成果。

　　春华秋实。六年来,科研与生产的"联姻"已结出累累"爱情"之果。

　　八七活性炭厂产品畅销全国二十个省、市。一九七九年至一九八四年,累计产值八百二十九万元,纯利润九十一万一千九百元。向国家交纳税金六十八万元(八一年开始)。在全县乡镇企业中遥遥领先。

　　脱硫科研组研制的廉价高效能脱硫活性炭,获一九八一年河南省科学成果奖。研制的MSQ脱硫催化剂,获一九八二年国家发明创造奖。在这几年中,他们还得到八七活性炭厂提供的五万元的科研经费,促进了科研工作的开展。

　　日前,庞副教授告诉记者,他们正在抓紧研制两个新项目,决心创造更多的科研成果。而八七活性炭厂的领导则说,他们正满怀信心地等待着新项目的到来。

短 评

一种好形式

当前,随着社会主义现代化建设事业的蓬勃发展,不少地方围绕科研与生产的进一步结合,进行了卓有成效的探索和创新。郑州大学化学系与长葛县八七村组成的"科研——生产联合体",就是一种值得提倡的科研与生产结合的好形式。

组织"科研——生产联合体",是科学技术与经济建设协调发展的需要。它可以沟通科研直接为生产服务的渠道,有利于把生产对科学技术的要求迅速变成研究的课题,研究的成果也能够及时地应用于生产。这样,技术成果很快地转化为生产力,社会增加了财富,企业得到了好处,科研单位也壮大了力量。

由于这种联合使科研单位与生产企业建立了休戚相关的经济联系,双方共担风险,共得利益,他们会以同样的热情去关心科研和生产,促使科研与生产协调发展,比翼齐飞。

我们应以极大的热情支持和鼓励"科研——生产联合体"这类新事物的发展,同时要积极开拓科技市场,搞好技术转让、技术承包、技术咨询、技术服务等活动,促进科技与生产的进一步结合,创造新的更大的社会生产力。

(1985 年 4 月 28 日《河南日报》第一版头条)

联合为"奔马"添翼

长葛纺织机械厂与省内外九十家企业协作生产，产量大增成本降低

长葛纺织机械厂打破地区、部门、行业界限，同全国九个省的九十家企业组成"奔马"协作生产群体，年产奔马牌机动三轮车二千九百一十四辆，相当于联合前的二十倍，产品成本降低百分之五。

一九八四年，长葛纺织机械厂试制的奔马牌机动三轮车，造型美观、性能良好，成为市场上的走俏商品，需求量远远超出了本厂的生产能力。而湖南省的湘潭柴油机厂、山东省的济宁钢圈厂、许昌八一拖拉机厂、长葛高压阀门厂等厂家，却正在"找米下锅"。当年九月，由长葛纺织机械厂主动牵头，省内外九十家企业自愿组成了"奔马"生产协作群体。

这个生产协作群体在自愿、平等、互利的基础上，协作生产。"龙头"厂在宏观上进行综合、计划、协调，配件厂按"龙头"厂下达的生产计划、图纸要求组织生产。以生产成果实行一次分配。

通过联合，"龙头"厂扩大了生产经营规模，机动三轮车月产量由联合前的十多辆猛增到二百五十辆，一级品率由联合前的百分之八十四提高到百分之九十九点八，产品畅销国内十七个省、市、自治区。也使一些企业由濒临倒闭到生意兴隆。济宁钢圈厂通过联合，迅速摘掉了亏损帽子；湘潭柴油机厂原来也是个亏损大户，参加联合体只一年多，便赢利一百六十万元。

"奔马"群体成立一年半以来，累计产值已达一千四百万元，上交税利一百四十万元。

（1986 年 4 月 4 日《河南日报》第一版头条）

完善措施抓落实　夏季减产秋季捞

　　省农经委、农牧厅在长葛召开秋粮生产现场会,要求各地推广他们抓好秋粮生产的经验

　　长葛县在今年夏粮减产后,克服畏难情绪,狠抓关键措施,科学管理秋田,全县六十一万多亩秋粮作物苗全苗壮。七月二日至三日,省农经委、农牧厅联合在这里召开了秋粮生产现场会,要求各地推广这个县抓好秋粮生产的经验。

　　夏季因灾减产后,该县有的干部对夺取全年粮食丰收失去了信心;有些家有余粮的农民对搞好秋粮生产不在乎;一些从事工副业生产的专业户对秋粮是否增产不关心。县委、县政府发现这些问题后,在全县干部群众中开展了"无农不稳"的思想教育,使大家看到搞好秋粮生产的重要性和艰巨性,从而统一了思想认识。县政府建立了咨询、反馈、实施三个组织相结合的科学决策系统,聘请了二十三名农艺师、工程师作智囊团,对县里提出的夺取秋粮丰收措施进行了科学论证。在此基础上,制定了新的科学管理措施:

　　——积极推广农业区划成果。在水源差的西北丘陵区,适当扩种红薯;在地势平坦、水利条件较好的中部,扩大玉米面积;在水利资源丰富、地势低洼的东部地区,积极推广旱种水稻,使品种、地理、水利条件进行最佳组合。

　　——全面推广优良品种。采取本县繁育和外地调种子相结合的办法,大力推广纯色玉米紧凑型品种,同时有选择地引进和推广大豆、红薯、谷子等作物的优良品种。

　　——努力普及科学技术。根据作物特性,印发种子简介及栽培管理措施;十二个乡镇普遍建立农技咨询服务站,免费为群众解答技术疑难问题;科技人员普遍开展技术承包,使各项技术措施落到实处。

　　——坚持除涝抗旱两手抓。到六月底,全县今年已累计完成洼改工程六十

九处,动土二十七万立方米,做好了防洪除涝准备。同时,进一步抓了机井的测改挖潜,已测改挖潜六千眼,提高了单井效益,缩短了灌溉周期。

短 评

决不放松秋粮生产

今年我省夏粮减产,目前各地旱象又日趋严重,抓好抗旱保苗和秋田管理,已成为夺取全年丰收的关键。这一情况,应当引起各级领导同志的严重注意。

秋粮在我省粮食生产中占有举足轻重的地位。秋粮面积占全省粮食总面积的百分之四十到五十。秋粮产量的高低,对我省畜牧业发展影响很大。目前我省饲料粮仅占粮食总产的百分之十点七,低于全国平均水平,全省人均肉类占有量仅有十四点三斤,比全国低十五点一斤。要加快畜牧业的发展,秋粮生产必须同步发展。

近几年来,我省秋粮的增产幅度远远落后于夏粮,客观上的原因是自然灾害多,抗灾能力差,粮食面积有所减少等。但也有领导部门措施不力,甚至放任自流的问题,造成播种晚、施肥少、管理粗放、品种退化混杂、密度不合理等。

当前正是秋田管理的关键时刻,各级领导部门一要立足主动,坚持抗旱、防涝两手抓,抓紧搞好防涝除涝工程和田间水利配套;二是要注意早管细管,因地制宜,科学管理。为此,各级领导干部应切实转变作风,少讲空话,多干实事,认真解决秋粮生产中的问题,组织群众不失时机地搞好秋田管理。

(1985 年 7 月 5 日《河南日报》第一版)

长葛县普遍建立农机服务队

充分发挥农业机械的作用，促进了种麦工作

长葛县在进一步完善家庭联产承包责任制中，注意充分发挥农业机械的作用，普遍建立农机服务队，切实解决群众"种地难"的问题，有力地促进了种麦准备工作。

今年，这个县在完善家庭联产承包责任制的过程中，把解决群众"种地难"的问题作为一个重要问题来抓。县委、县政府首先在增福庙公社的小许、董庄两个大队建立农机服务队，并推广了他们的经验，使这项工作在全县普遍展开。现在，这个县的三百三十八个大队已有三百二十五个大队建立了农机服务队。农机服务队是在农机所有制不变，实行单机核算、自负盈亏、多劳多得、自愿互利的原则下，把集体、联户、独户经营的农机具以大队为单位组织起来，有组织、有计划地承包社员打场、脱粒、犁耙、播种等多种生产项目。服务队的具体办法是实行"四统一"。即：统一生产计划，统一供应油料，统一作业合同，统一作业收费价格。这样，调动了机手和农户两方面的积极性，"三秋"工作一开始，农户纷纷与服务队签订耕种合同，其中机耕三十九万多亩，耙地三十二万多亩，机播二十五万多亩。截止九月二十五日，全县计划种麦五十万亩，已收秋腾茬三十九万九千亩，送粪三十万亩，机耕十四万亩，已整好土地待播的九万余亩。农机服务队搞的最活跃的增福庙公社，四千六百多个无机无畜户与农机服务队及时签订了合同，目前他们的三万七千六百亩种麦任务，基本耕耙完毕，正准备播种。群众对此非常满意。

（1983 年 10 月 7 日《河南日报》第二版头条）

长葛劳动人事局招工公开化

两年来没发生一起以招工谋私的事

"公开招工就是好啊!"提起长葛县劳动人事局招工实行公开化,50多岁的语文教师郑玉亭便满意地说:"过去是劳动局里没熟人,别想安排人。现在变了,县劳动局我虽没有一个沾亲带故的,可两个女儿通过招工考试,都被录取为全民合同制工人。"

长葛县劳动人事局每年都有一定数量的招工指标。以前,局里招工指标保密,以权谋私现象时有发生。局党总支为杜绝招工中的谋私问题,实行招工公开化。自1986年7月以来,每有招工,便把名额、条件、报考时间、录取名单张榜公布,并通过县广播站向全县广播,使符合条件的人都有被录用的机会。从局长到办事员,任何人手中都不留机动指标。这样一来,谁该招,谁不该招,群众心里都有一笔账,可以评判招工工作是否公正、合理。

去年3月,该县要招收470名全民合同制工人。消息传开,递条子,打招呼,要求照顾的纷至沓来。局领导和办事人员对于递条子的不接,打招呼的不听,要求照顾的不办,严格按照规定,实行政策、报名、考试、分数、录取"五公开"。对不符合条件的,无论谁说也不行。县直单位一位负责人想把自己的一个亲属转为全民合同制工人,找到局长刘成章说情,被刘局长拒绝。另有一位领导打招呼,要主管招工的副局长王福太,把他的一个亲属招收为全民合同制工人。王福太反复申明公开招工政策,至今未予办理。两年多来,该局先后有5名子弟参加招工考试,因成绩不佳未被录取。目前,这个局有12名子弟干临时工,有2名子弟仍在家待业。

长葛县劳动人事局招工公开化已形成制度。两年多来,该局共招收技校生

50 名,全民合同制工人 1080 人,没有发生一起以权谋私事件。

(1988 年 8 月 7 日《河南日报》第一版)

长葛税务局设立"行贿曝光台"

行贿者望台却步　老百姓见台叫好

如果谁要给河南省长葛县税务人员行贿的话,准会落得这样的下场:轻者丢人现眼,受到批评教育;重者被立案查处,受到纪律或法律制裁。这是该县税务机关"行贿曝光台"所发挥的威力。

日前,我们目睹了设在县税务局门前的曝光台:在一扇两米高的玻璃橱窗里,陈列着配有文字说明的各种贿物、贿金的照片十数幅。有价值近千元的黑白电视机,有一叠叠数额可观的"大团结",还有名烟、名酒、猪腿、牛肉,罐头……

前几年,长葛县向税务人员行贿现象十分严重,年年刹风刹不住,退了礼品还要送。去年全县共发生此类事件77起,所送现金及实物折款达13309元。今年3月初,为抗拒屡刹不止的行贿风,县税务局决定设立"行贿曝光台",每季度更换一次。曝光内容包括:行贿者姓名、单位、职务,行贿时间、地点、事由,所送的实物及现金数额等。

请看笔者随意记录的两则曝光内容:1月24日晚,本县大墙周乡轴瓦厂厂长为求放宽"政策",送给该乡税务所所长赵献廷"飞跃"牌17英寸黑白电视机一部。赵坚辞不收,来人放下就走,无奈只得交公处理。1月25日,长葛县机械厂一干部送给县税务局局长陈中岳"宋河粮液"酒一件,精装"喜梅"牌香烟两条……现予曝光。

"行贿曝光台"在长葛城乡传为美谈,广大群众交口称赞:这一招,真绝!

其实更绝的还在后边:他们对行贿者不仅曝光,还要回函"建议处理"。局里印制有统一编号的回复函笺,根据事实一一填写,直接寄给行贿者单位的负责人。复函的主要内容是:

×××负责同志:

你单位×××于×年×月×日向我局×××同志所送物品（或现金）收到，经研究不再退还,已交公处理。请你们此后不要再做此类事情,并建议对此事予以查处,本局可提供确凿证据。处理结果请报我局。

据了解,今年他们复函的10多起向税务人员行贿的事件,绝大部分已做了处理。其中数额较大、情节严重的交有关部门立案查处;数额较小情节轻微的,当事人已分别受到批评教育。

"行贿曝光台"的设立,使不少行贿者望台却步,望而生畏,有效地遏止了行贿现象。曝光台设立3个多月来,全县未发生一起向税务人员行贿事件。由于刹住了行贿风,该县税收工作进展顺利。今年前5个月,全县工商税收完成1320余万元,创历史同期最高水平。

（1990年6月12日《经济日报》第二版头条）

群众的参谋让他们自己挑
后河乡驻村干部实行选聘制

　　长葛县后河乡的驻村干部由党委指派改为群众选聘,有效地调动了驻村干部的积极性。

　　过去,这个乡的驻村干部都是由党委指派,有的干部下村蹲点只是转转看看、开开会,没有很好地发挥作用。去年,乡里初步试行由群众挑选驻村干部的办法,效果很好。今年一月初,乡党委决定:全乡二十八个行政村的驻村干部,全部由群众选聘。他们的做法是:将应聘干部名单打印下发到村支部,村支部征求群众意见,由群众确定驻村对象,报乡党委。乡党委和驻村干部签订为期一年的选聘承包合同,驻村干部保证按期完成乡下达给村民委员会的六大指标(工农业总产值、粮食、计划生育、畜牧、两户一体、人均收入)和各项中心工作任务,乡党委按任务、指标完成情况对驻村干部实行奖惩。这项改革调动了每个驻村干部的积极性,被聘干部增加了荣誉感,更加激发了他们的工作热情,同时对落聘的干部也震动很大,都主动找乡党委谈思想、找缺点、查原因、订保证,决心搞好工作。有个驻村干部过去经常不去村里抓工作,群众意见很大,去年第一次选聘时落聘。但他落聘不落志,主动向乡党委提出承包全乡比较落后的一个村,积极协助村干部抓工作,为群众发展商品生产出主意、想办法,不到一年时间,就使这个村的各项工作在全乡名列前茅。今年,有三个村争着选聘他。

　　目前,这个乡的三十四名驻村干部,都同乡党委签订了选聘承包合同。他们正积极和村干部一起制订新的规划,落实措施,帮助群众发展商品生产。

　　　　　　　　　　　(1985 年 1 月 31 日《河南日报》第二版头条)

毛病要改正　工作要主动

长葛城关镇在整顿干部作风中注意划清是非界限,保护基层干部的工作积极性

　　长葛县城关镇在整顿干部作风过程中,联系干部的思想和工作实际,区别不同情况,划清是非界限,既纠正了工作作风的毛病,又保护了基层干部的工作积极性。

　　省委《关于认真整顿干部作风的意见》传达后,城关镇的部分干部产生了一些思想情绪,错把整顿作风当作了整干部。于是镇党委从思想教育入手,于七月份集中时间组织干部反复学习文件,深刻领会精神实质。并本着"毛病要纠正、工作要主动"的原则,划清了四个界限:一是把工作严肃认真与强迫命令区别开来;二是把工作上的统一部署与一刀切区别开来;三是把工作作风上的雷厉风行与一哄而起区别开来;四是把条件成熟下的高速度与操之过急攀比速度区别开来。鼓励大家该干的要大胆干,该管的要大胆管,把本职工作做得更好。

　　镇党委还从总结经验教训入手,查摆了以前存在的问题。有个村过去在新村规划中,不顾条件是否成熟,限期让群众拆除房屋,并用拖拉机推墙,影响很坏。现在,这个村的干部认识到,这种简单的工作方法是不足取的。从长远来看,没有新村规划是不行的,今后要继续进行,但要有计划、有步骤地逐步实施。今年初,镇党委、镇政府曾要求从镇到村各企业单位都要再上三至四个新企业、新项目、新产品。镇领导通过学习认识到,这一要求是脱离实际的。他们决定,根据市场需要,量力而行地发展一些投资小、见效快的小企业。

　　界限划清后,不但纠正了一些干部工作作风上的毛病,而且调动了大家的工作积极性。关庄村党支部书记黄长松因处理民事纠纷挨了骂,一度产生了撂挑

子思想,学习后,激发了工作热情,表示今后一定要把工作做好。

(1985 年 9 月 15 日《河南日报》第一版)

五

言论文章

重教必先尊师

——关于拖欠教师工资问题的述评(上)

　　拖欠中小学教师工资问题,半年来一直是人们议论的热门话题。

　　来自国家教委的信息表明:全国拖欠教师工资的数额最高时曾达 14.3 亿元,相当于全国中小学教职工年工资总额 220 亿元的 6.5%。拖欠中小学教师工资的现象一出现,国务院领导同志及国家教委、人事部、财政部等部门非常重视,多次要求和催促发生拖欠现象的地方的领导部门采取措施,及时解决。到春节前,全国大部分地区 1993 年的拖欠已大体解决,拖欠数额已大幅度下降。但是产生拖欠的原因,尚未消除。

　　春节前夕,记者到安徽的怀远、蒙城、寿县、霍邱,河南的潢川,湖北的大悟等县,就拖欠教师工资问题作了一番采访。虽然接触的范围有限,对于拖欠的成因和现状毕竟有了更加具体的了解。

拖欠之风探源

　　1991 年全国逐步实行分级包干的财政体制以后,配套措施没有到位,一些地方拖欠教师工资现象愈演愈烈,逐渐发展成为长时间、大面积地拖欠教师工资。拖欠的形式有全额、减额及变相拖欠等。拖欠时间短则数月,长的竟达数年之久。

　　任何人都不能否认,改革开放以来,我国经济取得了巨大发展,各地经济实力大为增强。与此同时,却相继出现了拖欠教师工资的现象,原因何在? 从记者了解到的情况看,不外乎以下几种原因。

财政实行包干下放到乡镇后,经济落后地区的乡镇财政调控能力脆弱,包干基数一经确定,几年不变。而在这几年中,国家陆续出台增加工资的政策,增加的部分要各地自己解决。新分配的大中专毕业生不带人头费,工资部分也要基层自行解决。而在一些贫困地区,财政收入的增长,赶不上增人增资的幅度,这给原本脆弱的县乡财政带来了难以承受的压力。

民办教师民筹部分的工资拖欠,主要原因在于农村教育费附加征收管理体制不完善。教育费附加实行"乡征、乡管、乡用"的办法,实际上一些乡镇收不足,管不好,用不上。有的乡镇随意挪用教育费附加,而教育部门对这笔经费的收支情况不明,对如何管理使用没有发言权。有的地方甚至把征收教育费附加当作加重农民负担的项目,下文停止征收。

分级办学的教育管理体制对于调动各级政府和广大群众的办学积极性,促进教育事业发展起了重要的作用。但是,也造成了人、财、事权分离。这种不完善反映在教育经费上,一是基数核定之后,政策性增资落实困难,上下互相扯皮,使部分教师工资不能落实。二是拨款环节增多,给挤占、挪用教育经费提供了可能。三是教师结构不合理,教育部门不能按需调剂余缺,致使超编的学校因超编人员增大工资总额,缺编的学校又聘请代课教师,加重了财政的困难,造成教育经费的浪费。

导致教师工资长期拖欠的原因还有很多,但一些领导同志对教育不重视是最重要的一条。

首先,一些地方的领导干部对教育的战略地位缺乏足够的认识,存在着"经济要大上、教育放一放"的心态,导致财政支出结构畸形,行政管理费急剧膨胀,教育投入出现负增长。

其次,近年来不少地方争相上基建项目,兴建楼堂馆所,购买高级小轿车,既没有正确处理吃饭与建设的关系,更没有从严控制非生产性支出。有的大量挪用国拨教育经费和教育费附加办企业,有些企业又经营不善,未能扩大财政收入。

再次,不少基层干部法制观念淡漠,没有意识到拖欠教师工资是严重侵害教师权益的违法行为,缺乏解决问题的责任感和紧迫感,使已经出现的拖欠日趋严重,有的甚至对如实向上反映拖欠情况者打击报复。

拖欠带来的负效应

拖欠教师工资，不仅伤害了教师的感情，而且给教师的生活带来了困难。同时，它影响了教学质量，加剧了学生辍学率的回升。

工资是教师维持基本生活的经济来源，按时足额获取劳动报酬，是教师的起码权益。然而，这生活必需的报酬，却不能及时获得，甚至长期得不到，致使许多教师生计艰难，有的教师靠借债度日。

对于大多数教师来说，拖欠带来的最大影响是心理上的压力。很难想象，教师在得不到工资的情况下，还有可能把精力集中到教书育人的神圣事业上！有的教师迫于生计离开了自己心爱的教育事业。一些在校教师也不安于"太阳底下最神圣的职业"，情绪低落，人心思走。有的学校甚至发生停课现象。

与此相伴而生的是拖欠教师工资加剧了学生辍学率的回升，有的县去年初中生流失率达 10.61% 。初中生的大量流失，不仅严重阻碍了农村九年义务教育的普及，而且也使农村普通高中、职业高中和师范学校的生源日见短缺。

更为重要的是，拖欠带来的有些负效应不可能一时显现出来。给教师打"白条"，无疑是给未来打了一张"白条"。可以断言，再过十几年，那些拖欠教师工资的地方，将自食其果，追悔莫及。

拖欠教师工资，正在冲击基础教育事业，制造着新的文盲，耽误着下一代。

兑现中的"弹簧现象"

令人欣慰的是，在党中央、国务院的高度重视，国家教委和一些省、市、自治区政府的直接干预下，许多拖欠地区出现了一阵"兑现热"，使拖欠状况得到缓解，也给那些为"稻粱谋"的教师们带来了希望。

然而，值得注意的是，一些地方解决或部分解决拖欠问题，大多采用应急措施：向上级借款；向银行贷款；预先挤用下年度财政部分预算；挪用教育基金、计划生育款、工程款和救灾款；加收学生的学杂费；让教师直接向学生征收教育费附加……

这些挖肉补疮,寅吃卯粮的兑现办法,貌似解决了拖欠,实则隐藏着问题。道理十分简单,借的款要归还,贷的款要付利息,多收学杂费无疑又加重了农民负担。这些办法不仅没有从根本上解决造成拖欠的原因,反而是前清后欠,边清边欠,形成了一种"清涨欠落、清落欠涨"的"弹簧现象"。

在一些财政拿不出钱的地方,一个方法是继续拖欠,一个方法是以物兑现。

以物兑现可谓五花八门:有用香烟的,有用茶叶的,有用砖块的,有用皮箱的,有用棉絮的,有用存折的,有用沙发坐垫的……令教师们哭笑不得。

这种兑现办法在有的县表现得尤为突出。它不仅转嫁了拖欠的矛盾,而且也给教师的生活带来了困难,同样是不可取的。

一些地方在兑现中居然大打折扣,只发给教师基本工资,而奖金和各种政策性补贴则不在兑现之列。

众所周知,教师工资是由国家财政拨款和地方自筹两部分组成。财政拨款部分包括基础工资、职务工资、工龄工资、奖励工资、班主任津贴、教龄津贴等;自筹部分,也就是人们常说的"上面开口子,下边拿票子"的部分,包括各种政策性补贴、书报费、洗理费、奖金等。这一部分实际上已构成教师的固定收入,一般占总收入的半数左右。

显然,只发给教师基本工资,不兑现奖金或政策性补贴,仍然是错误的,同样会严重影响教师的生计。

上述兑现中的种种问题,如不认真加以解决,势必形成一轮又一轮的清欠"弹簧现象"。

该给这种"弹簧现象"画上句号了!

(1994 年 2 月 28 日《人民日报》第一版,获人民日报好新闻一等奖、全国教育好新闻一等奖)

让教育之水畅流

——关于拖欠教师工资问题的述评(下)

综观拖欠教师工资问题,有一些值得深思的反常现象。

从横的方面看:有的地方很穷,却没有发生拖欠;有的地方很富,拖欠却照样存在。

这一现象的原因并不复杂。有的地方尽管很穷,却把该给教育的钱都用在教育上,保证教育经费渠道畅通无阻,因而没有发生拖欠。有的地方尽管很富,却把该给教育的钱挪作它用,堵了教育经费之渠,断了教育之水,自然要发生拖欠。

从纵的方面看:在困难的时期,没有发生拖欠;现在各方面条件好了,反而大面积发生拖欠。

形成这一现象的原因是,过去在计划经济体制下,教师工资专款专用,"打油的钱不能买醋",总的说来没有发生拖欠问题。在财政体制改革的过程中,基层的财权大了,有的领导以为"办教育只见投入不见效益",就自作主张将用于教育的资金纳入统收统支,用来盲目地上项目,搞开发区,买小汽车,盖小洋楼……久而久之,教育经费之渠干涸,教师工资拖欠。

透过这些现象不难看出,解决拖欠问题,必须疏通教育之渠,把截留的教育经费抽回来,真正用到教育上,保证教育经费之水畅流。

拖欠问题并非顽症。彻底解决拖欠必须采取治本的办法,建立一种按时足额发放教师工资的保障机制。从没有发生拖欠或解决拖欠问题比较好的地方的经验来看,这种保障机制应包括以下几个方面的内容。

——理顺教育经费管理体制。在经济落后、财政困难,不能保证教师工资按期足额发放的地方,地方政府可以在一定时期内将预算内教育经费中的人员经费由乡管统一改为县管。即乡财政将预算内教育经费中的人员经费上缴到县财政,财政部门核定后足额拨付给县教育行政部门统一管理,专款专用,按期足额拨付到学校。县财政在作预算时,要保证教师工资人头费留足,增加公用教育经费不留缺口。

——完善现行农村教育费附加征收和管理办法。在不改变"乡筹乡用"的前提下,一律实行"乡收、县管、乡用"的办法。使用中应首先保证中小学民办教师工资和退休民办教师生活补助费中的乡筹部分。

——建立教育经费投入的监测系统。依据《义务教育法》、《中国教育改革和发展纲要》和《中华人民共和国教师法》的有关规定,制定一套教育监测的指标体系。按照经济发展的速度确定教育经费的投入比例,应由人大、政协、教育、监察、审计等部门人员组成专门组织,负责监督教育经费的预算和核拨等工作。

——设立发放教师工资解困资金,帮助缓解一些县乡确因财政困难或自然灾害等原因一时不能按期发放教师工资的困难。县财政有困难不能保证教师工资按时足额发放的,要研究上一级财政如何发挥调控职能,给困难地区以适当财政支持,帮助因自然灾害等突发原因减少财政收入的地区,能及时发放教师工资。各省、自治区对落后和贫困地区要给予专项补助,中央对贫困县的专款规定用于教育的部分首先用于发放教师工资。

——层层建立发放教师工资责任人制度。政府主要领导为第一责任人,财政和教育部门为第二责任人。各级领导在财政预算和拨款时要切实把教育放在优先发展的战略地位上,要把教育工作的实绩和如何贯彻实行《义务教育法》和《教师法》,把保证教师工资发放列入各级政府主要负责人的任期责任目标。

——严格执行中央规定,拖欠教师工资的地方,不准兴建楼堂馆所,不得购买小汽车。各地预算外资金收入要首先用于弥补拖欠教师的工资。有关部门将拖欠教师工资情况与各地报批的教育项目挂钩,凡有拖欠中小学教师工资的地方,缓批甚至不批建设项目。绝不允许挪用教师工资去铺摊子、上项目、搞建设。

——强化法制观念,严肃财经纪律。要加强对教育经费核拨、使用的财务监督和审计,对随意挤占、截留、挪用教师工资,要依据《中华人民共和国教师法》坚决查处。

有了根治拖欠的办法,只是解决问题的一个方面。而另一个方面,关键在于领导重视与否。

一些领导同志谈起教育的重要性,常常振振有词:"百年大计,教育为本"、

"再穷不能穷教育,再苦不能苦孩子,再紧不能紧教师"、"尊师重教"等等,而到了解决实际问题的时候,又变得不那么重要了。

一些地方宾馆越盖越高级,轿车越坐越豪华,筵席越摆越铺张,而教育却热不起来,就是一个很好的例证。

究其原因,是一些领导对教育缺乏足够的远见,没有认识到教育在经济发展中的重要作用,而只图眼前,急功近利,争相铺摊子、上项目。这样做,不仅冲击了教育,经济也不可能真正搞上去。

现在全国上下许多人都在学习《邓小平文选》第三卷。邓小平同志在三卷中说:"从长远看,要注意教育和科学技术。否则,我们已经耽误了二十年,影响了发展,还要再耽误二十年,后果不堪设想。……我们要千方百计,在别的方面忍耐一些,甚至于牺牲一点速度,把教育问题解决好。……我们不论怎么困难,也要提高教师的待遇。这个事情,在国际上都有影响。"邓小平又说:"忽视教育的领导者,是缺乏远见的、不成熟的领导者,就领导不了现代化建设。各级领导要像抓好经济工作那样抓好教育工作。"

当今世界,在人类携手迈向共同未来的历程中,日益获得这样一个共识:教育是基础工程,没有教育就没有经济的发达、政治的繁荣、文化的昌盛。

联合国《教科文组织法》向世人忠告:"社会靠教育才能改变,社会靠教育才能实现新的项目;靠教育我们才能掌握未来。"

90 年代的中国,正面临着时代的挑战。而归根结底还是人才之争,教育之争。可以说,今天的教育,就是明天的中国。

但愿不再发生拖欠教师工资的事情,但愿不再给中国的未来打"白条"!

(1994 年 3 月 3 日《人民日报》第一版,获人民日报好新闻一等奖、全国教育好新闻一等奖)

奉献之歌 教育史诗

——"我说教师这一行"征文综述

为了迎接今年教师节,本报教科文部举办了"我说教师这一行"征文。

本报举办教师征文,近年来这是第一次。两个多月来,陆续收到全国各地教师的来稿6000多篇,日平均逾百篇。征文作者有大学教授,有中小学、幼儿园的教师,也有职业教育、成人教育和特殊教育的教师。从北国到南疆,从平原到山区,全国各地的教师们以饱蘸激情的笔,写出了一篇篇感人至深的文章。

此次征文,达到了让社会更真切地了解教师、尊敬教师,进一步弘扬中华民族尊师重教优良传统的目的。许多读者来信称赞此次征文意义重大,为教师们开辟了一个说心里话的栏目,架起了党报与广大教师联系的桥梁。河北建工学院李文英老师来信说:"感谢你们为广大教师提供了一次倾吐肺腑之言的机会。"江西省宜丰县双峰中学王仕广老师来稿写道:"人民日报举办这样的征文活动,充分体现了我国尊师重教已进入了一个新阶段"。许多地方对这次征文非常重视。河北省石家庄市长安区文教局专门成立了征文活动领导小组,全区600多位教师都写了文章应征。一位在广州打工的名叫成坚丽的女孩看了《留守在春晖无边的土地》一文后,给作者、河南省许昌市第一高中教师宋秀枝写信说:"你那种对学生无微不至的关怀和对教师这一职业的痴爱,使我对教师更加尊敬和向往,激励着我更加发奋读书。"内蒙古第一劳改管教支队一个正在服刑的犯人,读了征文后深受感动,满怀激情地写来了一篇赞美教师的文章。

综观几千篇来稿,共同的主题是奉献。由这几千篇来稿谱写的奉献之歌,是发自上千万人民教师心底里的歌。

大量的来稿以教师本人的亲身感受,抒发了对自己职业的深厚感情,展示了广大教师献身教育事业的高尚品德和积极向上的精神风貌。北京市二十中学校长助理林生香是 1956 年从印度孟买回国的归侨,30 多年来一直耕耘在祖国的教育园地,国外的亲属多次劝她出国定居,她的回答是:"我离不开祖国,离不开我喜爱的教育事业。"四川省邻水县合流职业高中教师刘国荣说:"教出的学生个个有作为,这就是我的最大希望。"山东省广饶县长行小学许桂林老师腿患残疾,他写道:"我不敢懈怠,更没有后悔。因为,每况愈下的身体告诉我,能用心血滋润祖国花朵的时间已不会很长。"

马卡连柯有一部名著叫《教育诗》。这次收到的几千篇征文,正是我国广大教师共同创作的教育史诗。这史诗洋溢着炽热的师生之爱,这种友谊和情感,是世界上最为珍贵的。

小平同志说:"教育要面向现代化,面向世界,面向未来。"对于教师来说,他们致力于现代化的着力点就在学生身上,学生的成长,学生的进步,就是他们最大的精神寄托,学生的未来,就是他们憧憬着的祖国的未来。湖南省韶山市如意中学老师侯夕霞家中有个"百宝箱",里面装着学生的"活档案"。侯老师写道:"它凝聚着我教学生涯中的苦与乐、喜与忧,凝集着我们师生情谊。"吉林省永吉十九中王术吉老师说:"当你作为一个教师心里充满了爱意,当你的爱意和学生的心灵激荡在一起时,什么牢骚、委屈统统化为乌有。"一些教师认为师生之间的情谊,是人间最圣洁的,与学生们在一起,使自己变得年轻,充满了无限的乐趣。

奉献的赞歌,教育的史诗,反映的是人民教师对教育事业的忠诚。

尽管就整个教师队伍来说经济待遇和工作条件还未能尽如人意,尽管大多数教师自己还有这样或那样的困难,但是,来稿中教师们谈这方面的意见并不多,相反,许多人谈的是自身的不足,探讨和关心的是如何加强教师自身的修养,适应教育改革和发展的要求。陕西咸阳师专历史系庞士让老师写道:"教师不是教书匠,也不是一般的艺术家,而是'多功能的艺术家'。他们以自己全部的智慧和人格塑造着亿万学生。"四川省绵阳市第二中学廖娟老师说:"为人师表,是对每一个为人师者最起码的要求! 当教师,岂止是'保险'和'稳当'!"河北省定州市李亲古中学冯习琴老师向同行们提出:"为人师者当自重。"有的教师还在文中总结自身的教训,提醒同行们引以为戒。

教师们在来稿中也反映了教育事业中存在的一些问题和困难,如:拖欠教师工资现象在一些地方时有发生,少数地方教师住房难、看病难问题不能得到妥善的解决等。但是,他们没有一个人说这些问题不解决就要跳槽,就要丢下这个事业,丢下自己的学生。他们以教育事业为己任,克服困难,战胜困难,顽强地奋斗着。

一篇篇征文,像一个个心灵的窗口,广大读者从中看到了人民教师崇高的精神境界,懂得了人民教师确实是值得全社会尊敬的人。

(1994 年 9 月 3 日《人民日报》第三版)

"头条评点"好

读罢贵报去年12月17日的一版头题,我不禁脱口而出:"头条评点好!"好就好在它一下子把编辑和读者之间的距离缩短了很多,使读者对头条新闻由被动接受变为主动欣赏。

过去,读者一般认为,一条新闻为什么上头条,选择什么样的新闻安排在头版头条,这是报社编辑和总编的事:"你登什么稿,我看什么内容。"而看了去年12月17日的"头条评点"后,我一下子被吸引住了。

"头条评点"的另一个优点在于它可以给读者指点迷津,起到良好的组织和引导舆论的作用。

一篇反映与读者的利益,与集体、国家利益相关的事件的头条新闻,如国家的重大经济方针政策的制定、党和国家采取的重大经济措施、尖端科学技术上的发明创造等,由于一般读者限于自身的条件,对这类内隐性的新闻,有时不一定能完全认识到它可能产生的重大影响,因此,也不一定很感兴趣或者会产生疑问。而"头条评点"的出现,既解除了读者的疑问,又进行了正确的引导;既告诉了读者想知道的,又告诉了读者应该知道的;既满足了读者的兴趣,又在新闻报道中不断培养、提高了读者的兴趣。

建议贵报的"头条评点"善于发现、提出新经验、新情况、新问题。

贵报的"头条评点"实属我国报界之首创,愿这朵美丽、鲜艳之花常开不败!

(1990年1月1日《经济参考》第四版)

对孩子们负责

"提供给孩子们的必须是安全、实用、优质的产品",这是宁波文教科技器材厂坚守的准则。这种为孩子们着想,对孩子们负责的精神,值得提倡和赞扬。

目前,有许多企业生产的产品是直接为孩子们服务的,诸如衣、食、住、行、学、玩等方面的用品,数不胜数,说明少年儿童生活、学习消费是一个巨大的市场需求。但是,生产少年儿童用品的企业,都有一个如何为孩子们着想,对孩子们负责的问题。即产品是否质量过硬、价格便宜,是否有利于少年儿童的健康成长。

诚然,任何企业生产的产品都应该对消费者负责;而对孩子们负责这一点,对于生产少年儿童用品的企业来讲,尤为重要。如果孩子们从小接触的是劣质产品,不仅给孩子们造成直接的损失,而且在幼小的心灵上留下不好的印象,影响他们的健康成长。譬如,有些教学用书印制质量低劣、内容错误百出,有的还不能及时供货,致使一些学生开学后还拿不到书。这种对孩子们不负责任的做法,实为误人子弟,贻害无穷。

为孩子们着想,就要像宁波文教科技器材厂那样,千方百计在降低产品成本上打主意,靠坚持薄利多销求得自身的发展,而不是老在孩子们身上打主意,捞一把,赚昧心钱。有的一个书包卖七八十元,一个文具盒卖一二百元,对于类似这种"吊孩子胃口,掏家长钱包"的做法,社会上早有非议。它容易引发儿童互相攀比、追求高消费,对于孩子们的健康成长也是不利的。

孩子们是祖国的花朵,社会主义的未来。愿更多的企业能像宁波科技器材厂那样,为祖国的未来着想,对祖国的未来负责,提供给孩子们的都是物美价廉的产品。

(1994 年 11 月 26 日《人民日报》第三版)

"谢礼"之风可长

杭州市上城区的教师们向学生家长发出公开信,自觉开展"谢礼"行动,值得提倡。

近年来,中小学生和家长给老师送礼之风盛行。不独是"教师节",每逢开学、期末、老师生日等都兴送礼。此现象在城市中小学尤甚,且已波及幼儿园。不少学生已不屑于送贺卡、挂历,派克笔、金项链亦不足为奇,礼品的高档化令人咋舌。

对此,多数家长显得无可奈何。别的孩子给老师送礼,自己的孩子不送怕被人瞧不起,在校得不到关照。因此,只好随波逐流。殊不知,送礼的同时,会把"市侩气"教给孩子。现在,一些学生小小年纪"早熟"得已知道送礼还要搞平衡:正、副班主任各一份,其他任课老师也要考虑到。这就是很好的例证。

诚然,正常的师生关系无可厚非,而如此互相攀比的送礼风实不足取,它不仅送坏了学生的思想,而且加重了家长的心理和经济负担,更重要的是送坏了老师的形象。其实,大多数老师对这种送礼风也是很不满、很反感的。只是在这种环境下,也显得无奈。

现在,杭州市上城区的教师们已主动站出来,开展"谢礼"行动,抵制送礼之风,维护师德,堪称表率。元旦、春节即将到来,愿全国有更多的教师能响应之。

(1994 年 12 月 28 日《人民日报》第三版)

纠正"贵族教育"的观念

前年冬天,在某几个城市出现了公开挂牌的"贵族学校",有的传播媒介跟着"炒"了一阵子。后来国家教委负责同志在报纸上对此提出了严肃的批评,才不见再有人公开鼓吹了。可是,这种现象的发生恐怕有某种社会观念在起作用,还有进一步探讨的必要。

随着经济状况的改善,许多家庭都希望孩子受到尽可能好的教育。而什么是好的教育,人们的认识并不相同。有些人一听说有了"贵族学校",就以为在那里一定能受到"高档次"的教育,只要把孩子送进去,将来出人头地就打了"包票"了。许多家庭对子女(尤其对独生子女)采取的也是一种贵族化的教育方式。不让孩子扫地洗碗洗衣服,不教孩子关心照顾尊重别人,在衣食住行上孩子都得占"头一份儿"。正是适应这种"需要",有人堂而皇之地打出"贵族学校"的牌子,这应该说是一种倒退。即使在全世界,像这样的贵族学校又有多少?我们这里竟有人糊涂到以为办教育也和开商店一样,可以随意拿"豪门"、"富绅"、"贵族"、"皇家"作招牌。其实他们未必知道贵族学校到底是怎么一回事。清朝有过专为八旗子弟办的学校,终究是失败了。新中国成立初期,周总理曾指示某中学要向社会招生,不要只收干部子女,免得他们成为"八旗子弟"。外国有的王室所办的贵族学校,只收有爵位家族的子弟,教育方式却相当严酷,校内生活既像修道院又像兵营。

令人忧心的是,在我们的周围,还存在着比某些古人、某些外国人还不及的教育观念。转变这种观念,比摘掉一块"贵族教育"的牌子更困难。听说有个中学居然为一位企业领导人的孩子作出特殊安排,由老师们轮流单独给他上课,另找一个学生陪着他。单独上课的费用就从企业赞助学校的款项中开支。这会使孩子产生什么感觉,在师生中造成何种影响,可想而知。贵族学校的学生,至少在校内同学之间身份是一样的,而这种在普通学校里搞贵族教育的办法比孔子有教无类的思想还落后,我们怎么能这样教育今天的孩子呢?

(1994 年 7 月 4 日《人民日报》第三版)

"污水瀑布"须治理

前不久,笔者随国家环保局、监察部"环境保护监督检查团"沿长江采访,从重庆至宜昌顺流而下。沿途看到,长江大堤上散布着一个个小"瀑布",颜色不一,落差不同,日夜流淌,直泻江中。起初误认为是"人文景观",细问方知,小"瀑布"系沿江城镇生活污水、工业废水的排污口,人称"污水瀑布"。令人忧虑的是,这些人为的"污水瀑布",多数未经净化处理,超标准排放,对长江水质已构成严重威胁。

众所周知,素有"黄金水道"之称的长江,是流域内 4 亿多人民工业生产和生活用水的主要来源,更是经济和社会发展的物质基础。但是,随着长江流域经济迅速发展,城市人口不断膨胀,大量的工业废水和生活污水向长江倾泻,使之成了一条"天然下水道"。如上游一家造纸厂,每年排入江中的废水高达1000万吨,且主要污染物严重超标,到了枯水季节,废水形成的白色泡沫在江中久聚不散,长达几十公里,被人戏称为"白鸭子"。有家制造船舶发动机的工厂,排出的废油直接进入长江,农民从水面上捞起来就可以再利用。有的城镇"污水瀑布"离取水口仅几十米远,致使饮用水源严重污染,造成守着长江没水吃的局面,不得不花费巨额投资,另辟饮用水源。一方面向长江索取水源,一方面却把长江当成"天然下水道",这理应引起人们的高度重视。

无数"污水瀑布"汇入长江,形成一江污水向东流,已到了非治理不可的地步。治理"污水瀑布",不仅要加强人们对水资源重要性的认识,增强环保意识,更重要的是沿江城镇要正确处理经济发展与环境保护的关系,对污染大户要限期整治,做到达标排放。对那些无力治理的污染企业,该停的停,该转的转,该并的并,下决心堵住"污水瀑布"的源头,决不能再以牺牲环境为代价发展经济。中华民族只有一条长江,愿"污水瀑布"早日得到治理,还长江以本来面目。

(1997 年 6 月 13 日《人民日报》第十版)

批评报道要准

去年10月15日晚,一位朋友与我聊天时,告诉我一则笑话:一个医生做完手术,才想起来手术刀还在病人的肚子里,最后只好再次开刀,才把手术刀拿出来。这事就发生在北京丰台医院。

我起初感到好笑,继而仔细品味,又觉得这是一条极有价值的新闻。为了核实这则笑话的准确性,第二天上午我拨通了丰台医院办公室的电话。对方含糊其词,只说下午要召开全院职工大会,总结教训。放下电话,我把想去采访的想法向部领导陈兴贵作了汇报,得到他的支持和许可。

赶到丰台医院已是下午两点多,职工大会已经开始。会场人多,秩序较乱。会后,我请医院的同志介绍情况。起初,他们不愿与我细谈,审验记者证、介绍信,并登了记,后来又盘问我有什么意图,还在采访现场录了音。对此,我耐心解释,说明来医院只是想了解一下发生医疗事故的详细情况,是正常采访。医院派一位副院长和医务科主任接受采访,并让我查阅了病历,我对新闻事实有了全面、准确、细致的了解。采访完,我谢绝了医院为我准备的晚餐,回到家已是晚上8点多了,我及时写出了《手术钳丢在患者腹腔错用药导致病人死亡》的消息。

17日是星期天,上午我又拨通了丰台医院的电话,请他们派人来审稿。下午,介绍情况的两位同志来到报社,看完稿子,认为比较符合实际,同意见报。我请他们签字。俩人郑重地在稿子上签下"情况属实"的字样和各自的名字。当晚,稿子就交给了值夜班的副主任何黄彪。18日,批评稿见报,并配发了编后《人命关天马虎不得》,加重了批评稿的分量。

稿子见报后,犹如一石激起千层浪,在社会各界以及广大读者中引起反响。

——新闻媒介的反映。18日,中央广播电台"报纸摘要"节目摘发了这一消息。19日,《北京晚报》全文转载。

——北京市的反映。18 日,何鲁丽副市长看报后作出批示,要求全市卫生系统引以为戒。19 日,市卫生局发出《深入开展自查互查工作的通知》。20 日,丰台区卫生局召开"进一步加强医院管理,提高医疗服务质量"大会。22 日,市卫生局派人专程给本报送了一封感谢信。

——丰台医院的反映。18 日,医院将报道复印件分发全院各科室,组织学习,院党委连夜召开紧急会议。27 日,医院提出近期整改措施。

——卫生部的反映。10 月下旬,副部长殷大奎接受本报记者的采访,就丰台医院的问题再次向全国卫生系统重申,加强医疗质量管理,并谈了当前需要纠正的行业不正之风的重点及要求。

——读者的反映。18 日,有读者打电话进一步反映丰台医院的问题。许多读者认为这个问题抓得好。

这篇批评报道还引起薄一波同志的重视。他在与范敬宜总编交谈时说,对于丰台医院那起医疗事故,不能报道一下就完了,要有处理结果,抓具体的改进措施。

之后,我又采写了 3 篇连续报道:《本报一篇报道引起北京卫生系统重视》、《加强医疗质量管理　纠正行业不正之风　卫生部副部长殷大奎就本报关于丰台医院的报道答记者问》、《丰台医院接受新闻媒介批评》。其中,有两篇配发了编后。最后,迫使丰台医院对医疗差错事故重新进行了处理。至此,丰台医院的这组批评报道画上了一个圆满的句号。

丰台医院的报道可谓地地道道的批评报道。然而,见报后却没有人提出要同我打官司之类的事情。相反,北京市卫生局送来了感谢信;丰台区卫生局局长表示对人民日报的批评我们是认头的;丰台医院一致认为,人民日报的报道是客观的,实事求是的,是对医院工作的有力鞭策与督促,是一剂有益的清醒剂。

这篇批评报道能够产生如此效果,至少可以说明两点:一是丰台医院及其主管部门能正确认识问题。二是批评报道本身是准确的、客观的。

回顾这组报道的产生过程,使我深深体会到,采写批评报道一定要把握好一个"准"字。我想,这里的"准"字应体现在以下几个方面:一是消息来源要准确,不能道听途说,二是采访要准确、深入、细致,哪怕是一个小问题或细节,甚至一句话,都要核实准确,搞清楚,不要因粗心大意而授人以柄;三是稿子的内容要准确,与客观事实相符合,尽量少用或不用形容词,避免引起麻烦;四是成稿后一定要请被批评单位或当事人过目,核准新闻事实,并签字画押,谨防反悔;五是批评报道的问题要抓准,要有一定的代表性,而且是群众比较关心的问题。

(注:此系列报道获人民日报社优秀新闻作品一等奖。)

(1994 年 2 月 15 日《人民日报·编采业务》第二版头条)

涉深水者观蛟龙

东汉思想家王充在《论衡·别通篇》中云:"涉浅水者见虾,其颇深者察鱼鳖,其尤甚者观蛟龙。"采访也是如此。

(一)

去年岁尾,报社编委会决定就拖欠教师工资问题进行专题采访。教科文部领导把这一任务交给了我。说实话,在教育组两年多,常常是待在京城跑部委、泡会议,摘现成的材料发稿子。像这样单枪匹马到基层进行专题调查采访,还是头一回。

今年1月8日,我踏上了开往安徽蚌埠市的火车。两天里,我先后跑到怀远县河溜镇、龙亢镇和蒙城县的双涧镇的7所学校采访。从教师们反映的情况看,这些地方能够保证教师的基本工资,拖欠的是基本工资之外的书报费、洗理费、奖金等,10日晚,我赶回蚌埠,与市教委主任交换了意见,得知市财政已决定尽快补发拖欠的工资。我又从《安徽日报》上获悉,全省各地正在积极兑现教师工资。看来,再跑下去难以有更大的收获,心里直后悔自己选错了地方。

我与国家教委人事司一位负责同志电话联系后得知,湖北省大悟县拖欠问题比较严重,而且还给教师发烟。他建议我到那里去采访。

放下电话一查地图,我倒吸一口凉气。安徽蚌埠市离湖北大悟县千里之遥,乘火车第四天才能到,为了赶时间,我决定乘汽车取道安徽省霍邱县和河南省潢川县直奔湖北大悟。

遗憾的是,到霍邱和潢川时,由于他们提前接到我要去采访的通知,两县均做好了接待工作,县领导向记者介绍情况,陪记者吃饭,大有兴师动众之感。然而,好吃难消化。听到的是基本解决问题的好情况,看到的是事先安排好的学校和老师。

离开潢川县时,我不让他们通知大悟县,决定到了那里再说。其间,及时与教科文部主任樊明经和教育组长毕全忠保持电话联系,得到了他们的支持。

(二)

12 日赶到大悟县城时,已是万家灯火。

第二天上午,我找到县教委,听了情况介绍;下午,便开始了在大别山区的调查采访。我几乎跑遍了大悟的 10 多个乡镇,接触了 30 多所中小学校的 600 多名教师、学生、家长和基层干部,了解到这个县拖欠教师工资的触目惊心的事实。全县累计拖欠教师工资 579 万元。许多教师生计艰难,有的甚至靠借债度日。仅 1991 年以来,全县就有 310 多名教师调走或改行。1993 年春季开学时,中学生流失率达 10.61%。

更加令人震惊的是,县里还经常用本县生产的香烟支付和"兑现"教师工资。无论是男是女,会抽烟的和不会抽烟的,公办的和民办的,统统发香烟。高店中学教师喻华茜,家里 5 人当教师,"元旦"前一次发了价值 3850 元的香烟。烟在大悟不仅顶教师工资,而且已成为"第二货币"。一些教师不得不用烟来换油、换米、换肉、换柴,甚至换饭吃。

更具讽刺意味的是,这些令许多教师头痛的香烟,名字却挺动人:"潇洒"、"快乐"、"同庆"、"望"……有的教师将香烟的名字编成顺口溜:"潇洒"香烟不潇洒,"快乐"香烟不快乐,望眼欲穿得"望"烟。有的教师多次向学校和上级催要工资毫无结果,因而改编了一首让人心酸的歌谣:"你说过,月月发给我,一欠就是一年多,三百六十五天日子不好过,把我的工资还给我!"

大悟县给教师发烟,派生出许多矛盾和问题。一些学校和老师不得不向学生推销烟。有的教师停课销烟,有的甚至强迫学生不交钱买烟不准进教室,于是,有家长跑到学校骂老师的,有学生打老师的,有因交不起烟钱而辍学的……

县里用烟兑现教师工资,乡镇纷纷效仿,茶叶、皮箱、棉絮、存折、沙发坐垫,都成了工资的代用品,真可谓五花八门,令教师们哭笑不得。

这个县一方面大面积拖欠教师工资,一方面有些又忙于用公款建造小洋楼,购买小轿车,出国旅游,大吃大喝。在不到一周时间内,我3次获得大悟县教师总人数的数字。这3个数字悬殊甚大。县财政局说的总人数比教委掌握的多出600多人,县长说的总人数比教委掌握的少17人。

数字的游戏在一定程度上反映了这个县一些干部的工作作风问题。在掌握大量第一手材料的基础上,我要求同县领导交换意见。经再三邀请,县长方才出面接受了采访。

1月19日,当我结束采访离开大悟时,这里过年的气氛渐浓,许多人都在忙着备年货,学校也将放寒假,而教师被拖欠的工资仍无着落。

(三)

从大悟回到报社,我把采访情况向部领导作了汇报。写成五篇近万字的报道:《辛酸的歌谣》、《沉重的"潇洒"》、《鲜明的反差》、《数字的游戏》、《县长的承诺》,发在《情况汇编》(特刊)上。中央领导同志先后做了批示,督促拖欠问题的解决。

按照保育钧副总编的要求,我再电话采访大悟县,补充最新材料。并按社领导的要求,我在写公开报道时,融进了在安徽、河南、湖北一路上的所见所闻,不光谈问题,而且把做得好的地方的经验写进去。2月底,《重教必先尊师》和《让教育之水畅流》述评上、下篇,分别在本报一版刊登。上篇分析了造成拖欠的原因,下篇着重谈拖欠问题如何解决。这组报道获社内优秀新闻作品评选一等奖,我本人也受到报社领导的表扬和奖励。

大悟县一些学校和教师纷纷给我来信,对记者深入基层反映教工的疾苦表示感谢。高店乡中学全体教工还写来了感谢信。据说,大悟县有的领导同志既恨我又感谢我。恨的是我把大悟的问题反映给中央领导,感谢的是我的报道给大悟带去了700万元人民币。我还先后收到湖北、内蒙古、江西、四川、河南、安徽等地的许多学校、老师以及教育工作者的来信,对于述评上、下篇的观点表示赞同,感谢人民日报为广大教师说了话。

回顾这次专题采访,我深深体会到,如果没有报社领导和教科文部领导的重视和支持,就不可能取得这样好的宣传效果。同时,也使我深刻地认识到,作为一名记者,只有沉到基层,才能获得大量的真实情况,才能写出读者满意、领导满意、自己满意,进而推动实际问题解决的新闻报道。正像李仁臣副总编说的:任何一篇有强烈社会效果的好文章,都是深入实际调查研究的结果。

(1994 年 5 月 15 日《人民日报·编采业务》第二版)

英国教育督导制度的特点及启示

去年春天,记者随国家教育部"基础教育投资效益考察团"到西欧考察。考察中发现,英国的基础教育在长期的发展过程中,不断建立起一套现代化的管理制度,教育督导就是其中一项很重要的制度。英国现行的教育督导制度非常严格,很有特色,对我国教育督导制度的发展和完善具有重要的参考价值。本文从管理学的角度,对英国的教育督导制度作一简要的分析。

一、英国的教育督导制度

英国是世界上最早建立教育督导制度的国家之一。为了进一步加强督导工作,英国政府于 1992 年成立教育质量标准局。凡对教育质量、教育管理的督导评估工作,均由教育质量标准局负责。教育质量标准局的主要任务是:(1)制定评估标准,建立高效的评估体制;(2)根据教育大臣提出的一些要求进行某些方面的督导评估工作;(3)制定督学撰写督导报告的规章,公布督导报告;(4)对督学的工作进行监督;(5)加强教育质量标准局自身建设,使其有效运行。英国教育质量标准局督导评估的范围包括:(1)全国所有中小学校和幼儿教育;(2)资格大纲委员会管理的师范学校、教师培训工作和中等以下私立学校;(3)地方教育行政部门的工作等。

1992 年英国教育质量标准局成立之前,只是对下面的学校进行抽样检查,之后则是对所有学校进行监督检查。每一所学校每年都要写出一个报告,对社会、家长、学生公布,使大家知道学校办得好坏。教育质量标准局制定了一个教学大纲,规定各类学校应达到什么样的标准,并以此进行教学。原来对学校的检查 4 年一个周期,现在改为 6 年一个周期。对学校的检查主要是通过受过培训的人员按标准进行,这项工作被称为督导。

英国的教育督导从以下四个方面进行:(1)看每所学校是否达到规定标准,并在原来的基础上有所进展。考核学校在 10 个等级中处于哪个等级,差生是否变好。督导对每个学生在不同的年龄阶段有不同的要求,如 11 岁时规定数学、英语、综合理科都要达到四级水平。督导就用这些标准检查一所学校是全部或是部分学生达到了要求。(2)看学校教学质量是否得到保证。首先看教师是否合格,根据教师讲课水平分为 7 个等级:非常好、很好、好、一般、不好、差、很差。(3)看学生在道德、文化、社会责任等方面是否得到发展,取得的成绩如何。(4)看拨下去的经费投资效益如何,现有的钱能否取得所要达到的标准。

督导分为 4 个层次:一是 200 名女王陛下督导;二是 2500 名注册督导;三是 10000 名助理督学;四是社会代表(与教育无关的人员)。

对每一所学校的督导是由单独签订合同的注册督导员进行的。他们首先要通过投标竞争,然后由教育质量标准局确定由谁去。去某个学校进行督导时,由一位注册督导带队,几个助理督学参加,还必须有一个社会代表参与。女王陛下督导主要是对薄弱学校进行督导。在评估地方教育当局时,由 10 个女王陛下督导和 1 个中央审计委员会成员组成。不但看地方教育部门做得如何,而且要看地方政府做得如何。

英国的教育督导制度非常规范。对学校的督导主要是进行"学校自我价值评估"。即"三个 A":(1)目标(AIMS),确定学校目标;(2)评价(AUDIT),在什么范围内能够达到目标;(3)行动(ACTION),把已经实现的目标保证下来,把没有实现的目标继续提高和改善。"三个 A"是保持学校质量的 3 个因素,不管是哪个层次,均要强调这 3 个因素。

每年学校老师都要坐下来讨论如何实现"三个 A"。(1)首先是校长与教师讨论,希望教师做些什么,达到什么要求;(2)校长与每位教师谈他们个人的日常工作如何,教学方面如何,对好学生如何,对差生如何;(3)给教师限定时间,提供资金达到目标;(4)一年之后,再看哪些目标实现了,哪些没有实现。

除对教师用"三个 A"来评价外,对学校也是用"三个 A"来衡量。在苏格兰,每个学校每年必须出版"学校发展规划(SDP)",即"三个 A"的内容。每所学校作为一个整体,其目标是什么,讨论后用文字表述出来。如百分之多少的学生应达到什么水平等,学校定下具体的目标。这些报告提供给社会、家长和媒介,让公众知道。地方教育当局还要审查,看学校说的与做的是否一致。学校考试成绩要在全国范围内发布,学校是否言行一致,公众一目了然。地方教育当局审查一所学校时,一般都要问"三个 A"。

督导遵循以下 5 个原则:(1)公平性。督导机构独立于地方教育当局之外,女王陛下总监的责任是发表检查结果和事实,不管地方教育当局喜欢与否。(2)差异性。女王陛下总监对每所学校面临的问题都要有所了解。因为每年学校的情况各不相同,因此,对好的和差的学校应区别对待。(3)督导的结果要让学校感觉与他们的实际情况相符合。(4)检查人员中必须有一个外行人员。虽然他不懂教育,但必须把他吸收进来。这个人主要不是对学校教学方面评估,而是对学校其他方面进行评估,如学校对待学生如何、处理问题如何等,主要是对教学之外的检查。

对学校的督导共有 5 种模式:(1)对小学、中学和幼儿园的检查;(2)对特殊教育的检查;(3)对一学校某一科目进行详细检查和评估;(4)抽样检查,如对学校住校学生福利方面的检查等;(5)计划外的随时性检查。

二、英国教育督导制度的特点

(一)法定性。英国非常重视教育督导的立法工作。督导制度从建立到几次变革都有立法依据,这使英国教育督导工作的开展有了法律保障,从而保证了督导工作的顺利进行,提高了教育质量和办学效益。

(二)独立性。一是教育督导机构独立,国家教育质量标准局相对独立于教育就业部,对教育大臣负责,也直接对议会负责。二是督导评估工作独立。三是经费独立。

(三)公正性。国家教育质量标准局作为独立于教育就业部之外的政府机构,解决了过去教育就业部自己评估自己的体制上的缺陷,使评估活动和评估结果更加客观、公正。

(四)权威性。根据法律规定,教育质量标准局每年要撰写年度督导报告,提交议会讨论。该报告成为政府制定教育政策的重要依据之一。

(五)社会化。英国对中小学的督导评估,是通过市场机制进行招标,由注册督学领导的小组进行的,使评估工作纳入社会化轨道。评估活动的社会化,充分利用了社会上的评估力量,也使教育质量标准局能够更有效地发挥对督导评估质量的监督保证作用。

(六)公开化。评估哪些学校、评估过程、评估结果全部都是公开的,都要向学校、家长和社会公布。学校如对评估结果不服,有权提出申辩,确属评估不公正的,教育质量标准局可要求督导小组重写督导报告。

（七）信息化。英国教育质量标准局的重要工作之一,是在汇集大量的评估数据的基础上,进行科学分析,为提高教育拨款效益、改进教育管理和提高教育质量服务。

三、英国教育督导制度的启示

综上所述,不难看出,英国的教育督导制度具有鲜明的时代特色。我认为,从现代管理的角度讲,英国教育督导制度的经验,值得我们很好地研究和借鉴。虽然我国与英国的国情不同,社会制度不同,文化背景不同,不能完全照搬,但是,英国的教育督导制度至少给我们以下几点启示:

（一）增强对教育督导制度重要性的认识。英国教育督导已有近 160 年的历史,其发展趋势是越来越加强,越来越完善,越来越重要。尤其是 1992 年以来,建立了国家教育质量标准局,实行中央和地方两级督导,形成对全国教育管理和质量的强有力的监督体系,从而使教育管理从决策、执行到监控,形成了科学的、完整的运行程序。同时,督导评估结果公开化,引起了从议会到民众,从教育内部到外部的普遍关注,大大增强了全社会的教育意识,强化了教育的社会地位。从英国的情况来看,教育督导已经成为现代教育管理中不可缺少、不可代替的一个重要环节,对教育督导的重视和加强程度,也已成为衡量教育管理水平现代化程度的一个重要标志。因此,借鉴英国的经验,努力提高各级领导和教育行政部门对教育督导工作重要性的认识,切实把教育督导放在应有的位置,是当前转变政府职能,建立现代教育管理制度中需要解决的一个重要问题。

（二）加强教育督导机构建设。英国在加强督导工作中,特别重视督导机构的设置和建设。从我国教育督导工作的总体情况来看,虽然全国目前已有 16 个省、自治区、直辖市人民政府成立了教育督导室,不少地方加强了教育督导工作,但是教育督导机构的设置建设仍显不足,力量仍需进一步加强。

（三）尽快出台有关政策法规。与英国相比,我国教育督导制度的立法工作相对滞后。希望能够借鉴英国的经验,尽快出台《教育督导条例》和有关政策法规,以使教育督导工作进一步做到有法可依,有章可循,实现依法督导。

（四）可资借鉴的具体经验。（1）英国的女王陛下督学、注册督学、督学都是经过严格选拔聘用和录用的。我国督导人员的选拔有时不够严格和规范,结构也不够合理。国家督学和各级督学的构成应逐步实行行政型和专家型相结合,对各级督学的选拔工作也应随时改革。(2)英国十分重视对督学的培训工作,上岗前必须接受严格的训练,而且特别重视实际操作的训练。我国今后应在重视对督学的理论培训的同时,加强对其实际操作能力的培训。(3)英国的教育督导报告具有很大的权威性,督导结果向议会报告,向社会公开,为教育决策提供了重要依据。我国应进一步借鉴国外的先进经验,加大对教育督导工作的力度,推动教育质量和效益的提高。(4)英国实行行政执行和督导评估分开的管理体制,教育督导机构和人员独立于教育主管部门之外,监督作用公正、公开、公平、有力,避免了执行与督导是一家,评估结果难以客观、公正等弊端。

英国的教育督导制度虽然也有其自身的缺陷,如评估一轮学校时间过长、中央与地方两级评估有一定矛盾等,但是从总体上来讲,对我国教育督导制度的发展和完善,仍具有重要的参考价值。

(作者为人民日报教科文版主编)

(1999 年第 9 期《特区教育》杂志)

生　命　至　上

——《健康时报》发刊词

　　生命如诗，岁月如歌。迎着新世纪的灿烂曙光，《健康时报》如约向您走来。

　　在神州沧桑古老的大地上，有着写不完的史诗，唱不完的颂歌，而唯有生命的史诗最为完美，岁月的颂歌最为久远。所有的历史都因生命而书写，所有的颂歌都为生命而欢唱。我们的祖先正是踏着生命的节拍，走过了千百万年的漫漫岁月。世纪之交，新千年到来，意气风发的中国人，从来没有像现在这样关注自身的健康，珍视生命的质量。今天，《健康时报》就在这用生命和时代谱写的诗歌中应运而生了。

　　作为由人民日报社主管、人民日报教科文部主办的《健康时报》，是一张生活服务类报纸。她的办报宗旨是，以"健康"为核心内容，面向百姓，服务大众，普及健康知识，融新闻性、实用性、科学性、知识性、趣味性为一体，引导群众追求健康生活新时尚，揭露假医药和损害大众健康的行为，满足广大读者对医药、保健、饮食、环境等各种健康信息的需求。

　　《健康时报》为周刊，4 开 16 版，每周四在北京出版。其版面设置由 3 大版块构成：新闻类版块有热点报道、健康与法、生命故事等；健康类版块有人之初、老年保健、环球医讯、生殖健康、医药经纬、名医名院名企等；泛健康类版块有心理·情感、绿色家园、时尚·美容、衣食住行、强身健体、健康轶闻、服务热线等。

　　生命是可贵的。人的整个一生，从母体开始，要经历孕产期、婴幼期、学龄期、青春期、成年期、老年期。《健康时报》将围绕人类生命的全程竭诚服务，力争成为少年儿童的健康保姆、青年男女的健康知音、中年人的生活伴侣、老年人的保健护士。您需要什么样的健康信息，我们给您提供；您心里有什么疑难，我们帮您咨询；您需要什么样的医院和大夫，我们帮您打听。总之，您在健康方面有什么困难,我们将尽力帮您解决。因为,走进百姓生活,呵护大众健康是《健康时报》的灵魂。

与新千年一同诞生的《健康时报》,还是一个稚嫩的婴儿,她的健康成长,同样需要您的支持与关爱。您对这张报纸有什么意见、建议和看法,本报同仁热切期盼您畅所欲言,品头论足。让我们携起手来,共同谱写一首生命健康的协奏曲!

(2000 年 1 月 6 日《健康时报》创刊号第一版、获健康时报好评论一等奖)

媒体广告的优势化经营

——兼论《人民日报》的广告经营

众所周知,广告是大众传媒生存、发展的"血液",是传媒经济增长最重要的变量,它在报纸整体经营发展中的重要地位不容置疑。随着社会的进步和传媒业的发展,广告业的竞争也愈加激烈。对于报纸广告经营来说,要想在广告市场中赢得一席之地,必须发挥自身的特殊优势实现优势化经营。媒体广告人只有立足于自身的特殊优势,制定广告策略,把他转化为独有的广告竞争力,才能吸引到更多的客户。因此,"我们的竞争优势是什么"是每家媒体在广告经营中必须深思熟虑,并且要慎重回答的问题。

《人民日报》广告经营的权威优势

在《现代汉语词典》中,"权威"一词被解释为:"使人信从的力量和威望。"因此,《人民日报》具有"权威优势"也就是说它具有某种使人信从的力量和威望。这种"力量和威望"来源于多方面。

《人民日报》的权威优势又具体体现在哪些方面? 第一是它的可信程度高,为严格确保信息的可靠性和准确度,《人民日报》有一套严格的发布程序,正是这种严格的信息发布程序保证了信息的真实性和权威性;第二是它的指导性强,《人民日报》发布的信息多是反映社会主流人群的价值观、人生观以及他们的生活方式,因此对公众具有很强的教育指导作用;第三是它的影响力广,每日200多万份的发行量,覆盖了党、政、军,公、检、法,文、教、卫,工商、财经等各行各业,遍及全中国各个地方和角落。举一个例子,在世界500强聚集的北京国贸大厦,

《人民日报》的订数就有 500 多份。

总之,《人民日报》的权威优势是报社长期积累的宝贵财富,也是报纸重要的无形资产。对于广告部来说,要实现报纸广告收入的持续增长,就要在这一点上开动脑筋,尽力发挥这一优势,提高客户服务质量,使之顺利转化为实际的广告收入。

权威优势的广告价值实现

当今广告业竞争的焦点实际上就是广告客户资源的争夺。谁能在竞争中吸引比较多的优质广告客户,谁就能取得相对的优势地位。随着国内广告市场发展的日益成熟,广告主越来越精打细算,在媒体选择上也日趋实际,更加看重广告效果。如果广告效果不太理想,即使是再优秀的媒体他也不肯投入一分钱。因此,广告效果对广告客户很重要,对广告媒体来说同样重要。如何提高对广告客户的服务质量,确保广告效果也是令媒体广告人头疼的一个问题。而发挥报纸特殊优势,吸引受众的关注,就能对广告效果起到很好的保障作用。

就《人民日报》而言,通过发挥其权威优势至少能够在以下几个方面实现对广告效果的加强。

首先是产品的品牌塑造力增强。品牌形象广告是报纸特别是党报最主要的广告来源。这主要是由于党报自身形象端正,声誉较好,因此在品牌塑造方面更具优势。具体就《人民日报》而言,其崇高的社会地位、良好的社会声誉往往能产生"光环效应",促进所发布广告的产品知名度和美誉度的提升和,从而完成产品品牌的塑造任务。

其次是企业的社会综合评价提升。权威优势给广告客户带来的益处不仅仅是产品品牌塑造方面的贡献,对于企业本身的社会地位和社会评价也能带来很大的提升。企业通过在《人民日报》刊登广告,实际上就是在向社会公众作可靠性的宣传。在商业诚信日益重要的今天,企业社会综合评价的提升无疑具有重大意义。它能改善企业的投资环境,赢得政府更多的优惠和支持;能充分获得股东、投资商的信任,获得更多的资金投入;能够赢得消费者的认可,放心地购买其所生产的产品。

再次是受众的接受容易度增加。权威优势对广告效果的影响也同样是长期的,当人们记起某企业的品牌广告时,往往会同时把它与"刊登在《人民日报》

上"联系起来,无意间加深了对该企业及产品的好感。

权威优势利用状况分析

对于《人民日报》而言,权威优势是一个开采不尽的巨大宝库。通过多年的努力,《人民日报》广告部把权威发布与客户服务相结合,使广告客户服务质量得到了很大的提高,发展出大批较为稳定的大中型客户。在这过程中逐渐形成了许多固定的广告专版,如"中国各行业企业排头兵形象展示"等。这些形象展示广告实际上就是运用《人民日报》信息发布的权威性来满足广告客户宣传自己,提升自己形象的要求。

为了更好地发挥《人民日报》的权威优势,做大做强广告事业,人民日报社领导高度重视广告工作,于2001年底实行广告部主任竞聘上岗的重大人事制度改革,拿出一个正局级岗位竞聘上岗,这在中直系统还是首次。

为了实现由形象展示广告向品牌广告转变的跨越式发展,2003年初以来,《人民日报》广告部进一步加大了改革创新的力度,集中力量开拓品牌广告,把权威优势扩展到重点行业上去:《人民日报》先后开辟了医药、IT、旅游、食品、汽车、跨国企业等信息广告专版,受到了广告客户的欢迎。自2003年9月份以来,《人民日报》的品牌广告有了较大幅度的增长,和以实力、传立、三星等为代表的国际4A广告公司建立了稳定的合作关系,还有一批以海尔、海王、空中客车、SK集团、茅台集团为代表的重点企业客户。新闻支持加上信息服务,这些改革措施使《人民日报》广告的权威优势得到进一步提升。在2002年《人民日报》广告营业额同比增长30%的基础上,今年《人民日报》的广告经营继续保持良好的上升势头,今年1至10月,人民日报社完成广告营业额7.94亿元,其中,《人民日报》主报完成广告营业额1.8亿元,比去年同期增长20%。

挖掘权威优势的潜在广告价值

《人民日报》广告两年来的改革取得的成绩证明了权威优势对《人民日报》广告增长的重要性,也说明了发挥权威优势工作的必要性;只有深入挖掘权威优势的潜在广告价值,才能最大限度地发挥权威媒体的资源优势。

挖掘权威优势的潜在广告价值,最为关键的问题是如何持续促进重点行业形象广告投放量的增长。在这里,我们所指的"重点行业"主要包括房地产、医药、计算机、通讯、金融、证券、保险、汽车、旅游、家电、日常生活用品等。由于这些行业发展迅速,市场需求活跃,竞争也比较激烈,因此企业宣传自己的需求也比较强烈。为了实现权威优势能在重点行业"开花结果",今后我们将从以下几个方面着手:

首先,以市场为导向,以客户为中心,加强《人民日报》自身广告品牌的塑造,让权威优势为重点行业的绝大多数广告客户所理解。通过集中力量培育大客户,对大广告公司和大客户实行更加优惠的价格政策,以吸引更多品牌广告的投放。在发布广告的过程中,必须对广告客户,特别是外企客户进行本报资源优势的推介,帮助他们了解权威优势对广告效果的巨大影响。

其次,在策划市场上下功夫,利用在舆论引导方面的权威优势吸引受众注意力,从而推销出广告版面。在广告经营的过程中,不可能一年四季都"风调雨顺",总有遇到广告"枯水期"的时候。在这段时间里,要确保报纸广告收入不滑坡就要主动出击,创造新的广告机会。广告版面销售策划实际上就是广告部以目标广告客户为对象,适当结合时下的热点、焦点,寻找良好的主题,对广告版面进行推销的活动。在国内报纸经营中,采用广告版面销售策划赢得广告客户的成功案例也很多。如近年来一些报纸开办了《地方政府名片》、《市场流行品牌》、《政府采购推荐品牌》等广告栏目,吸引了众多的政府机构和企业前来刊登广告,这些都是报纸广告版面销售策划的良好表现。

报纸的广告经营是一门相当精深的学问,仅就媒体广告的优势化经营来看,除了上述提到的"权威优势"外,《人民日报》还有许多特殊优势可研究。对于媒体广告人来说,只有根据自身优势制定广告战略,并且不断结合新情况进行改革和调整,才能使报纸成长为报纸广告市场中的强势竞争者。

(作者为人民日报社广告部主任)

(2004 年 2 月 2 日《中华新闻报》第六版头条)

强力发展第三产业　促进我市经济发展

　　世界经济发展历史表明,第三产业发展状况,标志着一个国家或地区经济发达水平及实现现代化的程度。它的发展对于调整、优化产业结构,增强社会服务功能,缓解就业压力,进一步扩大对外开放,都有不可替代的作用。为此,市委、市政府提出了三产富市这一重要战略思路。三产富市既是适应经济发展规律的迫切需要,又是促进经济快速发展、挖掘新的经济增长点、转变经济增长方式的重要举措,更是打造豫北区域性中心强市的必然选择,它必将成为推动安阳走向富强、人民走向富裕、服务趋于完善、环境趋于优美、社会更加和谐的重要动力。

　　近年来,我市第三产业取得了快速发展,尤其是在市委、市政府提出三产富市战略后,第三产业的发展达到了一个新的水平。但是与建设豫北区域性中心强市、加快经济发展的要求相比,我市第三产业发展还存在一些问题。一是增长速度相对缓慢,占 GDP 比重长期偏低,同省内第三产业发展好的兄弟城市比较,还有一定差距。二是第三产业对经济增长贡献率不够高,与全国、全省平均水平相比,我市第三产业贡献率相对滞后。三是第三产业内部结构不尽合理,传统产业比重偏大,新兴产业发育不足,第三产业增加值中仅商贸餐饮业、运输仓储业就占了将近一半,而教育培训、卫生保健等人民急需的服务供给依然不能满足,旅游、文化等新兴的、高附加值的产业尚处于起步发展阶段,房地产业这个热门行业快速拉动经济增长的作用还未得到充分发挥。四是区域发展不平衡,占全市人口81%的县(市)所占比重仅有 12.69%,而占全市人口仅 1.9%的城区所占比重却达到87.31%,县(市)第三产业发展相对滞后。

　　面对我市第三产业的发展现状,我们应该认真思考、科学规划、奋起直追、狠抓落实、迎头赶上。我市发展第三产业具有良好的条件,从地理位置来看,历史上就是著名的商贸集散地,又处于晋、冀、鲁、豫四省交界地区 11 个城市的中心,区位优势明显；京广铁路、京珠高速、107 国道贯穿南北，安林高速和即将开工的安南高速横贯东西，交通优势凸现；域内文物古迹众多，西部自然风光秀丽，旅游资源丰富；城镇化进程不断加快，教育事业快速发展。这些都为我市大力发展第三产业提供了坚实的支撑。

我市应紧紧围绕三产富市这一发展战略目标，坚持改造和提升传统第三产业与培育发展新兴第三产业并重，特色优势和产业融合互促共进，城市化和第三产业互动发展，不断壮大第三产业的规模和实力，确立以"旅游为龙头，交通为骨架，商贸、物流、金融、信息为支撑，文化、教育、科研为核心"的大三产格局，重点发展旅游、交通、现代物流和文化产业，形成适应我市经济社会发展要求的现代第三产业体系。

目前，我国正处在全面建设惠及十几亿人口的小康社会的重要历史时期。根据发达国家现代化历程、产业结构演变规律和我市目前的第三产业发展状况看，发展前景好、潜力大，我们应以科学的发展观为指导，抓住殷墟申报世界文化遗产成功这个难得的机遇，大力发展以旅游业为龙头的第三产业，争取做到一年一小变，两年大变样，经过两年的努力，使我市的第三产业发展达到较高水平，占GDP 比重得到实质性提升，为建设豫北区域性中心强市打下坚实基础。

（作者为安阳市人民政府副市长）

（2006 年 8 月 1 日《安阳日报》第三版头条）

办好让人民满意的教育

办好让人民满意的教育是一篇大文章,需要各级党委、政府,教育行政部门,各级各类学校和社会各界共同参与。

一、基础教育。要积极推进义务教育均衡发展。城区要根据城市发展和人口自然增长等因素,对中小学布局进行科学调整。在每个区域内集中力量办好3所至4所规模大、质量高的初中,满足人民群众希望子女接受优质中等教育的需求。要抓紧推进市八中整体搬迁,在东区新建一所高标准、高质量小学。平原地区各县要适应城镇化、学龄人口变化等情况,按照就近入学、相对集中、优化资源配置的原则,合理调整布局。山区要建设寄宿制学校,保障居住分散的适龄儿童、少年接受质量较高的义务教育。要加强薄弱学校建设,选好校长,配好师资,办出特色,创出品牌。要扎实推进素质教育。"减负"首先从小学抓起,每天减少一个小时的家庭作业,让学生每天增加一个小时的睡眠时间。要提高课堂教学效果,寓教于乐。希望不再用"满堂灌"、"填鸭式"的教学方法,不要出现"学生苦、教师累、校长难、局长烦"的局面。

二、职业教育。现在,一方面大学生就业压力大,另一方面社会上需要大量的高级技工。而一些家长望子成龙,盼女成凤,千军万马挤高考独木桥。这虽然是社会大环境的问题,但更需要教育行政部门和职业学校认真研究,不等不靠,拿出相应的对策。中等职业学校要面向社会、面向市场,真正使学生"招得来、学得会、留得住、用得上、出得去"。

三、高等教育。要提升"三本",筹建"三专",即:支持安阳师范学院抓紧实现研究生本土教育、安阳工学院通过教育部本科教学水平评估、安阳师范学院人文管理学院新校区建设;抓好安阳职业技术学院建设,安阳幼儿师范学校、河南省卫校和市中医药学校整体搬迁升格。

　　四、学校安全。教育无小事,安全大于天。要加强师生出行安全、食品安全、校舍安全、学生心理安全、校园周边安全等。要严肃考风考纪,加强行风建设,实行责任追究制。同时,要关注困难群体教育问题。

　　总之,教育工作责任重大,使命光荣,家长关心,社会关注。各级党委、政府,教育行政部门和各级各类学校要以昂扬的斗志、务实的作风、有力的措施,努力办好让人民满意的教育。

　　（作者为安阳市委常委、副市长）

　　　　　　　　　　　　（2009 年 3 月 27 日《安阳日报》第一版）

尽心尽职尽责　做好十项工作

　　根据今年《政府工作报告》确定的目标和市政府分工,我要重点做好教育、文化、旅游、体育、广播电视、新闻出版、中国文字博物馆、殷墟大遗址公园、"八挂来网"、"和谐委"这 10 个方面的工作

　　一、教育:均衡发展,体现公平。基础教育,对城区、平原、山区分类指导,合理调整中小学布局,保障适龄学生接受高质量的义务教育。职业教育,实施职业教育年度攻坚计划,启动"安阳职教园区"建设,整合中等职业学校,在各县(市)重点建设一所中等职业学校或职教中心。高等教育,提升"三本",筹建"三专"。继续关注困难群体的教育问题,全面实施招生"阳光工程",坚决治理教育乱收费,积极开展创建平安和谐校园活动,办好人民满意的教育。

　　二、文化:体制改革,产业发展。实施电影、豫剧等"艺术精品工程";实施文化节庆、活动、设施、服务等"文化品牌工程";实施体制、行业、融资等"产业示范工程"。文物保护与利用,重点抓好古遗址、古建筑和非物质文化遗产保护,制定安阳老城区历史文化名城保护利用规划和中华羑里周易文化园规划。

　　三、旅游:山水安阳,三"阳"开泰。一是理清思路,突出重点。以推介"山水安阳"为重点,带动"文化安阳"、"历史安阳"共同光大,努力实现三"阳"开泰。二是加大林虑山、马氏庄园的宣传推介和市场开发力度。三是加大景区基础设施建设力度,提高服务质量和效益。

　　四、体育:全民健身,突出竞技。实施"民生工程",抓好全民健身;实施"金牌工程",抓好竞技体育;实施"效益工程",抓好体育产业;实施"名片工程",做大体育赛事。全力筹备好滑翔伞世界杯热身赛。

　　五、广播电视:启动动漫,发展无线。筹建安阳市广电艺术中心。以无线数字电视技术为支撑,加快产业发展规模。大力发展创意、动漫、游戏等新兴产业,

拓展广播电视产业链条和发展空间。

六、新闻出版：加强监管，繁荣发展。建成"农村书屋"280家；申请建立出版社和公开发行刊物；深入开展"扫黄打非"。

七、中国文字博物馆：全力布展，年底开馆。8月底前完成室外工程和广场施工，10月底前完成布展施工和文物调集工作，确保年底前震撼开馆。

八、殷墟大遗址公园：抓好规划，加快建设。5月底前完成殷墟总体保护规划修编工作，6月底前完成殷墟大遗址公园规划。在此基础上，加快拆迁建设工程。

九、"八挂来网"：提升品质，全国推广。加快对信息系统平台进行升级改造；积极向上级争取资金和项目支持；加大市场推广力度，扩大市场影响。

十、"和谐委"：心理疏导，人文关怀。与市慈善总会结合，做好对困难群众救助工作。同时，开展有效的心理疏导和人文关怀，邀请著名专家学者在我市开设心理咨询培训班，培养一批不同岗位上的心理咨询师，为化解矛盾、构建和谐作出积极贡献。

（作者为安阳市委常委、副市长）

（2009年5月27日《安阳日报》第一版）

文字的历史　历史的文字

——写在中国文字博物馆开馆之际

在新中国成立 60 周年之际,中国文字博物馆在河南省安阳市开馆了。印证中华文明的文字有了世界上第一个国家级博物馆。能够有幸参与这一国家工程、民族工程、历史工程、文化工程的建设,见证这一文明进步的盛事,我们心潮澎湃,深感自豪。

作为中国人,我们从祖先那里继承了博大精深的智慧宝库,我们必须以虔诚而庄严的态度,透视华夏五千年的历程,珍惜民族文化遗产,才能找到自己在未来世界中的位置。

现在我们使用的文字,就是祖先留给我们的弥足珍贵的遗产。作为目前世界上唯一一种广泛使用的象形文字,中国文字重表意而不重表音,并不依附于任何一种自然语言,也不因书写者身份的差异而变形。这种与世界上大多数国家都迥然不同的书写体系,正是我国能够成为一个大国的重要原因。拜方块文字强大的表意能力所赐,书写者无论生活在什么年代,居住在什么地方,说什么方言或语言,都能轻而易举地把自己的信息准确地传递给另一个时空里的阅读者。阅读者可以准确地读取信息本身,而不受书写者身份的干扰。秦始皇的法律,孔夫子的教诲,李太白的诗篇,正是在写成这种简洁而高效的文字之后,越过高山江河,走过时光长廊,成为永恒的经典。谁能想象,如果中国的文字换成随读音变换格式的字母,那么我们的祖先该如何在交通极不发达的时代,创造出奇迹般屹立几千年的大国?

所以,我们始终敬畏着自己创造出的文字,仿佛敬畏通向祖先和神明的钥匙。上古时代曾流传"仓颉造字,天雨粟,鬼夜哭"的神话;古时的中国人决不丢弃一张写着文字的纸片;文字的书写还被视为最高雅的艺术,不掌握这种艺术的人则会被人耻笑；在近代的风云中，中国文字更是酣畅淋漓地展示出了它的不可或缺；而今天，世界上第一家以国家之力建立的文字博物馆，已经出现在最早孕育中国文字的甲骨文之乡安阳殷商这片热土之上。陈列在馆中的，既是历史的文字，也是文字的历史。

　　让我们走进中国文字博物馆，去感受中国文字、文化、文明的博大精深吧！

　　（作者为河南省安阳市委常委、副市长，中国文字博物馆建设领导小组常务副组长）

（2009 年 11 月 16 日《语言文字报》第一版）

科学发展"八挂网" 社会和谐"和谐委"
科学发展观关键在落实

由中央深入学习实践科学发展观活动领导小组办公室主办的"学习与实践——深入学习实践科学发展观活动"官方网站,发表了中共安阳市委常委、副市长李宏伟撰写的题为《科学发展"八挂网" 社会和谐"和谐委"科学发展观关键在落实》的学习体会文章。

科学发展观是我们党坚持以邓小平理论和"三个代表"重要思想为指导,在准确把握世界发展趋势、认真总结我国发展经验、深入分析我国发展阶段性特征的基础上提出的重大战略思想,是对经济社会发展一般规律认识的深化,是马克思主义关于发展的世界观和方法论的集中体现,是推进社会主义经济建设、政治建设、文化建设、社会建设全面发展必须长期坚持的指导方针。通过开展学习实践科学发展观活动,我的体会是,科学发展观关键在落实。

一、科学发展观关键在落实

学习实践科学发展观既是一个理论课题,更是一个实践问题。学习实践科学发展观要取得实效,就不能光挂在嘴上、写在纸上、贴在墙上,而是要落实到具体工作中。就是要注重调查,尊重实际,到基层去,到群众中去,在调查的基础上,深入分析研究,加强宏观性和战略性思考,深入研究前瞻性战略性问题,揭示事物的内在本质和规律,触类旁通,举一反三,提出用科学发展观解决问题、推进经济社会发展的对策。只有这样,才能把科学发展观真正落到实处。

二、创新成立"八挂网"　节能减排是榜样

2006年3月,组织上派我从人民日报社到河南省安阳市挂职,在市政府分管第三产业等工作。当时安阳市第三产业面临的一个问题是,货运周转量大幅下降,主要有两个方面的原因:一是燃油价格不断上涨,二是车辆空载率居高不下。如何解决这一问题,我结合安阳和全国物流业发展的现状,进行了深入调研。有关数据表明,全国公路货运空载率高达53%以上,铁路货运空载率在46%左右。我国物流成本每降低一个百分点,就可以节省2200亿元。货车空载率高,加上传统运输管理方式落后,不仅造成能源的巨大浪费,而且也给环境造成了污染。在充分调研、反复论证的基础上,我提议利用现代互联网技术,在安阳市交通局、市道路运输协会下面,组建一家面向全国的免费货运物流信息网站。

2006年8月8日,"八挂来网"正式成立。"八"是四面八方的八,"挂"取自货车大多是挂车的意思,货运物流就是来来往往,网是网站的网。目前,"八挂来网"已发展成为集网站、物流客户端、物流手机WAP、物流手机短信、集成型GPS卫星定位系统和网络通话为一体的"物流一库六平台系统"。网站平均日发布货运物流信息由当初的几百条,攀升到现在的日均超过100万条,最高时达到170多万条。2007年以来,河南省交通厅、河南省道路运输管理局先后两次在安阳召开现场推介会。"八挂来网"被河南省交通厅确定为河南省交通物流信息平台,向全省18个市全面推广。仅去年5月至8月在河南省推广4个月,"八挂来网"注册用户就达12187户,减少空载行驶里程2100多万公里,完成货运周转量1.2亿吨公里,共计节省成品油4.3万余吨,折合燃油费3.6亿元。用河南省交通厅副厅长李和平的话说,等于每年为国家建了一条20多公里长的高速公路和一座中型炼油厂。社会效益、经济效益、生态效益十分显著,有力地促进了交通运输业的科学发展。

2008年5月,国家交通运输部确定"八挂来网"为全国交通行业20个节能减排示范项目之一,在全国交通系统进行推广。中央电视台新闻联播和焦点访谈节目,《人民日报》、《中国交通报》、《河南日报》、《现代物流报》等200多家媒体和网站,先后从节能减排等方面多次对"八挂来网"进行了报道,在社会上引起了强烈反响。

2008年9月,交通运输部副部长高宏峰、冯正霖对"八挂来网"的发展给予高度重视和充分肯定,表示要将"八挂来网"由部级示范项目推荐为国家级节能

减排示范项目,扶持"八挂来网"在全国推广。10 月 20 日,"八挂来网"顺利通过了交通运输部节能减排示范项目专家组的评审。

11 月 5 日,交通运输部副部长冯正霖亲自带领有关司局负责人,专程到"八挂来网"视察指导。明确指出,这是交通运输行业贯彻落实科学发展观的具体体现,要把"八挂来网"打造成为全国交通运输系统知名网站。11 月 13 日,国家发改委副主任解振华在听取了"八挂来网"的情况汇报后表示,这是建设环境友好型、资源节约型社会,实现节能减排的一个好项目,下一步要研究如何在政策和资金上扶持,向全国推广。

目前,浙江、河北、安徽、山西、湖北、广西等十几个省、市、自治区的交通运输管理部门和物流行业组织,纷纷到"八挂来网"观摩学习,洽谈合作加盟。2008年,"八挂来网"被评为河南省首届"十佳网站"。2009 年 5 月 19 日,由国家发改委资源节约和环境保护司、交通运输部道路运输司主办的全国推进甩挂运输发展和物流信息平台建设研讨会在安阳召开,与会人员参观了"八挂来网"。会议认为:将通过了解"八挂来网"的建设,讨论如何指导全国的物流信息平台建设,作为提高运输效率的一项重要的节能环保措施来向全国推广。

三、全国首创"和谐委" 化解矛盾保稳定

我分管的市商贸物资总会,曾是安阳市信访量最大的系统之一。中央想的、群众盼的,就是我们基层干部要干的。2006 年 12 月 28 日,我提议在该系统创立了"和谐委"(和谐建设工作委员会)。这是一个在党委、政府领导下,邀请"五老"为顾问,市直部门和社会各界广泛参与,不占编制、不拿报酬的组织。主要职责是"化解矛盾保稳定,扶贫济困搞帮扶,出谋划策促发展,关注民生筑和谐。"作为全国首创,"和谐委"成立两年多来,在化解基层矛盾、帮扶困难职工,促进社会和谐等方面发挥了重要作用,有效化解了安阳市百货大楼等一批省、市重点信访案件,帮扶救助了 1844 名困难职工。与该系统企业一道,成功塑造了白酒知名品牌"鱼头酒"。通过招商引资,投资 8000 万元建成了豫北最大的汽车交易市场。商贸物资系统一批经营困难的国有企业成功实现了改制。向社会各界募集筹款 20 多万元,成功挽救了父母双双下岗的白血病患者小刘旭的生命。

"和谐委"成立前,安阳市商贸物资系统职工群体越级上访不断,"和谐委"成立两年来,信访总量较往年同期下降 80% 以上,2007 年被评为全市稳定工作

先进单位。在试点成功的基础上,2007 年 9 月 20 日,安阳市委召开了全市和谐建设工作会议,推广商贸物资总会创立"和谐委"的经验。随后,各县、市、区、各系统都成立了"和谐委"。

2007 年 12 月 18 日,在国务院新闻办组织全国 188 家网站举办的"科学发展,共建和谐"网络作品大赛中,反映安阳市在全国首创"和谐委"的参赛作品——《和谐委让总书记和群众血脉相连》获大赛优秀奖。2008 年 1 月 17 日,在全国政协经济委员会、中国市长协会、全国青联等单位组织的首届中国和谐城市论坛上,安阳市荣获全国"十大和谐名城"称号,这是河南省唯一获此殊荣的城市。2 月 18 日,在人民网举办的全国"2007 年十大地方新政"评选中,安阳市在全国首创"和谐委"的探索创新,以 57955 票名列第一。2 月 22 日,河南省政府网、大河网联合对"和谐委"进行焦点网谈。4 月 8 日,中共河南省委督查室专题总结了安阳"和谐委"的经验,并在河南省委《督查通报》上以"和谐社会建设的有益探索"为题刊发。河南省委书记徐光春、省委副书记陈全国,省委常委、省委秘书长曹维新,安阳市委书记张广智等领导同志先后作出批示,给予高度评价和充分肯定。河南南阳市、漯河市,陕西渭南市先后派人来安阳学习考察。此后,远在千里之外的福建圣农集团也成立了企业的"和谐委"。2008 年 5 月 20 日在湖北襄樊举行的"2008 全国首届助老论坛"和 2008 年 10 月 29 日在贵阳举行的第十八届"全国社会治安综合治理理论研讨会"上,安阳市"和谐委"的经验受到与会领导和专家的一致好评。2008 年 11 月 24 日,中国青年报特别报道版以"安阳上访案件大幅下降的背后"、"没有人生下来就愿意上访"、"和谐委为何管用"、"安阳和谐委的启示"为题,刊发整版报道,在社会上引起强烈反响。

"八挂来网"和"和谐委",是我到安阳工作 3 年多来,在做好分管工作的同时,创新抓的两个事。这两个事能在全国引起一定关注和反响,我认为,这是贯彻落实科学发展观的结果。

(2009 年 11 月 20 日《安阳日报》第一版)

找准工作切入点　推进基层和谐建设

为了把中央构建社会主义和谐社会的重大战略决策落实到基层，为和谐建设工作找到好途径、好抓手，2007年9月，安阳市委、市政府成立了和谐建设工作委员会（简称"和谐委"），这是继"关工委"在全国推广之后安阳市的又一创新。市和谐委成立一年多来，积极探索和谐建设新模式，扎实推进平安安阳建设，保持全市社会大局稳定，促进全市经济发展，构建和谐安阳，为建设豫北区域性中心强市打下了坚实的基础。

一、加强基层和谐建设，必须创新载体，找准工作切入点

在市商贸物资总会"和谐委"成功试点的基础上，安阳市委召开全市和谐建设工作大会，成立了市和谐委。之后，各县（市）、区、市直单位纷纷建立组织，成立了以主要领导为组长、相关部门领导为成员的基层和谐组织，它是一个以党政为主体、"五老"为顾问、市直各有关部门为成员的组织，主要职责是出谋划策促发展，化解矛盾保稳定，扶贫济困搞帮扶，关注民生筑和谐。和谐委本着"互助、协调、调解、援助"的组织原则制定具体的政策和帮扶制度，扎扎实实为老百姓办实事、办好事。和谐委依靠党委和政府，对矛盾和问题进行协调、调解，做一些政府不能完全包揽的事情。实现和谐建设工作重心前移、任务下移，解决了许多老百姓关注、关心的实际问题，如零就业家庭的就业问题、长期存在的劳资纠纷问题、对老弱病残家庭的救助问题等，赢得了群众的好评。

全市各级和谐组织开展了大量细致的工作，化解了诸多矛盾，为群众解决了许多实际困难。初步建立起"两级联动、三方共建"的长效机制，形成了凝心聚力、共建和谐的整体合力，取得了有目共睹的成绩。和谐委成立后，信访总量较去年大幅下降。2008年"两会"和奥运会期间，全市未发生一起群体性上访事件。

　　作为全国首创的新生事物,和谐委的成立引起了社会各界和新闻媒体的广泛关注。《人民日报》、新华社、《河南日报》、省委《党的生活》杂志等200多家新闻媒体和网站进行了宣传报道。在人民网特别策划的"2007年十大地方新政"评选中,安阳"和谐委"以57955票高居榜首。2008年1月17日,在全国政协经济委员会等单位组织举办的"首届中国和谐城市论坛"评选中。安阳市作为全省唯一的城市,被评为全国"十大和谐名城"。我市首创"和谐委"的经验和做法,受到与会领导和专家学者的一致好评。

二、加强基层和谐建设,必须凝聚力量,充分发动群众自觉参与

　　人民群众是基层和谐建设的主力军。和谐建设必须尊重人民群众的主体地位和首创精神,紧紧依靠群众,调动一切积极因素,营造全社会关心支持、共同参与和谐建设的浓厚氛围。市和谐委邀请了老干部、老劳模、老军人、老专家、老职工等"五老"为顾问,多位心理学家参与,3万余名人民调解员广泛分布全市。在全市推进和谐建设进程中,一些县区进行了有益的探索。龙安区从心理疏导、医疗救助、困难帮扶等三个方面大力开展和谐社会建设,完善了困难救助资金的审批和使用制度。安阳县在全县范围内推行人民调解员"以奖代补"政策,充分调动基层人民调解员工作的主动性和积极性,投入50多万元工作经费,用于矛盾纠纷的化解处理,使绝大多数矛盾纠纷化解在乡村,有效防止了重大案件和群体事件的发生,起到了"小投入大稳定,促平安保和谐"的作用。内黄县针对农村外出务工人员增多、留守人员防范能力弱的实际,在全县各乡镇大力推进"平安和谐互助网"建设,在全县各村安装报警控制装置,将每家每户的固定电话与村委会的大喇叭相连。当村民遇到被盗、急病、火灾等需要紧急救助的情况时,只需拿起身边的固定电话,即可触发村委会的大喇叭电源发出报警信号,向全村人进行求助,从而将全村所有农户连成一片,形成"家家都是报警点、人人都是联防员"的稳定防控格局。去年已完成80%以上的建设任务。今年所有的行政村将全部建成"平安和谐互助网"。县网通公司为此项工作顺利开展提供了保障。每个村"平安和谐互助网"报警终端需经费500元,网通公司承担了300元,其余200元由乡镇负责解决。同时,为了提高入户率,网通公司与上级协商,减免欠费户和困难户的有关费用。得到群众好评。

　　龙安区、文峰区率先建立了特困救助基金。龙安区按全区总人口每人每年

2.5 元的标准,由区财政划拨 50 万元作为和谐委特困救助资金,每年列入财政预算,并建立了严格的资金审批制度。目前,该区和谐委已支出 26.45 万元,用于解决疑难信访案件 16 起,稳定 35 人;帮扶案件 14 起,稳定信访人 24 人;医疗救助 2 起 11 人:跟踪疏导老上访户 3 人。文峰区充分发挥和谐委协调作用,主动联系劳动、财政、工商等部门,广辟就业渠道,加大财政投入,提供优惠政策,努力保障和改善民生。2008 年,全区安置下岗失业人员 5107 人,全区城镇最低生活保障资金支出 1397.3 万元。保障居民人数 127920 人、46932 户;农村最低生活保障资金支出 766650 元,保障农村低保户 1980 户、3286 人。

市和谐委通过采取"五老"对口帮扶、召开成员单位联席会、帮扶救助等措施和举办"和谐之夏"运动会、诗歌朗诵等健康有益、形式多样的文体活动,让广大困难群众参与到和谐建设的全过程中,体现了以人为本、关注民生的执政理念和共建共享的重要思想。

三、加强基层和谐建设,必须坚持以人为本,切实维护群众利益

市和谐委始终把群众呼声作为第一信号,把为民解困作为第一要求,把群众满意作为第一标准,全力做好困难职工帮扶救助工作,切实为困难群众办好事、办实事。人大原副主任刘全荣作为"五老"成员为困难职工慷慨解囊,拿出 1000 元救助困难职工郭国力。当得知其妻子出车祸尚未处理后,三次到交警部门协调事故赔偿事宜,使该职工非常感动。化轻公司职工敬和平,曾参加对越反击战,因孩子上学、老人有病、夫妇双双下岗,家庭十分困难,多次挑头带领复员军人上访。市和谐委协调劳动部门为夫妇二人安排了就业岗位,其儿子也参加了工作,使其深受感动,表示不再上访,转而积极帮助政府做其他复转退伍军人的思想疏导工作。据不完全统计,和谐委成立以来,各县(市)区累计设立困难救助资金 399 万元,帮扶困难职工 2412 人,帮扶金额 54 万元;协助交纳养老、医疗、工伤、失业、生育保险金等"五金"2541 万元,发放经济补偿金 385 万元:帮助安排 498 名下岗职工实现了再就业,解决零就业家庭人员再就业 212 人。许多县(市)区、企业都建立了困难救助基金,形成了日常救助和重点帮扶相结合的长效救助体系。

四、加强基层和谐建设,必须加强组织领导,形成推进合力

加强组织领导,是基层和谐建设的政治保证。安阳市委、市政府对和谐委的

工作高度重视,2008年市和谐委办公室成立后,开展了扎实的工作,围绕"六争六创"活动在全市掀起开展和谐建设新高潮,推动了全市基层和谐建设的深入开展,赢得了广大人民群众的支持和拥护。

实践证明,成立和谐委,不仅是和谐创建形式和内容上的创新,而且找准了和谐建设工作的切入点,为全市乃至全国和谐建设工作找到了好抓手。下一步,市委、市政府将不断总结和谐建设新经验,探索新途径,把全市和谐建设工作提升到一个新的水平。

(作者为河南省安阳市委常委、副市长)

(2009年第4期《中国党政干部论坛》杂志)

明确任务 突出重点
努力推动我省文化强省建设

2010 年是全面完成"十一五"时期文化发展任务、打牢"十二五"时期文化发展基础的关键一年。做好今年的文化产业工作,我们首先要搞清楚什么是文化,什么是文化产业、文化事业和文化体制改革。《辞海》对"文化"的解释是:"广义指人类在社会实践过程中所获得的物质、精神的生产能力和创造的物质、精神财富的总和。狭义指精神生产能力和精神产品,包括一切社会意识形式:自然科学、技术科学、社会意识形态。有时又专指教育、科学、文学、艺术、卫生、体育等方面的知识与设施。"《辞海》对"文化产业、文化事业"的解释是:"从事文化产品生产和服务、开发建设、经营管理的产业。属第三产业范畴。其基本特征是从事生产、创造价值,并通过市场交换来实现其价值增值。不以盈利为直接目的的文化生产经营活动具有事业性质,称为文化事业。"关于文化体制改革,李长春同志去年在河南考察时指出,"文化体制改革是促进文化大发展大繁荣的强大动力,是解放和发展文化生产力的根本途径,是满足人民群众日益增长的精神文化需求的必由之路,是推动经济社会发展的新引擎"。

当前我省文化强省建设工作头绪多、任务重,在今年的工作中要重点抓好以下三个方面:

——以实施重大文化产业项目带动战略为抓手,促进文化产业又好又快发展。目前,我省正在制订《河南省文化产业发展规划(2010 – 2020 年)》,进一步明确下一阶段文化产业发展的重点任务、主要举措和保障条件。待《发展规划》正式下发后,各省辖市和有关部门要全力抓好贯彻落实。要重点抓好文化产业"910111 工程":"9"是指"重点抓好九大产业"。要集中优势资源,大力推动基础较好、优势明显、潜力巨大的产业门类快速发展。以传媒出版、文化旅游、演艺娱乐、艺术品与工艺美术、文化创意、文化会展、影视制作、武术体育、动漫游戏等九大产业为重点,加大扶持力度,形成完善的产业体系,实现文化产业快速协调可持续发展。这九大产业是依据我省文化产业发展实际确定的,既有传媒出版、演艺娱乐、艺术品与工艺美术等发展基础较好的产业门类,又有文化创意、动漫游戏、文化会展等潜力巨大、也是文化产业发展方向的新兴文化产业门类。"10"是指"培育十大企业集团"。要把转企改制与联合重组有机结合起来,推动省报业集团、出版集团、文化影视集团、有线电视网络集团、影视制作集团、歌舞演艺集团等六大文化企业集团发展壮大,鼓励和支持他们以资本为纽带,以市场为导向,加快企业兼并重组,力争形成一批跨行业跨地区经营、有较强市场竞争力的骨干文化企业和企业集团。要加大资源整合力度,研究组建杂技演艺、文化旅游、文化电子商务、工艺美术品等四大企业集团。要抓住我国资本市场迅速发展的有利契机,鼓励和引导文化企业面向资本市场融资,通过银企合作、贷款贴息、融资担保等多种方式,促进金融资本与文化资源对接,培育一批文化领域的战略投资者。要降低准入门槛,积极吸收社会资本和外资进入政策允许的文化产业领域,参与国有文化企业股份制改造,大力发展民营文化企业,形成公有制为主体、多种所有制共同发展的文化产业格局。第一个"1"是指"抓好一批重大项目"。继续实施重大项目带动战略,加大政策扶持力度,充分调动社会各方面的力量,抓好一批具有重大示范效应和产业拉动作用的重大文化产业项目,带动全省文化产业快速发展。各地要结合实际,经过科学论证,抓好一批重点文化产业项目,形成带动效应。今年,省委宣传部、省文化强省办公室会同省发改委、省商务厅共同组织实施文化产业"项目年"活动,通过大抓项目,抓大项目,促进文化产业又好又快发展。各省辖市各有关单位要按照《关于开展文化产业"项目年"活动的实施方案》要求,做好项目培育、筛选、参展等工作,确保"项目年"活动扎实有效开展。要认真做好"河南省文化产业项目库"候选项目的收集、初选和上报工作,形成自下而上的全省文化产业项目网络,实现文化产业项目的动态跟踪和常态化管理。要按照省政府2010年全省大招商活动的安排,加大文化产业招商引资力度。要做好第六届中国(深圳)文化产业博览交易会的参展工作,确保完成参展文化产业项目60个、招商引资40亿元的目标。第二个"1"是指"建设一批文化产业园区和产业集聚区"。要把加快文化产业园区建设作为推动我省产业集聚区发展的一项重要内容和任务,抓紧抓好。各地要依托产业发展基础和文化特色,有效开发文化资源,加快规划,科学布点,精心培育,努力形成一批有特色、有影响、有潜力的文化产业园区。已经有一定发展基础的文化产业园区，要不断延伸产业链、搞好产业配套、完善功能，争取建成一批特色主导产业明确、企业（项目）集中布局、产业集群发展、资源集约利用、功能集合构建的真正的文化产业集聚区。要围绕少林武术、温县太极拳、镇平玉雕、濮阳杂技、禹州钧瓷、郑州和安阳的文化创意、动漫游戏等产业发展基础和资源优势，加强产业规划，完善产业布局，加快文化产业集聚区建设，积极培育文化产业集群，促进产业集聚。第三个"1"是指"打造一批知名文化品牌"。培育品牌是提升文化产业核心竞争力的主要手段，也是推动文化产业发展的重要力量。在市场竞争日益激烈的时代，品牌就是信誉，品牌就是效益。要坚持品牌培育和品牌提升相结合，依托我省在国内乃至国际独特的文化资源，打造具有国际影响力的文化品牌。继续实施"河南文化精品工程"，重点打造3—5部原创性文化精品，不断推出新的文化品牌。河南歌舞演艺集团要打造好舞剧《太极》、大型乐舞《风情河之南》，安阳市要做好大型汉字服装舞蹈剧《汉字霓裳》的打造和提升，洛阳市要抓好《君山追梦》、《洛神》等大型实景演出项目的市场化运作，力争打造成为新的品牌。要实施知名品牌提升工程，对于已经形成一定品牌优势的，以《程婴救孤》、《风中少林》、《清风亭上》等为代表的经典剧目品牌，以《大河报》、《销售与市场》等为代表的现代传媒品牌，以《禅宗少林·音乐大典》、《大宋·东京梦华》等为代表的演艺品牌，以古都文化、文字文化、武术文化、寻根文化、宗教文化等为代表的文化旅游品牌，以镇平玉雕、禹州钧瓷、洛阳唐三彩、开封汴绣等为代表的传统工艺美术品牌，以《小樱桃》、《独脚乐园》、《东方娃娃》、《少林海宝》等为代表的动漫品牌，进一步挖掘其市场价值，开发新产品，拉长产业链条，形成品牌效应。

在抓好"910111工程"的同时，要进一步拓宽文化产业投融资渠道，研究成立河南文化产业发展基金。充分发挥河南省文化产业发展协会的作用，为项目和资本架起沟通桥梁。河南省文化产业投资有限责任公司要充分发挥自身职能，为全省文化产业提供投融资服务，增强国有文化资本的控制力、影响力和带动力。要积极开拓文化市场，不断适应城乡居民消费结构的新变化，培育新的文化消费形态，开拓新的文化消费市场领域，将居民的潜在消费能力转变为现实消费行为，引导、扩大文化消费。

——创新公共文化服务运行机制，加快建立覆盖全社会的公共文化服务体系。要从满足人民群众多样化、多层次、多方面的文化需求和保障公民的基本文化权益出发,积极创新公共文化服务运行机制,不断完善公共文化的服务体系,努力提高公共文化服务的能力。一是进一步完善公共文化设施网络。要抓好一批标志性文化基础设施建设,积极筹建中原文化艺术学院,加快中国文字博物馆二期工程建设,积极推进广播电视新发射塔和全景画馆建设。各地也要集中力量建设一批综合性、多功能、具有时代特征和地方特色的标志性文化设施,提升区域文化品位。要进一步加强基层文化设施网络建设,要加快实现市、县有达到国家标准的图书馆、文化馆(群众艺术馆),乡镇有文化服务中心,行政村有文化活动室的目标。要切实加强公共文化设施管理,使公共文化服务场所物尽其用,避免资源闲置和浪费,最大限度地服务基层,服务群众。二是加快推进文化惠民"五大工程"。文化信息资源共享工程要完成58个支中心、673个乡镇基层服务点建设和19648个基层网点升级建设。乡镇综合文化站要完成400个建站任务。广播电视村村通要完成1840个20户以上已通电自然村建设任务。农村电影放映工程要完成全省农村一行政村一月放映一场电影的公益服务目标任务。农家书屋工程要完成5200个农家书屋的建设任务。三是继续深化公益性文化事业单位的内部改革。凡是保留事业性质的公益性文化单位,必须在资源利用、资金筹集、业绩考评、运营方式等方面进行改革创新。全省的图书馆、博物馆、文化馆等公益性文化事业单位要继续深化内部人事、收入分配和社会保障制度改革,全面推行聘用制和岗位责任制,引入竞争激励机制,激发内在活力,提高公共文化服务水平。四是创新公共文化的服务方式。在做好公共博物馆、纪念馆免费开放的基础上,逐步推动有条件的公共美术馆、文化馆、图书馆免费开放。要积极借鉴浙江、广东等地组建流动图书馆、博物馆,合作联办、委托管理基层文化设施等经验,改革完善文化馆、博物馆、图书馆等内部机制,拓宽服务领域、创新服务方式,坚持定点服务与流动服务相结合,推动公共文化服务向社区和农村基层延伸。要注意发挥市场机制和社会力量的作用,鼓励企业和个人捐赠、兴办公益性文化事业,支持民办公益性文化机构发展,鼓励民间开办博物馆、图书馆等。

——以全面推进经营性文化单位转企改制为重点,不断深化文化体制改革。2010年是基本完成文化体制改革重点任务、推动改革取得重大进展的关键一年。中央已经明确要求全面推进文化体制改革,在党的十八大之前基本完成各项任务。今年的工作成效如何,直接关系到这一目标能否实现。中央和省里的工作要点作了进一步细化安排,各省辖市和有关部门要根据中央和省里的安排部署,调整和细化改革的"时间表"、"任务书",进一步加大力度、加快进度,扎实推进各项改革任务落实。一是全面完成出版单位和电影发行、放映单位转企改制。按照中央文化体制改革工作领导小组的要求,今年,省级文化改革发展试验区上半年要完成电影公司、电影院的转企改制工作;13 个非试点市及所辖县(市、区)必须完成电影公司、电影院的转企改制工作。省新闻出版局和省广电局要加强出版发行业、影视业转企改制工作的领导,确保改革规范到位。二是加快推进国有文艺演出院团改革。文艺演出院团改革是文化体制改革工作的重点和难点。省文化厅要加强全省国有文艺演出院团转企改制工作的领导,不断深化省直国有文艺演出院团的改革,加快推动全省市场发育相对成熟的歌舞、杂技、曲艺、话剧、地方戏曲等国有文艺院团的转企改制工作。5 个试点市及所辖县(市、区)要确保如期完成市场发育相对成熟的国有文艺演出院团的转企改制任务。省级文化改革发展试验区上半年要完成市场发育相对成熟的国有院团转企改制工作。13 个非试点市要加快推进国有文艺院团的转企改制步伐。三是全力推进重点新闻网站、非时政类报刊和党报党刊发行体制改革。加快推动重点新闻网站转企改制。抓好非时政类报刊转企改制试点工作,率先推进党报党刊所属的非时政类报刊转企改制。深入推进党报党刊发行体制改革,完善营销网络,加强市场运作,扩大覆盖范围。四是深入推进文化市场综合执法改革。今年年底前,13 个非试点市及所辖县(市、区)要完成文化市场综合执法机构组建工作,加快建立统一的文化行政主体。

(作者为河南省委宣传部副部长、省文改办主任)

(2010 年第 4 期《党的生活》杂志)

努力推动文化改革发展取得新成效

目前,中原经济区建设已写入《全国主体功能区规划》,真正上升到国家战略层面。全省上下在省委、省政府的正确领导下,掀起了建设中原经济区的热潮。文化发展既是中原经济区建设的重要内容,也是突出优势和强大支撑。各地各有关部门要切实加强对文化建设的组织领导,思想上高度重视,工作上注重实效,推动文化改革和发展不断取得新成效,努力开创文化强省建设新局面。

中央和省委、省政府高度重视文化建设。去年以来,中央领导同志对文化体制改革和文化建设作出一系列重要论述。胡锦涛总书记在中央政治局第22次集体学习时作了重要讲话,明确提出"三加快、一加强"的重点任务,即加快文化体制机制改革创新、加快构建公共文化服务体系、加快发展文化产业、加强对文化产品创作生产的引导。温家宝总理前不久在河南考察调研时指出:"中原文化代表中国的古文明以及由此而延伸的中国整个历史文化,十分宝贵。这块土地养育了河南人民,河南人民长期在这个地方生活、栖息,创造和发展的中原文化,是中华文明极为重要的组成部分。我们在编制经济社会发展规划的时候,千万不要忘了文化;在讲硬实力的时候,千万不要忘了软实力;在讲经济发展的时候,千万不要忘了社会发展;在强调发展的时候,千万不要忘了全民素质的提高和社会道德风尚的提高。我认为,在这些方面,河南具有优势、具有潜力,可以大大地挖掘和充分地发挥。一个重视文化、重视教育、重视科技、重视人才的地区,一定有长久的、持续的发展后劲!"胡锦涛总书记和温家宝总理的重要讲话充分体现了我们党对文化建设规律的认识和把握上升到了新的高度,为我们加快文化强省建设指明了方向。省委书记、省人大常委会主任卢展工去年7月到省直宣传文化系统调研时强调,文化是根、文化是魂、文化是力、文化是效,明确提出了"提高认识、明确目标、遵循规律、以人为本、强化素质、有效保障"的指示要求。省委副书记、省长郭庚茂在今年的政府工作报告中对我省文化强省建设作出安排部署。省委常委、宣传部长、副省长孔玉芳在今年召开的全省宣传部长会议上对我省文化强省建设工作提出了明确要求。当前和今后一个时期，我们要认真学习、贯彻落实中央和省委、省政府领导同志关于文化建设的一系列重要指示精神，进一步增强责任感和紧迫感，大力发展文化产业和文化事业，不断深化文化体制改革，切实加快文化强省建设步伐。

2011年是"十二五"开局之年，也是文化强省建设巩固提高、深入推进的关键一年。今年工作的总体思路是：坚持以邓小平理论和"三个代表"重要思想为指导，深入贯彻落实科学发展观，全面贯彻落实党的十七届五中全会和省委八届十一次全会精神，坚持重在持续、重在提升、重在统筹、重在为民，坚持文化是根、文化是魂、文化是力、文化是效，紧紧围绕科学发展这个主题和加快转变经济发展方式这条主线，加快发展文化产业，加快构建公共文化服务体系，加快文化体制机制改革创新，进一步解放思想、与时俱进，注重运作、求实求效，努力推进文化强省建设取得新进展，为中原经济区建设和中原崛起、河南振兴作出新的贡献。

当前我省文化强省建设工作头绪多、任务重，在今年的工作中要重点抓好以下三个方面：

一、深入开展"河南品牌创意推介年"活动，继续大力实施文化产业"910111工程"

1. 重点抓好"河南品牌创意推介年"活动。省委宣传部、省文改办拟会同省发改委、省工业和信息化厅、省财政厅等有关部门共同举办"河南品牌创意推介年"活动，这是今年我省文化强省建设的一项重点工作。去年4月温家宝总理在《求是》杂志上撰文指出："我们必须高度重视经济中的文化因素。在现代经济中，文化因素越来越重要，经济与文化越来越融为一体。例如著名品牌，就是经济具有文化特性的表现。它以非物质形态存在，却可以反复地转化成物质财富。一些跨国公司由于创立了自有品牌，即使没有工厂、不直接从事生产，也能获得丰厚的利益。长期以来，我们对创造、培育文化形态的无形资产重视不够。一个国家，当文化表现出比物质和货币资本更强大力量的时候，当经济、产业和产品体现出文化品格的时候，这个国家的经济才能进入更高的发展阶段，才能具有可持续发展和持续创造财富的能力。"省委书记、省人大常委会主任卢展工多次强调指出:"文化强省不仅是指把文化本身做大做强,更重要的是文化在强省建设中要发挥重要作用、作出更大贡献,从而更加自觉地把文化发展与整个经济社会发展有机结合起来,把文化软实力的提升与综合实力的提升有机结合起来。"按照中央和省委领导同志的讲话精神,结合我省实际,今年将重点组织开展"河南品牌创意推介年"活动,充分发挥文化创意在产品设计和品牌塑造中的重要作用,前期抓好河南产品的创意设计,实现创意设计单位与工业企业的有效对接,后期抓好河南品牌的宣传和推介,充分利用中央和省级媒体集中宣传河南系列产品品牌,进一步提升河南产品的设计水平和品牌形象,塑造和推介一批河南知名品牌,推动河南产品"走出去",积极扩大河南产品的海内外市场占有率。日前,我们已下发《关于开展"河南品牌创意推介年"活动的实施方案》。各省辖市和省直有关单位要按照《实施方案》要求,认真组织参与这项活动,确保"河南品牌创意推介年"活动扎实有效开展。

2. 继续抓好文化产业"910111 工程",实施重大项目带动战略。文化产业"910111 工程"是一项长期持续不断的工作,不可能毕其功于一役,也不可能一蹴而就。今年要继续深入抓好文化产业"910111 工程",加强调查研究,组织召开相关文化产业座谈和研讨会,交流经验,形成共推文化产业发展壮大的强大合力。继续实施重大项目带动战略,各地要抓紧做好"十二五"时期文化产业重大项目论证和实施工作,促进文化资源合理配置和有效开发利用。今年要重点抓好全省有线电视数字化整体转换、文化中原创意广场、郑州华强文化科技产业基地、《禅宗少林·音乐大典》二期、殷墟大遗址公园等 38 个重点文化产业项目建设,充分发挥重大项目的聚集和辐射带动效应,引导和带动全省文化产业快速发展。同时,也要抓好大河动漫城、中原数字出版产业基地、太极文化国际旅游养生基地、信阳市志高文化科技动漫产业园等 26 个新建项目的相关工作,争取早日开工建设。要抓住我省承接产业转移、开展大招商活动的契机,依托我省文化资源优势,精心策划一批重大文化产业项目,组织参加第七届中国(深圳)文化产业博览交易会、河南—港澳台经贸交流活动,第六届中国中部投资贸易博览会、中原文化浙江行等 4 次重要招商活动,积极引进海内外战略投资者,积极探索中介招商、委托招商、代理招商等现代招商方式,加大文化产业招商引资力度,争取落户一批有影响的重大项目。组织好 2011 年全省文化产业重点项目展评观摩活动。抓好动漫、数字出版、数字电视等新兴文化产业发展,促进文化与科技融合。

3. 加强文化产业园区和产业集聚区建设。要进一步加强对文化产业园区和集聚区布局的统筹规划,出台标准、突出特色、提高水平,促进各种资源合理配置和产业分工,充分发挥产业集聚和辐射带动作用,使文化产业集聚区成为实施重大项目的载体,文化科技创新的孵化器和文化产业集约发展的平台。开封、登封、禹州、宝丰等 10 个省级文化改革发展试验区实现文化产业集聚发展具有良好的基础和条件,要按照规划确定的思路和目标,积极推进文化改革和发展,尽快使文化产业成为当地经济发展的支柱性产业,充分发挥其在文化产业发展中的示范带动作用。其他地方也要结合当地实际,选准突破口和切入点,搭建共享平台,延伸产业链条,促进产业孵化,努力建设各具特色的文化产业园区和集聚区,不断提升我省文化产业规模化、集约化水平。

4. 努力拓宽文化产业投融资渠道。要逐步建立财政有效引导、金融资本积极投入、社会资本踊跃参与的多元化文化产业投入机制。组织召开文化产业银企洽谈会,积极鼓励和引导金融机构加大对文化企业的支持力度,推动银企合作。培育和推动 2 至 3 家文化企业上市,鼓励支持中原出版传媒集团等符合条件的文化企业上市融资。推动有实力的文化企业跨地区、跨行业、跨所有制兼并重组,做大做强做优一批国有和国有控股的骨干文化企业。省文化产业投资有限责任公司要充分发挥投融资平台的作用,为全省文化产业快速发展作出积极贡献。研究设立河南省文化产业投资基金,按照国家有关规定,实行市场化运作,通过股权投资等方式,推动资源重组和结构调整,促进文化产业快速发展。进一步落实国家关于非公有资本、外资进入文化产业的有关规定,鼓励支持社会资本和外资进入政策允许的文化产业领域,形成以公有制为主体、多种所有制共同发展的文化产业格局。

5. 推动中原文化"走出去"。推动中原文化"走出去",是提升文化软实力的战略举措。要统筹国内国际两个市场、两种资源,积极推动以企业为主体的文化产品"走出去"。鼓励引导具有竞争优势的文化企业,积极从事对外投资和跨国经营。要创新思路、突出重点,加快发展对外文化交流和对外文化贸易,研究和推动少林文化、太极文化、老子文化等民间文化机构在海内外的推广和发展,进一步扩大少林文化、太极文化、老子义化等中原文化的对外影响力。

二、加快构建公共文化服务体系,更好地保障人民群众基本文化权益

大力推进文化惠民五大工程建设,进一步改善基层群众的文化生活条件。

文化信息资源共享工程要完成 306 个乡镇文化站服务点、117 个街道文化中心、551 个社区文化活动室的工程建设任务。乡镇综合文化站建设要完成 280 个建站任务。广播电视村村通工程要做好向 20 户以下自然村延伸工作。农村电影放映工程要完成全省农村一行政村一月放映一场电影的公益服务目标任务。农家书屋工程要完成 10181 个建设任务。加强标志性文化设施建设，省广播电视发射新塔力争今年"五一"前对外开放，中原文化艺术学院一期工程力争今年 9 月份招收第一批学生。着力抓好中国文字博物馆二期工程、河南省图书馆新馆、河南博物院二期等重点工程。要坚持抓基层、打基础，进一步加强基层文化设施网络建设，实施省辖市级图书馆、文化馆达标建设规划，开展村文化活动室、社区文化中心设施建设、内容建设和开放工作，推动公共文化设施建设向城乡基层倾斜，让广大基层群众享受更多的公共文化服务。鼓励有条件的地方开展流动服务、连锁服务、集中配送，切实解决基层文化产品供给不足问题，多提供适合群众需要的文化产品。继续推动公共图书馆、文化馆、美术馆等公共文化服务设施向公众免费开放。

三、加快文化体制机制改革创新，进一步增强文化发展的活力和竞争力

按照中央文化体制改革工作领导小组的要求，下一步深化文化体制改革的总体思路是：加大力度，加快进度，巩固提高，重点突破，全面推进。当前，要着力抓好五个方面的工作：

1. 巩固提高出版、发行、电影制作等领域转企改制成果。目前，我省出版、发行、电影制作等领域已基本实现全行业转企改制。下一步，要按照中央的要求，结合我省实际，巩固提高转企改制成果，推动已转制的文化企业建立现代企业制度、完善法人治理结构，培育自主经营、自负盈亏、自我约束、自我发展的合格文化市场主体。大力推动河南日报报业集团、中原出版传媒集团等文化集团跨媒体、跨地区、跨行业发展，提高产业集中度，不断扩大在全国同行业中的影响力和竞争力。

2. 深化国有文艺院团改革。国有文艺院团改革是文化体制改革的重点和难点。去年，卢展工书记到省直文艺院团调研，解决了省直文艺院团的基本工资、剧场建设、演出补贴、人才奖励等问题，充分体现了省委、省政府对文化工作特别是文艺院团的关心支持。文艺院团要突出抓好内部机制改革，建立和完善绩效考评体系和量化评价标准，形成有效的激励约束机制，改变"干好干坏一个

样,干与不干一个样"的状况,彻底打破平均主义"大锅饭",形成优劳优酬、多劳多得的利益分配格局,形成能上能下、能进能出的选人用人导向。

3. 推进新闻媒体的相关改革。以做大做强主流媒体、提高舆论引导能力、提升事业发展水平为目标,加快推进新闻媒体改革。要加快非时政类报刊社改革。积极稳妥推进党报党刊发行体制改革,完善营销网络,加强市场运作,扩大覆盖范围。规范推进省级及省级以下电台电视台合并。根据中央要求,要用一至两年时间完成省属新闻网站转制任务。河南日报报业集团要积极推动大河网转企改制,制定工作方案,明确改革进度安排,确保按时完成改革任务。这里需要强调的是,涉及新闻媒体的改革政治性、政策性很强,要牢牢把好导向、把好关口,坚决防止社会资本特别是境外资本直接或变相介入宣传编辑业务,确保党对新闻媒体的领导权和控制力。

4. 继续深化公益性文化单位改革。要进一步深化图书馆、博物馆、文化馆等公益性文化事业单位内部人事、收入分配和社会保障制度改革,推行全员聘用制和岗位责任制,引入竞争激励机制,建立完善政府、社会、公众代表相结合的监督管理和考核评价体系。保留事业性质的党报党刊、电台电视台及文艺院团,要实施事业单位企业化管理,深化内部机制改革,增强发展活力。

5. 进一步完善文化市场综合执法改革。去年,我省全面完成文化市场综合执法改革任务。下一步,各省辖市、县(市)要做好文化市场综合执法改革的完善工作,实现文化、广电、新闻出版(版权)等有关行政执法队伍的实质性整合,对综合执法机构实行规范的委托或授权,不断完善工作机制,建立完善执法过错追究、执法绩效评估等工作制度,不断提高执法的制度化、规范化和科学化水平,切实提高执法效率和依法行政能力。

(作者为河南省委宣传部副部长、省文改办主任)

(2011 年第 5 期《党的生活》杂志)

后　记

　　每个人都有自己的少年时代,无论是贫穷的,还是富裕的;无论是幸福的,还是苦难的。在这段生命历程中,唯一相同的就是每个人都怀着对未来的美好憧憬,对人生梦想的追求和向往。少年时,在农村读书的我对文学怀有无比的憧憬和向往,作家梦是我最高的理想。1981年春节刚过,当我成为长葛县食品公司的一名学徒工时,就订阅了《奔流》、《莽原》等杂志,如饥似渴地看着,同时开始尝试着写散文、小说等,并向杂志投稿。但由于生活阅历和文字功底都比较浅的缘故,屡寄屡退。

　　1982年7月,在我任长葛县商业局驻大墙周公社"三夏"工作队队员一个月后,幸运地调入县政府办公室,成为一名通信员,专司收发报纸、文件等。或许因为工作的缘故,有机会读到《人民日报》、《河南日报》等,慢慢地我喜欢上了新闻。一次县长开完会议,我把讲话稿一摘一编送到县广播站,没想到竟被播出来了。当时,那个激动真是无以言表。之后,我就开始有意识地学写各类新闻稿件。1983年10月7日,我采写的消息"长葛县普遍建立农机服务队"在《河南日报》第二版头条发表,一下子在小县城引起了轰动,没想到小小年纪写的文章竟上了省报头条。从此,我对新闻写作的兴趣愈加浓厚了。1984年10月,我正式调入长葛县委通讯组,专职从事新闻报道。

　　爱新闻,选择了新闻;写新闻,受益于新闻。渐渐地,我感受到自己知识的不足。怀着对理想的追求,1986年我考入河南省党校系统党政干部中专班学习。毕业后,我决心继续走求学之路,向着自己的理想和梦想奋进。1989 年我以第一名的成绩被武汉大学新闻系录取为 87 级本科插班生。通过在武汉大学系统的学习,我的新闻理论素养有了长足的进步和提高。1990 年 3 月,我被派到经济日报社专业实习 3 个月,共编发新闻稿件 200 多篇、采写发表稿件 29 篇。

1991 年 7 月,我作为武汉大学优秀毕业生分配到人民日报社,先后任记者、编辑、教科文版主编等。曾参加了全国"两会"、"九八抗洪救灾"、"科教兴国神州行"等大型采访活动,共采写新闻稿件 300 多篇、编发稿件 2000 多篇,有的作品获人民日报好新闻一等奖、全国教育好新闻一等奖、全国党报优秀内参一等奖。采写和编发的稿件有的受到江泽民、刘华清、李岚清、罗干、薄一波、丁关根等中央领导同志的表扬。1999 年创办《健康时报》,任总编辑。两年多的总编辑生涯,共编辑稿件 4800 多篇,编审版面 1600 多块,达 600 多万字。

前不久与新闻界朋友聊天,谈到我从一个基层通讯员到人民日报社记者,从武汉大学新闻系学生到湖南大学特聘教授的成长经历,他们建议我把这些年发表的新闻作品集结出版,算是对自己新闻经历的小结。

当我翻看一篇篇墨香犹存的新闻作品时,感慨颇多。辛苦中感受责任,笔触下守望道义。这 30 年,我无不伴随着墨香成长;这 30 年,我见证了报纸从铅字排版到激光照排再到网络出版的一场巨大革命;这 30 年,我见证了祖国大江南北的日新月异,穿梭于社会万象之间,传播党的声音,反映社情民意;这 30 年,我用所见、所闻、所思、所感,书写着我们国家的光荣与梦想,描绘着祖国改革开放的缤纷画卷。

音乐家以乐曲、舞蹈家以动作、美术家以色彩表现社会、自然和艺术之美,而报纸新闻工作者则是以墨香再现一段历史、一个时代。这本集子,算是我的一首歌,不管唱得好与否,愿与大家共享。

鱼知水恩,乃幸福之源也。本书的出版得到了许多领导和朋友的关心、支持和帮助。原中共中央政治局常委、国务院副总理李岚清欣然为本书题写书名。中共中央宣传部副部长、中国报业协会会长吴恒权为本书精心作序。要说明的是,新闻有其特殊性,特别是重大报道往往需要合作完成。这本集子中,有些稿件是与他人共同采访完成的,杨振武、尹鸿祝、朱巍等都曾付出过劳动。我的妻子李秋芳和我的朋友袁克伦、赵广泉、李贵成等为这本集子的问世做了大量工作,在此一并致谢。我还要感谢我现在的工作单位——河南省委宣传部,它使我站在更高的平台上为党的宣传事业鼓与呼。

　　由于水平有限,拙作仓促出版,缺点错误在所难免,敬请读者朋友不吝赐教。

作　者
2013 年 5 月于郑州